W0196339

**BASTEI
LÜBBE**
TASCHENBUCH

Weitere Titel des Autors:

Titel in der Regel auch als E-Book erhältlich

Über den Autor:

Stephen Lawheads Romane sind angesiedelt in jenem Zwischenreich, wo sich Historie, Mythos und Fantasie begegnen. Auch der Autor selbst ist ein Wanderer zwischen den Welten. Den gebürtigen Amerikaner zog es vor vielen Jahren nach England. Nach einem längeren Aufenthalt in Österreich wohnt er heute wieder in einem Vorort von Oxford.
Besuchen Sie den Autor auf seiner Webseite: www.stephenlawhead.com

Stephen Lawhead

Die schimmernden Reiche
Fünfter Band

DER SCHICKSALS-BAUM

Roman

Aus dem Englischen von
Arno Hoven

BASTEI
LÜBBE
TASCHENBUCH

BASTEI LÜBBE TASCHENBUCH
Band 20 838

Dieser Titel ist auch als E-Book erschienen

MIX
Papier aus verantwor-
tungsvollen Quellen
FSC® C083411

Vollständige Taschenbuchausgabe
der bei Bastei Lübbe Taschenbuch erschienenen Paperbackausgabe

Copyright © 2014 by Stephen Lawhead
Titel der Originalausgabe:
»A Bright Empires Novel: Quest the Last: The Fatal Tree«
Originalverlag: Thomas Nelson, Nashville, Tennessee

Für die deutschsprachige Ausgabe:
Copyright © 2016 by Bastei Lübbe AG, Köln
Textredaktion: Gerhard Arth
Titelillustration: © shutterstock/arka38; shutterstock/nadi555;
© Thinkstock/Jennysita; Thinkstock/Rawpixel Ltd; shutterstock/andreiuc88
Umschlaggestaltung: Guter Punkt, München
Satz: Urban SatzKonzept, Düsseldorf
Gesetzt aus der Goudy
Druck und Verarbeitung: CPI books GmbH, Leck – Germany
Printed in Germany
ISBN 978-3-404-20838-8

5   4   3   2   1

Sie finden uns im Internet unter
www.luebbe.de
Bitte beachten Sie auch: www.lesejury.de

Für meine Mutter Lois.
Es begann alles mit jenen *Little Golden Books*.

Oh, Du! Das weit verbreitet ringsum wohnt,
Wo alle kreativen Energien im Überfluss vorhanden sind;
Allwissende Kraft! Ewigwährender, Unbestimmter,
Schöpferischer Wesenskern und Geheimnisvoller Geist:
Wie sollen wir Dich benennen?
Wie Deine Kräfte ausdrücken?
Oder wie Deine Ehrfurcht gebietende
Majestät ansprechen?
Auf der Erde sehen wir Dich und verfolgen
Deine Fußstapfen
Durch die schimmernden Reiche des
grenzenlosen Raums …

William John Thomas, The Achillead, 1830

INHALT

WICHTIGE FIGUREN IM ROMANZYKLUS

Die schimmernden Reiche

(in grober alphabetischer Ordnung)

Anen – Freund von Arthur Flinders-Petrie, Hoher Priester des Amun-Tempels in Ägypten; lebte während der 18. Dynastie

Archelaeus Burleigh, Earl of Sutherland – Erzfeind von Flinders-Petrie, Cosimo, Kit und allen rechtschaffenen Menschen

Arthur Flinders-Petrie – auch bekannt als *Der Mann, der eine Karte ist*, Stammvater seines Geschlechts; zeugte Benedict, dessen Sohn Charles war, der wiederum Douglas zeugte

Bruder Roger Bacon – ein Philosoph, Wissenschaftler und Theologe, der etwa von 1240 bis 1290 in Paris und Oxford lehrte; man nannte ihn *Doctor Mirabilis* (»wunderbarer Lehrer«) wegen seines wundervollen Unterrichts

Balthasar Bazalgette – Erster Oberalchemist am Hof des Kaisers Rudolf II. in Prag; Freund und Vertrauter von Wilhelmina

Benedict Flinders-Petrie – Sohn von Arthur und Xian-Li; Vater von Charles

Brendan Hanno – gehört zur Zetetischen Gesellschaft in Damaskus; ein Berater für Ley-Reisende

Burley-Männer – Con, Dex, Mal und Tav; Handlanger von Lord Burleigh; sie halten sich eine steinzeitliche Höhlenlöwin namens Baby

Cassandra Clarke – eine Paläontologin und Doktorandin, die zufälligerweise in die Suche nach der Meisterkarte hineingeraten ist

Charles Flinders-Petrie – Sohn von Benedict und Vater von Douglas; er ist der Enkel von Arthur

Cosimo Christopher Livingstone der Ältere, wird oft nur **Cosimo** genannt – ein Gentleman aus dem Viktorianischen Zeitalter und Gründungsmitglied der Zetetischen Gesellschaft, die sich darum bemüht, die Einzelteile der Meisterkarte wieder miteinander zu vereinigen und deren Geheimnisse in Erfahrung zu bringen

Cosimo Christopher Livingstone der Jüngere, wird oft nur **Kit** genannt – Cosimos Urenkel

Dardok – Anführer des Fluss-Stadt-Clans, dem Kit zuerst in der Steinzeit begegnet; er ist auch bekannt als Großer Jäger

Douglas Flinders-Petrie – Sohn von Charles und Urenkel von Arthur; er verfolgt still und leise seine eigene Suche nach der Meisterkarte, von der ein Teil in seinem Besitz ist

Engelbert Stiglmaier, wird oft liebevoll **Etzel** genannt – Bäcker, der aus der deutschen Stadt Rosenheim kommt

En-Ul – Stammesältester des Fluss-Stadt-Clans

Giambattista Becarria, Fra Becarria alias **Bruder Lazarus** – ein Priester und Astronom am Observatorium des Klosters Montserrat und Minas Mentor

Gianni – siehe **Giambattista Becarria**

Giles Standfast – Sir Henry Fayths Kutscher, Kits Verbündeter und ehemaliger Diener von Lady Fayth

Gustavus Rosenkreuz – Assistent des Ersten Oberalchemisten des Kaisers und Wilhelminas Verbündeter

Lady Haven Fayth – Sir Henrys eigensinnige und wechselhafte Nichte

Sir Henry Fayth, Lord Castlemain – Mitglied der Königlichen Gesellschaft zur Förderung der Naturkunde; treuer Freund und Verbündeter von Cosimo; er ist der Onkel von Haven

Jakub Arnostovi – wohlhabender, einflussreicher Vermieter und Geschäftspartner von Wilhelmina

J. Anthony Clarke III., wird oft nur **Tony** genannt – renommierter Astrophysiker, der für den Nobelpreis nominiert wurde; er ist Cassandras beunruhigter und fürsorglicher Vater

Kaiser Rudolf II. – König von Böhmen und Ungarn, Erzherzog von Österreich und Kaiser des Heiligen Römischen Reichs; ist ziemlich verrückt

Rosemary Peelstick – Hausherrin der Zetetischen Gesellschaft und Kollegin von Brendan Hanno

Snipe – wildes Kind und heimtückische Hilfskraft von Douglas Flinders-Petrie

Turms – König von Velathri (Etrurien) und einer der Unsterblichen, ein Freund von Arthur; er überwacht die Geburt von Benedict Flinders-Petrie, als die Schwangerschaft von Xian-Li problematisch wird

Wilhelmina Klug, auch **Mina** genannt – einstmals eine Londoner Bäckerin und Kits Freundin; sie besitzt zusammen mit Etzel das *Große Kaiserliche Kaffeehaus* in Prag

Xian-Li – Ehefrau von Arthur Flinders-Petrie und Mutter von Benedict; Tochter des Tätowierers Wu Chen Hu aus Macao

Dr. Thomas Young – Arzt, Naturwissenschaftler und Universalgelehrter, wie allseits bestätigt worden ist, mit einem starken Interesse am alten Ägypten; er wird auch als »der letzte Mensch in der Welt, der alles weiß«, bezeichnet

WAS ZULETZT GESCHAH

Es scheint, dass wir unsere Quästoren in einer Art Cliffhanger zurückgelassen haben, und zwar um das Jahr 1930 in der Altstadt von Damaskus, wo sie im Hauptquartier der Zetetischen Gesellschaft in der Hanania Street versammelt waren. Die Gesellschaft und ihre Büros fungieren als Verbindungspunkt für all jene, die guten Willens sind und sich darum bemühen, das Phänomen des Ley-Reisens zu verstehen – sowie all das, was daraus gelernt werden kann. Zum Beispiel ist erst kürzlich in Erfahrung gebracht worden, dass bestimmte kosmische Ereignisse in Bewegung gesetzt worden sind, die nun die Apokalypse der Annihilation herbeizuführen drohen, welche bekannt ist als das Ende von allem. Diese Entdeckung trieb die Quästoren dazu, eine geheime Versammlung abzuhalten, um über die bevorstehende Katastrophe zu diskutieren – Diskussionen, die genau genommen nirgendwohin führten ... bis in rascher Abfolge mehrere kleine, aber bedeutsame Geschehnisse eintraten und alles veränderten.

Es begann, als Kit Livingstone ganz harmlos und unbeabsichtigt offenbarte, dass er einst – während einer »Traumzeit« mit dem altehrwürdigen En-Ul in dem prähistorischen Knochenhaus – den verstorbenen großen Arthur Flinders-Petrie an dem mythischen Ort angetroffen hatte, der als die Seelenquelle bekannt ist. Woher er wusste, dass es sich um Flinders-Petrie handelte? Es konnte keine Verwechslung bei der Identität dieses Mannes geben, weil auf dessen Oberkörper die Symbole tätowiert waren, die seine zahlreichen und verschiedenartigen Reisen durch Raum und Zeit repräsentierten. Als Kit ihn sah, watete Arthur gerade in den Quell der Seelen hinein – ein anderer Name für die Seelenquelle –; auf seinen Armen trug er den leblosen Körper seiner geliebten Frau Xian-Li. Nachdem er wieder aus der Quelle aufgetaucht war, stellte Kit fest, dass Xian-Li auf wundersame Weise ins Reich der Lebenden zurückgeführt worden war.

Diese Enthüllung hörte Mrs Rosemary Peelstick, die früher selbst eine Ley-Reisende gewesen war, in letzter Zeit jedoch im Hauptquartier der Zetetischen Gesellschaft als dort wohnhafte Hausherrin fungierte, zufällig mit an. Die verehrungswürdige Mrs P. begriff sofort die Bedeutung von Arthurs Handlung; und der Schock über das Gehörte war so groß, dass sie die Kontrolle über ihr Teetablett verlor, das darauf angeordnete Geschirr auf die steinernen Fußbodenplatten fiel und zerbrach. An sich keine große Katastrophe, mag man denken; solch geringfügige Missgeschicke sind relativ leicht zu beseitigen. Cassandra Clarke war bei diesem Vorfall anwesend; und in dem Bemühen, behilflich zu sein, griff sie in ihre Tasche und zog ein Taschentuch heraus, um damit den verschütteten Tee aufzuwischen.

Achtsame Leser werden sich erinnern, dass dieses spezielle Taschentuch – das nichts weiter war als ein gewöhnliches Quadrat aus weißer Baumwolle, welches Cass auf alle möglichen Weisen benutzte – zuletzt als Unterlage gebraucht wurde, als sie versuchte, die inneren Bestandteile eines der Schattenlichter zu untersuchen. Diese intelligenten Vorrichtungen waren hilfreich gewesen, um unsere Quästoren durch das Labyrinth von Portalen und Pfaden zu führen, aus denen das grenzenlose Netzwerk aus Ley-Linien besteht.

Während ihrer Untersuchungen wurden zufälligerweise einige der Seltenen Erden, die im Inneren des Schattenlichts enthalten waren, auf die Oberfläche des Taschentuchs verschüttet und verfingen sich in dessen Fasern. Bevor Cass das Taschentuch nun als Wischlappen einsetzen konnte, nahm Kit ein Bild darauf wahr, das zwar recht blass, doch unverkennbar dort war: einen Spiralwirbel mit einer geraden Linie, die durch dessen Zentrum führte, sowie

16

drei separate kreisrunde Punkte, die in gleichmäßigen Abständen voneinander entlang des äußeren Spiralbogenrandes angesiedelt waren. Kit griff rasch ein und packte Cass am Handgelenk; und bei näherer Betrachtung des Tuches erkannten sie beide, dass alle Dinge miteinander verbunden sind und dass es weder den Zufall noch zufällige Begebenheiten gibt: Auf dem Tuch befand sich eines der Muster, die Kit in Form von blauen Tattoos auf Arthur Flinders-Petries Brust gesehen hatte.

In der Zwischenzeit trieben andere, die bei der Verfolgungsjagd nach der Meisterkarte ein bisschen ausgegrenzt worden waren, ihre eigene Suche voran. Lady Haven Fayth und Giles Standfast, ihr treu ergebener Bediensteter, hatten einen recht unglückseligen Ley-Sprung gemacht, der sie in die menschenleeren, windgepeitschten Steppen zurzeit von Kaiser Leo dem Weisen beförderte. Ihre Versuche misslangen, eine Ley-Linie oder ein Portal zu lokalisieren, mit deren Hilfe sie ihr Umfeld hätten verlassen können. Da die beiden nicht in der Lage waren, sich zu orientieren oder selbst zu schützen, wurden sie von den Bulgaren in Gewahrsam genommen, die sich auf dem Weg nach der großen Stadt Konstantinopel befanden und gerade ein Gebiet durchquerten, das wir heute als Zentralasien bezeichnen würden. Es begann sehr danach auszusehen, als wären für Lady Fayth und Giles die Tage des Ley-Reisens endgültig vorüber.

Und so greifen wir die Geschichte von Wilhelmina Klug auf, Kits früherer Freundin und jetzige Miteigentümerin des *Großen Kaiserlichen Kaffeehauses* im alten Prag – ebenso wie die von Fra Gianni Becarria und seinem neuen Freund Dr. Tony Clarke, dem renommierten Astrophysiker und Vater von Cass, der bei der Betrachtung all dieser Geschehnisse dazu neigt, eine wissenschaftliche Sichtweise einzunehmen. Und, last but not least, die Geschichte des dekadenten Verbrechers Archelaeus Burleigh und seiner schändlichen Burley-Männer, die aufgrund ihres Angriffs auf den Bäcker Engelbert Stiglmaier, den Geschäftspartner von Wilhelmina, gegenwärtig im Kerker unter dem Prager Rathaus schmachteten.

Während wir nun fortfahren, scheinen die Gewissheiten, auf die unsere Quästoren vertrauen, sehr stark im Wandel begriffen zu sein – und mit ihnen treten wir nun in eine Welt ein, in der alles, was wir wissen, falsch ist.

ERSTER TEIL

Die Auflösung

ERSTES KAPITEL

Worin die Welt eine Wendung zum Bizarren nimmt

Gordon Seiferts schaute aus dem Fenster des Operationsmoduls von Skybase Alpha. Er blinzelte und schaute ein weiteres Mal, weil er etwas sah, das nicht dort sein sollte: der Mond.

Wie jeden Tag überprüfte Captain Seiferts den Messwert der Hintergrundstrahlung und das Wärmebild der Erde, doch in seinem Sichtfeld war der blaue Planet nirgendwo zu erblicken. Er schwenkte die Kamera um zweihundertdreißig Grad und erreichte so, dass die Erde in Sicht kam; doch die metrischen Werte waren alle verzerrt. Da er fürchtete, dass die Raumstation auf irgendeine Weise aus ihrer Umlaufbahn abgetrieben war, eilte er hinunter zum Kommandomodul, wo sich die mysteriöse Situation sogar noch verschlimmerte.

Anstelle seiner Kollegen und Wissenschaftskameraden – Menschen, die hier in den letzten drei Monaten zusammen gearbeitet und sich den Lebensraum geteilt hatten – traf er eine Mannschaft aus sehr verwunderten russischen Kosmonauten an. Seiferts sprach kein Russisch, und die Kosmonauten beherrschten nicht die englische Sprache, sodass es eine Weile dauerte, bis er begriff, dass er nicht an Bord von Skybase Alpha war, sondern auf der Mir 2, die auf einer Forschungsexpedition war, um den Mond zu kartografieren. Infolge dieser Enthüllung wurde Seiferts so erregt und verwirrt, dass er sediert und auf einer Hängematte festgebunden werden musste, und das für die Dauer der gesamten Mission.

* * *

In der Nähe von Tacoma im Bundesstaat Washington stürzten vierzehn Fahrzeuge in den Puget Sound, als unter ihnen die Autobahnbrücke verschwand. Insgesamt wurden zweiunddreißig Personen getötet. Ortsansässige Fischer, die auf ihrem Weg hinaus aufs Meer den Sund passierten, waren allerdings in der Lage, drei äußerst verwirrte Überlebende aus dem Wasser zu ziehen: Keiner von ihnen vermochte eine glaubwürdige Darstellung über das abzugeben, was sich ereignet hatte.

Marine-Gefreiter Mike Taylor von der *Orca IV* brachte sein vollkommenes Unverständnis über das Geschehen in der *Tacoma Times* zum Ausdruck, die ihn mit folgenden Worten zitierte: »Es war das Allerschrecklichste, was ich je gesehen habe. Ich meine, diese Wagen kamen praktisch aus dem Nirgendwo – es war so, als ob sie einfach aus dem Himmel fielen. Ich kann mir immer noch nicht vorstellen, was passiert ist. Diese armen Leute ...« Der Unfall geschah in dem Gebiet, wo die Tacoma Narrows Bridge – die Pläne hierfür wurden erst vor Kurzem angefertigt – entstehen soll. Eine Tatsache, die der Hafenbehörde des Puget Sounds nicht entging, deren Pressestelle dazu bemerkte: »Offensichtlich ist eine Katastrophe wie diese tragisch für all jene, die darin verwickelt sind. Doch welche Erklärung sich auch immer als richtig herausstellen wird, sie wird ernsthafte Fragen darüber aufwerfen, ob dies überhaupt der beste Ort für eine Brücke ist.«

Der Vorfall wurde einer Unwetter-Inversion zugeschrieben, die einen außergewöhnlichen Tornado zur Folge hatte. Solche extremen Wetterbedingungen seien nicht unbekannt, obwohl sie sich selten ereigneten. Im Mittleren Westen sei von Tornados bekannt, dass sie Gegenstände vom Boden hochrissen und sie über viele Meilen beförderten, bevor sie sie an den unwahrscheinlichsten Orten zurückließen.

* * *

Howard Smith aus Carol Stream in Illinois ging in sein Bett, um zu schlafen, und erwachte auf einer schwimmenden, landwirtschaftlich genutzten Insel am Rande des Texcoco-Sees in Mexiko.

Nachdem er Julie, seiner fünfunddreißigjährigen Ehefrau, einen Gutenachtkuss gegeben hatte, schloss er im Schlafzimmer seines Hauses in der Chicagoer Vorstadt die Augen und schlief anschließend tief und fest. Als er am nächsten Morgen erwachte, fand er sich umgeben von argwöhnischen aztekischen Bauern, die sich über die rätselhafte Anwesenheit eines hellhäutigen Fremden unterhielten, der in ihrer Mitte aufgetaucht war. Sie gelangten zu dem Schluss, dass er ein Himmelsgott war; und trotz seiner starken Proteste, die er in einer Sprache äußerte, die sie nicht verstanden, brachten ihn die Bauern zum Priester, der ihm eine goldene Halskette gab und ihn im Tempel von Tenochtitlan festsetzte.

* * *

Im Laxmi Nagar District von Mumbai in Indien bereitete Sireena Shah das Frühstück für ihre drei Kinder zu, die sich für die Schule fertig machten. Sie versorgte die drei und schickte sie mit ihren Lunchboxen zur Tür hinaus – kehrte dann in die Küche zurück und fand die drei dort immer noch über ihr Frühstück gebeugt sitzen und herumtrödeln. Sireena nahm an, dass die Kinder ihr einen Streich spielten, und schimpfte sie tüchtig aus, als ihr Ehemann auftauchte und *sein* Frühstück verlangte. Sie hätte ihm nur zu gerne etwas zu essen gegeben – abgesehen von der Tatsache, dass er bereits das Frühstück zu sich genommen hatte und vierzig Minuten zuvor zum Büro aufgebrochen war; sein schmutziges Geschirr stand immer noch in der Spüle.

* * *

Das gesamte Forschungs- und Entwicklungsteam von Arcosoft Games aus der kalifornischen Stadt Cupertino verschwand bei einer Telefonkonferenz mit leitenden Angestellten von Gyrotek, einem Marketingunternehmen aus San Francisco. Als die wiederholten Versuche, den Kontakt erneut herzustellen, fehlschlugen, wurde eine Sekretärin zum Sitzungssaal geschickt. Sie berichtete, das Team hätte offensichtlich die Arbeit niedergelegt – als irgendeine Form von Protest – und das Gebäude verlassen.

Jedoch aus Sicht der Mitglieder dieses Teams verschwand der Sitzungssaal einfach – und wurde augenblicklich ersetzt durch ein Schlachtfeld, das von zwei sich gegenüberstehenden Armeekräften besetzt war: Sie waren in eine militärische Auseinandersetzung hineingeraten, die später die Schlacht von Balaklawa genannt würde und die im zweiten Monat des Krimkrieges stattfand. Alle acht Männer und fünf Frauen des Arcosoft-Teams wurden während eines Kavallerieangriffs abgeschlachtet, da die britischen Truppen nicht in der Lage waren, sie als Zivilisten zu identifizieren.

* * *

In Damaskus stand Rosemary Peelstick vor einem Früchtehändler mit einem Sack Orangen in ihrer Hand. *Was mache ich hier überhaupt?*, fragte sie sich. Sie blickte hinab auf die Netztasche, erinnerte sich aber nicht daran, die Orangen gekauft zu haben. Der Lebensmittelhändler lächelte und zeigte seinen vertrauten Gruß; sie winkte ihm verlegen zu und ging anschließend nach Hause. Es handelte sich, wie sie befand, um eine Alterserscheinung – um das, was als altersbedingte Gedächtnislücke bezeichnet wurde. Eine weitere dieser Lücken hatte sie später an jenem Tag, als sie auf dem Weg zur Genisa war, um sich der Diskussionsrunde dort anzuschließen: Sie bog in den Flur und fand sich plötzlich im Empfangszimmer wieder, und erneut fragte sie sich, warum sie an diesem Ort war.

Später, bei einer Unterhaltung mit Tess Tildy, hörte sie sich plötzlich dieselben Worte im selben Gespräch sagen, das sie beide noch nicht einmal eine Stunde zuvor miteinander geführt hatten.

24

Als sie dies gegenüber Tess zur Sprache brachte, gestand die ältere Frau ein, ähnliche Erinnerungslücken zu haben. »Das passiert, wenn man älter wird, meine Liebe«, erklärte Tess. »Ich glaube nicht, dass man sich deswegen Sorgen machen müsste.«

Aber als Mrs Peelstick dann Gianni Becarria im Hof mit Brendan Hanno reden sah und nicht einmal drei Sekunden später, nachdem sie sich umgedreht hatte, ihn im Empfangszimmer sitzen und ein Buch lesen sah, wusste sie, dass es doch etwas gab, über das sie sich sehr große Sorgen machen sollte. Der Anblick des italienischen Priesters, der lässig die Seiten der *Geschichte des Osmanischen Reiches* durchblätterte, sorgte dafür, dass sie in den Hof zurückrannte, wo sie einen anderen Gianni fand, der in ein Gespräch mit Brendan vertieft war. Sie packte Cassandra Clarke, die zufällig vorbeiging, und wies sie an, in den Hof zu schauen. »Was sehen Sie da?«

»Nun, Gianni und Brendan sprechen über Physik, nach dem, was ich aufschnappen kann. Warum?«

»Genau das habe ich auch gedacht«, erwiderte Mrs Peelstick. »Jetzt gehen Sie bitte ins Empfangszimmer, schauen sich dort um und treffen sich dann mit mir in der Küche. Aber sagen Sie nichts zu irgendjemandem, bevor Sie mit mir gesprochen haben.«

Cass betrachtete sie neugierig. »Sie sind ja kreidebleich, Mrs P. Was gibt's?«

»Bitte machen Sie einfach das, worum ich Sie gebeten habe. Seien Sie so gut, ja.«

Cass marschierte durch den Flur und steckte den Kopf durch die Tür zum vorderen Empfangszimmer. Dort sah sie Gianni sein Buch lesen. Sie musste zweimal hingucken. Dann lief sie zu Mrs Peelstick zurück, die inzwischen in der Küche auf sie wartete.

»Okay, was geht da vor sich?«, verlangte Cass zu wissen.

»Schsch, sprechen Sie nicht so laut«, mahnte Mrs Peelstick. »Sie haben sie auch gesehen?«

»Ja, ich habe zwei Giannis gesehen«, bestätigte Cass in einem harschen, jedoch sehr leisen Tonfall. »Wieso? Was geschieht da gerade?«

»Ich glaube, wir haben ein Problem«, antwortete sie.

»So ist es. Das ist zutiefst bizarr.« Cass wandte ihre weit aufgerissenen Augen dem Flur zu und starrte geradeaus, als fürchtete sie sich davor, was wohl als Nächstes durch die Tür kommen würde. »Wir müssen das irgendjemandem erzählen.«

Hastig wurde ein Gipfeltreffen in der Küche einberufen – zu dem keiner der Giannis eingeladen war –, bei dem Mrs Peelstick ausgewählte wichtige Mitglieder der Zetetischen Gesellschaft über ihre alarmierenden Beobachtungen in Kenntnis setzte. »Ich möchte ja nicht, dass ich eine Panik auslöse«, erklärte sie ihnen, »doch wir haben eine besondere Situation.« Rasch stellte sich heraus, dass sie nicht die Einzige war, die eine Reihe von kleinen, jedoch signifikanten Anomalien bemerkt hatte – »merkwürdige kleine Falten in der Wirklichkeit«, wie Tess es ausdrückte. Als diese Falten sich stark auszubreiten begannen, wusste die Gesellschaft, dass die Dimension der Wirklichkeit, in der sie gegenwärtig lebten, zunehmend instabil wurde. Die Instabilität, teilte Tony Clarke ihnen mit, würde nur zunehmen, weil die zugrunde liegende Struktur der Wirklichkeit immer wechselhafter wurde.

»Der schlimmste Fall?«, fuhr Tony fort. »Wenn die Anomalien sich häufen und ein Niveau erreichen, das nicht mehr länger ausgehalten werden kann, wird die Dimension kollabieren.«

»Kollabieren«, wiederholte Brendan. »Damit meinen Sie, dass sie zerstört wird.«

»Nicht schlichtweg zerstört – eher völlig ausgelöscht. Es würde so sein, als hätte diese Wirklichkeit niemals existiert.«

»Was würde mit uns passieren?«, fragte Wilhelmina Klug.

»Sie, ich und jeder andere, der zufällig in dieser Dimension der Realität lebt, würde ebenfalls einfach aufhören zu existieren.«

Die Temperatur im Zimmer schien stark zurückzugehen. Kit Livingstone starrte reihum seine Quästorenkollegen an. »Ist es das?«, fragte er. »Ist dies das Ende von allem?«

»Lediglich die erste Welle, würde ich sagen«, erwiderte Tony. »Wenn es auf das Ende zugeht, wird die Zerstörung weitaus verheerender sein.«

Seine Worte hingen immer noch in der Luft, als die erste von drei Explosionen das Gebäude erschütterte, die Fensterscheiben zerstörte und die Möbel durchrüttelte. Der Stuck bröckelte von der Decke, und Kit wurde von einem herabfallenden Stück getroffen. »Was zur ...«, sprudelte es aus ihm heraus, während er weißen Schutt aus seinem Haar klopfte. Er sprang auf und rannte den Flur hinunter.

»Kit!«, schrie Cass, als die zweite Explosion Essgeschirr aus den Schränken schleuderte, das krachend zu Boden fiel.

»Bleib zurück!«, rief Kit. »Ich werde es überprüfen.«

Er rannte zum Empfangszimmer. Gianni war fort. An der Eingangstür hielt Kit inne, drückte sein Ohr gegen das Holz und lauschte. Dann öffnete er die Tür einen Spalt weit und spähte hinaus. Er sah nichts Ungewöhnliches, und so trat er hinaus auf die Schwelle. Als er die Straße, die voller Rauch war, hinunterblickte, entdeckte er etwas, das in Syrien seit zweihundert Jahren nicht mehr gesehen worden war: Pferde zogen eine Munitionskiste und eine Kanone in Position. Soldaten mit großen, schwarzen Hüten, die oben viereckig waren, begleiteten die Kanone. Die Männer waren in blaue Mäntel, weiße Hosen und schwarze Stiefel gekleidet und trugen Flinten mit aufgesetzten Bajonetten. Ein Offizier mit einer roten Kokarde und einer weißen Straußenfeder an seinem Zweispitz hatte die Operation vom Sattel eines braunen Pferdes aus überwacht. Mit dem blank gezogenen Säbel in der Hand schrie der Offizier Befehle in französischer Sprache: Sie waren an eine Kompanie Soldaten gerichtet, die, wie es schien, sich von Haus zu Haus bewegte und die Bewohner aus den Gebäuden trieb. Die Luft hallte wider vom Kreischen und Schreien der verängstigten Bürger und von den Rufen der Soldaten.

Kit hatte genug gesehen. Als er sich umdrehte, um ins Innere des Hauses zurückzukehren, stieß er beinahe mit Cass zusammen. »Geh da nicht raus!«, rief er. Während er sie am Arm packte, schlug er die Tür zu.

»Was ist los? Was ist da draußen?«

»Ich glaube, Napoleon ist in Syrien eingefallen.«

Sie schaute ihn verwirrt an, schüttelte seine Hand ab, öffnete die Tür und schaute vorsichtig nach draußen. »Du musst –«

»Zurück in die Küche«, sagte Kit zu ihr und zog sie mit sich.

Sie eilten in den Raum zurück, der voller Staub war und in den sich noch mehr Mitglieder der Zetetischen Gesellschaft gedrängt hatten – unter ihnen Richard, Robert und Muriel. Tess saß auf einem Stuhl, und Mrs Peelstick tupfte eine Schnittwunde am Kopf der alten Frau ab. Wilhelmina hob zerbrochenes Geschirr vom Boden auf; Tony und Brendan schätzten derweil den Schaden ein.

»Was haben Sie herausgefunden?«, fragte Richard, als Kit und Cass in den Raum eilten. »Werden wir angegriffen?«

»Schsch!«, sagte Mrs Peelstick. »Lassen Sie ihn sprechen.«

»Wir werden tatsächlich angegriffen«, berichtete Kit. »Aber...« Er zögerte. »Nun, das Bizarre an der Sache ist...«

»Ja, was denn?«, herrschte Mina ihn an. »Nun erzähl es uns schon.«

»Es sind die Franzosen. Napoleon, glaube ich.« Mit einer ruckartigen Handbewegung zeigte er in Richtung der Straße. »Da draußen sind Fußsoldaten und Männer auf Pferden, und am Ende der Straße steht eine Kanone. Sie gehen von Tür zu Tür und treiben die Einheimischen zusammen.«

»Napoleon?«, rief Robert. »Soll das irgendeine Art von Scherz sein?«

»Seh ich etwa so aus, als würde ich Scherze machen?«, entgegnete Kit.

»Es ist wahr«, bestätigte Cass. »Ich habe sie auch gesehen.«

»Woher weißt du, dass es Franzosen sind?«, wollte Mina wissen.

»Die verdammten Uniformen!«, schrie Kit. »Aber darauf kommt es nicht an. Wer auch immer sie sind – sie können jede Minute hier sein.«

»Richtig«, sagte Brendan. »Wir können nicht hierbleiben. Wir müssen von hier verschwinden, solange wir es noch können.«

»Was ist mit der Mission?«, fragte Tony. »Wir können die Mission nicht aufgeben.«

»Sie wird irgendwo anders weitergehen müssen«, erwiderte Brendan.

Rasch besprachen sie sich und schmiedeten einen Plan. Aufgaben wurden zugewiesen, Zeiten und Treffpunkte vereinbart.

»Ich werde den Rest der Zetetischen Gesellschaft informieren«, sagte Mrs Peelstick. »Wir werden uns an sicherere Orte begeben und damit fortfahren, jene von ihnen zu unterstützen, die sich auf einer Mission befinden. Überlassen Sie das ruhig mir. Ich werde jeden sicher von hier fortbringen.«

»Machen Sie sich um uns keine Sorgen«, erklärte Tess. »Wir können auf uns selbst aufpassen.«

»Das ist es also dann«, sagte Brendan. »Benutzen Sie die Ley-Linie in der Gasse. Das ist die nächstgelegene.« Er starrte reihum in die ängstlichen Gesichter, die einen dichten Kreis um ihn bildeten. »Geben Sie einfach Ihr Bestes und beten Sie, dass wir nicht zu spät kommen.«

»Ts! Hör dir nur mal selbst zu«, schimpfte Tess. Zittrig erhob sie sich von ihrem Stuhl, kämpfte um ihr Gleichgewicht und sagte: »Zu spät? Ich glaube nicht einen einzigen Augenblick daran.« Trotzig blickte sie ihre zetetischen Mitstreiter nacheinander an und schleuderte eine Herausforderung in die Runde. »Bezweifelt hier irgendjemand, dass die Verhinderung jener Katastrophe der Grund dafür ist, dass wir zu diesem Ort und zu dieser Zeit hergebracht worden sind?«

Als niemand sich erlaubte, darauf etwas zu entgegnen, fuhr sie fort: »Für diesen Zweck wurden wir ausgebildet, und zu diesem Ort sind unsere Schritte geleitet worden. Dies ist die Schlacht, zu der wir gerufen worden sind, und wir müssen darauf vertrauen, dass ER, der uns hierher gebracht hat, uns weiterhin führen und den Weg weisen wird.«

Und mit diesen Worten, die noch lange in ihren Ohren nachhallten, flohen die Quästoren aus Damaskus.

ZWEITES KAPITEL

*Worin eine Lektion auf die harte
Tour gelernt wird*

Kit Livingstone und Cassandra Clarke starrten sich über den Frühstückstisch hinweg an. »Sie hätte inzwischen hier sein müssen – wir beide wissen das«, sagte Kit. »Ich befürchte, dass ihr etwas Schlimmes passiert ist. Etwas wirklich Schlimmes.«

»Das weißt du nicht«, widersprach ihm Cass.

»Und du weißt nicht, dass es nicht so ist.«

»Hör zu! Du hast selbst gesagt, dass Mina die versierteste Ley-Springerin von uns allen ist. Und daher glaube: Was auch immer geschehen ist – selbst wenn es sich um etwas Schlimmes handelt –, sie kann damit fertig werden.«

Sie saßen in einer Ecke des *Großen Kaiserlichen Kaffeehauses*, aßen Krapfen und tranken Kaffee, während sich der Laden mit seiner frühen Kundschaft füllte. »Die Frage ist: Sollen wir ohne sie weitergehen?«, fuhr Cass fort und nahm einen Schluck Kaffee.

Kit stopfte sich den letzten Rest eines Krapfens in den Mund und kaute einen Moment lang. Die drei sollten nach Prag reisen und sich dort treffen, bevor sie zum Großen Tal weitergehen würden, um zu sehen, ob sie einen Weg entdecken könnten, der sie zur Seelenquelle zurückbrachte. Das Problem war, dass sie bei ihrem letzten Besuch des Portals dort einen gigantischen Eibenbaum gefunden hatten, der genau an dieser Stelle gewachsen war und den Zugang blockierte. Was auch immer sonst geschehen mochte, sie würden einen Weg um dieses Hindernis herum finden müssen. »Ich hasse es, das zu sagen«, verkündete Kit schließlich. »Aber ich glaube, wir müssen ohne sie gehen. Wir erreichen mit Sicherheit nichts, indem wir noch länger tatenlos herumsitzen.«

»Dann lass uns gehen.« Cass stellte ihre Tasse ab. »Wir schreiben Mina eine Notiz und hinterlegen sie hier bei Etzel. Sie kann nachkommen und sich mit uns am Baum treffen, sobald sie hier eingetroffen ist.«

»Falls sie hier eintrifft«, fügte Kit niedergeschlagen hinzu.

»Hör jetzt damit auf, okay?« Cass warf ihm einen strengen Blick zu. »Wir müssen positiv denken, ansonsten können wir genauso gut augenblicklich aufgeben. Und weißt du was? Wir dürfen nicht aufgeben.«

»Du hast ja recht«, stimmte Kit ihr seufzend zu. »All dieses Herumsitzen und Warten ist mir aufs Gemüt geschlagen. Wir werden heute Abend aufbrechen, wenn der Ley aktiv wird.« Er stieß seinen Stuhl nach hinten und stand auf. »Ich werde unsere Ausrüstung zusammenstellen. Wir benötigen noch einige Kleinigkeiten, die wir mit uns nehmen werden, denn wir sind möglicherweise mehrere Tage dort.«

»Nicht so schnell, du Hitzkopf. Wir gehen nirgendwohin, bevor wir nicht diesen Teller mit herrlichem Gebäck aufgegessen und wenigstens eine weitere Tasse Kaffee getrunken haben. Setz dich wieder hin und iss: Das hier ist die wichtigste Mahlzeit des Tages.«

Nach dem Frühstück stellten sie ein paar grundlegende Gegenstände zusammen, von denen Kit meinte, dass mit ihrer Hilfe sich das Leben in einem Lager etwas weniger spartanisch gestalten müsste: ein Feuerstein und ein Stück Stahl, zwei Handbeile, Wasserflaschen, eine Angelleine und eine Handvoll Haken, ein Strang Hanfseil, eine Auswahl von Messern, ein Pfund Mandeln und vier Rollen Fruchtleder. Diese Sachen und noch einige wenige andere verteilten sie auf zwei stabile Rucksäcke aus Segeltuch. Der Grundgedanke war, mit leichtem Gepäck zu reisen: Dies war, wie Kit argumentierte, jedenfalls nur eine Erkundungsmission, und sie hatten nicht die Absicht, sehr lange fortzubleiben.

Nachmittags machten sie ein Nickerchen; und als die Schatten auf dem Altstädter Ring allmählich länger wurden, dankte Kit Etzel dafür, dass er sich um sie gekümmert hatte, überreichte ihm die Notiz für Mina und wünschte ihm Lebewohl. Anschließend verließen er und Cass die Stadt und gingen in einem gemütlichen Schritttempo entlang der Flussstraße zum schattigen Pfad, der die Ley-Linie enthielt, die zum Großen Tal führte. Der Sprung verlief ohne Zwischenfälle, aber die Landung war hart – stürmischer Wind und schneidender Eisregen wüteten um sie herum. Cass übergab sich; und zum ersten Mal seit langer Zeit hatte Kit ein flaues Gefühl im Magen und war desorientiert. Sie brauchten beide ein paar Minuten, um sich zu sammeln und zu orientieren. Als sie wieder halbwegs in Ordnung waren, sahen sie, dass es spät-nachmittags war und im Westen die Sonne bereits hinter der oberen Kante der großen Kalkstein-Canyons unterzugehen begann.

Der Ley des Großen Tals brachte die beiden Reisenden auf den Pfad, der hinunter zum Fluss am Boden der Schlucht führte. Auf den ersten Blick schien alles genauso wie in Kits Erinnerung zu sein; es gab keinerlei Anzeichen von der dimensionalen Instabilität, mit der Damaskus verseucht war. Cass beobachtete ihn einen Augenblick lang, dann fragte sie: »Nun, was denkst du?«

»So weit, so gut«, antwortete Kit. »Alles scheint in Ordnung zu sein, aber wie es wirklich ist, wird die Zeit erweisen. Ich denke, wir können die Umgebung hier so lange als sicher bezeichnen, bis wir herausfinden sollten, dass es sich anders verhält.« Er schaute sich um. »Ich möchte zu dem Baum gehen; doch wir werden uns beeilen müssen, wenn wir noch vor Einbruch der Dunkelheit zur Schlucht zurückkehren wollen.«

Er führte sie wieder den Pfad zum Rand des Canyons hoch, wo er einen Moment lang eine Pause einlegte, um sich zu orientieren und ein weiteres Mal den Himmel zu studieren. Anschließend wandte er sich einer Ebene mit hüfthohem Gras zu und ging auf einen nicht weit entfernten Wald zu. »Dieser Weg ist es. Bleib in meiner Nähe, und sei wachsam. Halt Ausschau nach Raubtieren, okay?«

»Was für eine Art von Raubtieren meinst du?«, fragte Cass.

»Alle Arten von Raubtieren«, antwortete Kit. »Löwen, Bären,

Wölfe, Hyänen, Tiger – was auch immer. Es gibt sie alle hier in Hülle und Fülle.«

Nach einem einstündigen Marsch durch dichtes Waldgebiet erreichten sie ein Gehölz aus eng nebeneinander gewachsenen Holundersträuchern, die alle spindeldürr und von der Sonne ausgetrocknet waren. »Wir sind fast da«, verkündete Kit. Sie zwängten sich durch den Holunder und gelangten zu etwas, das offenbar eine Hecke aus jungen Buchenbäumen war. »Die Lichtung ist dahinter«, sagte er und drückte sich durch das Jungholz. Cass folgte ihm auf den Fersen und trat hinaus auf eine Lichtung, die durch die weitgespannten Äste des gewaltigsten, majestätischsten Eibenbaums geschaffen wurde, den sie je gesehen hatte.

Der gigantische Stamm erhob sich aus einem Wirrwarr aus sich überlagernden Wurzeln, und sah aus wie eine regelrechte Festung: ein runder Turm aus Holz, das so dicht und schwer wie Eisen war. Von ihm zweigten breite, sich spreizende Gliedmaßen ab, die unzählige Äste mit dichter, dunkler Belaubung stützten – Blattwerk, das aus weichen, grün-schwarzen Nadeln bestand und mit den für diese Pflanzenart charakteristischen blutroten, giftigen Beeren gespickt war. Die großen, schweren Äste, die sich miteinander verflochten, stiegen zu einer wahrhaft erstaunlichen Höhe empor, bevor sie sich verjüngten und eine sanft gerundete Krone formten, die von unten betrachtet mehr wie die kuppelförmige Spitze eines sich abzeichnenden Berggipfels erschien. Inmitten der dicht übereinandergeschichteten Äste waren die Schatten noch finsterer und stärker. Welche Geheimnisse diese düsteren Baumglieder auch verbergen mochten, sie blieben ungesehen und unbekannt, denn das Licht drang lediglich ein paar Zentimeter weit durch das beachtliche grüne Gezweig. Auch schaffte es das Licht nicht, in den Bereich direkt unterhalb dieser Äste einzudringen – das und der kontinuierliche Regen fallender Nadeln hielten den gesamten Boden rund um den Baum herum frei von jeglicher Art konkurrierender Vegetation. Folglich ragte der gigantische Baum aus seiner Umgebung heraus, beherrschte seinen Platz in dem Wald und musste keinen Rivalen dulden: ein absoluter Monarch, ein königlicher Gewaltherrscher ohnegleichen.

»Unglaublich!« Cass keuchte auf, als sie versuchte, die sich himmelhoch auftürmende Masse vor ihr zu erfassen. »Der Baum ist ... unwahrscheinlich riesig.«

»Ich glaube, er ist jetzt sogar noch größer als das letzte Mal, als ich ihn gesehen habe«, merkte Kit an. »Was bedeutet, dass wir wahrscheinlich ein paar Hundert Jahre zu weit gesprungen sind – mehr oder weniger. Er hat mehr Zeit zum Wachsen gehabt, das ist schon mal sicher.« Er blickte hinauf in die emporragenden Äste, die vor dem blassblauen Himmel dunkel wirkten; und es schien, als schaute er in die abgeschattete Dunkelheit eines Mysteriums, das so tief und undurchdringlich wie die Zeit selbst war.

Der bevorstehende Sonnenuntergang tauchte den Himmel in ein goldenes Licht, während sie dastanden und den mächtigen Baum bestaunten. Der Wald um sie herum füllte sich mit einem akustischen Bildteppich aus Vogelgesang; jeder Busch und Zweig sang mit einem gefiederten Choristen, der Ansprüche auf sein nächtliches Territorium anmeldete und der Welt geräuschvoll mitteilte, sie solle von seinem Gebiet weit weg bleiben.

Während Cass und Kit dort standen, ließ sich eine Amsel auf einem der jungen Bäume nieder, welche die Lichtung umringten. Die plötzliche Bewegung des Vogels erregte ihre Aufmerksamkeit, und sowohl Kit als auch Cass sahen, wie er auftauchte. Er schaute sich neugierig um, dann huschte er zu einem nahen Zweig des Eibenbaums, wo er sich für einen Augenblick hinhockte. Der Vogel neigte den Kopf von der einen Seite zur anderen, dann reckte er den Hals hoch, als wollte er anfangen zu singen. Doch bevor der erste Laut erklingen konnte, zitterte das Geschöpf am ganzen Körper, als wäre es einer gewaltigen elektrischen Energie ausgesetzt. Der Vogel streckte seine Flügel aus und kippte mit aufgerissenem Schnabel vom Zweig – er war tot, bevor er am Boden aufschlug.

»Wow!«, entfuhr es Cass. »Hast du das gesehen?«

»Los, lass ihn uns überprüfen.«

Sie schritten um die Lichtung herum zu der Stelle, wo der Vogel heruntergestürzt war – wobei sie sehr vorsichtig waren und darauf achteten, keinen der Eibenzweige auch nur leicht zu berühren.

Dann knieten sie sich nieder, um den gefiederten Leichnam zu untersuchen. Es gab nichts, was auf die Todesursache hinwies; und wenn sie nicht mit ihren eigenen Augen das Hinscheiden des Geschöpfs mitangesehen hätten, hätten sie wohl keinen Gedanken an das tote Tier verschwendet.

»Tod durch bloßen Kontakt«, merkte Cass an, während sie sich über den winzigen Körper beugte. »Hast du gewusst, dass so etwas passieren könnte?«

»Ich wusste, dass der Baum mächtig ist«, antwortete Kit. »Das letzte Mal, als wir hier waren, ließ er unsere Ley-Lampen durchbrennen.« Er wies mit dem Zeigefinger auf den toten Vogel und fuhr fort: »Das ist also schon einmal eine Sache, die wir gelernt haben. Lass uns sehen, ob wir noch was anderes herausfinden können.«

Vorsichtig gingen sie um die Wurzeln des Baumes herum, betrachteten ihn aus jedem Winkel und verbrachten dann einige Zeit damit, einfach nur dort zu sitzen und ihn zu beobachten. Abgesehen von den Vögeln, die für die Nachtruhe zu ihren Schlafplätzen strömten, war es still in dem Wald um sie herum – was, wie Kit vermutete, auf eine Abwesenheit von Wildtieren in der näheren Umgebung hindeutete. Da weiter nichts geschah, entschied er, ihre erste Beobachtungsrunde zu beenden. Er rappelte sich hoch und stellte fest, dass sein rechtes Bein ganz taub geworden war und es nun darin kribbelte. Er machte einen Schritt, stolperte und fiel auf Hände und Knie. »Ah! Aua!«, stöhnte er.

Cass beugte sich zu ihm hinab. »Was ist los?«

»Mein Bein ist eingeschlafen.« Er versuchte aufzustehen und zog eine Grimasse.

»Hier, lass mich dir helfen«, bot Cass ihm an. Sie beugte sich noch ein bisschen weiter zu ihm, um seine Hand packen zu können, und um nicht das Gleichgewicht zu verlieren, hob sie ihren anderen Arm hoch. Kit griff nach ihrer Hand, und im Moment der Berührung gab es ein Knistern und Knacken und einen grellen Blitz, wie das Blitzlicht eines Fotoapparates: Die ganze Lichtung wurde illuminiert von einer plötzlichen, sengenden Szintillation aus hellem blauen Licht. Kit verspürte einen Schlag, der durch seinen Körper zuckte, und er wurde vom Boden hochgehoben und auf den Rücken geschleudert. Es kam ihm vor, als hätte ihn eine gigantische Faust umgehauen – und nicht, als hätte er einen unter Spannung stehenden Draht berührt oder wäre durch einen Stromschlag verletzt worden. Abgesehen von jenem ersten grellen Blitz gab es keine Funken, keine Lichtblitze und keinen Rauch.

Benommen schaute sich Kit um und versuchte zu erkennen, was geschehen war. In der einen Sekunde hatte er nach Cass' Hand gegriffen, und in der nächsten lag er auf dem Rücken, starrte zum Himmel empor und wunderte sich, weshalb er nicht atmen konnte. Jeder Knochen seines Körpers war durchgerüttelt worden. Er rollte sich auf die Seite und blickte zu Cass hinüber, die ein paar Meter entfernt zusammengesackt auf dem Boden lag. Auf Händen und Knien kroch er an ihre Seite. »Cass? Bist du okay?« Er streckte die Hand nach ihr aus.

»Fass mich nicht an!« Sie rollten mit den Augen und stütze sich auf ihre Ellbogen.

»Irgendwelche gebrochenen Knochen oder Verbrennungen oder sonst was?«

Sie setzte sich auf und klopfte sich leicht an der einen und anderen Stelle ab. »Nichts gebrochen«, berichtete sie. »Aber ich habe ein fürchterliches Brummen in meinem Kopf. Und ich glaube, ich bin auf einem Ohr taub. Was ist mit dir?«

»Kein Brummen, aber ich fühle mich wie ein Käfer, der gegen eine Windschutzscheibe geknallt ist. Ohhh ... Mann!« Er brach neben ihr zusammen. »Das war echt extrem.«

»Was war das überhaupt?«

Kit dachte einen Augenblick lang nach. »Der Baum steht auf einem Portal«, erläuterte er. »Ist wie eine Ley-Linie, hat aber mehr was von –«

»Ich weiß, was ein Ley-Portal ist, Einstein«, fiel sie ihm mit scharfer Stimme ins Wort; ihr Tonfall war beinahe anklagend. »Hast du etwa gewusst, dass so was passieren würde?«

»Offensichtlich nicht«, erwiderte Kit. »Das einzige andere Portal, das ich kenne, ist das am Black Mixen Tump zu Hause in England. Und jenes wird aktiviert, indem man seinen Arm in die Luft hebt.« Er wandte seinen Blick dem Baum sowie der Stelle zu, wo sie vor wenigen Augenblicken noch gestanden hatten. »Anscheinend funktioniert das hier genauso.«

»Anscheinend«, echote Cass. »Du hättest mich warnen sollen.« Sie klopfte sich weiterhin ab, als wollte sie eine schlechte Erinnerung abwerfen, und rümpfte verächtlich die Nase. »Riechst du das?«

Kit hob seinen Kopf und sog vorsichtig einen Dufthauch ein. »Ja ... Es riecht nach Elektrizität.«

»Ozon«, entgegnete Cass. »Es bildet sich, wenn hochenergetische elektromagnetische Strahlung die Atomstruktur von Sauerstoff in der Luft zerbricht. Elektrische Entladungen machen so was – was der Grund dafür ist, dass man es häufig in Fahrstühlen oder nach Gewitterstürmen riechen kann.« Sie richtete sich ganz auf. »Ich denke, wir sollten weitergehen: für den Fall, dass sich die elektrische Ladung – oder was auch immer das ist – wieder aufbaut.«

»Guter Plan«, stimmte Kit ihr zu und stemmte sich vom Boden hoch. Nachdem er seine Arme und Beine ausgeschüttelt sowie den Kopf von einer Seite zur anderen gerollt hatte, legte er sich seinen Rucksack über die Schulter. »Okay, jetzt kommt ein wichtiger Sicherheitstipp. Mit den Armen herumwedeln ist keine gute Idee.«

»Da hast du sicherlich recht«, stimmte Cass ihm zu.

»Lass uns gehen«, sagte Kit. »Wir wollen uns nicht nach Einbruch der Dunkelheit im Wald aufhalten. Morgen können wir hierher zurückkommen. Und mit etwas Glück wird Mina aufkreuzen.« Er drehte sich um und drückte sich durch den Ring aus jungen Bäumen, die eine Mauer rund um den Baum bildeten. »Wir müssen zu unserem Unterschlupf gelangen, bevor die Bären auftauchen.«

DRITTES KAPITEL

Worin Wut zu Tagträumereien führt

*D*er Eimer mit den Fäkalien war voll bis zum Rand; und der Gestank erfüllte die sowieso schon übel riechende, kaltfeuchte Luft in der Unterkunft unter der Erde. Noch besorgniserregender jedoch war die Tatsache, dass Burleigh nicht mehr darauf achtete. Er schien sich daran zu gewöhnen – ein Umstand, den er mit Abscheu betrachtete. Ebenfalls verstörend war, dass seine Männer aufgehört hatten, sich über ihr jämmerliches Schicksal zu beklagen, und dass sie es aufgegeben hatten, ihn zu bedrängen, er solle etwas unternehmen, um ihre Freilassung herbeizuführen. Auch hackten sie nicht mehr so häufig aufeinander herum wie in den ersten Wochen ihrer Gefangenschaft.

Stattdessen saßen sie zusammengesackt und niedergeschlagen in ihren jeweiligen Ecken, oder sie schritten gelegentlich entlang der hinteren Mauer ihrer Gemeinschaftszelle auf und ab. Keiner von ihnen sprach viel, da keiner von ihnen irgendetwas Neues zu sagen oder irgendetwas Nützliches vorzuschlagen hatte. Es gab nichts, was irgendeiner von ihnen tun oder sagen konnte, das die gemütlichen Räder der Justiz in Bewegung setzen würde.

Das einzige Ereignis, das ihr Leben hier veränderte – und das eine weitere Sache darstellte, die Burleigh mit vernunftloser Leidenschaft verachtete –, war ein Besuch von Engelbert, dem Bäcker. Es ärgerte Burleigh, dass der einzige Mensch in der Welt, der sich darum sorgte, ob sie lebten oder starben, überhaupt erst der Grund für ihre Gefangenschaft war.

In einer weniger düsteren Stimmung hätte er sich vielleicht dazu bewegen lassen, anzuerkennen, dass seine Einschätzung der Situation streng genommen nicht zutreffend war: Aber Schuldeingeständnisse waren Burleigh so fremd wie einem Fisch Federn. Nichtsdestoweniger war Archelaeus Burleigh gezwungen, sich der bitteren Tatsache zu stellen, dass der brutale Angriff auf Engelbert, um Informationen über die aktuellen Aufenthaltsorte seiner Rivalen bei der Suche nach der Meisterkarte zu erhalten, eine schwerwiegende Fehleinschätzung gewesen war.

Der durch eigene Kraft zum Earl Emporgestiegene war nie jemand gewesen, der sich endlos lange in Scham- oder Reuegefühlen suhlte. Die Erfordernisse seiner Obsession, das Geheimnis der Meisterkarte in seinen Besitz zu bekommen, zwangen ihn stets, immer weiterzukämpfen. Die große Suche war eine erbarmungslose Zuchtmeisterin, die ihn vorantrieb bei der gnadenlosen Verfolgungsjagd nach dem schwer erreichbaren Preis – selbst wenn er auf Hinweise traf, die nahezulegen schienen, dass jenes reich verzierte Pergament etwas anderes sein könnte als eine Art Straßenkarte durch den Kosmos. Burleigh schaute niemals zurück, stellte niemals sein alles bestimmendes Weltbild infrage, dass sein Ziel seine Mittel mehr als nur rechtfertigte.

Und so lastete diese Periode erzwungener Ruhe in einer trostlosen Kerkerzelle schwerer auf ihm, als irgendjemand, sogar Burleigh selbst, sich hätte vorstellen können. Als ihm die Muße gegeben wurde, zu reflektieren, nachzudenken und Dinge neu einzuschätzen, fand er, dass er weder für die Stimmungslage noch für die Resultate Sorge trug. All seine Reflexionen, all sein Nachsinnen und all seine Einschätzungen tendierten zu der außergewöhnlichen Schlussfolgerung, dass sein Schicksal in den Händen eines gesichtslosen Bürokraten irgendwelchen Ranges lag und dass er vollkommen machtlos war, den Ausgang zu verändern oder zu beeinflussen. Für einen Mann, der seit Langem daran gewöhnt war, bei absolut allem seinen eigenen Weg zu gehen, war dies eine völlig neuartige Entwicklung, die ebenso selten wie beklagenswert war.

Ein leises Krabbelgeräusch weckte ihn aus seinen Meditationen. Er blickte hoch und sah eine Ratte, die sich mit irgendeinem großen Brocken zwischen ihren scharfen gelben Zähnen aus dem Staub machte. Burleigh ergriff seine leere hölzerne Trinkschüssel und warf damit nach der diebischen Kreatur, als diese durch einen Riss in der feuchten, zerfallenden Wand verschwand.

»Drecksratten«, murmelte er.

»Boss?«

Burleigh schaute sich um und sah, wie über ihm Tavs hageres Gesicht auftauchte.

»Er kommt zurück.« Tav blickte zur Zellentür. Auf den Steinplatten des Ganges waren Fußschritte zu hören. »Sie wollten, dass ich Sie wecke, wenn er zurückkommt.«

Burleigh drückte sich auf einem Ellbogen hoch. »Ich habe nicht geschlafen.«

Augenblicklich war das inzwischen wohlbekannte Gerassel und danach ein rostiges Knarren zu hören, als der Schlüssel ins Schloss gesteckt wurde und der Verschluss aufschnappte. Der Gefängniswärter trat als Erster herein und kontrollierte die Zelle oberflächlich; er sah den überfüllten Eimer mit den Fäkalien und brachte ihn nach draußen. Dann gab er ihrem Besucher ein Zeichen, in die Zelle zu gehen, schloss die Tür und sperrte sie wieder ab.

Engelbert, auf dessen freundlichem Gesicht ein schlichtes Lächeln zu erkennen war, rief auf Deutsch: »Guten Tag, meine Herren. Guten Tag! Ich habe Essen für Sie.«

Die Burley-Männer erhoben sich auf die Füße, während ihr jovialer Besucher sich in die Mitte des Raums begab und einen großen Leinenbeutel absetzte. Engelbert schnürte ihn auf und öffnete ihn weit. »Hier ist Brot«, sagte er und hob einen großen, runden Laib dunkles Schwarzbrot aus dem Sack. »Gut und frisch.«

Der Bäcker reichte Con das Brot, der als Erster hinzugetreten und ihm am nächsten war. Die anderen erhielten der Reihe nach ihre Laibe. Anschließend grub Engelbert seine Hand in den Sack hinein und brachte Wurstbrocken sowie Käsestücke hervor.

Burleigh, der sich von den anderen ein Stück weit entfernt

hielt, sah dabei zu, als würde er all dies aus großer Distanz beobachten. Die Art, wie seine Männer vor dem schwerfälligen deutschen Tollpatsch katzbuckelten, war erbärmlich – sie alle lächelten und drückten ihm ihre kriecherische Wertschätzung aus, waren auf eine so absurde, jämmerliche Weise dankbar.

»Für Sie«, sagte Etzel und hielt ihm einen makellosen Laib wohlriechendes, bekömmliches Brot entgegen.

Burleigh starrte darauf – und dann auf die Hand, die es ihm anbot, und anschließend in das runde, freundliche Gesicht des Bäckers. Die Male der brutalen Schläge verblassten bereits; die Spuren seiner durch Burleigh erlittenen Verletzungen begannen zu heilen.

Seltsamerweise schien der große Bäcker keine negativen Gefühle gegenüber seinen Peinigern zu hegen: eine Sache, die Burleigh nicht verstand. Stiglmaier brachte ihnen ausreichend zu essen und zu trinken, sodass sie am Leben blieben – zufälligerweise genau seit jenem Zeitpunkt, als Burleigh die eigenen Mittel ausgegangen waren. Die erste Lieferung von Lebensmitteln hatte ihn total überrascht. Aber als Engelbert ein paar Tage später zurückkehrte, da vermutete Burleigh einen Racheakt: Er glaubte, das Essen wäre sicherlich verdorben, ja sogar vergiftet, und würde sie alle krank machen. Obwohl Burleigh seine Männer davor warnte, irgendetwas von dem zu essen, was ihnen der Bäcker anbot, erlag einer nach dem anderen dem Hunger und aß davon. Niemand von ihnen wurde krank oder starb, und schon bald begannen sie, den Almosen zu vertrauen – als bekömmliche Gaben, die echter Anteilnahme entsprangen.

»Wo?«, fragte Burleigh in seinem rudimentären Deutsch und fügte dann auf Englisch hinzu: »Warum?«

»Wie bitte?«, entgegnete Etzel.

»Warum tun Sie das?«, knurrte der Earl, der seine Zunge dazu zwang, in der schrecklichen deutschen Sprache zu reden. »Jede Woche bringen Sie uns Essen. Warum?«

Etzel betrachtete ihn einen Augenblick lang nachdenklich, dann zuckte er mit den Schultern. »Wer sonst würde es Ihnen bringen, wenn nicht ich es tue?«

»Nein«, entgegnete der Earl. »Ich meine – warum ... Was ist der ...« Er bemühte sich, das richtige deutsche Wort zu finden. »Der Zweck ... Was ist der Zweck davon?«

»Es zu essen«, erwiderte ein leicht verunsicherter Engelbert. »Wenn ich diese Lebensmittel nicht bringe, werden Sie verhungern.«

Burleigh starrte seinen merkwürdige Nemesis an, und seine Miene verfinsterte sich. Das hier brachte ihn nirgendwohin. Vielleicht kam sein Deutsch – so rudimentär, wie es nun mal war – mit den Unbilden einer abstrakten Erörterung nicht zurecht. Er riss sich zusammen und versuchte es mit einer anderen Taktik. »Warum? Warum kümmert es Sie? Was bedeutet es für Sie, wenn wir verhungern?«

Der Bäcker starrte ihn an und schüttelte den Kopf. »Ich verstehe Sie nicht.«

Burleigh verlor schließlich seine Geduld und schrie: »Sie tun dies für uns! Sie geben uns Essen. Ich will wissen, warum Sie das tun!«

Endlich schien Engelbert zu verstehen, wonach gefragt wurde. Auf seinem lädierten Angesicht zeichnete sich ein breites Grinsen ab. »Es ist das, was mein Herr Jesus tun würde«, antwortete er fröhlich. »Wie kann ich da weniger tun?«

VIERTES KAPITEL

Worin ein Problem beigesetzt wird

*T*urms der Unsterbliche öffnete seine Augen am neuntausend-
zweihundertfünfundsechzigsten Tag seiner Herrschaft. Er erhob sich von seinem vergoldeten Bett und richtete den Blick auf
eine blutrote Morgendämmerung – etwas Ähnliches hatte er noch
nie erlebt. Obgleich in der langen Geschichte seines Volkes Peri-
oden des Krieges und des Aufruhrs verzeichnet wurden, so hatte
doch während seiner Zeit auf dem Thron Etrurien nur Frieden und
Ruhe gekannt. Aber der brutale Angriff der Latiner und ihr Eindringen in sein Königreich hatten einen Tag des Gemetzels und
Blutvergießens entfesselt, wie es ihn seit Menschengedenken nicht
gegeben hatte.

Der Überfall war kurz: Er begann in der Morgendämmerung und
endete vor dem Mittag. Doch die Schäden und Verletzungen würden auf Jahre hinaus fortbestehen. Berittene Angreifer aus dem
raffgierigen Norden hatten zwei Dörfer geplündert und niedergebrannt. Sie trieben fast dreihundert Menschen von ihren Häusern
und Besitzungen und brachten achtzig Etrusker in die Sklaverei,
bevor sie für die Sicherung ihrer Grenzen wieder flohen. Die Spur
der Zerstörung war eine breite Schneise aus Asche und Tod.

Zu jenen, die beim Überfall verletzt und verwundet wurden,
zählte auch der Mann, der als Duglos bekannt war: der Urenkel
seines alten Freundes Arturos und ein Gast des königlichen Haushalts. Das war sehr schade – und vor allem so unnötig. Denn wäre
Duglos nur in seinem Haus geblieben, wäre er dem Unheil ent-

43

kommen. Kurz nachdem der Feind das Randgebiet des königlichen Bezirks erreicht hatte, waren etruskische Soldaten eingetroffen und schlugen den Angriff erfolgreich zurück. Bei der Ankunft der Soldaten stoben die Angreifer einfach auseinander und machten geschwind einen Rückzieher.

Duglos wurde auf der Straße gefunden, wo er aus einer scheußlichen Speerwunde blutete. Er war in das Gästehaus zurückgetragen und im Hauptraum auf den Tisch gelegt worden, wo sich die königlichen Ärzte und Heiler an die Arbeit machten. Sie reinigten die Wunde, die weiterhin heftig blutete. Da sie nicht imstande waren, den Blutfluss zu stoppen, nahmen sie Zuflucht zu der extremen Methode, Eisensonden zu erhitzen und die Wunde mit dem rot glühenden Metall auszubrennen: Beißender Rauch und der Gestank von brennendem Fleisch erfüllten den Raum, doch zu guter Letzt hörte der Blutfluss auf.

Sie hatten gerade mit der abschließenden Säuberung der klaffenden Wunde begonnen, als draußen ein Tumult entstand; erhobene Stimmen waren zu hören, und eine Tür wurde zugeknallt. Einen Moment später platzte Duglos' Gefährte – der bleiche, gespenstische Jugendliche mit dem großen Kopf und den leeren Augen – in den Raum hinein. Er machte augenblicklich halt, als er den Körper seines Wohltäters nackt auf dem Tisch und das sich ansammelnde Blut auf dem Boden sah. Der Junge starrte darauf, riss den Mund auf und stieß einen Laut aus, den keiner der anderen im Raum jemals von einem menschlichen Wesen gehört hatte: ein tierischer, gellender Schrei des Zorns und Triumphs. Dann huschte er wieder fort, so rasch, wie er eingetreten war. Abermals knallte die Tür zu, und der Junge war verschwunden.

Einigermaßen erleichtert kehrte Laris, der oberste Arzt, wieder zu seiner Arbeit zurück. Er befahl, dass eine Salbe aus Knoblauch, Oliven- und Nardenöl großzügig aufgetragen werden sollte, und die Wunde wurde mit sauberen Leinenstreifen verbunden, die man zuvor in eine Mischung aus Honig und Wein getaucht hatte. Als der letzte Verband befestigt war, traf der König ein. Laris schickte seine Helfer fort und gab dem König ein Zeichen, sich zu ihm zu gesellen. »Allerhöchste Exzellenz, alles, was getan werden kann, ist für deinen Gast getan worden«, sagte er. »Ob er weiterlebt oder stirbt, liegt jetzt in den Händen des Gottes, der ihn erschaffen hat.«

»Solcherart ist das Schicksal aller, die durch diese Welt wandeln«, merkte Turms an.

»Ich werde bei ihm sitzen und den Ausgang abwarten«, bot Laris an.

Turms dankte seinem Arzt und sagte: »Du hast anderswo dringlichere Arbeit. Es gibt viele Verletzte – geh und schau nach ihnen.«

Der Arzt verbeugte sich und eilte fort, um andere zu pflegen, die beim Angriff verwundet worden waren. Turms stand am Tisch und betrachtete den Körper, der so still und bleich dort lag; die Brust bewegte sich kaum. Eine Zeit lang wachte er über den Mann. Dann, nachdem er sich versichert hatte, dass der Verletzte nicht in einer Notlage war, rief er einen Diener herbei, um hier Wache zu halten. Anschließend verließ er die Villa und machte mit seinem Leibwächter einen Ausritt, um die Schäden in seinem Königreich zu beurteilen. Turms eilte zuerst zu den verwüsteten Dörfern und hörte sich von den Opfern Berichte über den Angriff an. Nachdem er seine Unterstützung zugesichert hatte, beim Wiederaufbau zu helfen, fuhr der Priesterkönig der Velathri damit fort, die zerstörten Felder und Waldungen zu begutachten, die von den Latinern in ihrem sinnlosen Angriff niedergebrannt worden waren. Bei alledem ging dem König eine einzige Frage immer wieder durch den Kopf: *Warum?*

Die Latiner waren ein ruheloser, kriegsliebender Menschenschlag – das galt schon seit Generationen als selbstverständlich. Doch die beiden Reiche lebten seit vielen Jahren miteinander in Frieden, und der Angriff war in keiner Weise provoziert worden. Diese Entwicklung verhieß nichts Gutes für die nahe Zukunft. Etwas würde man unternehmen müssen, um weitere Einfälle und Konflikte zu verhindern. Zu diesem Zweck würde der König seine Ratgeber konsultieren, die angemessenen Opferungen durchführen und eine Ratsversammlung abhalten – und ausschließlich dann erst entscheiden, was zu tun sei.

Nach einem langen, elenden Tag, an dem er die Zerstörung besichtigt und seinem Volk so viel Trost geschenkt hatte, wie er konnte, kehrte Turms zu seinem Palast zurück, wo er feststellte, dass der verwundete Mann seinen Verletzungen erlegen war.

»Er starb kurz vor deiner Rückkehr, mein Herr«, teilte ihm der Diener mit.

Turms nickte gedankenverloren. »Hatte er Schmerzen bei seinem Ende?«

»Nein, Majestät. Er trat friedlich in das ewige Leben ein.«

»Was ist mit dem seltsamen Jungen? Der Jugendliche, der bei Duglos gewesen ist?«

Der Diener schüttelte den Kopf. »Das kann ich nicht sagen, mein Herr und König. Ich habe den Jugendlichen gesehen, allerdings bloß einmal und dann auch nur kurz, als er in den Raum hineinflitzte. Er blickte auf den Körper, kreischte und rannte wieder fort. Ich kann nicht sagen, wohin er gegangen ist. Vielleicht wird er ja zurückkommen.«

»Vielleicht aber nicht. So oder so, ich bin zufrieden.«

Turms entließ den Diener und zog sich einen Schemel heran. Er setzte sich bei der Leiche hin, um über die unvorhersehbaren Drehungen und Wendungen nachzusinnen, die ein Lebensweg nehmen konnte. Trotz seiner besten Absichten schien es, dass das Schicksal einen anderen Ausgang für diese traurige, gebrochene Seele verfügt hatte. Obgleich er als König überzeugt war, dass er den vernünftigen und angemessenen Weg gewählt hatte, indem er Duglos und den wilden Jugendlichen hierbehielt, fragte sich der Priester in ihm, ob er genug getan hatte. Hatte er bei der Erfüllung seiner Pflicht gegenüber seinem Freund versagt? Noch bedeutsamer – hatte er bei der Erfüllung seiner Pflicht gegenüber der Zukunft und dem Wohlergehen der Welt versagt?

»Es tut mir leid, Arturos«, murmelte er nach einiger Zeit. »Ich hätte auf deinen Angehörigen besser aufpassen sollen. Die Schuld liegt bei mir, und ich werde einen Weg finden, um sie zu begleichen.« Nach kurzer Überlegung erhob er sich von dem Schemel und rief: »Pacha! Pacha, komm hierher. Warte deinem Herrn auf!«

Er hörte die klatschenden Geräusche der Füße des königlichen Hausverwalters, während er draußen über den Steinboden eilte.

Pacha steckte seinen runden, kahl rasierten Kopf in den Raum hinein. »Dein Diener wartet dir auf, mein Herr.«

»Ich habe entschieden, was getan werden soll.«

»Das ist gut, Majestät.«

»Aus Respekt vor meinem lieben Freund Arturos werde ich seinen Angehörigen in meinem Grabmal beerdigen. Auf diese Weise werde ich das Andenken meines Freundes ehren und außerdem jegliches Vergehen wiedergutmachen, das ich möglicherweise bei dieser unglückseligen Angelegenheit begangen haben mag.«

»Dein persönliches Grabmal?« Besorgnis brachte die normalerweise gelassenen Gesichtszüge von Pacha aus der Ruhe. »Majestät?«

Turms hörte den warnenden Unterton in der Stimme seines Dieners. »Du glaubst, ich sei zu voreilig?«

»Niemals, Majestät. Und dennoch ...« Er streckte eine Hand in Richtung des toten Mannes aus. »In einem königlichen Grabmal beerdigt zu werden ... Meines Wissens war er nicht von adliger Geburt.«

Der König hielt inne, um die Situation zu überdenken; dann verkündete er: »Ich bin von Adel, und das Grabmal wird mein Ort der Ruhe sein. Duglos möge den Sarkophag bekommen, der fertig ist. Ich werde einen neuen und größeren für mich meißeln lassen.« Turms lächelte, er war glücklich über diese großzügige Geste. »Lasst es so sein, wie ich es verfügt habe.«

Pacha rief die Einbalsamierer herbei, damit sie den Leichnam abholten und mit ihrer Arbeit begannen. Am nächsten Tag wurde der präparierte Körper am Fuße des königlichen Hügels auf eine Totenbahre gelegt. Zusammen mit einer Anzahl von Priestern, einer Handvoll Soldaten und einer kleinen Ansammlung neugieriger Schaulustiger stieg der König, der sein purpurfarbenes Gewand sowie die goldene Schärpe angelegt hatte und den imposanten Zeremonienhut auf dem Kopf trug, barfüßig den Pfad hinab. In der einen Hand hielt er einen Olivenzweig und in der anderen ein gebogenes Messer mit einer goldenen Klinge und einem Griff aus schwarzem Onyx.

Ein Priester in gelbem Gewand brachte eine Silberschüssel, die Wasser enthielt, das mit geharztem Wein vermischt war, und nahm seinen Platz neben der Totenbahre ein. Turms beugte sich zu ihm, tauchte den Olivenzweig in die Schüssel und besprenkelte die Leiche mit Wasser und Wein. Er tat dies dreimal und legte anschließend den Olivenzweig auf die Brust des Leichnams. Zwei weitere Priester gesellten sich zu dem ersten; und die drei wickelten den Körper in ein Leichentuch. Als sie dies beendet hatten, verneigten sie sich vor dem König.

Das Ritual der Letzten Waschung war somit abgeschlossen. Turms zog seine Sandalen an und nahm seinen Platz an der Spitze der hastig einberufenen Prozession ein. Die Leiche wurde von den Priestern hochgehoben und zur Heiligen Straße getragen – zum schmalen, tief in den Kalktuff hineingeschlagenen Gang, der sich unterhalb des Erdbodenniveaus befand. Dort wurde sie zu dem Grabmal befördert, das der König für sich selbst errichtet hatte. Turms trat zum Eingang und kratzte mit der Klinge des goldenen Messers am Türrahmen entlang – links und rechts senkrecht hinab sowie oben und unten vertikal zur Seite. Dadurch wurde der dünne Belag aus rotem Mörtel gebrochen, mit dem die Tür zum Grabmal versiegelt war.

Unter Benutzung eines besonderen Werkzeugs wurde der verborgene Riegel der Tür von innen angehoben und die schwere Steinabdeckung langsam aufgezogen, um einen dunklen Hohlraum offenzulegen, der bis auf einen großen Sarkophag leer war. Letzterer war aus bernsteinfarbenem Alabaster hergestellt, in den man die familialen Symbole des zukünftigen königlichen Bewohners – Schwäne, Delfine und Löwen – gemeißelt hatte. Turms tauchte sein Zeremonialmesser in die Silberschüssel und sprenkelte heiliges Wasser auf die Türpfosten und den Oberbalken.

Dann trat er in das Grabmal hinein und wiederholte den Vorgang; in jede Ecke der quadratisch geschnittenen Kammer spritzte er Wasser. Das Gleiche tat er beim Sarkophag, und danach wies er drei der in Bereitschaft stehenden Soldaten an, den Alabastersarg zu öffnen.

Der eingehüllte Leichnam wurde in der großen Steinkiste abgelegt und der Deckel wieder fest verschlossen. Turms hob die Hände bis auf Höhe seiner Schultern und intonierte ein kurzes Gebet für die Seele des Entschlafenen.

»O Großer des Himmels, Erschaffer des Lebens«, sprach er. »Deine Kinder kommen heraus in der Morgendämmerung des Lebens, die Weisen unter ihnen beten dich an und danken dir. O Gott der Schöpfung, du überhäufst Hohe und Niedrige in der gleichen Weise mit den Segnungen des Lebens; jene, die Gunst verdienen, frohlocken in deiner Gegenwart. Du allein, o Herr, gibst jenen, die im Haus des Lebens wohnen, Licht und Wärme.

Wir kommen heute heraus, gerechtfertigt in deiner Gegenwart, denn wir haben unseren Feind besiegt, der in unser Land eingedrungen ist. Sein Streitwagen ist zerbrochen, sein Speer abgestumpft, sein Dolch in die Scheide gesteckt. Seine Armee ist vernichtet, und jene, die mit ihm liefen, sind in die Wildnis geflüchtet.

Heil dir, Großer der Macht, Hüter des Volkes, gewähre uns göttlichen Schutz, denn wir sind deine Gefolgsleute, und versorge uns mit Nahrung in deinen Tempeln.

Heil dir, Allwissender, Architekt des Universums, der Leben erschafft, indem er es träumt. Heil dir, du Höchster und Ewiger, Schöpfer der Zeit, Herrscher über alles, was ist und was noch sein wird. Wir verbeugen uns, um dir zu huldigen, und erhalten den Segen deiner Gnade – und bitten, dass du die Seele von Duglos, der jetzt vor dir steht, in deiner Gesellschaft empfängst.

König der Wahrheit, Schöpfer der Ewigkeit, Prinz des unvergänglichen Ruhms und Oberhaupt aller Götter, du gibst das Leben und nimmst es entgegen. Dein Name sei für immer gesegnet. So sagt Turms der Unsterbliche, gerechtfertigt und ewig, durch deinen Willen König dieser Velathri und oberster Priester des Volkes.«

Die Zeremonie wurde beendet; der König und sein Gefolge gingen aus dem Grabmal hinaus, schlossen die Tür jedoch nicht. Der Sturz und die Türpfosten des Grabmals wurden blau gestrichen und Girlanden aufgehängt, um den Eingang zur Grabkammer zu schmücken. In Übereinstimmung mit der Tradition würde das Grabmal drei Tage lang offen bleiben, um es den Trauernden – Verwandte, Freunde und Bekannte und all diejenigen, die ihre Aufwartung machen wollten – zu ermöglichen, Gaben für den Verstorbenen und seine Familie – Essen und Wein – dort zu hinterlassen.

Dann ging Turms fort, der nun seine Verpflichtungen erfüllt hatte – und mit ihm die Gruppe aus Priestern, die Höflinge und die angemieteten Trauernden. Sie ließen zwei junge Soldaten zurück, um die Begräbnisstätte zu bewachen. Sobald die Trauergesellschaft aus der Heiligen Straße hochgeklettert war und sich abermals auf dem Weg befand, der zum Palast führte, schickte der König die anderen voraus, sodass er ein wenig Zeit und Raum für sich allein hatte. Seine Gedanken wandten sich seiner langen Freundschaft mit Arturos und den seltsamen Geschehnissen zu, welche die Ankunft und den Tod seines Urenkels umgaben. Es gab hier ein Mysterium, ein zutiefst beunruhigendes Geheimnis, das er noch durchschauen musste. Er kehrte seine Augen nach innen und suchte nach einem Zeichen oder einem Wort, das die Dunkelheit erleuchten könnte, die Duglos war.

Arturos, der Freund seines unerfahrenen jüngeren Selbst, hatte einen Sohn namens Benedict, den Turms gut kannte – er hatte bei der Geburt dieses Kindes geholfen, als andere Ärzte daran verzweifelt waren, ob sie entweder die Mutter oder das kleine Kind retten sollten. Sowohl Arturos als auch sein Sohn waren gute und aufrechte Männer gewesen; Duglos hingegen war weit davon entfernt, gut oder aufrecht zu sein. Dieser Mann mit seiner korrupten und verworfenen Seele besaß keine einzige der Tugenden seiner Vorfahren. Was Turms getan hatte, war aus Respekt vor seinem alten Freund geschehen – und weil er das Andenken an jene Freundschaft ehren wollte. Er hatte es nicht gemacht, wie er sich eingestand, aufgrund irgendwelcher Verpflichtungen, die er dem kürzlich Verstorbenen schuldete.

Belastet von diesen Gedanken, erreichte Turms der Unsterbliche den Pfad, der zu seinem Palast auf der Hügelspitze hinaufführte. Er drehte sich um und setzte seinen Fuß auf den Weg, hatte allerdings den ersten Schritt noch nicht vollendet, als sein Blick auf einen kleinen Klecks aus Dunkelheit und Licht fiel, der im Schatten einer Zypresse ganz unten am Beginn des Pfades matt schimmerte. Turms, der stets ein wachsames Auge für Omina hatte und sie mit dem scharfen Blick eines wahren Sehers erfasste, erhielt einen flüchtigen Eindruck von dem Gegenstand und hielt mitten im Schritt an.

Der König beugte sich nach unten, wobei er die Hände auf seine Knie legte, um besser schauen zu können. Es handelte sich um ein winziges Vogelküken – nackt, mit schwarzen Stoppelfedern bedeckt und immer noch feucht. Es war aus dem Nest gefallen, das sich irgendwo oben in den Zweigen befand. Das arme kleine, tote Ding war gerade erst geschlüpft gewesen; da waren Bruchstücke von der Eierschale, die immer noch an der feuchten, durchsichtigen Haut hafteten. Zudem lagen größere Stücke von der zerbrochenen Schale um den Miniaturleichnam herum. Einen Moment lang betrachtete Turms diese unglückselige Szene, dann hob er seine Augen zum Himmel und stieß einen Seufzer der Dankbarkeit aus, da ihm das Zeichen gewährt worden war, das er suchte. Anschließend beugte er seinen Kopf, um über die Bedeutung nachzudenken.

Der Vogel war zur Unzeit ausgeschlüpft: Es war Spätsommer – lange nachdem alle anderen jungen Vögel flügge geworden und ausgeflogen waren. Das kleine Ding hatte damit begonnen, zu schlüpfen und ins Leben zu treten, aber diese Entwicklung war unterbrochen und der Vogel dem Tod übergeben worden. Tatsächlich war es zweifelhaft, ob das Geschöpf überhaupt lange genug gelebt hatte, um seinen ersten Atemzug zu machen. Bevor es seinen Schnabel öffnen konnte, um vom Leben zu trinken, hatte die Natur verfügt, dass es nicht leben sollte. Dies geschah manchmal, wie Turms nur zu gut wusste. Wenn Vogeleltern kein Glück bei der Aufzucht ihrer Brut hatten, bemühten sie sich um eine zweite; doch die Küken kamen fast immer zu spät im Jahr zur Welt und konnten nicht groß genug werden, um den bevorstehenden Winter zu überleben. In solchen Fällen war der frühe Tod ein Akt der Gnade. Das arme, dem Untergang geweihte Geschöpf war aus dem Nest gestürzt und auf den allerersten Schritt des königlichen Weges gefallen – Turms' Weg, der zu Turms' Haus führte. Deshalb war der König höchstpersönlich in irgendeiner Weise darin verwickelt. Das war noch ein weiterer Tod, den er sich zu eigen machen musste.

Nachdem er dieses Urteil angenommen hatte, kniete sich der König in den Staub des Pfades nieder, formte die Hand zu einer Kelle und hob den kleinen Leichnam darin hoch. Er trug ihn zu einer Stelle neben dem Weg und kratzte mit der Spitze eines Steines den Erdboden auf, bis ein flaches Grab entstand. Turms legte das Baby-Vögelchen in das Loch hinein, bedeckte es mit Erde und platzierte den Stein oben auf dem winzigen Hügel. Anschließend sagte er Dank für das Leben dieses Wesens; und als er sich erhob, um auf dem Weg hoch zu seinem Palast weiterzugehen, brach die vollständige Bedeutung dieses Zeichens über ihn herein.

Es handelte sich um ein Omen, das als Erwiderung auf das durch Arturos und Duglos aufgeworfene Mysterium gegeben worden war. Hier war die Antwort, die sich ihm so lange entzogen hatte. Jetzt sah er alles so klar – all die Figuren waren ihm gegenwärtig, er selbst eingeschlossen: ausgebreitet auf einem leuchtenden Pfad, der die Zeit darstellte. Erneut sah er die Ankunft von Arturos und der hochschwangeren Xian-Li und erinnerte sich, wie er geholfen hatte, das Leben der Mutter und ihres Sohnes zu retten, als all die anderen Ärzte die Hoffnung aufgegeben hatten. Er sah den Säugling Benedict und hörte, wie dieser den ersten Atemzug machte und schrie.

Oh, doch wie bei dem winzigen jungen Vogel, der aus seinem Nest herausgefallen war, so handelte es sich auch bei jener Geburt um eine, die es niemals hätte geben sollen!

Turms erkannte das jetzt. Obschon es niemals falsch ist, einzuschreiten, um ein Leben zu retten, hatte sein Handeln die Fortführung einer Abfolge von Ereignissen ermöglicht, die niemals hätten Wirklichkeit werden sollen. Der Himmel in seiner unendlichen Weisheit hatte verfügt, dass jenes einzelne Leben – und damit alle Geschehnisse und Wechselwirkungen, die daraus hervorgehen würden – nicht sein sollte. Turms jedoch, der Priesterkönig der Velathri, hatte in seiner schwächlichen, begrenzten Weisheit etwas anderes entschieden.

Doch siehe! Der Himmel war eingeschritten, um abermals die Ordnung wiederherzustellen. Mit dem Tod von Duglos war die Angelegenheit schließlich abgeschlossen worden. Dass das Ende genau in dem Raum stattgefunden hatte, in dem das Missgeschick überhaupt zuerst begann, war Turms nicht entgangen. Es war eine Strafe – eine, die er demütig auf sich nahm. Es war auf diese Weise geschehen, damit er daraus lernen könnte und einmal mehr daran erinnert würde, wie mysteriös und wie gerecht die Wege Gottes waren.

Voll Staunen schüttelte Turms seinen Kopf über die komplizierte Planung des Himmels. Sie war jenseits menschlichen Verstehens. Alles, was er begreifen konnte, waren ein einzelner oder zwei Fäden an einer kleinen Stelle eines Wandteppichs, der an einem Rahmen gewoben wurde, der den gesamten Kosmos überspannte.

Es gab jedoch noch mehr Lektionen, die daraus zu lernen waren. Und Turms würde in den kommenden Tagen ein paar von ihnen lernen. Doch es gab andere Lektionen, die er nicht wissen konnte, die aber von gleicher Wichtigkeit waren: Welche anderen Geschehnisse waren aus Arturos' Einmischung hervorgegangen, die nicht hätten Wirklichkeit werden sollen?

Das war eine Frage, die andere beantworten mussten. Für Turms gab es im Moment drängendere Verpflichtungen und Pläne – mehr Beisetzungen, die er leiten musste, mehr Begräbnisse, denen er beizuwohnen hatte. In ganz Etrurien hatte die Zeit des Kummers und des Trauerns und der tiefen Einkehr begonnen.

FÜNFTES KAPITEL

*Worin ein endgültiger
Bestimmungsort erreicht wird*

*N*atürlich hatte Lady Haven Fayth von Konstantinopel gehört. Keiner, der Latein oder Geschichte studierte, konnte sehr weit durch seine Bücher reisen, ohne in der legendenumwobenen Metropole anzukommen, die sich an den Küsten des Bosporus ausbreitete. Obgleich ihre Bildung in vielerlei Hinsicht recht fragmentarisch war, hatte ihr Unterricht zumindest ein oder zwei Erwähnungen dieses Ortes eingeschlossen, wo so vieles geschehen war, das die Geschichte des Abendlandes prägte. Selbst in ihren wildesten Fantasien hatte sie sich niemals vorgestellt, diese Stadt zu besuchen, geschweige denn zu sehen, wie die großen Kuppeln der Hagia Sophia im Licht des frühen Morgens golden glänzten. Doch das Leben ist seltsamer, als sich irgendjemand es vorstellen kann; und da war sie: die große Kirche von Kaiser Justinian, ein Gedicht in bemaltem Stein, ein hoch aufragender Lobespsalm, der die Zeitalter überdauerte und sich stolz auf seinem Hügel erhob, von wo er die silbern funkelnde Fläche des blauen Marmarameers überblickte.

Haven nahm den Anblick tief in sich auf, schwelgte in Wellen der Erleichterung und Dankbarkeit. Endlich war die lange Mühsal vorüber. »Oh, Giles«, sagte sie ein wenig atemlos. »Habt Ihr jemals etwas gesehen, das so wunderschön ist?«

»Niemals«, pflichtete Giles von seinem gewohnten Platz neben ihr bei. »Auch nicht etwas so Großes. Es muss die Größe von drei Londons zusammen haben.«

»Es würde noch wunderbar sein, selbst wenn es halb so groß wäre.«

Für Haven war die Reise, die sie aus den Steppen herausgeführt hatte, eine unbehagliche Mischung aus Faszination, Erschöpfung und todlangweiligem Überdruss gewesen – Bestandteilen, die unmöglich mit irgendeinem Grad von Zufriedenheit verbunden werden konnten. Die sich von einem Tag zum anderen fortziehenden Mühen des Reisens waren von einer so trostlosen Monotonie, dass an den meisten Tagen alles, was sie zu tun vermochte, darin bestand, ohne Schreien einen Fuß vor den anderen zu setzen. Lichtblicke in der Düsternis ihrer totalen Ermüdung, wie Schwarze Johannisbeeren in einem unansehnlichen, matschigen Pudding, waren die gelegentlichen Einblicke in die größtenteils fremdartige Kultur, in die sie eingetaucht war und die überall um sie herum gelebt wurde.

Gefangen zwischen zwei sich bekriegenden Armeen, waren sie und Giles auf dem Schlachtfeld aufgegriffen und dann vor den Herrscher der plündernden Invasoren – der Bulgaren, wie sie sich selbst nannten – geführt worden. Dieser Anführer hatte entschieden, dass die zwei Fremden ihn begleiten sollten ... Als Sklaven? Gesandte? Haustiere? Wer wusste das schon? Auch wenn es nicht gerade ideal war, dass der Herrscher sie anscheinend von nun an als sein Eigentum betrachtete, so tröstete sich Haven mit dem Gedanken, dass zumindest der Khan, oder König – ein gebildeter und aufgeklärter Bursche namens Simeon –, ein kultivierter Christ war und kein bestialischer, gottloser Rüpel.

Die Bulgaren selbst schienen in fast jeder Hinsicht ein widersprüchliches Volk zu sein. Sie waren zu heroischen Taten fähig, wenn es um Freundlichkeit und Großzügigkeit ging, konnten aber auch blutrünstig und brutal sein, selbst gegen ihre eigenen Leute. Obgleich sie sich zu einer grimmigen Hingabe zur Ehre bekannten, konnten sie auf grausame Weise betrügerisch und selbst bei den kleinsten Unternehmungen ungebärdig und unzuverlässig sein. Ein Krieger mochte Stein und Bein schwören, seine Kameraden zu beschützen und verteidigen, und dennoch bei der ersten Andeutung, dass die Schlacht verloren gehen würde, das Feld verlassen. Umgekehrt konnten sie bis zum letzten Atemzug kämpfen, obwohl jegliche Hoffnung auf einen Sieg seit Langem dahingeschwunden war.

Insgesamt betrachtet waren sie klug, ohne großsprecherisch zu sein; fröhlich, auch wenn Mühsal auf sie herabprasselte; einfach in ihren Begierden und Freuden und prahlerisch in ihrem Äußeren; anspruchslos und zufrieden, welche Umstände auch immer Fortunas Rad ihnen in den Weg legte, doch fasziniert vom Wohlstand und von Geschichten über Reichtümer; bescheiden als Einzelperson, aber stolz als Stammeseinheit; klein von Statur, dennoch kraftvoll wie Riesen, was die Stärke ihrer Gliedmaßen anbelangte; demütig in ihrem Auftreten, jedoch arrogant in ihrer Geisteshaltung, sodass sie in jeder Lebenslage, in die sie geraten mochten, von der Annahme ausgingen, sie wüssten am besten, was zu tun sei. Ein widersprüchlicheres Volk, da war sich Haven sicher, hatte sie nie zuvor gesehen.

Doch während sie diese Leute besser kennenlernte, entdeckte Haven, dass sie zumindest auf einem Gebiet vollkommen ohne Arglist oder Doppelzüngigkeit zu sein schienen: bei ihrer tiefen und beständigen Ehrfurcht gegenüber der Religion. Sie waren alle Christen und fügsame, verehrende, gehorsame Söhne und Töchter von Mutter Kirche. Und von den Kleinkindern bis zu den Älteren waren sie zusammen mit dem Taufwasser von Kopf bis Fuß durchtränkt von einer groben Art von Ritterlichkeit, gemäß der sie religiösen Glauben und Ehre höher hielten als kleinliche persönliche Interessen. Außerdem zeigten sie eine uneingeschränkte Zuneigung für ihren Khan. Als Einzelperson teilte Khan Simeon viele der charakteristischen Merkmale seines Volkes, die aber durch mehr Anstand und eine größere Erfahrenheit gezügelt wurden, wie sich bei seiner Behandlung der Gäste gezeigt hatte. Der König höchstpersönlich hatte wohlüberlegte Vorkehrungen für sie getroffen: Er hatte ihnen einen Platz im königlichen Gefolge gegeben und seinen Kammerherrn beauftragt, sie zu umsorgen; er schenkte ihnen neue Kleidung – lange, gegürtete Gewänder, die seinen ähnelten, und weiche Lederstiefel –; er veranlasste, dass sich eine Familie um sie kümmerte, sodass sie mit Lebensmitteln und anderen grundlegenden Notwendigkeiten des Lebens versorgt werden konnten und ihnen die Möglichkeit eröffnet wurde, etwas von der Kultur und Sprache des Volkes zu erlernen.

In diesen Angelegenheiten und auch anderen nahm der Khan Anteil an ihrem Wohl. Im Verhalten sowie in Wort und Tat war Simeon ein wahrer Edelmann. Er war, was Haven rasch zu würdigen wusste, darüber hinaus ein Anführer, der einen sehr trickreichen Kurs durch heimtückische Gewässer steuerte. Er war ein König im Krieg gegen einen mächtigeren und zahlenmäßig überlegenen Feind. Doch dank seiner größeren Intelligenz, Fähigkeit und Entschlossenheit hatte er gegen eines der größten Reiche des frühen Mittelalters gesiegt. Simeon hatte sich nun bis zu den Toren von Konstantinopel durchgekämpft, um dem byzantinischen Kaiser persönlich die Friedensbedingungen zu übergeben.

All dies und noch viel mehr hatte Haven während des langen Zuges von den leeren Ebenen des Istros-Tals nach Konstantinopel herausbekommen. Wie ein Wollpflücker, der kleine Flocken vom Gestrüpp und Dickicht einsammelte, wo Schafe vorbeigezogen waren, griff Haven alles auf, was auch immer sie an Informationen bekommen konnte, und fügte es ihrem Wissen hinzu. Ihre Primärquelle für vereinzelte Informationen war der Kammerherr des Khans, Gyorgi, ein geschäftiger Bursche mit einer Schwäche für Lagergerüchte. Doch die vertrauenswürdigste Quelle war der Oberste Ratgeber des Königs, ein kahlköpfiges Fass von einem Mann namens Petar, der das Lateinische und Griechische beherrschte ebenso wie das Bulgarische und anscheinend noch mehrere andere Sprachen. Die Reisegesellschaft von Khan Simeon schloss überdies etliche Priester ein, mürrische Kerle mit langen schwarzen Bärten und schweren schwarzen Roben. So viel sie wusste, waren die Geistlichen möglicherweise willens, sich an der Ausbildung der jungen Frau zu beteiligen; aber da sie nur Griechisch sprachen, waren sie nur von geringem Nutzen für Haven, die nur ein elementares, fachgerechtes Latein beherrschte.

Doch wo Gyorgi eine sprudelnde Quelle war, da war Petar eine schlecht funktionierende Pumpe. Gyorgi pflegte endlos über dieses und jenes zu plaudern, ob ihm nun irgendjemand zuhörte oder nicht. Petar hingegen hatte die Tendenz – die einen Zuhörer in den Wahnsinn treiben konnte –, sich von seinen Wörtern äußerst ungern zu trennen, als würde er sich von seinem Geld trennen. Jedes winzige Stückchen an Information wurde gewogen und untersucht wie eine Goldmünze vor ihrer Ausgabe – es gab immer nur genau dieses Stückchen und nicht mehr. Und Haven lernte bald, dass sie mit dem glücklich sein musste, was auch immer ihr gegeben wurde.

Stets gab sie das, was sie lernte und erfuhr, an Giles weiter. Tagein, tagaus – während sie dem ausgedehnten Heer über die scheinbar endlosen Hügel folgten – besprachen sie das, was sie von dem Leben lernten und herausbekamen, das sie um sich herum beobachteten; und allmählich tauchte ein Bild von dieser Welt und ihrem Platz darin auf. Auch begann Haven allmählich zu begreifen, dass Giles einen stets einsatzbereiten Verstand besaß, der mit seinem beständigen Temperament Hand in Hand ging. Sie begann, ihn die Grundlagen des Lateinischen zu lehren – zumindest so viel sie selbst davon wusste –, und gemeinsam übten sie es während schier endloser Meilen unter einer brennenden Sonne. Im Gegenzug fertigte Giles für sie aus getrockneten Blättern von Binsen, die entlang des Flusses wuchsen, einen breitrandigen Hut an, damit sie vor den gnadenlosen Sonnenstrahlen besser geschützt war. Zudem besorgte er für sie einen Trinkschlauch und füllte ihn jeden Morgen mit Wasser, sodass sie nicht vergessen würde zu trinken.

Und während auf diese Weise die Tage dahingingen, ging auch die rigide Klassentrennung zwischen ihnen dahin: Die brüchige Vorrichtung von Adelsstand und Dienerschaft konnte sich nicht behaupten gegen die Unerbittlichkeiten ihrer gegenwärtigen Umstände und löste sich Stück für Stück auf.

Und die beiden wurden von den Versuchen aufgezehrt, aus ihrer merkwürdigen Lage schlau zu werden. In ihren Gesprächen kreisten sie endlos um die Frage, wie sie ihren Weg nach Hause finden würden – oder wenigstens eine Ley-Linie, mit deren Hilfe sie ihre Rückreise beginnen könnten. Was das jedoch anbelangte, waren sie frustriert; da es ihnen an einer Karte oder Anleitung jeglicher Art fehlte, gab es nichts, was sie unternehmen konnten, dieses Anliegen voranzubringen. Keiner von ihnen hatte bislang irgendeines der subtilen, intuitiv erfassbaren Anzeichen wahrgenommen – das leichte Prickeln der Haut, das Zittern im Bauch –, die oftmals eine Ley-Linie oder ein Portal in der Nähe anzeigten. Doch auf anderen Gebieten wurden ihre Bemühungen, etwas zu entdecken, recht umfangreich belohnt. Sie brachten in Erfahrung, dass die Bulgaren im Krieg mit einem Volk waren, das sie Rhomaioi nannten, das Haven, wie sie schließlich ableiten konnte, als Byzantiner bekannt war. Der Konflikt zwischen den zwei Völkern hatte schon seit einer Generation oder noch länger geschwelt und war von Zeit zu Zeit in grimmigen, doch größtenteils unschlüssig geführten und kostspieligen Kämpfen aufgeflammt. Allem Anschein nach hatte der Kaiser – oder auch *Basileus* – unklugerweise die raubgierigen Hunnen dazu ermuntert, in das Land der Bulgaren einzufallen. Gelockt von Versprechungen, finanzielle Unterstützungen und Handelsrouten zu erhalten, ließen sich die Hunnen – die sehr wenig Ermunterung benötigten – auf eine gewagte Invasion ein, die Khan Simeon nicht nur entschlossen zurückgeschlagen hatte, sondern in deren Folge er bis hin zu den Mauern von Konstantinopel marschiert war, vor denen nun die Hauptmacht seiner Streitkräfte stand.

Die Turbulenzen und das Chaos, die diese katastrophale Kampagne verursacht hatte – einiges davon hatten Haven und Giles als Augenzeugen selbst miterlebt –, waren derart verhängnisvoll gewesen, dass Kaiser Leo bereits kapituliert hatte, als Simeon noch ein ganzes Stück entfernt war. Um das Rauben und Plünderung sowie die Vertreibung von Untertanen zu minimieren, hatte Leo eine Eskorte geschickt, um Simeon zur Hauptstadt zu geleiten. Folglich hatten die Kämpfe nun aufgehört; die Elefanten waren nach Hause geschickt worden zusammen mit einem großen Teil der berittenen Bogenschützen, und die letzten hundert Meilen hatten sie in Begleitung von byzantinischen Soldaten zurückgelegt. Und jetzt, während sie außerhalb des ausgedehnten bulgarischen Feldlagers auf einer Hügelspitze nördlich der Stadt standen, warteten sie darauf, von den Privattruppen des Kaisers, von der Palastwache, abgeholt zu werden.

»Glaubt Ihr, sie werden uns da runtergehen lassen?«, fragte Giles.

»Das hoffe ich von ganzem Herzen«, erwiderte Haven, ohne die Augen von der Pracht abzuwenden, die sich vor ihr ausbreitete. Es gab etwas an diesem Ort, das sie lockte; der bloße Anblick dieser Stadt rief etwas in ihr hervor, das sie niemals zuvor empfunden hatte – eine Sehnsucht oder ein Gefühl, dass vor ihr die Antwort auf eine Frage lag, die zu stellen sie nie zuvor gewusst hatte. Wenn der erste flüchtige Blick eines unbekannten Ortes ein Verlangen erwecken konnte, dann hatte diese glitzernde Stadt es getan. Sie fühlte es so brennend wie Durst in der Wüste, und Haven wusste, sie würde nicht imstande sein, Ruhe zu finden, bis sie getrunken hatte, so viel sie wollte.

»Hier kommen sie«, sagte Giles.

Haven setzte sich in Bewegung und sah sich dort um, wohin er zeigte. Unten auf der mit Steinen gepflasterten Straße bewegte sich ein Truppenkörper auf sie zu; Speere und Helme schimmerten im Morgenlicht. Bald konnten sie das rhythmische Stampfen der marschierenden Füße hören. Zwei Männer zu Pferde begleiteten die Truppe; und als das Begrüßungskomitee näher kam, beschleunigten die Reiter und eilten voraus, um ihre Ankunft zu verkünden.

Die Truppe war geschickt worden, um Khan Simeon zu der Stelle zu geleiten, wo Kaiser Leo sich mit ihm und seinen Ratgebern treffen würde, um die Bedingungen zu hören und einen Friedensschluss auszuhandeln. »Was wird dann geschehen?«, fragte Haven Petar, während sie zusahen, wie die Leibwache des Khans sich um Simeon herum formierte für die letzte Marschstrecke zum kaiserlichen Palast.

»Der Kaiser wird den Bedingungen unseres gesegneten Khans zustimmen«, antwortete der Oberste Ratgeber.

»Ihr seid Euch dessen sicher?«

»Die Sonne wird morgen aufgehen. Dessen bin ich mir sicher.« Er schaute sie an, dann wandte er sein Gesicht der Sonne zu, die gerade im Osten neu aufgegangen war. Anschließend drehte er sich um und ging fort.

Giles trat zu ihr. »Was hat er gesagt?«, erkundigte er sich, als Petar außer Hörweite war.

»Er sagte, er erwartet, dass der Kaiser Simeons Bedingungen akzeptiert.«

»Und dann?«

»Die Sonne wird morgen aufgehen.«

Giles runzelte die Stirn. »Was hat er damit gemeint?«

»Ich nehme an, dass wir abwarten müssen.«

Warten war genau das, was sie taten – drei Tage und Nächte blieb das bulgarische Kriegsheer im Feldlager in Sichtweite der Stadtmauern. Zuerst war Haven froh über die Gelegenheit, sich auszuruhen; zwei Tage hintereinander an ein und demselben Ort zu bleiben schien ein Luxus zu sein. Sie und Giles verbrachten die Zeit damit, sich in ihrem kleinen Zelt, das aus Häuten gefertigt war, zu entspannen oder durch das Lager zu schlendern und bei einige häuslichen Arbeiten hilfreich mit anzupacken, was stets eine Schar von bulgarischen Kindern anlockte, die quasi magisch angezogen wurden von Havens rostbraunem Haar und blasser Haut sowie von Giles' beeindruckender Gestalt und dröhnendem Gelächter. Schließlich jedoch begannen diese einfachen, kleinen Freuden schal zu werden. Langeweile setzte ein – und Frustration darüber, jener glitzernden, majestätischen Stadt so nah zu sein und dennoch nicht die Erlaubnis zu besitzen, ihr irgendwie näher zu kommen. Gelegentlich erschien ein Reiter mit einer Botschaft vom König, und Gerüchte rasten durch das Lager, nur um aus Mangel an Informationen ebenso rasch wieder zu ersterben. Am vierten Tag öffneten sich gegen Mittag die Tore, und zum Vorschein kam ein feierlicher Umzug, in welchem der Khan, umgeben von Priestern und Musikern, in einer von nubischen Sklaven getragenen Sänfte gesehen wurde. Die Soldaten, die ihn begleiteten, waren jene des Kaisers; seine eigenen befanden sich nicht in dem Gefolge.

Menschen kamen herbeigerannt, um ihren Khan zu grüßen und zu hören, was er zu sagen hatte. Es gab ein sehr großes Gedränge, um vorne die besten Plätze zu ergattern. Die Soldaten setzten durch, dass die Leute eine grobe Ordnung einnahmen. Und sobald sich ein jeder ausreichend beruhigt hatte, stieg Simeon auf den Sitz seiner Sänfte. Er hob seine Hände und sprach mit lauter Stimme: »Es hat Gott und den gebenedeiten Heiligen gefallen, uns den Sieg zu gewähren, den wir so leidenschaftlich angestrebt haben. Der Kaiser der Byzantiner hat unsere Souveränität und die Rechte unserer Völker anerkannt, in ihren eigenen Ländern in Frieden zu leben.«

Der Khan hielt inne, um zu ermöglichen, dass seine Worte in die Stammesdialekte seines Volkes übersetzt wurden, denn im Unterschied zu ihm sprachen nur wenige seiner Untertanen Latein. Haven dolmetschte für Giles, der anerkennend nickte. »Petar hatte somit recht«, merkte er an. »Der König hat alles bekommen, was er wollte.«

Khan Simeon sprach erneut. »Für morgen ist ein Fest vereinbart worden, zur Feier des Vertrages, der angenommen worden ist. Den heutigen Tag werden wir mit Gebeten und Vorbereitungen für die morgigen Festlichkeiten zubringen.« Er legte eine Pause ein, erlaubte sich selbst ein breites Grinsen und verkündete: »Dies ist ein großer Tag in der Geschichte unseres Volkes. Ich lade euch alle ein, am Triumph teilzunehmen, den euer Blut und eure Opfer möglich gemacht haben.«

Nach diesen Worten folgte noch mehr – über die Vereinbarungen für die Jubelfeier –, doch Giles war darauf erpicht zu erfahren, was gesagt worden war. »Es wird ein Fest geben, um den Sieg zu feiern«, erzählte Haven ihm. »Wir sollen den Tag damit zubringen, uns vorzubereiten.«

»Ich glaube, ich bin jetzt schon vorbereitet«, erklärte Giles. Er pustete die Wangen auf, bevor es aus ihm herausplatzte: »Die feierliche Wahrheit ist, Mylady, dass ich mit ziemlichen Schmerzen darauf warte, endlich jene Stadt zu sehen. Diese vier Tage hier stehen und sie aus der Ferne betrachten zu müssen, haben mich innerlich wund gescheuert.«

»Geduld, Mr Standfast«, gurrte Haven und tätschelte seinen Arm. »Eure Qual ist bald zu Ende.«

Ein paar Stunden später trafen die ersten Wagen aus der Stadt ein. Es war eine lange Reihe von Karren und offenen Wagen, die von Maultieren gezogen wurden und alle turmhoch mit Gütern und Vorräten beladen waren: massige Bündel Feuerholz und Körbe mit Holzkohle, gewaltig große Kessel, eiserne Dreifüße, Bratspieße und andere Utensilien fürs Kochen; Mehlsäcke und Körbe, Beutel sowie Deckelkörbe mit rohen Lebensmitteln ebenso wie Gruppen aus Köchen, Bäckern und Küchenhelfern. Im Zentrum des Lagers wurde ein Platz freigeräumt für die Aufstellung eines großen Baldachins, unter dem man eine behelfsmäßige Küche aufbaute. Zudem wurden zahlreiche Feuerringe errichtet. Als Nächstes kamen Karren, die mit Bier in Holzfässern und Wein in riesigen Amphoren beladen waren. Andere Wagen rollten ins Lager herein, auf denen lange, trogähnliche Behälter und Gefäße mit frischem Wasser waren: Diese wurden im ganzen Lager verteilt – nicht zum Trinken, sondern zum Baden –, sodass sich jeder waschen und für das Fest präsentabel machen konnte. Zuletzt wurde eine gemischte Herde aus Ochsen, Ziegen und Schafen zu hastig errichteten Pferchen an den Rändern des Lagers getrieben. Die Tiere würden bald geschlachtet werden, um Fleisch für das Fest zu liefern.

Die kaiserlichen Köche und Bäcker machten sich sofort an die Arbeit. Unter den Blicken der bulgarischen Kinder, die völlig gefesselt waren von dem Geschehen, errichteten sie Öfen, gruben Feuerstellen und stellten Dreifüße sowie Bratspieße auf. In der Zwischenzeit schlenderten die Priester des Khans durch das Lager und läuteten Glocken, um die Menschen zu einem besonderen Erlösungs- und Dankgottesdienst zu rufen. Haven und Giles suchten sich zusammen mit fast allen anderen einen Weg zu dem Feld direkt außerhalb der letzten Reihe von Zelten, wo ein Altar errichtet worden war.

Diese Gottesdienste im Freien waren eine weitgehend normale Routine für ein Heer, das einen nomadenhaften Feldzug durchführte, und Haven hatte sich beinahe augenblicklich an sie gewöhnt. Obwohl sie nicht viel von dem verstehen konnte, was gesprochen oder gesungen wurde – die Liturgie und Lesungen waren alle auf Griechisch –, fand sie es ganz und gar unwiderstehlich. Durch die Art und Weise, wie die melodischen Stimmen der Priester anstiegen und sich senkten, ineinander greifend und sich vermischend, erhob sich ihr Herz; und manchmal ließ es sie atemlos zurück – mit einer Art Sehnsucht nach etwas, das sie beinahe berühren konnte. In diesen Momenten spürte sie, wie sie sich abmühte und danach ausstreckte, aber die stets schwer fassbare Transzendenz blieb einfach jenseits ihres Zugriffs. Und obwohl Haven kein Erfolg beschieden war, das Etwas einzufangen, ließen die Anstrengungen sie immer zufrieden und auf eine merkwürdige Weise getröstet zurück – als würde der vergebliche Versuch, das Ziel zu erreichen, nichtsdestoweniger belohnt.

An diesem Tag jedoch – mit der niederdrückenden Sonne und den Kochfeuern, deren Rauch über das Feld hinweg in ihre Gesichter wehte – blieb der Gottesdienst hartnäckig erdverwurzelt: und so auch ihre Seele. Als er schließlich zu Ende war, gingen sie und Giles zurück ins Zentrum des Lagers, wo sie eine Pause einlegten, um zu beobachten, wie sich die Köche und Bäcker sowie ihre Helfer abmühten.

»Ist ja schön und gut, dass sie so fleißig arbeiten«, sagte Giles. »Doch das morgige Fest soll hier stattfinden und nicht in der Stadt.«

»Das scheint so zu sein«, stimmte Haven ihm zu und ließ die beinahe fieberhafte Aktivität der Köche auf sich wirken. »Armer Giles, soll ich Euch zuliebe dafür beten, dass es nicht so kommt?«

»Es hat keinerlei Bedeutung«, murmelte er mit vor Enttäuschung finsterer Stimme. »Ich habe früher auch schon Städte gesehen.«

Sie begannen, zu ihren Zelten zurückzukehren; aber auf dem Weg dorthin begegneten sie einem der gelb gewandeten Leibdiener des Khans. »Kommt mit mir«, wies er sie an.

Haven wusste es besser, als nach dem Grund zu fragen, und so folgten sie und Giles einfach wortlos dem Mann, während er sie zum Zelt des Königs führte. »Wartet hier«, befahl er und verschwand hinter der Türklappe, nur um einen Augenblick später wieder zu erscheinen. Er trug zwei Kleiderbündel in den Händen: ein weißes und ein rotes. »Eure Festbekleidung«, sagte er und reichte Giles das weiße Bündel. Das rote gab er Haven und erklärte: »Ihr werdet das bei der Festivität tragen.«

Haven dankte ihm und fragte: »Sollen wir uns dem Khan anschließen?«

»Ihr sollt im Gefolge des Khans dabei sein.« Der Diener betrachtete sie von oben bis unten und fügte dann hinzu: »Macht Euch sauber und kehrt hierher zurück, wenn Ihr angemessen gekleidet seid.«

Der Diener ging abermals ins Zelt zurück. Giles blickte mit hochgezogenen Augenbrauen Haven fragend an.

»Er sagt, wir sollen für die Feier diese Kleidungsstücke anziehen«, erklärte sie und zeigte auf die Bündel. »Und aus irgendeinem Grund erwartet man von uns, dass wir sie jetzt anlegen.«

Sie kehrten in ihre jeweiligen Zelte zurück, wo sie sich auszogen, wuschen und ihre Festkleidungen anlegten. Giles' Gewand bestand aus feinem Leinen und hatte eine viel bessere Qualität als das wollene, das er an den meisten Tagen trug; das von Haven war aus hochwertiger Seide und ebenfalls sehr aufwendig hergestellt. Beide Kleidungsstücke hatten breite, reich bestickte Gürtel, die sich farblich absetzten. Und zu beiden gehörten neue Schuhe, die aus Filz hergestellt und mit winzigen Kügelchen geschmückt waren. Gekleidet in ihren Festgewändern, kehrten sie zum Zelt des Khans zurück, um zu sehen, was von ihnen erwartet wurde.

Als sie das Zelt erreichten, wartete dort schon mit einem säuerlichen Blick der Oberste Ratgeber auf sie. Rasch überprüfte er ihre

Kleidung, rückte ihre Gürtel zurecht und erklärte dann, sie seien bereit.

»Für welchen Zweck sind wir bereit, Petar?«

»Ihr seid bereit, Euch auf das Fest zu begeben«, antwortete er. »Wartet hier.«

»Aber das Fest beginnt erst morgen«, hob Haven hervor, die darauf achtete, in einem leichten Tonfall zu sprechen. »Meint Ihr mit Euren Worten, dass wir den ganzen Tag hier stehen sollen?«

»Morgen ist für das Volk«, erklärte er ihr.

In diesem Moment öffnete sich die Zeltklappe, und der schwergewichtige Leibwächter des Khans trat heraus. Er war jetzt in einen frisch polierten Kettenpanzer eingehüllt und trug einen langen Speer, an den flatternde Wimpel gebunden waren. Der Krieger grüßte Petar mit einem Grunzen und trat zur Seite, als hinter ihm Khan Simeon aus dem Zelt zum Vorschein kam.

Der Khan, prächtig gekleidet in Seide und Satin, funkelte förmlich in der mittäglichen Sonne. Er trug eine einfache Tunika und eine Hose – die Kleidung, die von bulgarischen Reitern bevorzugt wurde –, doch sie bestanden aus fleckenlosem purpurnem Satin. Zudem war er gegürtet mit einer breiten, stattlichen Schärpe, die aus goldenem Tuch hergestellt war. Über seiner Tunika trug er einen ärmellosen Mantel, in den so viele goldene Fäden eingewoben waren, dass der Khan wie Wasser glitzerte, wenn er sich bewegte. Auf seinem Kopf ruhte ein Diadem, das mit Rubinen und Perlen bestückt war; und an seinen Füßen waren Stiefel aus weichem schwarzem Leder, dicht besetzt mit schwarzen Perlen und winzigen Goldkügelchen. In seiner Hand trug er einen dünnen Stab, an dessen Spitze sich ein schmiedeeiserner Adler mit ausgebreiteten Schwingen befand. Hinter ihm kamen seine Leibdiener, die in glänzende orangefarbene Tuniken gekleidet waren und sich randlose, hohe, nach oben hin wie eine Krone geformte Hüte aus rotem Filz aufgesetzt hatten. Die Diener stellten sich um den Khan herum auf und hoben einen Baldachin aus blauer Seide hoch, dessen Stützstangen aus langen, mit Wimpeln geschmückten Speeren bestanden.

Sobald der Baldachin über seinem Kopf ausgebreitet worden war, schlug Khan Simeon das Ende seines Eisenstabes auf den Boden, und der Festzug brach auf. Auf Petars Handbewegung hin reihten sich Haven und Giles hinter dem Obersten Ratgeber ein und marschierten anschließend durch das Lager. Leute kamen herbeigerannt, um zuzuschauen, wie der siegreiche König vorbeizog, und ihm auf seinem Weg zuzujubeln. Am Lagerrand schloss sich ihnen eine Abteilung von Kriegern auf Pferden an; sie bildeten die Nachhut. Des Weiteren traten Trommler dem Zug bei. Das lautstarke, pochende Schlagen ihrer Trommeln unterdrückte alle anderen Geräusche, sodass es den Anschein hatte, als würde ihr König mit Donnergetöse in die Stadt hineinschreiten.

»Ich glaube, dass wir jetzt letztendlich doch noch die Stadt sehen werden«, mutmaßte Giles, der sich nah zu Haven beugte, damit er trotz des rollenden Dröhnens der Trommeln gehört werden konnte.

Haven nahm seine Hand und drückte sie. »Es würde mich nicht überraschen, wenn wir den Kaiser persönlich zu Gesicht bekämen!«

SECHSTES KAPITEL

Worin die Räder der Gerechtigkeit mahlen

Rudolf, König von Böhmen und Ungarn, Erzherzog von Österreich und Kaiser des Heiligen Römischen Reichs, klopfte ungeduldig mit seinen langen Fingern auf die Armlehnen seines Lieblingsthrons und wartete darauf, dass die Schlacht begann. Die erste von einer Vielzahl von Ärgernissen, gegen die er an diesem Tag würde kämpfen müssen, nahm gerade ihren Weg über den polierten Fußboden seines Audienzsaals. Dieser spezielle Verdruss erschien in Form seines Ministers für Inländische Angelegenheiten, eines erschöpften, blutleeren Schwachkopfs von einem Mann mit einem so zurückhaltenden Auftreten, dass man ihn beinahe für unsichtbar halten könnte.

»Nun? Was haben wir heute, Knoblauch? Na!? Was für ein Papier habt Ihr da in Eurer Hand?« Rudolf runzelte die Stirn – ein wahrhaft königliches Stirnrunzeln des Missfallens. Fast fünf Minuten hatte man ihn warten lassen! Bei diesem Tempo konnte er nicht hoffen, seine Audienzen vor dem frühen Nachmittag zu beenden. »Sprecht, Mann! Wir bitten Euch.«

»Eure Majestät«, erwiderte Knoblauch und hielt inne, um eine tiefe, höfische Verbeugung zu machen. »Dem Ministerium ist zur Kenntnis gebracht worden, dass es einen Mann im Kerker gibt, der behauptet, ein Freund dieses Hofes zu sein.«

»Ist dem wirklich so?«, verlangte der Kaiser zu wissen. »Könnten Wir Uns durchsetzen, würde ohne Verzögerung der halbe Hof weggesperrt werden!«

»In der Tat, mein großer Kaiser«, intonierte der Minister mit weicher Stimme. »Dieser Mann fordert, in Eurem Namen freigelassen zu werden.«

»Was für eine teuflische Frechheit!«, blaffte Rudolf. »Wer ist dieser dreiste Kerl?«

Der Minister blickte auf das Stück Papier in seiner Hand. »Er scheint ein Fremder zu sein, Eure Majestät: ein englischer Gentleman namens Burleigh – Lord Archelaeus Burleigh. Er trägt den Titel eines Earls of Sutherland ... oder irgend so ein ähnlicher Ort.«

»Ein Edelmann?«

»So scheint es wohl zu sein. Kennt Ihr ihn, Eure Majestät?«

»Burleigh? Burleigh?« Rudolf wühlte in seinem Gedächtnis herum. »Wir können den Schurken nicht zuordnen.«

Der schüchterne Höfling konsultierte abermals sein Schreiben und sagte: »Der Name Eures Ersten Oberalchemisten Bazalgette wurde in irgendeiner Hinsicht erwähnt, glaube ich.«

»Bazalgette!«, brüllte Rudolf. »Warum habt Ihr das nicht gleich zu Beginn gesagt, Ihr Einfaltspinsel? Ruft sofort Bazalgette herbei, und lasst uns zum Kern dieser Angelegenheit kommen, bevor es den ganzen Tag verschlingt!«

»Sofort, Eure Majestät.« Knoblauch verbeugte sich und trat rasch den Rückzug an.

Der Kaiser erduldete eine weitere Wartezeit, während der Erste Oberalchemist aus seinem Allerheiligsten herbeigerufen und zum Audienzsaal gebracht wurde. In einer Flut aus dunkelgrünem Samt rauschte Balthasar Bazalgette in den Raum hinein. Infolge seiner Hast, der Aufforderung nachzukommen, war sein großer blauer Hut verrutscht und seine goldene Schärpe nur unvollständig verknotet. Am Fuße des Thrones hielt er an und verbeugte sich, anschließend stand er blinzelnd und atemlos da. »Es tut mir leid, dass ich Euch habe warten lassen, mein großer Kaiser.«

»Ja, ja.« Mit einer Handbewegung wischte Rudolf die Entschuldigung beiseite. »Hört zu! Was wisst Ihr von einem Mann namens Burleigh – einem Fremden, dem Vernehmen nach, der es geschafft hat, vom Richter eingesperrt zu werden?«

»Das ist das erste Mal, dass ich von der Sache höre, Eure Majestät«, erwiderte Bazalgette. »Aber ja, der Mann selbst ist mir bekannt. Darf ich den Anlass für Eure Befragung erfahren?«

Der Kaiser zeigte rasch mit dem Finger auf seinen Minister, der dem Alchemisten in den Raum gefolgt war. »Sagt es ihm, Knoblauch.«

»Dieser Mann Burleigh ist gefangen genommen und im Kerker des Rathauses eingesperrt worden«, antwortete der Minister. »Er fordert seine Freilassung im Namen des Kaisers.«

Bazalgettes bekanntermaßen buschige Augenbrauen sträubten sich und zogen sich besorgt zusammen. »Und welcher Art ist sein Verbrechen, Herr Knoblauch?«, erkundigte er sich.

»Eine Schlägerei, glaube ich, und das Zufügen einer schweren Körperverletzung.« Der Minister überprüfte sein Papier und fügte hinzu: »Durch Gewaltanwendung und tätlichen Angriff.«

»Auf mein Wort«, keuchte der Alchemist auf. »Das ist höchst erschütternd.«

»Dieser Schuft ist Euch bekannt?«, wollte der Kaiser wissen.

»Das ist er, ja, Eure Majestät. Mit Eurer Erlaubnis möchte ich es wagen, darauf hinzuweisen, dass er Eurer Majestät ebenfalls bekannt ist. Ihr seid ihm ein- oder zweimal begegnet, als er in geschäftlichen Angelegenheiten an den Hof kam.«

Rudolfs Augen verengten sich misstrauisch. »Was für geschäftliche Angelegenheiten?«

Bazalgette blinzelte seinen unzufriedenen Gönner und Freund unschuldig an. »Nun, diese kleinen Apparate, Eure Majestät.« Er hielt seine tintenbefleckten Finger hoch und beschrieb damit grob eine ovale Form. »Hergestellt aus Messing . . . von der Größe eines Schwaneneis . . . « – in Anbetracht des sich verstärkenden Stirnrunzelns beim Kaiser verstummte seine Stimme allmählich – ». . . für den Einsatz bei Astralreisen?«

»Astralreisen?!«, brüllte der Kaiser des Heiligen Römischen Reichs. »Wir wissen nichts von diesen Astralreisen.« Er wandte seinen Blick dem Minister zu. »Oder, Knoblauch?«

»Nein, Eure Majestät«, versicherte der Minister ihm selbstgefällig. »Wir wissen kein bisschen davon, welcher Art auch immer.«

»A-aber, Eure Majestät«, stotterte Bazalgette. »Es geschah mit Eurer ausdrücklichen Zustimmung, dass wir die Vorrichtungen für Lord Burleighs Experimente anfertigten. Schattenlichter, glaube ich, nennt man sie – oder so hat man es mir mitgeteilt.«

»Schattenlichter«, schnaubte Rudolf. »Lächerliche Bezeichnung.«

»Selbstverständlich, Eure Majestät. Auf jeden Fall wurde uns ohne jeden Zweifel versichert, dass dieses Projekt die höchste Unterstützung und uneingeschränkte Begeisterung Eurer Majestät genießt.«

»Ah-ha! Wer hat Euch dessen versichert?«

»Nun ja, er tat es«, gestand Bazalgette kleinlaut, der seinen Fehler einzusehen begann. »Der Earl sagte mir unmissverständlich, dass Eure Majestät wünschte, das Projekt als ein streng vertrauliches Geheimnis zu behandeln, damit andere uns sozusagen nicht zuvorkamen.« Er streckte flehentlich die Hände vor. »Wir waren überzeugt, in dieser Sache Eure volle und uneingeschränkte Unterstützung zu haben ... wie in so vielen anderen Dingen.«

»Er hat Euch angelogen, Bazalgette. Angelogen!«, rief der Kaiser, dessen Stimme durch den Saal und den Korridor hinuntererschallte. »Der Halunke hat gelogen!«

Der Erste Oberalchemist ließ seinen Kopf hängen. »Das erkenne ich jetzt. Wir wurden höchst kaltschnäuzig benutzt und betrogen von einem niederträchtigen Schurken.« Fast augenblicklich erhellte sich seine Miene wieder. »Eingesperrt, sagtet Ihr?«, fragte er, während er sich dem Minister zuwandte. »Wegen Gewaltanwendung und tätlichen Angriffs?«

»Und wegen einer Schlägerei«, ergänzte Knoblauch. »Vergesst nicht die Schlägerei.«

»Selbstverständlich. Darf ich fragen, wen Burleigh gewaltsam und tätlich angegriffen hat?«

Einen Moment lang konsultierte der Minister sein Papier; seine Lippen bewegten sich stumm. »Es wurde ein grausamer und bruta-

ler Angriff auf einen würdigen Bürger namens Engelbert Stiglmaier durchgeführt.«

»Wir glauben nicht, dass Wir den Mann kennen, oder?«, fragte
Rudolf.

»Ich fürchte, ich muss Eure Majestät abermals um Vergebung
bitten«, sagte Bazalgette. »Aber ich glaube schon, dass Ihr diesen
Mann kennt – tatsächlich sogar sehr gut. Er ist der Bäcker, der das
Große Kaiserliche Kaffeehaus am Altstädter Ring besitzt. Ihr ge-
währtet ihm eine Urkunde für Hoflieferanten – für die Lieferung
von Strudel an den kaiserlichen Tisch.«

»Der Bäcker mit dem göttlichen Gebäck!«, entfuhr es Rudolf.
»Warum muss jeder in Rätseln sprechen? Natürlich! Wir kennen
Stiglmaier und seinen Strudel, und Wir legen großen Wert auf sei-
nen Kaffee. Nun, der Mann ist ein wahrer Engel des Backofens.«

»Oh, das ist er, Majestät. Das ist er wirklich«, pflichtete Bazalgette ihm mit warmer Stimme bei.

»Herr Knoblauch, bei der baldmöglichsten Gelegenheit müssen
Wir etwas von Stiglmaiers *Großem Kaiserlichem Strudel* haben.
Kümmert Euch darum.«

Der Minister verbeugte sich tief. »Es wird getan werden, Eure
Majestät.«

»Wurde er verletzt, Eure Majestät?«, erkundigte sich Bazalgette.
»Der Bäcker, meine ich – wurde er bei dem Angriff schlimm verletzt? Es wäre eine sehr große Schande, wenn Verletzungen ihn
davon abhielten, seinen Verpflichtungen als Bäcker nachzukommen.«

Rudolf II. schaute zu seinem Minister, der in Erwartung dieser Frage sich bereits seinem Schreiben zugewandt hatte. »Das
Ausmaß von Stiglmaiers Verletzungen wird nicht angegeben,
Eure Majestät.« Er las ein wenig mehr. »Gleichwohl kann ich
Euch berichten, dass ein Herr Arnostovi – ein Jude von einiger Berühmtheit und gutem Leumund in der Stadt – Burleigh auf
frischer Tat ertappte und Alarm schlug.« Er las ein wenig weiter und fügte dann hinzu: »Der Earl und seine Männer wurden
am unteren Tor gefasst, als sie versuchten, aus der Stadt zu fliehen,

damit man sie nicht für ihre Verbrechen zur Verantwortung ziehen könnte.«

»Männer?«, fragte der Kaiser. »Männer waren darin verwickelt?«

»Ja, Eure Majestät. Allem Anschein nach hatte Lord Burleigh vier Männer bei sich.«

»Eine Bande von Halsabschneidern ... kein Zweifel«, murmelte der Kaiser. Er war nun entrüstet und straffte sich auf seinem Thron. »Hört zu! Wir werden diese Gewalttätigkeit nicht tolerieren! Wir sind angelogen worden, und die Souveränität Unseres Hofes wurde verletzt, Unser guter Ruf verleumdet ...«

»Unser Vertrauen betrogen«, schlug Bazalgette hilfsbereit vor.

»... und Unser kaiserliches Vertrauen betrogen von einem bösartigen und hinterlistigen Verbrecher«, fuhr Rudolf fort, dessen Stimme in die Höhe stieg, als er sich vor lauter Aufregung selbst in den Schritt schlug. »Ein verabscheuungswürdiger Angriff wurde verübt – gegen ein geschätztes und sehr geehrtes Mitglied unserer Gemeinschaft, gegen einen Freund dieses Hofes. Diese barbarische Tat wird keinen Bestand haben.« Er stieß seinen langen Zeigefinger in die Luft. »Dieses Verbrechen wird bestraft werden.«

»Eine sehr weise Entscheidung, wenn ich das sagen darf«, bekräftigte Bazalgette, der glücklich war, jedwede Restschuld von sich abgelenkt zu haben.

Seine kaiserliche Majestät sackte zufrieden wieder auf seinem Thron zusammen. Alles in allem war es eine gute Arbeit an diesem Morgen gewesen. Er würde seine Pflichten am Hofe für den Rest des Tages aussetzen.

Als der Erste Oberalchemist sah, dass die Angelegenheit erledigt war, bat er darum, entlassen zu werden, um zu seinen Experimenten zurückzukehren.

»Ja, Ihr dürft gehen, verabschiedet mit Unserem Dank«, beschied ihm Rudolf, der danach seinen Minister anschaute. »Nun? Was gibt's, Knoblauch?«

Der Minister hielt das so oft konsultierte Papier hoch. »Was erfreut Eure Majestät, zu befehlen?«

»Wir sind nicht im Mindesten erfreut, Knoblauch«, erwiderte Rudolf und erhob sich von seinem Thron. »Wir sind überhaupt nicht erfreut.« Nachdenklich stieg er mit zwei Schritten hinunter zum Fußboden und machte sich auf den Weg zur Tür.

»Richter Redlich benötigt eine Antwort, Eure Majestät. Was soll ich ihm sagen?«

»Ihr dürft Richter Redlich sagen, dass der Schurke Burleigh im Gefängnis bleiben kann, bis er verrottet.«

SIEBTES KAPITEL

Worin dem Tump nicht vertraut werden kann

Wilhelmina trat rasch von der Holperpiste herunter und in den Schatten hinein. Sie hatte die Stelle markiert, wo sich die Straße unter den Kamm einer langen, allmählich ansteigenden Erhebung senkte und augenblicklich aus dem Blickfeld verschwand. Als sie den tiefen Punkt erreichte, machte sie sich auf den Weg, sprang über den mit Wasser gefüllten Graben und schlängelte sich durch eine Hecke aus Weißdorn und Brombeersträuchern, bevor sie das Gerstenfeld auf der anderen Seite betrat.

Das Gefühl, verfolgt zu werden, war mit jeder zurückgelegten Meile größer geworden, seit sie heute Morgen das Gasthaus *Fox and Geese* verlassen hatte. Und jetzt, wo der Black Mixen Tump sich fast in Sichtweite befand, war der Eindruck zu stark geworden, um ihn zu ignorieren. Sobald sie erneut im Innern der schützenden Hecke war, fand sie einen Platz, wo sie die Straße beobachten konnte, ohne gesehen zu werden, und lehnte sich zurück, um zu schauen, ob sich ihre Befürchtungen bestätigen würden.

An diesem Tag war es frisch und trocken, wenn auch ein wenig stürmisch. Überdies musste sie heute Zeit totschlagen: Unglücklicherweise würde das Ley-Portal oben auf dem Tump erst nach Sonnenuntergang aktiv sein, und bis dahin waren es noch einige Stunden. Wenn sie bis zu dieser Zeit einfach außer Sicht bleiben konnte, schätzte Wilhelmina, dann hatte sie eine relativ gute Chance, dorthin zurückzukehren, wo sie sein sollte. Mit diesem Ziel im Kopf fand sie einen Ort, um sich versteckt zu halten und ihren Gedanken nachzugehen. Hauptsächlich dachte sie daran, dass diese dimensionale Unbeständigkeit ein wahrer Albtraum war. Dies machte nicht nur die Lebenswirklichkeit unvorhersehbar und unzuverlässig, sondern auch die altbewährten Ley-Linien. Mit jedem fehlgeschlagenen Versuch schwand die Hoffnung auf eine rasche Wiedervereinigung mit Kit und Cass umso mehr dahin.

Seitdem sie Damaskus verlassen hatte, war aus dem, was eigentlich ein einfacher, unkomplizierter Hopser nach Prag hätte sein sollen, eine Serie von chaotischen, zufälligen Translokationen geworden. Jeder Sprung war zu einem Sprung ins Unbekannte hinein geworden. Auch wenn es nicht den Anschein hatte, dass sie irgendwie näher an Prag herangekommen wäre, handelte es sich bei ihrem letzten Ziel, wo sie gelandet war, zumindest um einen Ort, den sie kannte. Und im Moment war dies das Einzige, was zwischen ihr und der Verzweiflung stand.

All dies wäre sooo viel leichter mit einem Schattenlicht, dachte sie. *Das jetzt ist genau wie in den schlechten alten Tagen.* Schon seltsam, dass man so schnell abhängig wurde von dieser kleinen intelligenten Vorrichtung. Ohne diese Apparatur durch Ley-Linien und Zeiten zu navigieren, war eine echt lästige Arbeit; es war so, als versuchte man, das Schwarze einer sich bewegenden Zielscheibe zu treffen, die versteckt war zwischen einer Vielzahl von nahezu identisch aussehenden Zielen – und das mit verbundenen Augen.

Sie war immer noch dabei, das Ableben des kleinen Apparates zu beklagen, als sie Stimmen auf dem Pfad hörte. Sie kroch zum Rand ihres schattigen Plätzchens, wobei sie stets geduckt blieb, und schaute auf die Straße. Drei Gestalten waren soeben über die Erhebung gekommen und begannen nun mit ihrem Anstieg. Ein Blick sagte ihr alles, was sie zu wissen brauchte: Die langen, schwarzen Mäntel und der bedrohliche Anblick waren verräterische Zeichen; und wenn irgendein Zweifel geblieben wäre, so hätte ihn die Anwesenheit der unheimlich großen Katze mit den abfallenden Schultern sauber weggefegt. *Burley-Männer!*, murmelte Wilhelmina in Gedanken. *Nun, das ist ja wirklich unheimlich prima.*

Und was jetzt? Ihren Verfolgern auf der Straße auszuweichen würde ein Kinderspiel sein, im Gegensatz zur Hügelkuppe, wo sie nach ihr Ausschau halten und darauf warten würden, über sie herzufallen. Die Kuppe des Black Mixen war flach wie ein Tisch und beinahe genauso blank. Abgesehen von drei Eichenbäumen gab es dort keine Deckung, keine Stelle, wo man sich verstecken konnte. Sobald sie sich zeigen würde, wäre sie totes Fleisch – im buchstäblichen Sinne, falls sie Baby von der Kette ließen.

Behutsam zog sie sich abermals in die Dunkelheit zurück und fand einen Platz in einem Büschel Farnkraut, um so tief wie möglich zu liegen, bis das Gangster-Trio vorbeigegangen war. Was auch immer sie tat, es würde einfacher sein – so dachte sie –, wenn sie dafür sorgte, dass die Burley-Männer sich vor ihr aufhielten: Wenn sonst kein anderer Vorteil heraussprang, so würde sie doch zumindest nicht immer über die Schulter gucken müssen. Anscheinend schienen nur drei von ihnen da zu sein. Minuten verstrichen, und sie hörte, wie die Stimmen nach und nach lauter wurden. Sie drückte sich flach auf den Boden; und als die drei auf Höhe ihrer Position plötzlich stehen blieben, erstarrte sie vollkommen und wagte kaum zu atmen. Hatte die Höhlenlöwin ihren Duft gerochen? Mina strengte ihre Ohren an und konnte zwar hören, dass sie untereinander stritten, doch von dem, was sie sagten, vermochte sie nichts zu verstehen. Nach einer spannungsvollen Pause gingen das Trio und ihre angriffslustige Löwin weiter. Die Stimmen verschwanden langsam, und als Mina sie nicht mehr hören konnte, entspannte sie sich und stahl sich zum Straßenrand zurück.

Sie sah nur zwei Burley-Männer mit der jungen Löwin ... Was war aus dem dritten geworden? Sie machte kehrt, überprüfte die Straße in der anderen Richtung und erblickte flüchtig einen schwarzen Mantel just in dem Moment, als der Bursche über die Hügelkuppe und damit aus ihrem Blickfeld verschwand – höchstwahrscheinlich, um zu verhindern, dass sie in die Stadt zurückging.

Das wird ja immer besser und besser, grollte Mina im Stillen. *Als ob ich nicht genug Sorgen hätte . . .* Sie ließ den Gedanken auf sich beruhen und schlich in das Gerstenfeld zurück. Dann machte sie sich auf den Weg entlang der Hecke und schlug einen ungefähr kreisförmigen Kurs ein, von dem sie hoffte, dass er sie sozusagen durch die Hintertür zum Tump führen würde. Der Feldweg verlief an der südlichen Seite des großen Erdwalls vorbei; sie würde sich ihm nun aus dem Nordwesten nähern und dabei hoffen, der Entdeckung zu entgehen.

Sie mühte sich entlang der Hecke und kam gut voran. Trotz des Umwegs erreichte sie den uralten, von Menschenhand errichteten Hügel, als die Sonne im Westen die Baumlinie berührte. Mina legte an einem der klaren, kleinen Bäche, die die Cotswolds-Täler säumten, eine Pause ein. Sie legte ihren Tagesrucksack ab und aß eine Handvoll Nüsse sowie ein wenig getrocknetes Rindfleisch. Dann trank sie Wasser aus dem Bach, bis ihr Durst gelöscht war. Anschließend zog sie ihre Stiefel und Socken aus, setzte sich und ließ ihre Füße im Wasser baumeln; dabei lehnte sie sich zurück und behielt den dunklen Hügel im Auge, der vor ihr drohend aufragte.

Der Black Mixen Tump verströmte eine mysteriöse Aura, die so alt wie die Wälder selbst war. Gewiss war er eine aufdringliche, beinahe fremdartige Präsenz in der friedlichen, idyllischen Landschaft. Die Einheimischen zeigten ihm gegenüber eine abergläubische Ehrfurcht, und der absonderliche kegelförmige Hügel zog alle Arten von bizarren und wundersamen Geschichten an: Uhren hielten an oder liefen gar rückwärts, wenn sie in seine Nähe kamen; Tiere weigerten sich, an seinen sanften, grasbewachsenen Hängen zu weiden; verstörende Träume; unerklärliche Stürme; anomale Dämpfe; plötzlich verschwundene Menschen.

Wilhelmina wusste, dass die Geschichten über verschwundene Leute der Wahrheit entsprachen. Das war nicht bloß Altweibergeschwätz; es geschah wirklich. Tatsächlich zählte sie darauf, dass es in Kürze wieder geschehen würde. Sie hoffte von ganzem Herzen, dass es ohne Komplikationen und ohne unliebsame Gesellschaft geschehen würde. Das Ley-Reisen war schwierig genug geworden – auch ohne die Einmischung durch Burley-Männer. Bei ihrer Aufgabe, nach Prag zu kommen und sich Kit und Cass anzuschließen, war ein Misserfolg keine Option. Sie würde weitermachen, weil sie weitermachen musste. Das Schicksal von allen, die ihr lieb und teuer waren, hing davon ab.

Diese Gedanken beschäftigten sie, bis die Sonne begann, sich dem Horizont entgegenzuneigen. Auf den Feldern um sie herum konnte sie Schafe blöken und Hunde bellen hören. Irgendein Farmer holte gerade seine Herde für die Nacht herein. Es war an der Zeit, sich an ihre Aufgabe zu begeben. Nachdem sie ihre Socken und Stiefel angezogen hatte, machte sie sich auf den Weg zum Tump.

Mina, die sich mit all der Schläue vorwärtsbewegte, über die sie verfügte, begann den steilen Hang hochzuklettern, indem sie langsam, aber stetig weiterstieg. Auf halbem Weg nach oben traf sie auf den kleinen Pfad, der im Süden seinen Anfang nahm und spiralförmig um den Hügel herum verlief. Sie überquerte ihn und marschierte weiter; Mina hielt erst an, als sie die Kuppe fast erreicht hatte. Bevor sie auf die Spitze kletterte, hielt sie inne, legte sich auf den Bauch und schlängelte sich den Rest des Weges hoch, um dann vorsichtig über die Kante zu spähen. Das flache Plateau öffnete sich vor ihr. Jenseits des Weges, erhellt durch das letzte Tageslicht, standen die knorrigen, verwachsenen Eminenzen: die Drei Trolle. Einen langen Augenblick starrte sie auf die uralten Eichen, entdeckte jedoch um die Stämme herum oder zwischen den verknäuelten Wurzeln keinerlei Anzeichen von Bewegung. Sie suchte sogar die dick gewachsenen Zweige ab; aber wenn irgendwelche Burley-Männer dort oben waren, dann hatten sie sich gut versteckt.

Vielleicht sind sie ja weg, dachte sie. *Auf Nimmerwiedersehen.* Doch sie konnte nicht sicher sein, dass sich ihre Feinde nicht unterhalb des Kuppenrandes, genau wie sie, versteckt und außer Sicht hielten. Kurze Zeit später bestätigte sich dies: Als am östlichen Himmel die ersten Sterne erschienen, tauchte der erste Burley-Mann auf. Sie sah ihn, wie er hinter dem ersten Troll zur Rechten hervortrat und langsam über die Hügelkuppe ging. Einen

Moment später spürte Mina das vertraute Prickeln auf ihrer Haut, das auf eine lebendige Ley-Linie hinwies. Das Portal hatte sich geöffnet, und die Burley-Männer waren bereit.

Sie beobachtete, wie der Verbrecher zur Hügelmitte hinüberging, wo er einen Moment innehielt; dann ging er schräg zu ihr weiter und arbeitete sich anschließend langsam entlang des äußeren Plateaurands vor. Zuerst vermochte sie nicht herauszufinden, was er da eigentlich machte, aber als sie zusah, wie er sich in einem Kreis um die Hügelkuppe herum vorsichtig bewegte, wurde seine Absicht deutlich: Er suchte nach ihr!

Offensichtlich erwarteten die Burley-Männer, dass sie jeden Augenblick hier eintraf, und kontrollierten in einem bestimmten Umkreis, um zu sehen, aus welcher Richtung sie ankommen würde. *Das ist typisch für mich*, dachte sie düster. Dennoch, er würde noch ein paar Minuten brauchen, bis er auf seinem Rundweg bei ihr eintraf. Sie blickte den Abhang hinter ihr hinab und ermittelte ihre Position. Sie würde es nicht schaffen, bis zum Fuße des Tumps hinabzuklettern, ohne von ihm gesehen zu werden; aber sie könnte den Pfad erreichen, der sich von ganz unten spiralförmig nach oben wand. Wenn sie am Abhang nach unten rutschte, könnte sie sich vielleicht in der leichten Vertiefung verstecken, die dort vom Pfad gebildet wurde, wo er in die Hügelseite einschnitt. In dem dämmerigen Licht würde der Mann sie möglicherweise nicht sehen können.

Es war ihr einzige Chance. Sie blickte ein letztes Mal zum Burley-Mann – und ihr Herzschlag setzte einen Moment lang aus. Der Schurke hatte angehalten, dann machte er kehrt, veränderte die Richtung und ging jetzt direkt auf sie zu.

Denk nach! Denk nach! Denk nach!, befahl sie sich selbst. Sie hatte keine Zeit mehr, den Hügel hinabzurutschen. Keine Zeit, wegzurennen. Keine Zeit für irgendetwas. Sie war gefangen auf der offen liegenden Seite des Hügels, nur ganz wenige Fuß von der Kuppe entfernt. Er würde sie in dem Moment sehen, in dem er über den Rand schaute.

Mina riskierte einen letzten verstohlenen, kurzen Blick über den Rand der Hügelkuppe und versuchte sich einzuprägen, welches Schritttempo der Burley-Mann hatte und wie weit er entfernt war. Dann sank sie zurück und drückte sich flach gegen den Abhang. Sie hielt den Atem an und zählte in ihrem Kopf die Schritte ab. Augenblicklich hörte sie das Rascheln und Stampfen von schweren Stiefeln in dem langen Gras. Stampfen ... Rascheln ... Stampfen ... Rascheln ...

Die Schritte hielten inne. Der Rohling stand jetzt direkt über ihr.

In einer einzigen raschen Bewegung schraubte sich Mina gerade nach oben, über die Kante hinweg, und packte den Fußknöchel des Mannes. Der Gangster, der bereits nicht mehr im Gleichgewicht war, stürzte vornüber. Bevor er sich abstützen konnte, schlängelte ihre Hand hoch und schnappte sich seinen Gürtel. Wilhelmina zog mit aller Macht. Jedes kleine bisschen ihrer Kraft setzt sie dabei ein, und der Burley-Mann wurde in die Luft geschleudert.

Sie sah seine wild umherrudernden Arme, als sein Körper über sie hinwegsegelte und die Hügelseite hinunterfiel. Sein entsetzter Aufschrei wurde abrupt abgeschnitten, als er unten in einiger Entfernung auf dem Boden aufschlug und – außerstande, seinen weiteren Sturz zu verhindern – hinabzurollen begann.

Mina wartete nicht, um zu sehen, was als Nächstes passierte. Sie kletterte hoch und über die Kante, ohne auch nur einen Augenblick zu zögern. Dann rannte sie los auf die Mitte des Hügels zu, die von einem einzelnen flachen Stein markiert wurde, und sprang darauf. Sie stellte sich aufrecht hin und streckte eine Faust hoch in die Luft, als wollte sie den Black Mixen Tump für die Königin und das Land in Besitz nehmen. Über die flache Ebene der Hügelkuppe hinweg hörte sie einen Ruf. Hinter dem ganz rechten Troll kam der zweite Burley-Mann zum Vorschein; in der einen Hand schwang er einen dunklen Gegenstand, in der anderen hielt er das Ende von Babys Kette.

Schreiend stampfte er mit energischen Schritten auf sie zu. »Du da!«, rief er. »Hör damit auf! Nimm deine Hände runter!«

Wilhelmina hielt ihre Stellung.

»Hör damit auf!«, schrie er und winkte mit dem Gegenstand in seiner Hand. »Ich warne dich!«

Mina spürte, dass die Luft dichter wurde, und fühlte, wie sich durch die statische Elektrizität die Härchen auf ihren Armen und im Nacken aufrichteten. »Komm schon, komm schon, komm schon ...«, murmelte sie zwischen ihren zusammengebissenen Zähnen.

Der Burley-Mann kam näher. »Ich habe eine Pistole!«, rief er. »Ich schieße dich gleich tot.«

Ein zischendes Geräusch drang in Minas Ohren, und aus dem Nirgendwo wehte eine kalte Brise. Der Schurke rannte, und die Distanz verringerte sich immer mehr; die Höhlenlöwin zerrte an ihrer stählernen Leine. »Zum letzten Mal, Lady: Nimm deine Hände runter – jetzt sofort!«

Mina, die mit hocherhobenen Armen dastand, rührte sich nicht vom Fleck. Ein dünner, transparenter blauer Schimmer bildete sich über ihrem Kopf in der Luft. »Komm schon, komm schon, komm schon«, skandierte sie. »Komm schon, komm schon, komm schon ...«

Der Wind wurde stärker; aus unsichtbaren Höhen stürzte er hinab. Im Eiltempo näherte sich der Burley-Mann. »Ich werde dich totschießen, klar!«, rief er.

Reglos wie eine Statue blieb Wilhelmina auf dem Stein stehen.

»So!«, brüllte der Schurke. »Das ist es jetzt für dich gewesen!«

Er blieb auf der Stelle stehen und hob seine Pistole – eine alte Steinschlosskonstruktion mit einem langen Lauf und einem kurzen, dicken Griff. Er streckte seinen Arm aus, senkte die Waffe und zielte.

Mina drückte ihre Augen fest zu.

Der ungestüme Wind kreischte, und die Luft um sie herum knisterte. Sie hörte ein metallisches Klicken, als der Burley-Mann den Abzug durchdrückte: Doch das Pulver versagte, als es sich entzünden sollte. Er senkte die Pistole, um sie noch einmal zu spannen, aber dafür benötigte er beide Hände. Baby, die an der Kette zerrte, riss sich von dem Mann los und sauste in großen Sprüngen auf Wilhelmina zu.

»Beeilung, verdammt!«, schrie sie; der Wind riss ihr die Worte von den Lippen. Ihre Gliedmaßen wurden unerklärlicherweise schwer, als hätten Muskeln, Knochen und Sehnen sich plötzlich in Blei verwandelt. Sie kämpfte darum, unter dem Druck aufrecht stehen zu bleiben.

Der Burley-Mann spannte die Pistole und zielte erneut. Im selben Moment stellte die Höhlenlöwin ihre Pranken dicht nebeneinander auf den Boden und setzte zu einem großen Sprung an: Ihr geschmeidiger, muskulöser Körper schnellte mühelos in die Luft empor. Mina erhaschte einen flüchtigen Blick auf die Fänge und Klauen, die auf sie zurasten. Es gab ein platzendes Geräusch sowie ein furchterregendes Knacken, als die Ladung der Pistole explodierte. Sie sah, wie die Mündung Rauch und Feuer spie, und hörte den Donnerschlag.

Alles wurde verschwommen. Der Burley-Mann schien sich gleichzeitig auszudehnen und zu verkleinern. Ihr Sichtfeld füllte sich mit Licht, und dann verschwand alles in einem Knall.

Wilhelmina hatte das Gefühl, als würde sie fallen; sie versuchte zu atmen, doch es war keine Luft vorhanden. Einen schrecklichen Augenblick lang dachte sie, dass sie ersticken würde. Ihre Zehen streckten sich in der Leere auf der Suche nach einem festen Halt. Und dann kam der Boden unter ihren Füßen nach oben; und sie landete mit einem heftigen Stoß, der ihr durch die Knochen ging und sich nach oben fortpflanzte – von den Knöcheln bis zu den Hüften. Mit einem Schlag kehrten sowohl das Sichtfeld als auch die Welt der Geräusche zurück.

Der Wind brüllte und stürmte in eisigen Druckwellen über die unbekleideten Stellen ihres Körpers. Ihre Haut wurde mit Eiskügelchen übersät, und sie legte rasch die Hände vors Gesicht, um so das Ende des einsetzenden Sturms abzuwarten. Doch er hörte nicht auf. Er blies immer weiter; und als Mina schließlich durch ihre Finger spähte, fand sie sich an einem Ort wieder, den sie niemals zuvor gesehen hatte.

Überall um sie herum erblickte sie dieselbe konturenlose Landschaft: eine nackte weiße Wildnis aus Schnee und Eis ohne irgendeine Art von Vegetation oder Behausung. In der Ferne erhoben sich die gezackten Gipfel von kargen Bergen wie die Klinge eines Sägemessers. Ein grausamer Wind fegte Schnee in Schlangenlinien über eine Ebene aus festem Eis.

Ihr war eiskalt.

ZWEITER TEIL

Über Verbrechen und Strafe

ACHTES KAPITEL

Worin Schlaf überbewertet wird

*I*n Hashimoto, Japan, verschwanden drei Schulbusse mit sie-
benundsechzig Schülern, ihren Lehrern, Unterrichtshelfern und
Busfahrern bei einem Schulausflug zum Naturreservat Kozuki
Park. Die Busse, die von der Genossenschaft für Bildungsdienst-
leistungen an der Präfektur Wakayama betrieben wurden, verlie-
ßen die Schule morgens um halb zehn, aus Anlass der jährlichen
Klassenfahrt. Soweit bekannt, wurden die drei Busse zum letzten
Mal von mehreren vorbeikommenden Fahrzeugführern auf der
Autobahn 24 gesehen, nur wenige Minuten nach dem Verlassen
der Schule.

Die neun Kilometer lange Fahrt hätte nicht mehr als zwanzig
Minuten dauern sollen. Als nun die Schulausflügler zum vereinbarten Zeitpunkt nicht eintrafen, riefen Parkaufseher die Schule
an, um zu fragen, ob es eine Terminplanänderung gegeben hatte;
ihnen wurde mitgeteilt, dass die Kinder wie geplant abgereist
waren. Da man einen Unfall fürchtete, wurde die Polizei herbeigerufen und rasch eine Suche in die Wege geleitet. Als der erste Versuch scheiterte, die drei Busse aufzufinden, wurden Hubschrauber,
zusätzliche Streifenwagen sowie Hundeführer mit ihren Tieren
zum Einsatz gebracht. Die ganze Gegend wurde sorgfältig durch-
kämmt. Die Präfekturen von Wakayama und Gojo wurden in
Alarmbereitschaft versetzt, und die Suche wurde in kurzer Zeit auf
benachbarte Provinzen ausgedehnt.

Es wurden keinerlei Anzeichen von den Bussen und ihren Insassen gefunden, und es gab auch keine Kontakte zwischen den Vermissten und den Eltern oder Schulbeamten. Ihr Verschwinden war beunruhigend – umso mehr, da, wie Schuldirektor Kamito Kiyanaka hervorhob, »alle Lehrer und auch die meisten Schüler Handys mit sich führten. Hätte es irgendein Problem gegeben, hätte sicherlich *irgendjemand* einen Anruf oder eine SMS erhalten. Es wären zahlreiche Hilferufe eingegangen. Doch wir haben überhaupt keine Mitteilung erhalten.«

Auf einer Reisfarm in der Nähe von Nara-Ken in Japan tauchten überraschenderweise drei Schulbusse auf: Sie waren mitten in einem Reisfeld bis zur Höhe zu ihren Radkästen im Nass versunken. Die Fahrzeuge und ihre Insassen – eine Anzahl junger Kinder, die alle die gleiche merkwürdige Kleidung trugen, und allem Anschein nach ihre erwachsenen Betreuer – wurden am Vormittag von Erntehelfern entdeckt, als sie zur Arbeit kamen. Die Fremden waren in einem Zustand extremer Verwirrung und Hysterie. Infolgedessen waren die Offiziellen nicht in der Lage, einen schlüssigen Bericht über das, was geschehen war, zu erstellen.

Niemand war imstande, genau zu erklären, wie die großen blauen Fahrzeuge in das Reisfeld gekommen waren, da der nächstgelegene Weg – ein ungepflasterter Marktpfad in einiger Entfernung im Norden – für motorisierte Gefährte ungeeignet war. Noch komplizierter wurde das Rätsel durch die Tatsache, dass die Sprache der Fremden für die ortsansässige, zumeist ländliche Bevölkerung schwer verständlich war, obschon jene Businsassen Japaner zu sein schienen. Sprachexperten behaupteten, dass die Fremden eine unbekannte Variante des Shikoku-Dialekts sprachen.

* * *

Ärzte, Krankenschwestern und Verwaltungsmitarbeiter, die ihre Morgenschicht im Georgetown Hospital beginnen wollten, waren bestürzt und entsetzt, als sie sahen, dass die moderne zweigeschossige medizinische Einrichtung aus Ziegelstein und Glas, die vierhundertfünfzig Betten umfasste, durch ein eingeschossiges, mit Schindeln verkleidetes Gebäude ersetzt worden war. Unverzüglich durchgeführte Ermittlungen enthüllten, dass jedes der einhundertfünfzig Betten mit einem verwundeten Soldaten belegt war; die meisten von ihnen gehörten entweder der US Air Force oder der Navy an. Die Patienten, viele von ihnen Offiziere, gaben an, dass sie ihre Verletzungen bei den fortdauernden Militäraktionen auf dem Kriegsschauplatz im Nordpazifik erhalten hatten. Inmitten eines gewaltigen Medieninteresses wurden die Ermittlungen fortgeführt, doch bislang wurde noch keine Erklärung angeboten.

Bei einem ein wenig ähnlichen Vorfall landeten fünf Flugzeuge des Typs TBF Avenger auf dem Up-Park Camp, einem Flugplatz in unmittelbarer Nähe von Kingston in Jamaica. Die Flugzeuge und ihre Besatzungen waren das letzte Mal gesehen worden, als sie die Naval Air Station bei Fort Lauderdale in Florida verließen und zu einer Trainingsmission aufbrachen, um Bombenabwürfe im Tiefflug zu üben. Die Piloten und ihr Ausbilder, die in Funkverbindung mit dem Tower standen, brachten zum Ausdruck, dass es Orientierungsstörungen und schlechte Sichtverhältnisse gäbe, obgleich berichtet wurde, es herrschten für die Jahreszeit durchschnittliche Wetterbedingungen. Jeglicher Kontakt hörte ab vier Uhr nachmittags auf, und von Flug 19 wurde nie wieder etwas gehört. Bei einer gründlichen und umfassenden Suche mit Schiffen und Flugzeugen, die der Flugroute folgten, wurde kein Wrack entdeckt; und Leichen wurden ebenfalls nie geborgen. Die offizielle Erklärung lautete, dass die Flugzeuge infolge ungünstiger Wetterbedingungen in der Karibik verloren gingen, obwohl kein einziger Sturm aufgezeichnet oder gemeldet wurde.

Das plötzliche Erscheinen der Flugzeuge und Besatzungsmitglieder nach siebzigjähriger Abwesenheit sorgte dafür, dass eines der rätselhaftesten Geheimnisse des einundzwanzigsten Jahrhunderts noch mysteriöser wurde. Das Unheimliche an diesem Vorfall wurde noch durch die Tatsache verstärkt, dass die Piloten nicht einen einzigen Tag gealtert zu sein schienen und bis auf den letzten

Mann glaubten, das aktuelle Datum wäre immer noch der 5. Dezember 1945.

* * *

Fünfzig Meilen westlich von Socorro in New Mexico warteten zwei Besucher im kleinen Empfangsraum der Kommandozentrale des *Jansky-Very-Large-Array*-Radioteleskops. Einer der Männer war Gianni Becarria, der nach Einschätzung seines Reisegefährten auf ungefähr zwanzig verschiedenen Arten außergewöhnlich war. Zu dieser Auffassung war Tony Clarke bereits nach dem zweiten Ley-Sprung gelangt, den sie gemeinsam durchgeführt hatten. Jetzt – nach mehr als einem Dutzend Sprüngen – war Tony überzeugt, dass »außergewöhnlich« ein viel zu schwaches Wort war. »Bruder Becarria«, sagte er in einem Tonfall, der fast als ehrfürchtig zu bezeichnen war, »Sie sind ein wahres Wunder. Ich kann mir nicht vorstellen, was dies für Sie wohl sein muss.«

Gianni, der für einen Moment verwirrt war, runzelte die Stirn. *»Scusami?«*

»Nun, hierherzukommen ... all dies zu sehen ...« Gestenreich wies Tony zu den Beobachtungsfenstern, durch die man auf die Anordnung der Antennen des Radioteleskops blickte, die sich über die flache, leere Ebene der Wüste New Mexicos ausbreiteten – siebenundzwanzig riesige weiße, auf Schienen montierte Satellitenschüsseln, die in einem gigantischen Y-förmigen Muster aufgebaut waren. »Für Sie ist das alles die Zukunft. Es muss ein ständiger Schock sein für jemanden, der ... wann geboren wurde? Vor mehr als zweihundert Jahren?«

»Aber letzte Woche war ich hier«, hob Gianni hervor.

»Richtig – aber trotzdem: Es muss eine Weile dauern, bis man sich daran gewöhnt.«

Endlich verstand der italienische Priester, was Tony ausdrücken wollte. »Wir alle von uns sind Reisende durch die Zeit, nicht?« Er lächelte. »Einige von uns reisen schneller als andere, ja; aber wir alle werden eines Tages in der Zukunft leben.«

»Das ist nur allzu wahr.« Tony wandte seinen Blick wieder dem Teleskop und der leeren Wüstenebene zu, auf der man unter einem kristallblauen, wolkenlosen Himmel vor Hitze fast umkam. »Was das anbelangt, müssen Sie einen eingebauten Zukunftsdetektor haben. Ich hätte niemals geglaubt, dass wir nach unserem ersten Besuch hier bereits in weniger als einer Woche zurückkehren könnten.« Tony schüttelte bewundernd seinen Kopf. »Echte Genialität.«

»Ich mag ja über die Jahre ein paar Tricks gelernt haben«, räumte der Priester gut gelaunt ein. Mit einer wedelnden Bewegung seiner Hand wies er auf den Schreibtischcomputer am Empfang und fügte hinzu: »Obschon ich zugeben muss, dass diese Maschinen mich immer noch über alle Maßen verblüffen.«

Tony lachte. Bei ihrem ersten Besuch hatte Gianni fast eine Stunde damit zugebracht, mit einem der Technikfreaks zu plaudern, der hilfsbereit dem Priester-Astronom einen Crashkurs in IT 101 gab und dabei Computer erklärte, wie man es gegenüber einem Fünfjährigen tat. Es ehrte den Technikfreak, dass er nicht im Mindesten über die Fragen des Priesters verstört war; auch fand er es nicht seltsam, dass jemand wie Gianni eine solche Unwissenheit über die elektronischen Berechnungsmöglichkeiten des einundzwanzigsten Jahrhunderts zeigen würde. Wenn er es sich recht überlegte, schlussfolgerte Tony, dann half wahrscheinlich Giannis Kragen eines Geistlichen; der junge Kyle gehörte einer Generation an, die von Priestern nicht viel erwartete.

Aber auch wenn er mit seinen Kenntnissen nicht an der Spitze der Computertechnologie stand, wiesen Giannis persönliche Rechenleistungen eine exzellente Feinabstimmung auf und waren extrem akkurat. Selbst wenn man die halbtägige Fahrt von Sedona aus mit einschloss, hatten sie es nach Tonys Einschätzung geschafft, nur sechs Tage und sieben Stunden nach ihrem letzten Besuch einzutreffen – als sie hergekommen waren, um nach einer unabhängigen Bestätigung für das zu suchen, was Tony als eine Anomalie in bestimmten Berechnungen beschrieben hatte, was, falls es sich als richtig erwies, auf eine Verlangsamung der Expansion des Universums hinweisen könnte. Jetzt, wo sie vor dem großen Panoramafenster im Empfangsraum der *Jansky-Very-Large-Array*-Anlage standen und darauf warteten, dass Gianni einen Besucherausweis ausgehändigt bekam, hatte Tony die Chance, sich abermals darüber zu wundern, wie fließend Zeit zu sein schien, wenn man ein Ley-Reisender wurde.

»Sie sind wunderschön«, entfuhr es Tony, während er beobachtete, wie die siebenundzwanzig weißen, gewaltigen Schüsseln sich allesamt in einer synchronisierten Bewegung drehten, um sich einer neuen Trajektorie anzupassen. »Es misslingt nie, den Strom zum Fließen zu bringen.«

»Glauben Sie, dass sie Zeit gehabt haben, die Vermessung abzuschließen, über die wir bei unserem vorhergehenden Besuch gesprochen haben?«, fragte Gianni.

»Falls nicht, dann haben sie zumindest damit begonnen – vorausgesetzt, dass sie von denen da oben grünes Licht bekommen haben.« Tony hörte Stimmen hinter sich und drehte sich dem Empfangstresen zu. »Wir werden sofort mit dem Einsatzleiter sprechen und einen Statusbericht erhalten.«

Ein junger Mann mit einem runden Gesicht, das von einem Backenbart umsäumt war, hatte gerade den Empfangsraum betreten. Er trug ein grünes T-Shirt mit Aufschrift »Gravitation ist scheiße« sowie eine Cargohose. Sogleich eilte er zu ihnen herüber. »Dr. Clarke?« Er streckte seine Hand aus. »Tut mir echt leid, dass Sie warten mussten. Wir haben gerade erst herausgefunden, dass Sie hier sind. Dr. Segler hat mich geschickt, um Sie hochzubringen.«

»Und Sie sind . . .?«

»Oh, tut mir leid. Ich bin Jason – wissenschaftliche Hilfskraft im dritten Jahr. Ich muss schon sagen, das ist riesig für mich – ich liebe Ihre Arbeit. Bin ein großer Fan.«

»Freut mich, Sie kennenzulernen, Jason«, antwortete Tony und schlug in die angebotene Hand ein. »Und das hier ist Herr Becarria.« Die zwei gaben sich die Hand, und dann fuhr Tony fort: »Wir sind ganz begierig darauf, Dr. Segler zu sehen. Also, warum gehen Sie nicht voran und führen uns zu ihm?«

»Kein Problem«, erwiderte Jason und trat einen Schritt zurück. An der Rezeption hielt er inne. »Oh, hier. Habe ich fast vergessen.« Er reichte Gianni ein blaues Nylon-Umhängeband mit einem Plastikschildchen, auf dem in roten Buchstaben das Wort »Besucher« stand. Jason hob die kleine rohrförmige Aluminiumabsperrung neben dem Empfangstresen hoch und führte seine Schützlinge in den Gang hinein, wobei er sagte: »Ich weiß auch nicht, warum es immer so lange dauert, hier einen Ausweis zu bekommen. Man könnte denken, sie müssten jeden einzelnen aus Felsgestein herausmeißeln oder so.«

»Kommen immer noch Touristen von Roswell aus hier rüber?«, fragte Tony.

»Ab und an«, antwortete Jason. »Außer, es gibt eine Tagung in der Stadt.«

»Eine Tagung von Astronomen?«, erkundigte sich Gianni.

»Nee, eine UFO-Tagung. Da drüben gibt es derzeit zwei oder drei im Jahr. Sind Sie je dort gewesen? Mann, dann ist da der totale Volksaufruhr. Es ist wie ein Mekka für alle, die Jagd auf kleine grüne Männchen machen und glauben, dass Aliens regelmäßig unseren Planeten besuchen.« Er blickte zu Gianni. »Haben Sie da drüben in Italien nicht auch UFO-Freaks?«

»Vielleicht«, erwiderte Gianni. »Italien ist immer schon ein populäres Ziel für Touristen gewesen.«

Jasons freundliches Gesicht verzog sich und zeigte ein verwirrtes Stirnrunzeln; er konnte nicht ausmachen, ob Gianni ihn auf den Arm nahm oder nicht. »Cool«, meinte er schließlich mit einem Achselzucken. Nachdem er eine Tür aufgedrückt hatte, führte er sie drei Treppenfluchten hoch in den dritten Stock und anschließend durch ein mit Teppichen ausgelegtes Foyer zu einem verglasten Büro. Er klopfte ein einziges Mal gegen die Tür und drückte sie auf, ohne auf eine Antwort zu warten. »Hier sind sie«, verkündete er. »Heil und unversehrt abgeliefert.«

Jason trat zur Seite und ermöglichte es Tony und Gianni so, den Raum zu betreten. Ein Mann in einem frischen weißen, kurzärmeligen Hemd und mit einer roten Fliege sprang hinter seinem

Schreibtisch hoch. »Tony! Sie sind zurück. Großartig.« Mit schnellen Schritten durchquerte er den Raum und streckte den Arm aus, um ihnen die Hand zu schütteln. »Schön, Sie wiederzusehen, Gianni. Willkommen!«

Bevor einer der beiden Männer etwas darauf antworten konnte, wies er sie mit einem Wink zu den Sitzen hin. »Bitte, setzen Sie sich doch. Ich werden Sie auf Höhe des Geschehens bringen. Eine Menge ist passiert, seit Sie hier waren.« Zu Jason, der sich immer noch voller Hoffnung an der Tür aufhielt, sagte er: »Danke, Jaz – und sorg bitte dafür, dass diese Männer Kaffee bekommen. Und einen für mich.«

»Aber sicher, Chef. Bin schon dabei.«

Jason verschwand; und der Einsatzleiter wandte seine Aufmerksamkeit dem Schreibtisch zu, der mit Papieren und Schaubildern überhäuft war, die alle mit Zahlen und Diagrammen von verwirrender Unverständlichkeit bedeckt waren. Einen Moment lang wühlte er in ihnen herum, dann nahm er ein einzelnes Blatt auf, räusperte sich und erklärte: »Tony, ich muss Ihnen mitteilen, dass Sie mein behagliches, angenehmes Leben in einen Albtraum verwandelt haben.«

»Ist nicht notwendig, mir zu danken«, entgegnete Tony. »Das ist es doch, wofür man Freunde hat.«

»Ich meine es ernst. Ich habe nachts nicht mehr anständig geschlafen, seit Sie Ihre Bombe haben hochgehen lassen – und ich weiß zudem, dass ich keine einzige Minute Frieden gehabt habe. Wir haben jeden Mann an Bord hier Überstunden machen lassen, und ich habe noch Extraschichten eingelegt. Das ist eine große Sache. Wirklich groß. Ich hoffe, Sie haben die Absicht, in der Nähe zu bleiben; ich könnte die Extrahilfe brauchen.«

»Beginnt sich irgendetwas zu entwickeln?«

»Entwickeln! Entwickeln ist wohl nicht gerade der richtige Ausdruck dafür.« Er drückte Tony das Papier in die Hand. »Schauen Sie sich einfach das hier an!«

Tony nahm das Blatt und las sich den Inhalt kurz durch. »Sehr interessant«, sagte er und reichte es an Gianni weiter, der es aufmerksam studierte.

»Sie machen doch wohl nur Spaß, oder?«, erwiderte Segler. Er stieß mit einem Finger gegen das Papier in Giannis Hand. »Diese kleine ›interessante‹ Sache sorgt dafür, dass der Äther von hier bis Tokio unentwegt vibriert. Das Weiße Haus will, dass man es auf dem Laufenden hält, und die NSA ebenso. Vor zehn Minuten wurde ich darüber informiert, dass wir irgendwann morgen eine Abordnung von der NASA erwarten sollen. Und ich glaube nicht, dass sie wegen der Besichtigungstour für stinknormale Besucher kommen.«

»Wir könnten möglicherweise ein wenig mehr verstehen, wenn Sie uns sagen, worauf wir da schauen«, schlug Tony vor und klopfte mit einem Finger auf das Blatt. »Was ist das hier genau?«

»Das, mein Freund, ist die rauchende Pistole.«

»Pistole?«, wiederholte Gianni laut.

»Die Bestätigung für den Scan wurde gestern abgeschlossen – den Scan, der auf Ihre Anregung hin durchgeführt wurde, wie ich hinzufügen möchte.«

»Bestätigung«, echote Tony. Er blickte zu Gianni, der sich abermals den Inhalt des Papiers durchlas und es dann dem Einsatzleiter zurückgab.

»Vollkommen korrekt«, erklärte Segler und warf das Blatt wieder auf den Papierhaufen. »Ich ziehe in Betracht, dass wir jetzt den vorläufigen Nachweis für jene ursprünglichen Messwerte haben –«

»Die Anomalie, auf die wir hingewiesen haben«, fiel Tony ihm ins Wort.

»Genau. Den Nachweis, dass das Hintergrundstrahlungsdifferenzial im Sektor B240–22N sich signifikant verändert hat, seit die genaue Überwachung begann.«

»Somit scheint es keine kleinere Systemstörung zu sein.«

Segler schüttelte mehrfach den Kopf. »Keine kleinere Störung, keine Fehlfunktion technischer Geräte, keine mathematische

Anomalität – nichts dergleichen. Dort draußen passiert definitiv irgendetwas.«

»Entschuldigen Sie bitte, Dr. Segler«, sagte Gianni. »Doch was sagt Ihnen Ihre Interpretation der Daten, was gerade *dort draußen* passiert?« Er hob seine Augenbrauen und schaute zur Decke.

»Zu früh, um das zu sagen«, entgegnete Segler. »Was ich sage, ist, dass unsere Ausgangsmesswerte korrekt sind und dass die Anomalie, auf die Sie uns aufmerksam gemacht haben, nun bestätigt worden ist. Mit den unsterblichen Worten von Dave im Untergeschoss: ›'s iss nich bloß ein verdammtes Blinken.‹«

»Dann ist unsere Vermutung im Wesentlichen richtig«, schlussfolgerte Tony. »Die technische Ausrüstung ist nicht verantwortlich für die Unstimmigkeit der Daten.«

Segler schüttelte erneut den Kopf. »Nein – außer drei voneinander unabhängige Teleskope auf drei verschiedenen Kontinenten haben gleichzeitig dieselbe technische Fehlfunktion.«

Jason kehrte mit einem Plastiktablett zurück, auf dem drei Styroporbecher balanciert wurden. »Ich hab in alle Milch reingetan«, sagte er, als er jedem einen Kaffee gab. »Ich hoffe, das ist okay.«

»Danke, Jaz. Du kannst gehen.« Der Direktor nahm einen Schluck Kaffee und durchwühlte anschließend ein weiteres Mal seine Papiere. »Also dann, wo war ich . . .?«

Jason, der an der Tür stehen geblieben war und hoffnungsvoll blickte, fragte: »Sonst noch was?«

»Ja, finde bei Delores heraus, wann die Kerle von der Regierung ankommen sollen. Und richte Miranda aus, sie soll dafür sorgen, dass die Besucherausweise jetzt gemacht werden, damit wir sie nicht den halben Tag lang im Empfangsraum warten lassen und sie sich die Beine in den Bauch stehen.«

»Kein Problem, Chef. Bin schon dabei.« Er ging fort und schloss die Tür hinter sich zu.

»Okay«, sagte Segler und grub ein weiteres Blatt aus der Masse von Papieren, die vor ihm ausgebreitet waren. »Hier ist der Projektplan für die nächsten achtundvierzig Stunden. Aufgrund der zuvor genannten Daten habe ich dies hochgestuft, es an die Spitze unserer Projektliste gesetzt und ihm die höchste Priorität gegeben. Offiziell hat es die Projektnummer JA-60922.« Er übergab Tony den Plan. »Ich habe dafür gesorgt, dass wir so viele *observation sessions* durchführen können, wie nötig sind.«

Tony blickte auf das Blatt. »Wie lange dauert jeder Arbeitsgang?«

»Eine *observation session* kann unterschiedlich lang sein – irgendwo zwischen zwei und zehn Stunden, wobei die Zeit für die Kalibration nicht mit berücksichtigt ist«, antwortete Segler. »Wie Sie sehen können, sind wir im Augenblick in der Mitte der neunten *observation session*. Ich arbeite mit drei Schichten, um die Stillstandzeiten zu minimieren. Das Wetter hier kann man weitestgehend außer Acht lassen, sodass wir die meiste Zeit auf Hochtouren arbeiten können.«

Tony nickte. »Das muss ich Ihnen lassen, Sam. Sie scheinen alles Wichtige abgedeckt zu haben. Wer ist verantwortlich für die Datenkoordination und die Analyse?«

»Teilweise machen wir das natürlich. Der Rest wird derzeit von Cal Tech erledigt, doch ich habe schon Rudin an der University of Illinois in Urbana und Yeoh an der University of Texas in Austin eingeschaltet, zwecks unabhängiger Analyse und Unterstützung. Und heute Morgen habe ich zwecks Absicherung Kontakte mit Puerto Rico, England und Australien eingefädelt und vorgeschlagen, ob sie sich nicht möglicherweise mit ihren eigenen Projekten daran beteiligen wollen. Je mehr Köpfe, desto besser.«

Tony hob seine Augenbrauen. »Glauben Sie, dass das klug ist? In diesem Stadium so viele Außenstehende miteinzubeziehen?«

»Ich will die volle Bestätigung durch mehrere unabhängige Quellen«, erklärte Segler rundheraus. »Wir murksen nicht herum. Außerdem, wenn wir mit alldem recht haben, werden wir nicht in der Lage sein, es sehr viel länger unter Verschluss zu halten. Es besteht immer die Möglichkeit, dass irgendjemand anders es unabhängig von uns entdecken wird. Und es wird sich ziemlich schnell herumsprechen, sobald das herauskommt.« Der Direktor nahm einen weiteren Schluck Kaffee und stand auf. »Okay, sollen wir jetzt gehen und uns die *Wüstenratten* ansehen?«

»Ich dachte schon, Sie würden nie fragen«, sagte Tony und stand auf.

Die drei Männer nahmen den Fahrstuhl und fuhren hinab zu einer Ebene, die unter dem Kellergeschoss lag. Sie traten in eine Glaskabine hinaus, die sie von einem großen Raum trennte, der vom Boden bis zur Decke mit Computerbildschirmen jeglicher Größe vollgestopft war – von denen viele miteinander verbunden waren, um noch größere bildliche Darstellungen zu ermöglichen. Entlang der Grenzen des Raums verlief durchgehend ein Tisch, der eine Art Sims bildete und Arme hatte, die in Richtung Mitte stießen. Auf der Oberfläche dieses Simses häuften sich Computertastaturen und unzählige schwarze Boxen mit Myriaden von LED-Leuchten in Blau, Rot, Gelb und Grün, die blinkten wie Weihnachtsbaumlichterketten.

Ein von Hand gemachtes Schild, das an die Glastür geklebt war, setzte Besucher darüber in Kenntnis, dass sie nun das Gebiet der *Wüstenratten* betreten würden: vierzehn Technikexperten – acht Männer und sechs Frauen – bewohnten die beweglichen Arbeitsplätze, die in dem einzigen großen offenen Raum verstreut waren.

Segler schob sich durch die Tür, und augenblicklich fühlten sie einen Temperatursturz um zehn Grad. »Ah, hübsch und kühl. Gut für die kleinen grauen Zellen.«

Köpfe drehten sich um, als die Neuankömmlinge eintraten, und mehrere Techniker, die der Tür am nächsten saßen, standen auf, um die Besucher zu begrüßen. Die meisten der Anwesenden kannten Tony Clarke – vom Hörensagen, wenn nicht gar vom Sehen. Mehrere eilten herbei, um ihm die Hand zu schütteln.

»Willkommen, Dr. Clarke; es ist eine Freude, Sie kennenzulernen«, sagte ein junger Mann mit vorzeitig ergrautem Haar, das bis auf den Pferdeschwanz am Hinterkopf kurz geschnitten war.

»Das ist Dr. Leo Dvorak«, stellte Segler ihn vor. »Er ist der technische Direktor dieser Einrichtung, und er hat die Programmprotokolle entwickelt, nach denen wir uns bei den Scans richten. Er fungiert auch als Abteilungsleiter, Vorarbeiter und Gewerkschaftsvertreter.«

»Die Ratten bei Laune halten – das ist meine Aufgabe. Es tut mir leid, dass ich Sie das letzte Mal, als Sie hier waren, verpasst habe; aber gibt es irgendwas, das Sie gerne von mir gezeigt bekommen möchten?«

»Gianni kann scheinbar nicht genug von Ihrem Zeug hier zu sehen bekommen«, scherzte Tony.

Dvoraks Augen leuchteten auf. »Dann geht's genau hier entlang, Gianni.« Der technische Direktor übernahm die Führung und machte mit seinen Besuchern eine rasche Tour entlang der verschiedenen Workstations. Dabei stellte er seine Mitarbeiter vor, die kurz und knapp erklärten, was sie jeweils taten.

Gianni starrte ohne Scham mit größter Faszination auf all die leuchtenden Bildschirme mit ihrem hypnotisierenden Tanz aus bunten Grafiken und Diagrammen, sich verwandelnden Klecksen, farbigen Interferenzmustern und blinkenden Tabellen: Der Priester, der sich in einem Zustand kontinuierlicher Verwunderung befand, konnte nur noch mit dem Kopf schütteln und leise immer wieder flüstern: »*Benedicimi.*«

Tony war ebenfalls beeindruckt. »Welche Art von Energie benutzen Sie?«, fragte er irgendwann.

»Wir haben zwei *Cray Zeus-10s*, die mit einem multinodulären *IBM Power8+ Server* verbunden sind, und das ist nur für hier unten«, antwortete Dvorak, der erfreut klang – wie der Vater eines Wunderkinds. »Sie können die gesamte nördliche Hemisphäre von diesem Raum aus betreiben. Sagen wir mal, wir haben die Muskeln, die wir für diesen Job brauchen.«

»Der Start der nächsten *observation session* ist um elf fällig«, sagte Dr. Segler. »Sind wir immer noch im Zeitplan, Leo?«

Dvorak rief einem aus seinem Team etwas zu, und der antwortete ihm, indem er ein Zahlenverhältnis nannte. Der technische Direktor führte rasch eine Berechnung durch und schaute auf seine Armbanduhr. »Ja, das sollten wir schaffen«, erklärte er. »Die jetzige läuft noch sechs Stunden. Danach werden wir rekalibrieren und sogleich Nummer zehn starten. Ich freue mich schon auf diese Session.«

»Warum?«, wollte Tony wissen. »Was ist so besonders an Scan zehn?«

»Es ist, wie ich das nenne, ein kleinkalibriger Scan von Sektor B240–22N«, erläuterte er. »Wir haben einige interessante Zahlen von dieser Region bekommen, und ich bin begierig darauf, zu sehen, ob das einen Trend darstellt. Wenn das der Fall ist, könnte diese besondere Region unser Kanarienvogel im Kohlenbergwerk sein.« Als er Giannis verwirrten Gesichtsausdruck bemerkte, erklärte er: »Unser Frühwarnsystem.«

»Einen Augenblick, bitte«, sagte Gianni. »Deuten Sie etwa damit an, dass das Ereignis, das wir untersuchen, sich nicht gleichmäßig im gesamten Kosmos ausbreitet?«

»Das scheint nicht so zu sein«, antwortete Leo. »Wenn man den vorläufigen Resultaten glauben darf, sieht die Sache ziemlich unrund aus.«

»Äh ... unrund?«

»Wie beim Aufweisen einer markanten asymmetrischen Messabweichung – was kohärent wäre mit einer Kategorie von Unordnung, die noch nie da gewesen ist seit ...« Er hielt inne. »Nun ja, seit ... immer. Nichts dergleichen ist jemals zuvor gesehen worden –«

»Danke, Leo«, unterbrach ihn Segler. »Wir werden Sie zu einem späteren Zeitpunkt darauf zurückkommen lassen.« Er drehte sich um und führte seine Besucher durch die Glastüren, in den Aufzug und abermals hoch in sein Büro.

Gianni dankte ihm für die Erlaubnis, das Rechenzentrum zu sehen, und brachte seine Ansicht zum Ausdruck, dass er es immer noch verblüffend fand.

Tony jedoch fragte sich, warum der Besuch genau in dem Moment abgebrochen worden war, als es interessant zu werden begann. »Ich konnte mich nicht des Eindrucks erwehren, dass wir dort unten rausgeschmissen wurden«, gestand er. »Wie kommt das, Sam?«

Segler blickte ihn mit leicht gesenktem Kopf an. »Tut mir leid deswegen, meine Herren. Ich entschuldige mich. Es ist nur so, dass

Leo die Neigung hat, den Ball an sich zu nehmen und dann loszurennen – manchmal, ohne innezuhalten und zu schauen, in welche Richtung er laufen sollte.«

»Aber falls er recht hat ...«, erwiderte Tony.

»Falls er recht hat, werden wir es alle früh genug erfahren. Falls nicht, wäre es am besten, darauf zu verzichten, die Leute unnötig aufzuregen – würden Sie das nicht auch sagen? Jedenfalls ist noch eine lange Wegstrecke zu gehen, bevor wir mit Sicherheit wissen, womit wir es zu tun haben.«

»Ich schätze, genau das ist es, was wir hier herausfinden sollen«, antwortete Tony.

»Wie können wir Ihnen helfen?«, fragte Gianni. »Wir stellen uns ganz in Ihre Dienste, Dr. Segler.«

»Das weiß ich zu schätzen«, sagte der Direktor. »Es wird hier nicht viel passieren, bis die gegenwärtige *observation session* beendet ist. Wir haben ein paar Stunden; also schlage ich vor, dass wir jetzt gehen, um was zu essen zu bekommen, und dann für eine Weile die Füße hochlegen. Anschließend kehren wir zurück und schlagen später in der Nacht in alter Frische los. Haben Sie sich schon um ein Zimmer gekümmert?«

»Noch nicht«, antwortete Tony. »Ich hab mir gedacht, wir suchen uns einfach ein Motel in Socorro.«

»Oh, nein«, entgegnete Segler. »Sie werden nichts dergleichen machen. Sie beide werden bei mir bleiben – Linda wird erfreut sein, Sie zu sehen. Sie macht gerade für heute Abend ihr *Carne asada* und würde liebend gern ein wenig Gesellschaft am Tisch sehen. Aber ich warne Sie: Wenn ich nicht zum Schlafen komme, dann werden Sie es auch nicht.«

»Schlaf wird überbewertet«, erwiderte Tony.

»In Ordnung.« Segler lachte. »Sagen Sie mir das noch mal nächste Woche um diese Zeit.«

NEUNTES KAPITEL

*Worin Geringschätzung eine
Konfrontation erzeugt*

*B*urleigh vernahm das inzwischen vertraute metallische Klirren, das von irgendwoher aus den unterirdischen Gängen erklang, und stöhnte. *Es muss Mittwoch sein*, dachte er. Markttag. Der Tag, an dem der unausstehliche deutsche Bäcker ihnen Lebensmittel und Getränke brachte, die er auf dem Platz gekauft hatte. Was für ein Dummkopf! Seine ständige Einmischung ergab keinen Sinn – überhaupt keinen Sinn, den Burleigh erkennen konnte … es sei denn, der fette Bäcker hegte einen Hintergedanken, der von extrem raffinierter und hinterhältiger Art war. Und genau diese Ansicht erhielt Burleigh hartnäckig aufrecht. Dass ihm jeglicher Beweis für diese These fehlte und dass er tatsächlich niemals in der Lage gewesen war, bei Stiglmaier auch nur den leisesten Hauch von Arglist zu erkennen, spielte keine Rolle und war letztendlich nicht wichtig. Er verachtete den Bäcker, und deshalb war kein weiterer Beweis nötig.

Sogleich hörte er draußen vor der Tür das schlurfende Patschen von Schuhleder auf feuchtem Stein. Im selben Moment wurde ihm bewusst, dass er in Erwartung dieses Geräuschs den Atem angehalten hatte, woraufhin er ausatmete und sich gegen das verschimmelte Mauerwerk der Kerkerzelle zurückfallen ließ. Er schloss seine Augen und wartete darauf, dass die Demütigung aufs Neue begann.

Rache, Vergeltungsmaßnahmen, Heimzahlung: Diese Motive vermochte der Earl zu verstehen. Dass der Bäcker Vergeltung üben würde für die grausame Tracht Prügel, die Burleigh ihm gegeben hatte, war nur natürlich. Das war, nach allen Überlegungen, genau das, was Burleigh an Stiglmaiers Stelle getan hätte. Die andere Theorie, die der ein oder andere der Burley-Männer sich zu sagen erlaubte, war, dass Engelbert ihnen Essen aus genau dem Grund brachte, den er behauptet hatte: weil es das war, was sein Jesus tun würde. Jesus – der augenscheinlich einen übertriebenen Einfluss auf seinen sklavischen Lakaien ausübte – war dafür gestorben, dass er Liebe gegenüber jeden Menschen, einschließlich der eigenen Feinde, gepredigt hatte. Die Liebe zu Feinden war nach Burleighs Auffassung nichts weiter als eine offene Einladung, von allen und jedem schikaniert zu werden, nicht zuletzt von exakt diesen Feinden. War nicht dieser Jesus genau dafür hingerichtet worden, dass er solche absurden, irrationalen Dinge gesagt hatte? Viel besser war es – wie Burleigh – zu glauben, dass sich die Menschen immer nur in einer Weise verhielten, durch die sie irgendwelche grundlegenden Triebe und Wünsche befriedigen würden, ob zum Machtgewinn oder Vergnügen oder zur persönlichen Bereicherung. Folglich trachtete Engelbert der Bäcker nur danach, irgendein schändliches eigennütziges Ziel voranzubringen. Seinen Peinigern Lebensmittel zu bringen war ausschließlich ein Mittel zu einem Zweck: Burleigh gestand sich selbst keinerlei Zweifel daran, dass das Ziel dieses Manövers seine vollständige und vollkommene Vernichtung war. Das war, wie Burleigh handelte. Und das war, wie die ganze Welt handelte.

Vor der Tür waren Stimmen zu hören. Ihnen folgte sogleich das Klicken des Schlosses und ein knarrendes Jaulen, als die Tür aufschwang. Wie zuvor – wie immer zuvor – stand der schwerfällige Trampel im Eingang und legte eine kleine Pause ein, bevor er eintrat. Burleigh hob seine Augen zu dem unerwünschten Besucher. »Du wieder«, intonierte er auf Deutsch. »Immer du.«

»Ja, immer ich«, antwortete Engelbert und trat in die Zelle. Der Gefängniswärter, der aufgehört hatte, sich für diese Besuche zu interessieren, schloss hinter ihm die Tür. »Ich habe heute ein paar besondere Dinge gebracht. Die Sommerwurst ist jetzt fertig, und viele Bauern verkaufen sie auf dem Markt. Ich habe für jeden von ihnen eine mitgebracht.« Er schwang den Sack von seiner Schulter, öffnete ihn und fuhr damit fort, in ihm herumzuwühlen.

Als Stiglmaier sich bückte, stieg die Abscheu, die Burleigh stets in der Gegenwart des Bäckers fühlte, abermals in ihm hoch – und dieses Mal war sie so stark und bösartig, dass er glaubte, er müsse sich übergeben. »Deine Anwesenheit macht mich krank«, sagte Burleigh mit belegter, fast erstickter Stimme. »Dein bloßer Anblick macht mich krank.«

»Vielleicht tut es das ja«, stimmte Engelbert ihm freundlich zu. »Doch meine Abwesenheit würde Sie bald noch viel kränker machen. Ja, das glaube ich.«

Diese Worte brachten Tav zum Kichern, den einzigen seiner Männer, der mehr als nur ein paar Brocken Deutsch beherrschte. Burleigh wirbelte zu ihm herum. »Du hältst das für komisch? Du hältst das für irrsinnig witzig, ja?«

»Nein, Boss«, entgegnete Tav, der plötzlich ernst war. »Aber warum sollte man ihn beleidigen? Sie wollen ihn doch nicht vertreiben, oder?«

»Ja, Boss«, stimmte Con ihm zu. »Wenn der Bäcker nich' wär, wär'n wir inzwischen verhungert un' tot. Der große Kerl is' der einz'ge Grund, weshalb wir imme' noch leben.«

»Du nennst das hier ›leben‹?«, schrie Burleigh.

»Sachte, Boss«, beschwichtigte Con und hob seine Hände. »Hab nix damit gemeint.«

Burleigh starrte seine zwei Handlanger so wütend und hart an, dass er glaubte, seine Augen könnten platzen. Auf der anderen Seite der Zelle hatten sich Dex und Mal von ihren ranzigen Nestern erhoben; die beiden sagten nichts, doch der Ausdruck auf ihren Gesichtern ließ keinen Zweifel aufkommen, dass sie die aktuelle Ansicht ihrer Kameraden teilten.

Inzwischen hatte Etzel die Würste aus seinem Sack herausgeholt und begann, sie herumzureichen. »Die hier ist für Sie«, sagte er und gab Con ein längliches, in Musselin eingewickeltes Bündel.

»Und die für Sie«, fuhr er fort und machte damit weiter, die Verpflegung reihum an jeden Mann auszuteilen.

Als er zum Earl kam, weigerte sich Burleigh, die angebotene Wurst zu nehmen. Nachdem der Bäcker sie eine Weile gehalten hatte, zuckte er einfach ein wenig mit den Schultern und legte die Wurst Seiner Lordschaft vor die Füße. »Ich denke, Sie werden sich später daran erfreuen.« Anschließend drehte er sich um und fuhr damit fort, den Lebensmittelbeutel zu entleeren. Es gab Brot in Form von dichten, dunklen Halbkugeln, Käse in Form von bleichen, abgeflachten Kugeln, ein paar Möhren- und Selleriebündel, kleine Bierkrüge, kleine Butterstückchen und einige Handvoll hartes Gebäck aus der Speisekammer des *Großen Kaiserlichen Kaffeehauses*. All das stapelte er sorgfältig auf dem zusammengefalteten Sack und verkündete dann: »Wir haben in diesem Jahr einen guten Sommer. Die Feldfrüchte wachsen. Wir werden bald Äpfel und Birnen haben, dann Brombeeren, Gemüse und neuen Käse. Ich werde solche Sachen herbringen, sobald ich kann.«

»Nein«, sagte Burleigh zu ihm und trat vor. »Komm nicht wieder hierher. Ich will dein Essen nicht … deine guten Taten. Hörst du? Ich will nichts von dir!«

Beim Geräusch der erhobenen Stimme öffnete der indolente Wärter die Tür und steckte seinen Kopf in die Zelle hinein. »Was ist hier los?«

»Raus mit dir!«, schrie Burleigh. »Raus mit dir, hörst du? Raus mit dir, und komm nie mehr zurück!«

Der Gefängniswärter trat einen Schritt in die Zelle hinein. »Etzel, ist alles in Ordnung?«

»Alles ist in Ordnung«, versicherte ihm Engelbert. »Ich wollte gerade gehen.«

Als er zur Tür schritt, setzte sich Tav in Bewegung, um ihn abzufangen. »Achtet nicht auf ihn, Herr. Boss ist … äh …« Er suchte angestrengt nach dem richtigen deutschen Wort. »Er ist krank, versteht Ihr. Er meint das nicht so, was er da sagt.«

»Tav!«, brüllte Burleigh. »Was machst du da? Wie kannst du es wagen, dich für mich zu entschuldigen!« Burleigh stürmte vor.

»Ich bin dein Herr, du Hund. Halt deine große Fresse und mach, dass du von ihm wegkommst!«

»Boss, das is' nich' sein Fehler. Der Bursche versucht bloß zu helfen«, erwiderte Tav, nahm seine Hände hoch und schlich sich davon.

»Nachgeben, Boss.« Con setzte sich in Bewegung, um sich zwischen Burleigh und Engelbert zu stellen. »Beruhigen Sie sich. Er meint nix nich' damit.«

»Beruhige du dich!«, brüllte Burleigh. Er ballte seine Faust und holte mit großer Kraft aus; er traf Con seitlich am Kopf. Der Burley-Mann steckte den Schlag ein und stolperte nach hinten. »Du erdreistest dich, *mir* zu sagen, dass ich mich beruhigen soll?«

Burleigh, der blind vor Wut war, drängte sich an Con vorbei, der versuchte, ihn zurückzuhalten. Der Earl schüttelte ihn mit einem weiteren Schlag ab und griff nach Tav. Der Gefängniswärter griff ein, rempelte ihn grob beiseite, schob Engelbert aus der Zelle heraus und schlug die Tür rasch in Burleighs Gesicht.

»Komm nie wieder zurück!«, schrie Burleigh mit vor Wut erstickter Stimme. »Hörst du mich? Nie wieder!«

Die Fußschritte auf dem Gang entfernten sich, und Burleigh, dessen Kraft und Zorn erschöpft waren, sackte gegen die Tür und rutschte zu Boden. Tav beugte sich zu ihm, um ihm auf die Füße zu helfen. »Geh weg von mir, du Verräter!«, blaffte Burleigh. »Lass mich allein. Ihr alle – lasst mich einfach allein!«

Später am Tag ging der Wunsch des Schwarzen Earls in Erfüllung, als seine Männer – seine ureigenen Burley-Männer – aus der Zelle entfernt und in einen anderen Teil des Kerkers gebracht wurden. Er hörte, wie der Klang ihrer Fußschritte im Gang allmählich verschwand, dann folgte weiter entfernt das Knarren und Zuschlagen einer Tür. Er würde sie nicht wiedersehen.

In den folgenden Tagen verrauchte die unvernünftige Wut Seiner Lordschaft, und er hatte eine Menge Zeit in der einsamen Stille seiner Zelle, um nachzudenken. Er redete sich ein, dass sein Zorn berechtigt war. Es war lediglich eine Reaktion gegen die Frustration seiner gegenwärtigen Situation – obschon er, nachdem er lange und anstrengend darüber gegrübelt hatte, dieses mysteriöse Gefühl von Ungerechtigkeit, das er empfand, anscheinend nicht erklären konnte. Was auch immer seine Quelle war, es war dieses leidenschaftlich empfundene Gefühl von Ungerechtigkeit, das seinen emotionalen Ausbruch ausgelöst hatte. Er gelangte zu dem Schluss, dass seine angeborene Duldungsfähigkeit ihre Grenze erreicht und er dann um sich geschlagen hatte.

Diese Erklärung befriedigte ihn und ermöglichte es ihm, nachts zu schlafen. Sie erwies sich jedoch im Vergleich zu anderen Erklärungen als unzureichend widerstandsfähig. Denn als der brennende Schmerz über den Vorfall zurückging, begann er, hungrig zu werden. Und obwohl er der Versuchung widerstand, so lange er konnte, überwältigte der Hunger schließlich seine Entschlossenheit, und er erlaubte sich selbst, von dem Kontingent an Lebensmitteln zu essen, das Engelbert geliefert hatte. Während er auf seinem Brot und der Wurst kaute, überkam ihn der Gedanke, dass Ungerechtigkeit allein kein ausreichender Grund für seinen Zorn war. Während sein beharrliches Gefühl, dass er unfair behandelt worden war, ein Zusatzfaktor gewesen sein mochte, so ging die Provokation, die zugrunde liegende Ursache für seine Wut, weitaus tiefer.

Für gewöhnlich waren seine Gedanken von einer erzürnten, Vergeltung anstrebenden Natur; sie wurden entzündet von einem brodelnden Gefühl von Ungerechtigkeit über das herzlose Desinteresse, das eine Bande von begriffsstutzigen, übertrieben dienstfertigen Lakaien in Diensten einer Rechtsordnung zeigte, die eine solch beklagenswerte Behandlung seiner Häftlinge ermöglichte. Dies führte Seine Lordschaft in eine sich dahinschlängelnde Betrachtung über das Wesen der Fairness und darüber, warum er den Stachel der Ungerechtigkeit in seinen gegenwärtigen Umständen so intensiv fühlen sollte. Alles in allem war er ein Mann, der für sich die Wahl getroffen hatte, sein Leben außerhalb der Grenzen der Gerechtigkeit zu führen – jenseits der allgemein akzeptierten Normen des Fair Play, wenn nicht gar der moralischen Rechtschaffenheit. Und dennoch fühlte er deutlich den

Peitschenhieb der Unfairness. Und das schmerzte. Darüber hinaus ließ der Stachel der Ungerechtigkeit einen langsam schwelenden Zorn und einen Hunger nach Menschlichkeit entstehen – nach Verzeihung und Erlösung, von denen er im Innersten seines Herzens wusste, dass er selbst sie nicht verdiente.

Dennoch: So oft er sich auch selbst sagte, dass er nicht das Recht hatte, irgendetwas anderes zu erwarten als die erbarmungslose Gleichgültigkeit eines letztendlich herzlosen Universums – der Zorn und die Verletzung, die er empfand, konnten nicht geleugnet werden. Auch war es nicht so, als könne er nichts damit anfangen, dass er – der so häufig angesichts der Notlage seiner Opfer die gleiche erbarmungslose Gleichgültigkeit gezeigt hatte – kein begründetes Recht hatte, jetzt dagegen zu wüten. Und dennoch wütete er; und er durchlitt den Schmerz.

Er verletzte. Das ließ sich nicht leugnen. Doch so sehr er sich auch bemühte, Burleigh vermochte nicht zu ergründen, wie er dieses zähe, unbeugsame, beharrliche Gefühl erworben hatte, dass ihm etwas Besseres als das zustand, was die willkürlichen Mechanismen eines kalten, unpersönlichen, vom Zufall angetriebenen Universums ihm zugeteilt hatten.

ZEHNTES KAPITEL

Worin Panik aufgeschoben wird

*U*mtost vom eisigen Wind und geblendet vom Schneeregen, schlang Wilhelmina ihre Arme um den Oberkörper und versuchte herauszufinden, was falsch gelaufen war. Das Portal hatte ihr wahrscheinlich das Leben gerettet, sie jedoch inmitten eines Schneesturms auf einem Gletscher abgesetzt – an irgendeinem Ort, den nur Gott allein kannte, und in einer Wetterlage, für die sie überhaupt nicht gerüstet war. Der wilde, stürmische Wind fegte durch ihre Kleider; sie hatte nur wenige Minuten, um sich einen Überlebensplan auszudenken, bevor die Kälte anfangen würde, ihr das Leben aus dem warmen Körper herauszureißen.

Dann hörte sie ein gedämpftes Knurren hinter sich. Sie drehte vorsichtig den Kopf. Baby hatte mit ihr den Sprung vollzogen. Ihr zog sich der Magen zusammen beim Anblick der Höhlenlöwin, die hinter ihr sprungbereit im Schnee kauerte.

Zu versuchen, der Kreatur davonzulaufen, war zwecklos; und gegen sie zu kämpfen stand außer Frage: Die riesige Katze wog vier Mal so viel wie sie selbst. Dort, wo sie nicht aus Muskeln bestand, waren Zähne und Klauen. Und Mina hatte keine Waffen bei sich ... Was jetzt? Zitternd starrte sie auf die Höhlenlöwin, und diese starrte zurück mit unheilvollen gelben Augen. Doch etwas an der Körperhaltung der jungen Löwin – die Art, wie sie ihre Pranken unter den Körper gezogen hatte und der überdimensionierte Kopf gegen die massiven Schultern nach hinten gelegt war – gab Wilhelmina einen Schimmer der Hoffnung.

»Oh, Baby«, sagte sie mit gesenkter Stimme. »Was ist los, altes Mädchen? Ist dir kalt?«

Die Katze starrte sie weiterhin an.

»Mir ist auch kalt.« Mina machte einen langsamen, wohlüberlegten Schritt, mit dem sie sich der sich duckenden Katze näherte. »Vielleicht können wir uns gegenseitig warm halten.« Sie machte einen weiteren Schritt und streckte eine Hand aus; die Innenseite zeigte nach oben. »Was glaubst du? Sollen wir uns gegenseitig warm halten?«

Die Löwin legte die Ohren flach an den Kopf und gab ein wildes Fauchen von sich, wie ein bedrohtes Kätzchen, das wusste, dass es in den falschen Garten geschlendert war.

»Kein Grund, patzig zu werden. Alles wird in Ordnung sein.« Die große Katze fauchte, drehte sich dann auf ihrem Platz und sprang fort. »Andererseits, vielleicht auch nicht«, sagte Wilhelmina seufzend.

Sie beobachtete, wie das verängstigte Tier über das Eis, auf dem der Schnee umherwirbelte, davonraste und die klirrende Kette hinter sich herzog. Die Kreatur verschwand bald im Schneedunst, den der Blizzard emporwirbelte. Merkwürdigerweise fühlte sich Mina verletzlicher als jemals zuvor; und sie fühlte sich auf jeden Fall einsamer. Das Kreischen des Windes, der durch die eisigen Höhen heulte, verspottete die Hoffnungslosigkeit ihrer Situation. Tränen der Kälte und Verzweiflung traten ihr in die Augen und froren auf ihren Wangen fest.

»Reiß dich zusammen, Mina«, murmelte sie – hauptsächlich nur, um den Klang ihrer eigenen Stimme über dem heulenden Sturm zu hören. »Du kannst später in Panik verfallen. Im Augenblick hast du Arbeit zu verrichten.«

Sie schaute sich rasch um. Die Berge in der Ferne hatten ein sehr vertrautes Profil; sie hatte den bestimmten Eindruck, dass sie sie schon früher gesehen hatte ... vielleicht sogar oft. Doch da die Berge vom umherwirbelnden Schnee und gefrierenden Nebel verschleiert wurden, konnte sie nicht sagen, wo. Sie hatte allerdings keine Zeit, darüber nachzudenken; sie würde voraussichtlich erfrieren, bevor sie das Geheimnis gelöst hätte. Und so fuhr sie mit ihrer Erkundung fort und untersuchte die Oberfläche des Gletschers, wobei sie nach irgendwelchen Anzeichen von Ley-Aktivität suchte. Sie begann, das Gebiet auf einer spiralförmigen Linie mit stetig größer werdendem Radius zu erkunden. Die Augen hielt sie dabei stets auf das vom Wind glatt gescheuerte Eis gerichtet. Die Oberfläche des Gletschers bestand aus Blankeis: tiefblau mit grünen und grauen Flecken. Der Schnee trieb hier und da ruhelos dahin, unfähig, auf der Oberfläche aus Eis und hartem Untergrund Halt zu finden.

Mina erblickte eine Spalte, die vielversprechend aussah. Doch dann zeigte sich, dass es nur ein Spalt war und keine Ley-Linie, der nach ein paar Dutzend Schritten zu Ende war. Ihr war mittlerweile noch kälter, und sie begann bereits unkontrolliert zu zittern. Als sie weiter im Kreis marschierte, wurde sie mit jedem Schritt verzweifelter.

Die Zeit lief ihr davon. Sie konnte ihre Zehen und Finger nicht mehr spüren; Eis haftete an ihrem Haar und ihren Wimpern, und sie zitterte mittlerweile so heftig, dass es für sie schwierig wurde, aufrecht zu stehen. Selbst wenn es einen Ley in der Nähe gab, schlussfolgerte sie niedergeschlagen, würde sie nicht in der Lage sein, ihn zu sehen.

Der Gedanke rüttelte sie auf. Sie musste ihn doch gar nicht sehen, vielleicht war sie ja imstande, ihn zu fühlen. Schnell kehrte sie zu dem Punkt zurück, wo sie gestartet war, und streckte ihre Hände aus. Mina verzweifelte schier an dem Umstand, dass ihre Hände so taub waren und so heftig bebten, dass sie kaum in der Lage war, etwas zu fühlen – das musste sie aber, damit sie das feine Kribbeln wahrnehmen konnte, das auf Ley-Energie hinwies.

»Oh, bitte«, japste sie, »lass mich nicht so sterben. Bitte, Gott.«

Mit diesem Gebet auf ihren Lippen durchkreuzte sie wiederholt das Gebiet, in dem sie gelandet war. Dann sah sie einen kleinen Wasserteich in einer flachen, schüsselförmigen Vertiefung im Eis. Der Teich, der kaum mehr als eine große Pfütze darstellte, schäumte rasch über und verwandelte sich in Schneematsch; aber dass so etwas überhaupt möglich war, befand Mina, war bemerkenswert angesichts der Temperaturen unter null. *Dies muss es doch sein*, folgerte sein. *Bitte, Gott, lass das da die Stelle sein.*

Als sie eine gefrorene Hand über dem matschigen Teich ausstreckte, empfand sie nichts, was auf eine Ley-Aktivität hinwies. Ihre schwache Hoffnung verschwand im Kreischen des Windes. Sie starrte auf das trübe Wasser und fragte sich, ob dies das Letzte war, was sie in ihrem Leben sehen würde. Tief hinuntergebeugt in dem nutzlosen Bemühen, das wenige an Wärme zu bewahren, das ihr noch geblieben war, starrte sie auf den Teich.

Etwas hielt diese Pfütze davon ab, einzufrieren ...

Mit Mühe richtete sich Mina auf und trat in die Lache hinein. Das Wasser war zwar sehr kalt, aber nicht so kalt, wie es hätte sein sollen. Sie fühlte sich wie ein Vollidiot. War es nicht schon genug, auf einem Gletscher gestrandet zu sein, wo sie zu Tode gefror – und jetzt musste sie auch noch in eine Pfütze hineinspringen?

Der Gedanke führte dazu, dass sich ein Lächeln auf ihrem Gesicht abzeichnete. Sie legte ihren Kopf in den Nacken und lachte, aber es klang nicht glücklich. Es war das Geräusch von jemandem, der anfing, vor lauter Kälte wirr und verrückt zu werden: ein sicheres Zeichen für Unterkühlung. Sie hatte das irgendwo gelesen ... in einer Zeitschrift? Oder war es ein Buch? Es schien sehr wichtig zu sein, sich an die Quelle dieser Erkenntnis zu erinnern ... aber ... *Was mache ich da eigentlich?*

Wilhelmina versuchte ihre wirren Gedanken zu ordnen und hob, während sie bis zu den Schienbeinen in Eiswasser stand, eine zitternde Faust in die Luft. Zuerst passierte nichts, aber da sie keinen besseren Plan besaß, entschied sie, dass sie bis zum letzten Atemzug ausharren würde – der nicht mehr lange auf sich warten würde.

Die Beharrlichkeit zahlte sich aus. Sie spürte, wie ein Rinnsal von Wärme ihren Arm hinuntersickerte. Zuerst dachte sie, sie hätte sich dieses Gefühl einfach nur vorgestellt. Jetzt zitterte ihr Arm so schlimm, dass sie ihn nicht mehr länger aufrecht halten konnte; also hob sie den anderen, um ihn zu stützen. Bebend vor mörderischer Kälte – ihre Augenlider waren beinahe zugefroren –, stand Wilhelmina in dem eisigen Teich und hielt sich aufrecht. Die grau-weiße Welt um sie herum wurde unscharf und verschwommen. Die Taubheit in ihren Füßen war kontinuierlich in ihre Unter- und Oberschenkel hochgestiegen. Das Bewusstsein entglitt ihr langsam, und trotzdem stand sie irgendwie immer noch. Die Welt um sie herum verblasste, und sie sank in das Eiswasser und hinunter.

Aber Mina hörte damit nicht auf. Sie sank weiterhin – hinab und hinab, durch das Eis, tiefer und immer tiefer. In ihrem verwirrten Zustand stellte Wilhelmina sich vor, dass sich eine Spalte geöffnet und sie verschluckt hatte – und sie hinunternahm zu einer Eishöhle, die ihr Grabmal sein würde.

Dass sie nicht fühlte, wie die Gletscherwände an ihr vorbeiglitten, gegen sie stießen und sie schubsten, wurde von ihrem Bewusstsein überhaupt nicht erfasst. Erst als ihre steifen, gefühllosen Füße auf den Boden prallten, spürte sie gerade noch eine winzige Empfindung – obschon für einen kurzen Moment alles um sie herum schwarz wurde –, und dann stürzte sie mit einem dumpfen Schlag nach unten. Sie bekam einen Schock, der stark genug war, um ihr schwächelndes Gehirn aufzuwecken und aus seiner Benommenheit herauszureißen.

Am Ende ihres Sinkfluges landete sie zusammengesackt auf dem Boden und blieb erst einmal dort liegen, wo sie hingefallen war. Seltsamerweise schien es hier heller zu sein – und wärmer. Zweifellos stellte sich jeder, der erfror, genau das vor, was er inständig für sich ersehnte, während seine inneren Organe ihre Funktion einstellten. Es kümmerte sie nicht mehr – sie lag einfach eine Zeit lang nur da und schwelgte in dem Licht und der Sonne. Einige Zeit später kam es Mina in den Sinn, dass das Sonnenlicht, das auf ihrer Haut brannte, real sein könnte und keine Halluzination war, die von einem sterbenden Gehirn herbeigezaubert worden war.

Sie öffnete ihre Augen, blickte hoch und sah eine lange Doppelreihe von Sphingen, die eine Allee aus zerbrochenen steinernen Bodenplatten säumten: Ägypten.

Der augenblicklich eintretende Schock wurde rasch verschluckt von einem Ansturm der Erleichterung. Sie rollte sich auf den Rücken, starrte hoch zum hell glänzenden, leeren blauen Himmel und hauchte ein herzliches Dankeschön. »Du dort oben – ich schulde dir was«, sagte sie. »Und ich werde das nicht vergessen.«

Erschöpft blieb sie liegen, bis sie sich schließlich stark genug fühlte, um sich aufzurichten und sich ihrer neuen Umwelt zu stellen. Sie war jedoch auf keinen Fall schon aus dem Gröbsten heraus. Der Nil war immer noch ein ganzes Stück entfernt, und um zu ihm zu gelangen, musste sie eine ganze Kette kahler, felsiger Hügel überqueren. Doch mit einem klitzekleinen bisschen Glück würde sie es vielleicht schaffen, bei Anbruch der Abenddämmerung das Dörfchen am Fluss zu erreichen. Sie sammelte ihre ganze Kraft, rappelte sich auf die Füße und begann, mit ein wenig schwankenden Schritten die Allee hinunterzugehen. Während sie sich unter den ausdruckslos starren Blicken der hockenden Sphingen auf ihren Sockeln fortbewegte, kam ihr eine Idee: Da sie sich in Ägypten befand, würde sie vielleicht Thomas Young finden können. Er hatte ihr schon früher geholfen, und sie konnte im Augenblick definitiv ein wenig Hilfe gebrauchen.

Bereits nur daran zu denken, den guten Doktor zu kontaktieren, brachte Wilhelmina in eine bessere seelische Verfassung – sie war hoffnungsvoller als zu irgendeinem Zeitpunkt seit ihrer Flucht aus Damaskus. Ihre beschwingtere Stimmung trug sie voran und über die öden Hügel hinweg. Die Kletterei machte sie ziemlich durstig, doch der Anblick des grünen Nils in der Ferne versprach so viel Wasser, wie sie sich nur wünschen konnte, wenn sie nur weiterhin einen Fuß vor den anderen setzte. Schließlich erreichte sie direkt nach Sonnenuntergang den schmalen, durch ausgetretene Erde markierten Pfad, der zum Dorf führte. Sie hatte gerade begonnen, ihn entlangzugehen, als sie einen Pfeifton hinter sich hörte. Als sie sich umdrehte, sah sie einen Mann in einem Eselskarren, der im

Begriff war, sie zu überholen. Sie lächelte und winkte, blieb jedoch mitten auf dem Pfad stehen.

»*Salaam alaikum*«, rief sie, immer noch lächelnd.

Der Fahrer musterte sie ganz kurz und ließ die Peitsche über den Esel schnellen. Das Tier erhöhte sogleich das Tempo, und der Wagen fuhr knarrend an Wilhelmina vorbei, ohne anzuhalten. Sie seufzte und setzte ihren Marsch fort, allerdings mit ein wenig langsameren Schritten. Es war dunkel, als sie schließlich das Dorf erreichte. Das letzte Licht war schon vor langer Zeit im Westen verschwunden und ihr Mund so trocken, dass sie nicht mal mehr spucken konnte. Sie ging geradewegs auf den Brunnen zu, der mitten auf einem freien Gelände stand, das als Dorfplatz diente. Dort angekommen, stieß sie die Weidenabdeckung weg und ließ den Ledereimer ins Wasser fallen. Sie füllte gerade die Kürbisflasche, die mit einer Kordel am Brunnenrand befestigt war, als drei Männer und die meisten Dorfhunde sowie ein paar Kinder näher kamen. Wilhelmina rief ihnen einen Gruß zu, hob die Kürbisflasche an ihre Lippen und ließ das kühle Wasser ihre Kehle hinunterrinnen. Sie trank die Flasche aus und füllte sie dann erneut. Die Männer beobachteten sie und unterhielten sich murmelnd miteinander; und die Kinder, ermutigt durch die Anwesenheit der Älteren, schlichen näher, um Mina zu berühren. Nachdem ihr Durst gestillt war, schüttete sie das restliche Wasser im Eimer in den Brunnen zurück und schob die Abdeckung wieder an Ort und Stelle. Dann legte sie ihre Hände zusammen, verbeugte sich vor den Männern und sagte: »*Shukran.*«

Anschließend ging sie hinunter zum Fluss, begleitet von vier oder fünf verwahrlosten Hunden des Dorfes. Hungrig und todmüde, wie sie sich fühlte, war sie glücklich, sich einfach auf dem Flussufer hinplumpsen zu lassen. Später, wenn sie sich ausgeruht hatte, würde sie sich in Bewegung setzen und sich auf die Suche nach etwas zu essen machen. Steinerne Stufen führten vom oberen Uferbereich hinunter zum Wasserrand. Sie setzte sich auf eine der unteren Stufen, zog ihre Stiefel aus und tauchte ihre Füße ins Wasser. Ganz allmählich ergoss sich Dämmerlicht über den dunklen ägyptischen Himmel. Fledermäuse erschienen, die im Sturz-flug auf den Fluss zuschossen, um die Insekten dort zu erhaschen. Mit dem leichten Wind wehte der Duft von Jasmin herbei, zusammen mit dem Geruch von gebratenen Gewürzen – Koriander, Kümmel und Knoblauch. Ein Gefühl von großer Dankbarkeit und Zufriedenheit überkam sie, während sie dasaß und zusah, wie das Wasser still vorüberglitt.

Die Klänge von Musik rissen Wilhelmina aus ihren Träumereien.

Wer würde denn hier ein Radio laufen lassen, fragte sie sich; dann erinnerte sie sich daran, dass an diesem abgelegenen Ort ein Radio recht unwahrscheinlich war. Ein Schallplattenspieler? Das war gleichermaßen unwahrscheinlich, denn es gab hier keine Elektrizität. Die Musik dauerte an und wurde lauter. *Woher kommt das nur?* Mina schaute sich nach der Quelle dieser Klänge um. Seltsamerweise waren hinter ihr in einigen der Häuser am Dorfplatz die Lichter an – und es war nicht das matte, flackernde Leuchten von Öllampen, Kerzen und Binsenlichtern, die sie gewohnt war, an einem solchen Ort wie diesem zu sehen.

Entschlossen, dem Rätsel auf den Grund zu gehen, zog sie ihre Stiefel wieder an und stand auf. Als sie sich nochmals umdrehte, sah sie Lichter draußen auf dem Fluss – große Lichter, und zwar eine ganze Menge davon. Darüber hinaus schien die Musik vom Fluss selbst zu kommen. Als die Lichter auf dem Wasser näher zu ihr hintrieben, begriff Mina, dass sie zu einem Boot gehörten – einem recht großen zumal. Und die Musik ging von diesem Wasserfahrzeug aus.

Das Boot kreuzte langsam näher, bis es die gesamte Oberfläche des Flusses auszufüllen schien. Wilhelmina stand fassungslos da, als ein Kreuzfahrtschiff von der Größe eines kleinen Hotels mit plärrender Tanzmusik an ihr vorbeifuhr und den Fluss aufwühlte. Menschen in Dinner-Kleidung, einige mit Cocktailgläsern in der Hand, säumten die Reling. Sie winkten Mina zu und hoben wie zum Toast ihre Gläser, als sie an ihr vorbeikamen. *Mina, das hier ist nicht das Ägypten, von dem du geglaubt hast, dass es das sei*, dachte sie, als sie den Text auf dem Banner an der Schiffsseite las: *Suntours Nile Cruises.*

Ihre Hoffnungen, Thomas Young zu finden, fielen in sich zusammen wie ein verschlissener Reifen. *Mädchen, du musst zurückgehen und noch mal ganz von vorne anfangen.*

ELFTES KAPITEL

Worin Wilhelmina einen kosmischen
Vorgang nachverfolgt und abschließt

Wilhelmina, die sich die Sandkörner aus den Augen rieb, hielt Ausschau, während die Staubteufel – die der Windstoß aufwirbelte, der ihre Ankunft begleitete – die Allee der Sphingen entlangfegten. Müde, wie sie war, kam ihr die Aussicht, die Nacht alleine in der Wüste zu verbringen, sehr gelegen. Solange es keine Schakale in der Gegend gab, so schätzte sie, würde sie keine Probleme bekommen. Mit solchen Gedanken schulterte sie ihr einfaches Kleiderbündel und ging los – auf die inzwischen vertrauten Hügel zu. »Einmal mehr in die Bresche hinein«, sagte sie seufzend, und nach einem kräftigen Schluck aus dem Wasserschlauch, der an einem Schulterriemen hing, machte sie sich auf den Weg zu den östlichen Hügeln.

Ihre Rückkehr nach Ägypten hatte zuerst eine Rückkehr zum Black Mixen Tump notwendig gemacht; und Wilhelmina hatte die Gelegenheit genutzt, um vor ihrem erneuten Aufbruch ein paar Vorräte zu erwerben. Dieses Mal hatte sie wenigstens keine Burley-Männer im Schlepptau, die ihr das Leben schwer machten. Das war schon reichlich schwer genug geworden, dachte sie düster.

Die Sonne war gerade dabei, unterzugehen, als sie den Beginn des Pfades erreichte. Auf halbem Weg nach oben erspähte sie eine geschützte Vertiefung und befand, dass diese Stelle so gut wie jede andere war, um als Ruhestätte für die Nacht zu dienen. Während die Farben des schnell dahinschwindenden Sonnenuntergangs in ein kristallines Wüstenzwielicht übergingen, suchte Mina sich zwischen den zerklüfteten Gesteinsbrocken und umgestürzten Felsen einen Weg zu der Stelle, die sie von unten erspäht hatte. Nachdem sie lose Steine zur Seite getreten hatte, um zu überprüfen, ob sich darunter Skorpione oder Spinnen aufhielten, legte sie ihr Bündel ab und kramte ein wenig Essen und Wasser sowie ihren blauen Pashmina-Schal heraus, der ihr als Decke diente. Nachts war es kalt in der Wüste, doch ihr felsiger Schlupfwinkel konnte die Hitze lange Zeit speichern, und in der Morgendämmerung würde sie wieder auf den Beinen sein. Und so rollte sie sich in ihrer felsigen Ecke ein, breitete ihren Schal aus und machte es sich gemütlich für die Nacht.

Eine Zeit lang saß sie einfach nur da und sah zu, wie das letzte Licht dahinschwand, während die Dunkelheit sich über dem Tiefland westlich des Nils ausbreitete. Die ersten Sterne schienen mit stecknadelkopfgroßer Helligkeit und Klarheit; und bald folgten ihnen Legionen anderer Leuchtkörper mit geringerer Strahlkraft, bis der ganze Himmel überflutet war von einer Gischt aus blassblauem Licht. Das Land schien unter einen lindernden Balsam zu sinken; die schroffen Winkel in der Wüste wurden aufgelockert, die harten Kanten aufgeweicht in dem sanften Licht. Nach dem Trauma der letzten paar Tage beruhigte die Stille der Wüstenhügel Wilhelminas sorgenschweres Gemüt. Zurückgelehnt beobachtete sie die sich langsam drehende Bewegung des leuchtenden Himmels, und sie fühlte dabei, wie der zeitlose Frieden des unveränderlichen Landes in ihre Seele hineinsickerte. *Dies ist schon immer so gewesen*, dachte sie, und während sie zum strahlenden Himmel hochstarrte, fragte sie sich: *Kann das wirklich enden?*

Wenn Tony und Gianni recht hatten, würden diese himmlischen Lampen, die so hell schienen, bald beginnen, sich mit einem letzten Blinzeln zu verabschieden – ausgelöscht in der größten Vernichtungskatastrophe, die diese Welt sowie alle anderen jemals erlebt hatten. Irgendwo da draußen – jenseits der Ränder des Sichtbaren oder sogar des Begreifbaren – kam gerade die sich ständig ausbreitende Grenze des Universums knirschend zum

Stillstand, und bald würde das katastrophale Sichzusammenziehen des Kosmos einsetzen. Das Endergebnis würde eine alles verschlingende Dunkelheit sein, eine unersättliche Leere, die Raum und Zeit auffraß, alles Licht, jedwede Energie und Materie zerstörte – die Annihilation der gesamten geschaffenen Ordnung ... das Ende von allem.

Was konnte sie oder irgendjemand anders dagegen unternehmen?

Um sie herum vertiefte sich die Nacht, und Wilhelmina aß ein wenig von ihren Vorräten und trank etwas Wasser. Die große Ermüdung und Erschöpfung, gegen die sie angekämpft hatte, überwältigen sie schließlich. Und so zog sie sich den Schal bis unters Kinn, lehnte sich gegen einen bröckeligen Stein und gab sich einem merkwürdigen Schlaf mit speziellen Träumen hin, die von Menschen aus ihrer Vergangenheit bevölkert waren, wobei jedoch absurde, irrationale Aufgaben eine wichtige Rolle spielten. In einer Traumsequenz arbeitete sie immer noch in Giovanni's Rustic Italian Bakery: Sie hatte gerade die Küche geöffnet und einen Stapel mit Bestellungen für den Tag gesehen. Auf der ersten Bestellung wurde nach Zwiebelcremesuppe verlangt. Da sie dachte, jemand hätte einen Fehler gemacht, ging sie zur nächsten über. Darauf wurden zwei Kästen Makrelen und eine Kiste Hummer verlangt. In der dritten Bestellung war von einem Dutzend Beileidskränzen die Rede. Während sie dort mit den Bestellungen in der Hand stand, kam ihr Boss herein und verlangte zu wissen, weshalb sie noch nicht am Backen war. »Wir müssen all diese Bestellungen ausführen«, sagte er zu ihr. »Mach dich an die Arbeit!«

»Ich kann nicht«, klagte sie. »Das ist unmöglich.«

Woraufhin der Traum sich verwandelte und sie in einer weiteren Sequenz von einer Meute großer schwarzer Hund über einen Strand aus Glasperlen neben einem tobenden Meer gejagt wurde. Dabei trug sie einen altmodischen Badeanzug, zu dem ein mit Rüschen besetzter Rock sowie eine dazu passende Mütze gehörten. Der Wind blies ihr ständig Schaum von der aufgewühlten See ins Gesicht, sodass sie nicht sehen konnte, wohin sie lief. Sie konnte hören, wie die Hunde näher kamen, und dann spürte sie einen stechenden Schmerz in ihren Füßen. Als sie hinunterschaute, sah sie, dass sich die Glasperlen in Scherben aus zerbrochenem Glas verwandelt hatten, und ihre nackten Füße wurden zu blutigen Fetzen zerrissen. Doch sie wusste: Wenn sie aufhörte zu rennen, würden die Hunde sie töten.

Woraufhin sich der Traum erneut veränderte. Diesmal schlief sie im Bett ihres alten Londoner Apartments und wurde von Stimmen aufgeweckt, die mit ihr im Raum waren. Sie konnte nicht ausmachen, was die Stimmen sagten. Aber irgendwie wusste sie, dass die Stimmen über sie sprachen. Die Stimmen gehörten zu mindestens drei Menschen, und sie begriff, dass diese Leute über sie gebeugt standen. Sie wusste, dass sie aufstehen und weglaufen musste. Doch sie wagte es nicht, auch nur einen Muskel zu bewegen, da die Personen dann wissen würden, dass sie wach war. Daher tat sie so, als ob sie schliefe, und hoffte, die Stimmen würden fortgehen ...

Doch die Stimmen gingen nicht fort. Wilhelmina öffnete ihre Augen, und voller Schrecken sah sie, dass sie in einer Mulde in der ägyptischen Wüste lag, und auch die Stimmen waren real. Als sie hochfuhr, brauchte sie einen Moment, um zu verstehen, dass die Stimmen sich überhaupt nicht in der Nähe befanden: Die Geräusche wehten von der Ebene unten die Hügelseite empor. Sie schaute hinab und sah Männer mit Kamelen und Eseln, die im bleichen Mondlicht als Umrisse zu erkennen waren. Sie befand, dass es sich entweder um Bauern auf dem Weg zum Markt oder um Angehörige eines Beduinenstammes handelte, die in der Nacht reisten, um die Hitze des Tages zu vermeiden. Da sie sich in ihrem Versteck hingekauert hatte, glaubte sie nicht, dass die Männer sie sehen würden, solange sie sehr still blieb. Sie beobachtete die Karawane, bis diese in der Nacht verschwand; dann schloss sie ihre Augen und schlief unruhig bis zum Morgen.

Als sie wieder erwachte, ging die Sonne gerade auf: eine große Scheibe aus trübem Rot, die den dunstigen östlichen Himmel erhellte. Sie nahm einen kräftigen Schluck Wasser und aß eine Handvoll Nüsse und getrocknete Aprikosen. Anschließend kletterte sie von ihrem Schlafplatz herab und begab sich abermals über die weißen Hügel. Sie ging in das grüne Tal und auf das winzige Dorf am Fluss zu, wobei sie voller Besorgnis darüber sinnierte, was sie wohl vorfinden würde, wenn sie dort ankam. Würde sie erneut sehr weit weg von ihrem Ziel sein – in einem Ort mit modernen Einrichtungen und einem Nil, der von Kreuzfahrtschiffen überschwemmt war? Aufgrund der zunehmend traumatischeren Schwierigkeiten mit der Ley-Navigation erfüllte die Aussicht, eine Schiffsladung Touristen zu sehen, Wilhelmina mit Entsetzen. *Bitte, lass mich dieses eine Mal richtig sein*, betete sie.

Glücklicherweise schien ihr Gebet erhört worden zu sein. Sie betrat das Dorf und wurde von der üblichen Schar aus Kindern und Hunden begrüßt – mit keinem einzigen Touristen oder elektrischen Apparat in Sicht. Sie hielt an, um am Brunnen zu trinken, und füllte ihren Wasserschlauch wieder auf. Dann vereinbarte sie mit ein paar Jungens in einem instabilen Fischerboot eine Überfahrt über den Fluss. Und während der Tag voranschritt, ging sie direkt weiter zu der Falte in den Hügeln und in die verborgene Schlucht, schritt rasch an dem umgestürzten Felsen am Fuße des Hügels vorbei und in einen kühlen, dämmrigen Durchgang hinein, der jetzt größtenteils im Schatten lag. Die Wände aus vom Wasser geformtem Stein rückten zu beiden Seiten näher heran und ragten drohend über ihr empor. Doch der Pfad entlang des Wadi-Bodens blieb flach und leicht begehbar.

Tiefer in der Schlucht war die bewegungslose Luft feucht und enthielt einen Hauch von Mineralien und nassem Sand. Das einzige Geräusch, das zu hören war, war das leichte Knirschen ihrer Stiefel im losen Schotter des Wadi-Bodens. Die Schatten wurden länger und dunkler, als die Sonne an Kraft und Höhe verlor. Das sich verändernde Licht verlieh dem Gestein, das Mina überall umgab, deutlichere Abgrenzungen: Die Farbbänder der einzelnen Felsschichten leuchteten in feinen rötlichen, orangenen und beinernen Schattierungen. Hin und wieder hörte sie den vereinzelten Ruf eines unsichtbaren Vogels hoch oben in den Felsen; ansonsten war sie vollkommen allein.

Oder zumindest dachte sie, dass sie den Ort für sich allein hätte – bis sie das stotternde Rattern einer ermatteten, alten motorbetriebenen Maschine hörte, das entlang des kurvenreichen Korridors aus hügeligem Gestein schwirrte. Sie hielt an, um zu lauschen. Was auch immer dieses Geräusch verursachte, es kam ihr entgegen. Da sie nicht gesehen werden wollte, ohne zu wissen, wem sie da begegnen könnte, untersuchte Mina rasch mit ihren Augen das Wadi um sich herum und suchte nach irgendeinem Platz, um sich zu verstecken. Ein paar Dutzend Yards voraus sah sie etwas, das wie eine schmale Spalte in den Wänden aus weichem Felsgestein aussah.

Sie rannte darauf zu, erreichte den Spalt und schlängelte sich in ihn hinein, gerade als ein lärmender alter Pritschenwagen in Sicht geriet. Das Fahrzeug kam näher. Wilhelmina drückte sich, so tief sie konnte, in die Spalte hinein, hielt ihren Atem an und betete, dass man sie nicht sehen würde. Einen Augenblick später rumpelte der Lastwagen an ihrem Versteck vorbei. Als er sie passierte, erspähte sie den Fahrer und den Insassen auf dem zweiten Vordersitz. Es war ein nur sehr flüchtiger Blick, doch er genügte. Der Mann, der auf dem Beifahrersitz saß, war Archelaeus Burleigh.

Der flüchtige Blick auf den Schurken war genug, um ihr Herz einen Schlag aussetzen zu lassen. Sie unterdrückte ein Keuchen und zog ihren Kopf zurück; sie presste sich in die Felsenspalte hinein, so weit sie zu gehen vermochte. Sie schloss ihre Augen und blieb vollkommen still, bis sie das Rattern des Lastwagens nicht mehr länger hören konnte. Erst dann riskierte sie einen weiteren Blick. Sie steckte ihren Kopf aus ihrem Versteck und sah nichts mehr von dem Schwarzen Earl – außer einem feinen Staubschleier, der kenntlich machte, dass er hier vorbeigefahren war.

Mina stieß einen Seufzer der Erleichterung aus und machte sich wieder auf dem Weg durchs Wadi. Sie war gerade vier Schritte gegangen, als sie anhielt. Wenn Burleigh in einem Lastwagen war, überlegte sie, dann war es ihr einmal mehr eindeutig misslungen, ihr zeitliches Ziel zu erreichen. Die Enttäuschung traf sie wie ein Schlag in den Unterleib. Wenn sie nicht halb in einer Umarmung von Felsgestein gesteckt hätte, wäre sie möglicherweise weinend über die vollkommene Nutzlosigkeit ihres Tuns auf dem Schotter und Staub zusammengebrochen. Unter den gegebenen Umständen quollen ein paar Tränen der Frustration in ihr hoch und liefen über ihre Lider. *Warum ist das so hart?*

In der ausgedörrten Wüstenluft trockneten ihre Tränen nahezu augenblicklich auf ihren Wangen. Mit feuchten Augen drehte sie sich um – vor Erschöpfung hatte sie bereits Schmerzen – und begann, den Weg zurückzugehen, den sie gekommen war. Sie hatte die Absicht, zum Dorf am Fluss und zur Allee der Sphingen zurückzukehren und einmal mehr von vorne anzufangen. Dann kam ihr ein Gedanke, der sie sogleich innehalten ließ: Der niederträchtige Fiesling Burleigh führte etwas im Schilde. Seine Anwesenheit am selben Ort, den sie suchte, war kein Zufall. Mina entschied, dass sie wissen musste, was er und sein Schlägertrupp hier taten. Ihr Rendezvous mit Kit und Cass würde noch ein wenig länger warten müssen.

Abermals begann sie, den sich windenden Hohlweg entlangzulaufen, und kam bald zu der ersten Vertiefung in einer langen Reihe von Nischen, die in den weichen Stein der Canyon-Wand gehauen worden waren. Schreine, dachte sie; sie waren zu klein, um Grabmäler oder Begräbnisstätten zu sein. Einige der Nischen waren aufwendiger als andere; sie wiesen Sockel, Podeste und Türsturze auf, die mit in den Fels gemeißelten Reben und Blumen geschmückt waren. Bei vielen der kunstfertigeren Nischen hatte man auch Wörter eingemeißelt, doch die meisten waren zu verwittert, um die Texte richtig zu erkennen; und jene Buchstaben, die sie zu lesen vermochte, waren in einer Sprache, die sie nicht kannte. Alle Nischen waren leer – ob sie geplündert worden waren oder einfach auf die nächste Opfergabe warteten, vermochte Mina nicht zu sagen.

Die unbedeutenderen Nischen wichen größeren; und dann sah sie genau geradeaus eine große, tempelähnliche Fassade, die in das rötliche Gestein der ihr gegenüberstehenden Felswand geschlagen war. Ein paar Dutzend Schritte später trat Wilhelmina hinaus in eine breite, natürliche Talschüssel, die durch die Verbindung zweier kleinerer Korridore mit der Hauptschlucht gebildet wurde. Der Ort war ihr auf unheimliche Weise vertraut; und es war nicht bloß Kits wiederholte Beschreibung, die dieses Gefühl in ihr weckte. Es gab da etwas anderes, das nicht greifbar war – etwas beinahe Traumähnliches. Wilhelmina schaute sich rasch um und sah auch in die beiden miteinander verbundenen Korridore hinein. Ihr Blick traf lediglich auf Felswände und Bruchgestein. Doch in dem breiteren Korridor gab es Anzeichen dafür, dass hier jemand kürzlich aktiv gewesen war: Im Schotter waren Spuren, Radabdrücke und Ähnliches; ein weggeworfener Wasserkanister, leere Blechbüchsen, Abfälle von diesem und jenem, ein kurzes, zerfasertes Seilstück – zweifellos die Hinterlassenschaften von Burleigh und seiner Mannschaft.

»Hallo?«, rief sie und hörte, wie ihre Stimme in einem schwirrenden Ton von den Felsen rundherum widerhallte. »Ist hier jemand?«

Sie ging zu dem eindrucksvollen roten Steintempel hinüber und steckte den Kopf durch den Eingang. Innen drin war es dunkel und kühl, jedoch leer; der Sand, der über die Schwelle geweht worden war, wies keinerlei Abdrücke auf. Sie drehte sich um und rief erneut: »Ist hier jemand? ... Irgendjemand?«

Stille. Das luftige leere Schweigen der Wüste war die einzige Antwort.

Sie trat vom Tempeleingang zurück, drehte sich um und erblickte eine kurze Strecke den Anschlusskorridor hinunter eine Öffnung am Fuße der Felswand. Sie ging dorthin und entdeckte ein rechteckiges Loch mit Stufen, die zu einer unterirdischen Kammer hinabführten. »Sieh an, sieh an, sieh an«, murmelte sie. »Was haben wir denn hier?«

Ohne weiter nachzudenken, machte sie sich auf den Weg nach unten und erreichte einen kleinen Vorraum, der in eine viel größere Kammer dahinter führte. Diese Räume waren aus dem natürlichen Fels des Wadis ausgehöhlt worden. Als Mina durch das von Hand aus dem Gestein gehauene Gewölbe schritt, überkam sie das unheimliche Gefühl, all das schon einmal gesehen zu haben: Es war stärker und lebendiger als jedes andere Déjà-vu-Erlebnis zuvor. Dieses Gefühl machte sie beinahe schwindelig, und sie streckte die Arme aus, um sich am steinernen Türsturz zu stützen. Ihre Hand streifte über etwas Kaltes: Ein großer Stahlschlüssel hing an einem Nagel, den man in das Gestein getrieben hatte. Ohne recht zu wissen, warum, nahm sie den Schlüssel und hielt dann inne; sie wartete darauf, dass diese seltsame Empfindlichkeit vorüberging. Während sie dort stand, kam ihr in den Sinn, dass sie in einer bestimmten Weise tatsächlich schon früher hier gewesen war. Kit hatte ihr davon erzählt. Sie hatten außerhalb von Giannis Observatorium gesessen, die Sonne auf sich einwirken lassen und über Abenteuer beim Ley-Springen gesprochen. Kit hatte beschrieben, wie er von ihr gerettet worden war – doch sie hatte sich nicht erinnert, das getan zu haben. Dennoch war sie jetzt hier, mit dem Schlüssel in der Hand ...

Mina ging einen Schritt in die zweite, größere Kammer hinein. Es war dunkel, doch genug Licht fiel schräg den Treppengang hinunter und wurde vom Boden reflektiert, sodass die Wände schwach beleuchtet und so die verblassten Wandmalereien sichtbar wurden, die das Leben im alten Ägypten darstellten. Der Raum war leer, so weit Mina das erkennen konnte. Sie bewegte sich auf das andere Ende der Kammer zu – und gefühlsmäßig war sie sich sicher, was sie dort vorfinden würde: ein rostiges Eisengitter, das eine weitere, kleinere rechteckige Öffnung versperrte, die in die hintere Wand des Grabmals geschlagen worden war ... Und da war es auch schon.

Ein paar Schritte hinter dem verriegelten Gitter rief eine Stimme: »Burleigh! Lasst uns heraus. Uns zu töten ergibt keinen Sinn. Das ist Wahnsinn! Lasst uns heraus.«

Mina blieb stehen. Die Stimme gehörte zweifellos Kit. Doch sie zögerte. War es derselbe Kit, den sie kannte, oder ein anderer? Spielte das überhaupt eine Rolle? *Das nervt mich*, fuhr ihr durch den Kopf. Jetzt jedenfalls gab es nichts anderes zu tun: Welches Drama auch immer gerade stattfand, sie musste ihre Rolle darin spielen. Sie setzte ein entschiedenes Lächeln auf und trat näher an das Gitter heran.

»Burleigh!«, schrie Kit erneut. »Hört Ihr mich?«

»Kit? Bist du da drin?«

Schweigen.

»Kit? Bist du dort?«

»Wilhelmina!«

Sie trat noch näher an die eiserne Tür. »Hast du genug von Burleighs Gastfreundschaft?«, fragte sie.

»Mina, ich kann es nicht glauben«, antwortete Kit, der vor Erleichterung beinahe atemlos war. »Was machst du hier?«

»Nun, ich schätze, ich bin gekommen, um dich rauszuholen.«

Sie hob den Schlüssel und steckte ihn ins Schloss. Die Worte flogen ihr zu, ohne dass sie dabei denken musste – als würde sie Zeilen aus einem Theaterstück proben und vorherbestimmte Bewegungen durchführen.

»Mina! Mina, hör zu – ich habe versucht, dich zu finden. Ich habe dich niemals aufgegeben; das musst du mir glauben. Ich wusste nicht, wo du warst oder wie man dich erreichen konnte. Cosimo ist zurückgegangen, um nach dir zu suchen, aber du warst nicht da, und so haben wir Sir Henry um Hilfe gebeten. Genau darum ist all das passiert – um zu versuchen, dich zu finden.«

»Und hier bin ich und finde dich«, sagte sie. In Kits Worten hallte das Echo eines verlorenen Gesprächs wider; sie wusste, was er im Begriff war, zu sagen, und wie ihre Antwort lauten sollte. »Wir sollten uns besser beeilen. Wir haben nicht viel Zeit.«

»Aber wie . . . ?«

Giles steckte den Kopf um die Ecke. »Sir?«

»Oh, Giles, kommt zu uns. Das hier ist meine liebe Freundin Wilhelmina Klug«, sagte er. »Mina, Giles Standfast.«

»Freut mich, Euch kennenzulernen, Giles«, erklärte Wilhelmina, die sich nicht sicher war, ob sie und der stämmige junge Mann mit dem ernsten Gesicht sich zuvor schon getroffen hatten.

»Ein unerwartetes Vergnügen, Mylady«, antwortete Giles.

Wilhelmina hantierte erneut am Schlüssel, der im Schloss

steckte, drehte ihn mit ganzer Kraft um und schaffte es, ein lautes Klicken hervorzurufen. Sie zog an der Tür, und das schwere Eisengitter schwang auf und gab die zwei Gefangenen frei. Kit trat hinaus und nahm Wilhelmina kurz in seine Arme, dann schritt er zurück, als hätte er eine Ohrfeige erhalten oder als wäre es ihm plötzlich peinlich. Etwas war zwischen ihnen passiert – das fühlte sie ebenfalls, doch sie konnte nicht sagen, um was es sich handelte.

»Dankeschön, Mina«, sagt er, griff nach ihrer Hand und drückte sie fest.

»Ist mir ein Vergnügen«, erklärte sie und versuchte immer noch zu ergründen, was genau in diesem Moment geschehen war. »Nun, ich denke, wir sollten sehen, dass wir von hier fortkommen.«

»Es tut mir leid«, sagte Kit, »dass ich dich verloren habe, dass ich jeden in dieses Durcheinander hineingezogen habe … Es tut mir leid wegen allem.«

Kit – dieser Kit – schien keine Ahnung davon zu haben, was sie gemeinsam durchgemacht hatten. »Es braucht dir keine Sekunde lang leidzutun«, erwiderte sie ihm. »Es war, ehrlich gesagt, das Beste, was mir jemals passiert ist.« Hatte sie diese Worte früher schon einmal gesprochen? Sie drehte sich um und schritt auf die steinernen Stufen zu. Kit jedoch zögerte. Sie wandte sich zu ihm um. »Stimmt was nicht?«

»Ja. Cosimo und Sir Henry – sie sind tot«, antwortete Kit und drehte sich halb zu dem Raum hinter ihm um. »Wir können sie nicht einfach zurücklassen – einfach weggehen, als ob nichts geschehen wäre.«

»Oh.« Mina stand einen Moment lang im schummrigen Licht der Kammer und blickte durch das offene Gitter in die dunkle Grabstätte dahinter. »Ich weiß.« Sie ging zu Kit zurück, nahm seine Hand und drückte sie. »Es tut mir leid, Kit, ganz ehrlich. Aber ich befürchte, wenn wir jetzt nicht weggehen, werden wir möglicherweise ihr Schicksal teilen.« Sie nickte in Richtung der schwarzen Leere hinter dem Gitter. »Ich kann nicht erkennen, dass es irgendetwas gibt, was wir jetzt für sie tun können. Wir müssen gehen.«

Kit betrachtete sie und zögerte immer noch.

»Sieh es einmal so«, fuhr sie fort. »Gibt es eine bessere Ruhe-stätte als ein königliches Grabmal?«

Giles trat an Kits Seite und legte ihm die Hand auf die Schulter. »Eure Freundin hat recht, Sir. Den Gentlemen können wir nicht mehr helfen; und es nützt uns nichts, hierzubleiben. ›Lasst die Toten ihre Toten begraben‹ – so steht es geschrieben, nicht wahr?«

»Mag sein«, erwiderte Kit. »Doch es scheint mir einfach nicht richtig zu sein.«

»Nein«, erklärte Mina mit einiger Heftigkeit, »es ist *nicht* rich-tig. Es gibt vieles an dieser Sache, was wir wahrscheinlich niemals verstehen werden – ich weiß, ich werde es niemals begreifen. Aber wenn wir jetzt gehen, haben wir möglicherweise eine Chance, dass wir irgendwann zurückkommen und es richtig machen können.« Sie hielt inne. Woher war ihr diese Vorstellung gekommen? Und entsprach sie überhaupt der Wahrheit?

Kit jedenfalls schien ihre Überlegungen zu akzeptieren. »Okay, Mina«, räumte er ein. »Du gehst voraus.«

Ich tue das Beste, was ich kann, dachte Wilhelmina und führte sie vom Grabmal fort. Als sie die Stufen emporgestiegen und in die Hitze und das Licht des Wadis getreten war, wusste sie, was sie tun musste. Sie konnte unmöglich zulassen, dass sie selbst immer tiefer in den weiteren Fortgang der Geschehnisse hineingeriet – welche alternative Zeit und Dimension es auch immer war, in der Kit und Giles gerade lebten. Wer wusste schon, wohin so etwas führen würde? Sie würde zusehen, dass die beiden auf ihren Weg kamen. Und anschließend – da sie dazu bestimmt zu sein schien, durch die ägyptische Geschichte hin und her zu schwirren – würde sie ihre selbst auferlegte Mission fortführen, Thomas Young ausfindig zu machen.

ZWÖLFTES KAPITEL

Worin eine Übereinstimmung gemacht wird

*S*ie schlängelten sich entlang des Flussufers durch das Brombeer-
gestrüpp zum Ausgangspunkt des Wanderweges und begannen,
den Pfad hochzugehen, der zum Ley des Großen Tales führte. Kit
marschierte voraus, und Cass blieb ihm auf den Fersen. Sie hatten
eine unruhige Nacht unter dem Felsüberhang oberhalb des Flusses
verbracht, waren früh aufgestanden und eilten nunmehr zurück zu
der Ley-Linie, um sich, wie sie hofften, endlich mit Wilhelmina zu
treffen. Morgendlicher Nebel haftete an der Felswand und strömte
über Teile des Pfades hinweg; Wasser tröpfelte von den Felskanten
über ihnen, spritzte auf den Schotter und sickerte in das dicht
gewachsene Moos hinein. Der Himmel wurde heller, während sie
voranschritten, und die Luft erfüllt von den akustischen Kunst-
werken des Vogelgesangs: Jeder Busch und Zweig sang mit einem
gefiederten Chorsänger, der seine Ansprüche auf das eigene Territorium anmeldete und geräuschvoll der Welt mitteilte, sie solle
ein gutes Stück von ihm fernbleiben. Als die beiden den Haufen
mit den ordentlich aufeinandergelegten Steinen erreichten, der
die Stelle markierte, die den Ley begrenzte, streckte Kit seine
Hand aus.

Cass betrachtete mit geschürzten Lippen und einem skeptischen Gesichtsausdruck den schmalen Pfad. »Fühlst du irgendwas?«

Kit schüttelte seinen Kopf. »Noch nicht. Wir sind pünktlich.«

Cass hatte unterwegs in den Brombeerdickichten entlang des

Flusses einige Handvoll Beeren gesammelt, die sie in einem Wasserlilienblatt mit sich trug. Sie setzte sich hin, öffnete das Blatt und begann zu essen. »Was machen wir, wenn Mina nicht aufkreuzt?«

Kit ließ sich neben ihr nieder und nahm sich eine Handvoll Brombeeren. »Ich habe darüber nachgedacht«, erwiderte er und steckte sich ein paar von den reifen blauroten Kugeln in den Mund. »Wir könnten nach Prag zurückkehren und dort auf sie warten – und das sollten wir auch, falls sie nicht auftaucht. Aber ich würde lieber wenigstens noch einen weiteren Tag warten.«

»Und wenn sie dort nicht eintrifft?«

Kit rieb sich die stoppelige Kinnbacke. »Wir werden weiterhin zum Eibenbaum hochgehen und sehen, was wir da erleben können. Um ehrlich zu sein, glaube ich, dass wir schon so viel herausbekommen haben, wie wir aus diesem Baum herausholen können. Ich meine, es fängt an, sich wie vergebliche Liebesmüh anzufühlen.«

Sie aßen von dem, was sie in ihren Rucksäcken mitgenommen hatten, und unterhielten sich. Die Sonne erhob sich bald über dem Rand des Canyons. Von Zeit zu Zeit überprüfte Kit, ob die Ley-Linie aktiv war, und irgendwann berichtete er, dass er das Kitzeln von elektrostatischer Energie auf seiner Haut verspürte. Sie warteten, doch Mina erschien nicht; und als nach einer Weile die Ley-Aktivität zu schwinden begann und schließlich ganz aufhörte, rappelte sich Kit auf die Füße und sagte: »Nun, wir haben unsere Schuldigkeit getan. Wir können es heute Abend erneut versuchen. Lass uns zum Baum hochgehen.«

»Ich habe eine bessere Idee. Bring mich zu dieser Höhle.«

»Welche Höhle?«

»Die mit den Malereien, von denen du mir erzählt hast. Ich würde das gerne sehen.«

»Okay, sicher, warum nicht?«, stimmte Kit zu, nachdem er einen Augenblick lang darüber nachgedacht hatte. »Der Baum wird sowieso nirgendwohin gehen. Wir können ihn später überprüfen.« Er brach auf, um den Pfad zurückzugehen. »Hast du immer noch dieses Taschentuch?«

»Das mit dem Schmutzfleck? Ja, das hab ich immer noch. Wieso?«

»Das wirst du noch herausfinden.«

Schweigend stiegen sie den Pfad hinab. Um sie herum wurden die Geräusche des Waldes lauter – unterbrochen nur vom leisen Knirschen, wenn ihre Füße auf losen Schotter traten. Als sie den Boden der Schlucht erreichten, führte Kit sie flussabwärts, und die beiden spazierten mühelos entlang des Ufers, das von Felsgestein gesäumt wurde. Cass pflückte unterwegs Beeren, und Kit achtete auf den Pfad und hielt zugleich vorsichtig Ausschau nach Schakalen, Wölfen oder Bären. Seine Fertigkeiten, in der Wildnis zu überleben, wurden mit jedem Schritt wiederbelebt. Es war, befand er, wie das Sprichwort über das Fahrradfahren: einmal gelernt, nie vergessen. Alles, was er brauchte, war ein wenig Übung, und dann war er wieder in Form.

»Halt die Augen auf nach Muschelschalen, die hier am Ufer entlang liegen«, sagte er irgendwann zu Cass. »Bären und andere wilde Tiere essen Muscheln und lassen die leeren Schalen zurück. Wir brauchen einige von ihnen, und zwar ziemlich große.«

»Darf ich fragen, wofür?«

»Lampen«, antwortete Kit. »Die ›Halle der ausgestorbenen Tiere‹ ist ziemlich weit vom Eingang der Höhle entfernt. Wir werden einiges an Licht brauchen, um dorthin zu gelangen.«

»Und wie werden uns die Muschelschalen dabei helfen?«

»Als Werkzeuge, um Harz zu sammeln.«

»Harz – von Kiefern? Das sollte ziemlich einfach zu bekommen sein: Diese Gegend ist reichlich ausgestattet mit Kiefern.«

Sie gingen weiter am Flussufer entlang, machten hier und da eine Pause, um eine oder zwei Muschelschalen vom Wasserrand zu bergen. An einer Stelle fanden sie ein geheimes Lager mit einem Dutzend oder mehr abgelegter Schalen. »Otter«, sagte Kit und begutachtete die Überbleibsel. Viele der Schalen waren zerbrochen, aber einige waren noch ganz und für ihre Zwecke geeignet. Sie spülten den Sand und den Schlamm aus den Schalen und marschierten weiter; sie folgten dem Fluss, der sich nun um den Fuß einer sich hochtürmenden Felswand aus Kalkstein wand. Als sie um die Ecke kamen, stießen sie auf eine kleine Büffelherde – sieben erwachsene Tiere und fünf junge –, die im seichten Wasser tranken, das sich gebildet hatte, weil sich hier der Strom plötzlich verbreiterte.

»*Bison bonasus giganticus*«, rief Cass aus. »Wie eindrucksvoll.«

»Gut erkannt.«

»Ich habe sie schon früher gesehen – allerdings als Knochen. Sie sind verwandt mit dem modernen Europäischen Bison – dem Wisent.« Sie ging hinter Kit her, als er begann, sich einen Weg um die Herde herum zu suchen. Die Bisons hatten sie inzwischen gesehen und beobachteten die Menschen argwöhnisch. »Ich glaube, sie sind außerdem aggressiver.«

»Gerate einfach nicht zwischen eine Mutter und ihr Kalb. Das ist eine Lektion, die ich auf die harte Tour gelernt habe.« Nachdem sie einen weiten Bogen um die Tiere gemacht hatten, gingen sie langsam weiter um die Flussbiegung herum. »Da oben.« Kit wies auf einen Bestand großer Kiefern ein paar Hundert Yards voraus. »Das schaut nach einer geeigneten Stelle aus.«

Kaum hatten sie die Baumgruppe erreicht, überprüften sie rasch die Kiefern. Kit suchte die schlanken Stämme vom Boden bis zu den oberen Zweigen nach Stellen ab, wo die Rinde beschädigt war – vielleicht durch ein Tier oder einen abbrechenden Ast. Jedenfalls irgendeine Verletzung am äußeren Stamm, die dazu führte, dass der Saft des Baumes auslief. Die ersten paar Bäume waren jung und makellos, aber einige andere waren älter und größer – vom Kampf gezeichnete Veteranen mit abgebrochenen Zweigen und beschädigten Gliedmaßen. Eine der Kiefern hatte einen großen, tiefen Riss, wo irgendein Tier, höchstwahrscheinlich ein Elch, ihn als Kratzbaum benutzt hatte: Aus der offenen Wunde sickerte Saft, von dem einiges zu hellgelbem Harz geronnen war, das sich ansammelte wie Wachstropfen, die von einer Kerze herabbrannten.

»Genau das, wonach wir suchen«, erklärte Kit seiner Begleiterin. »Wir machen es auf diese Weise.« Er nahm eine Muschelschale und begann, die scharfe Kante so zu nutzen, dass er den Saft vom Baum abschöpfen konnte. Dann brach er die hart gewordenen Stücke ab und kratzte den Rest in eine unversehrte halbe Schale hinein.

Inzwischen beschäftigte sich Cass damit, zwischen den anderen Kiefern des Baumbestands zu suchen, und rief bald aus: »Hey! Ich glaube, ich habe die Hauptader gefunden.« Sie zeigte zu den oberen Zweigen hoch. »Da oben – ein großes Klümpchen, reif zur Entnahme.«

Etwa zwei Meter den Stamm hoch war ein großer Ast abgerissen worden, und der offene Stumpf hatte seitdem Kiefernsaft geblutet. Das Zeug hatte sich zu einem klebrigen Brocken von der Größe einer dicken Grapefruit geformt. »Gute Arbeit«, lobte Kit. »Jetzt müssen wir es nur noch runterbekommen.« Er schätzte den Umfang des Baumes und die Höhe des niedrigsten Astes ab. »Ich komme da so nicht dran«, stellte er fest. »Und der Stamm ist zu groß, als dass ich meine Arme um ihn herum bekäme.«

»Du kannst mir ja hochhelfen«, schlug Cass vor. Sie nahm eine Muschelschale, und Kit legte seine Hände ineinander, auf die sie ihren Fuß setzte. Dann hob er sie an der Seite des Baumes nach oben. »Perfekt!«, rief sie zu ihm runter und setzte ihren anderen Fuß auf seine Schulter, um das Gleichgewicht zu bewahren. »Jetzt bleib einfach still stehen.« Anschließend hackte sie auf die Anhäufung von getrocknetem Harz ein, brach Stücke davon ab, die sie in eine Schale nach der anderen gab und dann nach unten reichte. »Bist du okay da unten?«, erkundigte sie sich, während sie die klebrige Masse weiter abkratzte.

»Nimm dir ruhig Zeit«, erwiderte Kit, der sich in die Belastung hineinlehnte. »Ich könnte das den ganzen Tag machen.«

»Wie überaus galant.«

»Das ist mein zweiter Vorname.«

Sie lachte, und für den Moment fühlte sie, dass sich die Anspannung der letzten Tag ein wenig auflöste. Nach einigen wenigen weiteren Durchgängen verkündete sie: »Das war's! Ich bin fertig!«

Nachdem Cass wieder auf dem Boden war, reihte Kit die gefüllten Schalen am Fuße des Baumes auf und sammelte einen Haufen trockener Zweige, Stöcke und größerer Stücke Kiefernrinde. Danach konstruierte er aus Stöcken und Steinen, die er hufeisenförmig anordnete, eine kleine Plattform und fuhr damit fort, ein Feuer anzuzünden, wofür er den Feuerstein und das Stück Stahl aus seinem Rucksack benutzte. Er gab Kiefernnadeln hinzu und beschwor die winzige Flamme, nicht zu erlöschen. Dann nahm er Glut aus dem Feuer und schmolz damit die Klumpen aus Harz in den Muschelschalen, mit dem er schließlich Schilfrohre bestrich, die er am Flussufer gesammelt hatte, um Fackeln herzustellen.

Cass schnüffelte kurz an den scharfen Dämpfen und sagte: »Du meine Güte, das ist ein Duft, den man nicht sehr häufig riecht.«

Als schließlich das Harz ausgegangen war, hatte Kit drei Schilfbündel, an deren Enden Klümpchen aus schwarzem, klebrigem Zeug hingen. »Nun, das war's«, sagte er. »Lass uns auf Höhlenerkundung gehen.«

Er marschierte weiter flussabwärts voraus, bis eine Felswand in Sicht kam, die sich vom Talboden aus erhob. »Dort ist es«, sagte er und wies auf ein oval geformtes Loch, das sich ein paar Meter oberhalb des Fußes der steinernen Wand befand. »Das ist der Höhleneingang. Du gehst zuerst hoch. Ich werde eine Fackel anzünden und sie dir hochreichen.«

Wie beim Baum hievte er Cass an der steilen Seite der Klippenwand hoch. Sie beschaffte sich einen sicheren Haltegriff, und Kit hob sie noch ein Stück weiter die Felsenfront hoch, bis sie sich in die Mündung der Höhle hineinziehen konnte. Er reichte ihr zwei nicht angezündete Schilfbündel, dann machte er sich ein paar Minuten lang daran zu schaffen, die verbliebene Fackel mit der Glut zu entzünden, die er mitgenommen hatte. Sobald das Harz Feuer fing, reichte er Cass vorsichtig das brennende Schilfbündel; und mit einem letzten Blick zur Sonne, die mit ihrem Abstieg zum Talrand im Westen begonnen hatte, kletterte Kit aus eigener Kraft nach oben in die Höhle hinein. »Okay, wir haben keine Zeit zu vergeuden. Wir werden uns beeilen müssen.«

Mit hochgehaltener Fackel führte er sie tiefer in die Höhle hinein. Es ging durch Hohlräume sowie große und kleine Kammern, die durch schmale Durchgänge miteinander verbunden waren – einige von ihnen so eng, dass sie an den Seitenwänden entlangschabten. Andere Gänge wiederum waren breit genug, um einen Doppeldeckerbus aufnehmen zu können. Kit, der an die zeitliche Beschränkung dachte, die ihnen durch die Fackel in seiner Hand auferlegt wurde, hetzte Cass in einem Tempo durch die Höhle, das man fast schon als waghalsig bezeichnen musste. Als sie einen langen, ungefähr rechteckigen Raum erreichten, hielt er abrupt an und verkündete: »Sieh her! Ich präsentiere dir die ›Halle der ausgestorbenen Tiere‹.«

Kit trat nahe an die Wand heran und hob seine Fackel, um eine primitive, doch auf eine herrliche Weise aufrüttelnde Darstellung eines Nashorns in Rot und braunem Ocker zum Vorschein zu bringen. Daneben beschützte ein schwarzer Bison mit Buckel sein wimmerndes Kalb, während an der gegenüberliegenden Wand zwei gelbbraune, storchenbeinige Antilopen vor einem Bären umhersprangen, der sich auf die Hinterbeine gestellt hatte; seine großen Arme waren ausgebreitet und die mörderischen Klauen ausgefahren. Die Wände an beiden Seiten des Durchgangs waren angefüllt mit Tieren: fette kleine Pferde mit stachelförmigen Mähnen, ein Auerochse mit langen Hörnern, der von Wölfen gejagt wurde, ein eindrucksvoller Elch mit einer prächtigen Geweihkrone, noch mehr Pferde, ein zotteliges rotes Mammut mit einem sich bedrohlich abzeichnenden Kopf und langem, suchendem Rüssel, Ochsen und sogar eine Herde von Schafen mit geringelten Hörnern.

»Unglaublich!«, hauchte Cass in einem andächtigen Flüsterton.

»Schau dir das hier an«, sagte Kit, der die Fackel nah bei sich hielt und mit dem flackernden Licht langsam an der glatten Oberfläche der Höhlenwand entlangfuhr. Die gemalten Geschöpfe schienen sich zu bewegen: Das bebende Licht hauchte den seit Langem erstarrten Tieren vermeintlich neues Leben ein – und sie waren wieder lebendig.

»Ich frage mich, wer das hier gemacht hat«, sagte sie »Wer hat diese Wesen gemalt?«

»Ich weiß genau, wer das hier gemalt hat; zumindest kenne ich einige von ihnen.« Kit zeigte auf ein Bild von einem Bären. »Ich war hier, als dies begonnen wurde, und ...« Seine Stimme schwankte angesichts dieses Erinnerungsbildes. Das war das allerletzte Mal gewesen, dass er seine Freunde gesehen hatte.

Cass ging mit dem Gesicht ganz nah an die Oberfläche des Bildes. »Du hast tatsächlich gesehen, wie sie das gemalt haben?«

»Die meisten von ihnen waren schon hier«, berichtete er. »Die Jäger kamen, um mehr Tiere zu malen, glaube ich – oder vielleicht, um einige Bilder zu beenden, die sie früher begonnen hatten. Aber ich sah, wie sie ihre Farben mixten und sich Pinsel bastelten. Ich sah, wie sie sich an die Arbeit machten.«

»Unglaublich«, hauchte Cass erneut.

»Das ist nicht alles«, sagte Cass. »Diese Richtung – einfach hier entlang ... irgendwo.« Er ging den Stollen weiter hinunter und gelangte zu einem Abschnitt, der nicht eine Darstellung von Tieren enthielt, sondern von abstrakten Symbolen. Und dort, tief unten an der angrenzenden Wand, gab es eine Ansammlung von kleineren Chiffren, die man komplexer und präziser gezeichnet hatte – und die sehr, sehr vertraut waren. »Hast du diese jemals zuvor gesehen?«

In dem flackernden Licht erhaschte Cass einen flüchtigen Blick, und ihr Mund klappte weit auf. »Unvorstellbar.« Sie drückte sich näher heran und hockte sich nieder, um auf die mysteriösen Spiralen und Windungen mit den sie durchschneidenden Linien und Punkten zu schauen. »Das sind diejenigen auf Giannis Fotos.«

»Genau diejenigen«, bestätigte Kit. Er hielt die Fackel ein wenig näher und schaute genauer hin. »Nur ...«

»Nur was?«

»Ich erinnere mich nicht, so viele gesehen zu haben.« Er strich mit dem brennenden Schilf an der Wand entlang. »Jetzt scheinen mehr von ihnen da zu sein.«

»Und was bedeutet das?«, fragte Cass. »Jemand hat weitere hinzugefügt, seit du hier warst?«

»Vielleicht.« Bevor Kit mehr sagen konnte, begann das brennende Schilf zu zischen und zu spritzen. »Schnell! Gib mir eine andere Fackel.« Er nahm das dargebotene Schilfbündel und hielt die harzbedeckte Spitze an die sterbende Flamme. »Komm schon ... komm schon ...«, beschwor er das Schilf. Gerade als das letzte Flackern erstarb, erwachte die neue Fackel spritzend zum Leben.

»Das war knapp«, sagte Cass.

»Das ist nur allzu wahr.« Er streckte seine Hand aus. »Lass uns jetzt dieses Taschentuch nehmen.«

Cass angelte das viereckige Tuch aus ihrer Tasche und faltete es behutsam auseinander, bevor sie es Kit reichte. Er hielt das Tuch gegen die Wand und begann, es die kleine Reihe von gemalten Symbolen hinunterzubewegen, bis er zu einem kam, das er wiedererkannte. »Das hier ist es«, sagte er und reichte Cass die Fackel. Er breitete das Tuch aus und hielt es neben dem Symbol flach an die Wand gedrückt.

»Es stimmt perfekt überein«, betonte Cass und führte die Fackel näher heran.

»Miteinander identische Zwillinge«, bemerkte Kit.

»Hast du gewusst, dass dies hier war?«

»Nur eine Vermutung. Dieselben Symbole sind auf der Meisterkarte ... und überall sonst.« Er wies auf die kleine gepunktete Spirale auf der Wand hin. »Das hier wahrscheinlich auch.«

»Aber wie kam es hierher?«

»Wichtiger noch«, hob Kit hervor, »wie kam das gleiche Symbol auf das Taschentuch?«

Cass beugte ihren Kopf nah zu der Wand und studierte das gemalte Symbol sowie das schwache, staubige Bild auf dem Stück Tuch. Kit beobachtete sie; er konnte fast sehen, wie sich die Zahnräder in ihrem Kopf drehten. Ihre Augen schimmerten im Licht der Fackel, als sie ihm ihr Gesicht zuwandte und fragte: »Weißt du irgendetwas über Quantenverschränkung?«

»Lass uns so tun, als ob ich nichts wüsste.«

»Nun, kurz gesagt: Jedes Atomteilchen, das jemals mit einem anderen Atomteilchen interagiert hat, wird für immer damit verschränkt – oder verbunden – sein. Seit Jahren haben Wissenschaftler davon gewusst. Sie haben es auf der Quantum-Ebene belegt, und jetzt sind sie sogar in der Lage, der Verschränkung in größeren Objekten nachzuspüren – nicht bloß in Partikeln und Atomen.«

»Du sagst die seltsamsten Dinge, Cass.«

»Nun ja, das ist Dads Spezialität und nicht meine. Aber ich bin mit diesem Zeug aufgewachsen. Wie dem auch sei, worauf es ankommt, ist, dass alles, was jemals miteinander in Kontakt gewesen ist, miteinander verbunden ist«, fuhr Cass fort. »Was, wenn man genauer darüber nachdenkt, so ziemlich alles ist, was jemals existiert hat. Wenn du es weit genug zurückverfolgen magst – zurück bis zum Big Bang und allem, was dem folgte –, dann ist die gesamte Materie des Universums miteinander verschränkt oder in irgendeiner Weise verbunden.«

Bei diesen Worten fühlte Kit erneut den Lichtblitz der Enthüllung, der ihm gewährt worden war in der Vision der in Stücke brechenden Teekanne. »Alles ist miteinander verbunden«, murmelte er. »Richtig. Also ... was bedeutet das genau?«

»Nun, vielleicht – und das jetzt ist bloß eine Vermutung – interagieren die Atome der Seltenen Erden in den Schattenlichtern mit der Energie des Eibenbaums ... Das ist ziemlich heftig, nicht wahr? Als somit eure Schattenlichter ausgebrannt sind, kodierten die Partikel der Seltenen Erden dieses spezielle Muster.«

»Vorausgesetzt, dass dies alles wahr ist ...«, sagte Kit, der anfing, die Kette der Ereignisse zu begreifen. »Doch wie um alles in der Welt ist das Symbol in erster Linie auf das Tuch gekommen? Das versteh ich nicht.«

Cass kehrte zur Untersuchung ihres Tuchs zurück. »Hast du jemals gesehen, wie ein Vogel gegen ein Flachglasfenster fliegt? Eines der Laboratorien, in denen ich gearbeitet habe, hatte eine Glasschiebetür, und ständig klatschten Vögel dagegen. Wenn so etwas geschieht, hinterlässt der Vogel einen schwachen, staubigen Schatten von sich selbst auf dem Glas. Manchmal kann man sogar die Spuren einer einzelnen Feder ausfindig machen. Es ist eine zweidimensionale Darstellung eines Vogel-Crashs, aufgedruckt auf dem Glas.«

»Was wir also als Symbol auf dem Tuch sehen, ist eine Aufzeichnung des Crashs.«

»Richtig«, bestätigte sie. »Wenn Dad hier wäre, würde er sagen, dass das Bild auf dem Tuch eine zweidimensionale Darstellung des elektromagnetischen Kraftfeldes ist, das dieses Abbild geschaffen hat.«

»Wie ein Umriss das Vogels, der mitten im Flug hängen geblieben ist. Okay, aber die Sache ist: Die Seltenen Erden auf dem Tuch kamen von Gustavus, vergiss das nicht. Das Pulver war niemals irgendwo in der Nähe des Eibenbaums.«

»Aber du warst es«, entgegnete Cass. »Du hast das Schattenlicht gehalten, als es durchgebrannt ist. Vergiss auch nicht, dass die ruinierte Ley-Lampe in direktem Kontakt mit dem Tuch war, während ich daran arbeitete. Auf diese Weise kam die Verbindung wahrscheinlich zustande.« Sie fuhr mit der Fingerspitze über ein Symbol an der Steinwand. »Es gehört jetzt nicht viel zu dieser Annahme, aber ich vermute, dass jeder Vorgang, der stark genug gewesen ist, dein Schattenlicht zu schmelzen, auch stark genug gewesen ist, alles in der Nähe miteinander zu verschränken – sowohl damals als auch daran anschließend. Du warst dort, und das war genug.«

»*Ich bin* verschränkt?«

Cass lächelte angesichts des geschockten Gesichtsausdrucks von Kit. »Das sind wir alle, Kumpel. Daran führt kein Weg vorbei. Wir alle sind mit alles und jedem verschränkt – von der Wiege bis zum Grabe und darüber hinaus.« Sie betrachtete Kit voller Hoffnung. »Hilft dir das?«

»Ich weiß es nicht«, antwortete er. »Wirklich, ich weiß es nicht.«

»Ich auch nicht; aber es ist etwas, um darüber nachzudenken.«

In diesem Augenblick fing die zweite Fackel zu zischen an. »Neue Fackel – rasch«, forderte Kit. Schnell zündete er die letzte Fackel an der sterbenden Flamme der vorhergehenden an und sagte: »Wir sollten uns besser auf den Rückweg machen, solange wir noch etwas Licht haben.«

Die Worte waren ihm kaum über die Lippen gegangen, als die neu angezündete Fackel kurz aufflammte, spritzte und mit einem zischenden Knall im Rauch erlosch. In einem vergeblichen Versuch, die Flamme wieder zu entzünden, wedelte Kit mit dem immer noch glimmenden Stab herum. Cass beobachtete, wie das rote Glühen schwankte, zusammenschrumpfte und schließlich verschwand.

»N-nein«, stöhnte sie. Eine Ranke aus Panik wand sich durch ihren Unterleib, als die Dunkelheit, die so mächtig und dicht wie der steinerne Berg um sie herum war, so schnell und schwer herabkrachte, dass es schien, als würde diese Finsternis ihr sämtliche Luft aus den Lungen heraussaugen.

»Was machen wir denn jetzt?« Ihre Stimme sprang eine Lage höher. »Kit? Was werden wir unternehmen? Wir sind eingeschlossen!«

»Beruhige dich«, beschwichtigte er sie. »Ich habe uns hier hineingebracht, und ich werde uns wieder herausbringen. Vertrau mir.«

»Aber was, wenn es wieder passiert? Was, wenn –«

»Reiß dich zusammen, Cass. Es ist keine kurzzeitige Veränderung der Wirklichkeit. Es ist nur eine Fackel, die ausgegangen ist.« Er streckte die Hand aus in Richtung ihrer Stimme. »Hier, gib mir deine Hand.« Er fühlte, wie ihre Finger umhertasteten, zugriffen und sich dann fest einhakten, als ihre Hand in seine glitt. »Atme tief ein. Wir haben keine Eile«, sagte er mit fester Stimme. »Wenn wir uns zu sehr beeilen, verletzen wir uns. Doch wenn wir langsam gehen, bleiben wir unversehrt. Okay? Ein Fuß vor den anderen setzen. Das ist alles, was wir tun müssen.«

Langsam und mühselig, wie zwei blinde siamesische Zwillinge, fanden sie ihren Weg zurück durch die undurchdringliche Finsternis der Höhle. Jeder einzelne schwankende Schritt musste behutsam getan werden; jeder einzelne gewonnene Meter nahm die Qualität eines kleinen Sieges an. Kit tat, was er konnte, um die Laune halbwegs hochzuhalten, indem er Geschichten aus den Jahren mit Fluss-Stadt-Clan erzählte. Er schilderte, wie er von Dardok in einer Wildfalle gefangen worden war und wie der Clan ihn bei sich aufgenommen hatte; er beschrieb, wie ihn ein Bär angriff und er von Mitgliedern des Clans gerettet worden war, indem sie Felsstücke warfen, um das Tier zu vertreiben. Er schilderte, wie er En-Ul kennenlernte und der Uralte ihn lehrte, mithilfe einer Art von sechstem Sinn zu kommunizieren, den die Clanleute besaßen; er erzählte über die Errichtung des Knochenhauses mit den jungen Jägern und wie er dann ins Innere eingeladen worden war, um beim Alten zugegen zu sein, während dieser schlief ...

Kit hätte womöglich weitergemacht, seine Geschichten zu erzählen, doch da erspähte er flüchtig einen schwachen Schimmer, der die Felswände vor ihnen überzog; und ein paar Meter später standen sie in der Vorkammer der Höhle und schauten hinaus auf einen Spätnachmittagshimmel. Nach der erstickenden Dunkelheit der Höhle erschien der bleiche, gelbe Himmel wie eine funkelnde Vorführung von Licht.

»Halleluja!«, keuchte Cass, und ihre Stimme bebte vor Erleichterung. Ihr Kiefer schmerzte, und ihr wurde jetzt erst bewusst, dass sie ständig mit den Zähnen geknirscht hatte. Sie schloss ihre Augen und atmete ein stummes *Ich danke dir, Gott* aus. Dann drehte sie sich zu Kit um und umarmte ihn ganz fest. »Gut gemacht, Kit. Du hast es geschafft.«

»Wir beide haben es geschafft.« Er blies seine Wangen auf und stieß einen langen Seufzer aus, anschließend saugte er frische Luft tief in seine Lungen hinein. »Aber das war ein wenig eng.«

Sie traten zur Höhlenöffnung und blickten hinaus auf den Fluss und die Schlucht, auf die sich nun die Schatten herabsenkten. »Was machen wir jetzt?«, fragte Cass.

»Zurück zur Ley-Linie – und hoffentlich wartet Wilhelmina dort auf uns.«

DREIZEHNTES KAPITEL

Worin Dattelpflaumen die bittersten Früchte sind

*K*aiser Leo stand unter einem himmelblauen Baldachin und wartete auf die Ankunft seiner Gäste. Neben ihm stand seine junge Frau, Kaiserin Zoë – auf ihrem Kopf ein goldenes Diadem und auf dem Gesicht ein mürrischer Ausdruck, mit dem man Milch zum Gerinnen hätte bringen können. Ihre weichen Augenbrauen waren heruntergezogen, ihre Augen zu dünnen, bösartig wirkenden Schlitzen zusammengekniffen: Sie war das perfekte Bild einer Frau, die man zwang, etwas zu tun, das sehr stark gegen ihren Willen war, und die den Entschluss gefasst hatte, dass der Rest der Welt ihren Verdruss spüren sollte. Um das kaiserliche Paar herum hatte sich eine Schar von Hofbeamten, Priestern und ausgewählten Adligen versammelt; und eine Phalanx von *Scholari* ergoss sich über den Platz. Letztere trugen versilberte Rüstungen, die spiegelblank poliert waren und in der Sonne glänzten; ihre Waffen, auch die zeremoniellen, waren nichtsdestotrotz scharf und einsatzbereit.

Der siegreiche Khan und sein Gefolge betraten die schmale Straße, die zum riesigen Bronzetor führte. Die Trommler an der Spitze des Festzugs beschleunigten ihr Tempo. Die dröhnenden Klänge wurden von den Mauern ringsherum zurückgeworfen, und die Echos vervielfältigten sich, bis es sich anhörte, als hätte eine zehntausend Mann starke Armee die Stadt erobert. Die Byzantiner säumten die Straße und lehnten sich aus den oberen Fenstern und Balkonen der Gebäude in der Nähe herab, um zu schauen, wie der Festzug vorbeischritt. Es gab keinerlei Anzeichen, dass man ihn willkommen hieß – kein herabregnendes Rosenwasser und keine herabfallenden Blütenblätter, keine festlichen Girlanden, keine Jubelrufe, kein Winken. Stattdessen beobachteten die dunkeläugigen Bewohner der Hauptstadt das Ganze mit einer mürrischen, vorsichtigen Skepsis.

»Sie zweifeln an dem Khan«, merkte Haven gegenüber Giles an. Sie beugte sich nah zu ihm, damit sie trotz des Lärms der Trommeln gehört wurde.

»Sie haben wenig Grund, ihn zu lieben; das garantiere ich«, erwiderte Giles. »Auch mach ich ihnen das nicht zum Vorwurf. Niemand liebt es, einen Krieg zu verlieren.«

Als sich die Eroberer auf den Eingang des Palastgartens zubewegten, begann die Verhöhnung – ein paar Rufe zuerst, bloße Geräusche, die von den donnernden Trommeln übertönt wurden. Als es misslang, auf diese Weise bei den Invasoren irgendeine Reaktion hervorzurufen, begannen die aggressiveren Schaulustigen, mit Pferdemist zu werfen; es folgten Eier und verdorbene Früchte, die über die Köpfe der Menge flogen und in die eingeladene Delegation einschlugen. Khan Simeon nahm keine Notiz von dem anwachsenden Tumult: Vollkommen majestätisch von der Krone bis zum Fuß, stand er über solchen geringfügigen Störungen. Seine Soldaten jedoch beobachteten genau, wer die Unruhestifter waren und was sie taten.

Und alles wäre womöglich noch gut ausgegangen, wenn es an diesem Punkt geendet hätte, was allerdings nicht der Fall war.

Als der Zug das Bronzetor erreichte, brach eine Bande junger Protestierender aus der Deckung hervor. Bewaffnet mit verfaulenden Früchten, fuhren sie damit fort, den Khan und seine Leibwächter mit den stinkenden, schleimigen Geschossen aus kürzerer Entfernung zu bombardieren, von denen viele ihr Ziel in den vordersten Reihen fanden. Doch die Ehrenkränkung wurde ignoriert.

Dann wurde Khan Simeon getroffen. Eine überreife Dattelpflaume flog in hohem Bogen durch die Luft, prallte gegen eine

Seite des Gesichts und explodierte in einer karmesinroten Wolke. Der König hielt an, drehte sich um, sah flüchtig, wie die Täter davoneilten und sich schnellstens aus dem Staub machten, und setzte langsam seinen Triumphmarsch fort. Der majestätische Khan kam vor dem Kaiser zum Stehen – von seinem Gesicht tropfte es, und seine feine Kleidung war beschmiert mit übel riechendem Unrat.

Kaiser Leo, der bestürzt darüber war, dass so etwas geschehen konnte, und Angst hatte, der mühsam ausgehandelte Frieden würde dadurch ernsthaft gefährdet, gab dem Hauptmann der *Scholari* mit einer unauffälligen Geste einen lautlosen Befehl; und sechs Soldaten traten aus dem Glied und stürmten fort. Anschließend wandte er sich dem Khan zu und beugte seinen Kopf, woraufhin die beiden einen Wortwechsel hatten. Die Kaiserin wirkte gedemütigt, ihr Gesicht war weiß vor Beschämung, und sie bebte vor Zorn. Der gesamte Platz schien den Atem anzuhalten und zitterte.

Kaum waren die *Scholari* durch das offene Bronzetor verschwunden, kehrten sie zurück und zerrten zwei der Aufrührer mit sich. Selbst aus einiger Entfernung konnte Haven sehen, dass die Jugendlichen in Lumpen gekleidet waren. Barfüßig, ungepflegt und schmutzig, waren sie eindeutig Teil des Gesindels, das den siegreichen Khan in so unanständiger Weise begrüßt hatte. Die zwei – die dem Aussehen nach Brüder waren und sich mit Treten und Kratzen wehrten – wurden auf den Platz geschleift, vor den Füßen des Kaisers zu Boden geworfen und dort von zwei Soldaten festgehalten.

»Sie sind kaum mehr als kleine Jungs«, bemerkte Haven, die von Furcht beschlichen wurde.

»Jung mögen sie sein«, stimmte Giles zu, »aber ebenso auch gedankenlose Narren.«

Leo zeigte auf die beiden vor ihm Kauernden und stellte Khan Simeon eine Frage. Simeon antwortete mit einem Nicken, dann winkte er seinen schwerfälligen Giganten von einem Champion zu sich. Hektische Aktivität brach in den Reihen der *Scholari* aus,

145

und nach einem Augenblick erschien ein Soldat, der eine Streit-axt trug. Auf ein Nicken des Kaisers hin präsentierte der Soldat die Waffe Simeons Leibwächter, der sie nahm, hochhievte und ein paarmal schwang; dann bellte er den zwei Gardesoldaten, welche die Jungen festhielten, einen Befehl zu.

Der erste Junge wurde nach vorn gezogen, auf seine Knie ge-zwungen und weit nach unten gebeugt. Einer der Soldaten hielt die Hände des jungen Kerls mit festem Griff hinter dessen Rücken, und ein anderer nahm eine Handvoll Haare und zog den Kopf nach vorn, sodass der Hals des Burschen ausgestreckt wurde. Der Jugendliche fing an, sich zu winden und zu jammern; eindringlich flehte er um sein Leben. Der Leibwächter stellte sich ein wenig seitlich neben ihm auf und hob die Axt.

»Lieber Gott im Himmel!«, keuchte Haven. »Sie haben die Absicht, ihn direkt vor unseren Augen umzubringen!« Sie packte Giles am Arm und drängte ihn nach vorn. »Wir können nicht ein-fach danebenstehen und dabei zusehen. Wir müssen etwas tun.«

Haven sprang nach vorn, und Giles blieb direkt neben ihr. Gemeinsam zwängten sie sich durch die Höflinge des Khans, und bevor irgendjemand die Hand nach ihnen ausstrecken konnte, um sie daran zu hindern, warf sich Haven über den schluchzenden Jungen, und Giles stellte sich zwischen ihn und seinen axtschwin-genden Scharfrichter.

»Desisto! Desisto!«, schrie Haven. »Haltet ein! Um der Liebe Gottes willen – bitte haltet ein.«

Der Kaiser trat verblüfft zurück, und der Khan, der mächtig die Stirn runzelte, bückte sich und ergriff Haven grob am Arm.

»Wartet! Wartet nur einen Augenblick, mein Herr«, sagte sie.

»Was beabsichtigt Ihr damit?«, verlangte Simeon zu wissen. »Kommt weg von dort. Kommt weg, bevor Ihr Euch verletzt.«

Zwei seiner Leibwächter legten ihre Hände auf Giles, um ihn wegzuziehen. Giles widersetzte sich und klammerte sich an den Jungen.

»Einen Augenblick, mein Herr. Hört mich an, ich bitte Euch.«

Khan Simeon blickte auf den Kaiser, der bloß dastand und

zuschaute und nicht gewillt war, einzuschreiten. Simeon ließ Haven los und richtete sich auf. »Sprecht.«

»Wollt Ihr den Glanz dieses Tages trüben durch das Blut dieses Unglücklichen? Wenn Ihr nicht das Leben dieses Wichtes verschonen wollt, dann bringt zumindest einen Gedanken für Eure Majestät und Ehre auf, mein Herr.«

So armselig ihre Worte auf Latein auch klingen mochten, so hinterließen sie doch einen Eindruck auf den Khan. Er wandte sich zu den Soldaten zu, die es inzwischen geschafft hatten, Giles von dem verurteilten Jungen fortzureißen. »Lasst ihn frei«, befahl er. Sie taten, wie ihnen gesagt worden war, und Giles nahm seine Position neben dem Jungen abermals ein.

»Mein Herr, jeder niedere Strolch kann ein Leben stehlen, aber einzig und allein der wahrhaft Mächtige kann es zurückgeben«, fuhr Haven fort und erhob sich langsam, um vor ihm zu stehen. »Seid Ihr mächtiger als diese zerlumpten Straßenrüpel? Zeigt Euch selbst größer als jene, die Euch herabsetzen würden. Lasst Eure Stärke sich mit der Barmherzigkeit vereinen, sodass Euer Ruhm noch heller scheinen möge.«

Khan Simeon verstand die Logik von Havens Fürsprache und zögerte. Stille senkte sich auf die Menschenmenge herab; sowohl Byzantiner als auch Bulgaren standen da und wagten kaum zu atmen, sie warteten darauf, was der König entscheiden würde. Simeon neigte seinen Kopf – ein leichtes zustimmendes Nicken. Er trat nach vorn, packte den Jungen am Arm und hob ihn auf die Füße. »Ein Tuch«, sagte er und streckte seine Hand aus. Kaiserin Zoë löste ihren Gürtel, eine Tuchlänge aus einzigartigem smaragdgrünem und azurblauem Brokat, und reichte ihn dem König, der ihn dem Jungen gab.

Dann kniete sich der Große Khan vor den bebenden Übeltäter und sagte schlicht: »Mach mich sauber.«

Der Bursche, der immer noch zitterte und schluchzte, fing an, die Schmutzflecke auf dem Kopf und der Schulter des Monarchen abzutupfen. Aber der Junge bebte so heftig, dass er seine Hand kaum dazu bringen konnte, ihm zu gehorchen. Geduldig nahm der

Große Khan der Bulgaren die Hand des jungen Kerls in seine eigene und wischte den Unrat ab.

Als das königliche Antlitz und Gewand wieder sauber waren, erhob sich Simeon. Er nahm das Brokattuch wieder an sich, faltete es vorsichtig in Längsrichtung zusammen, bückte sich und band es um die Hüfte des Burschen – wie einen Gürtel für dessen beschmutzte und schäbige Tunika. Anschließend wandte sich der König dem zweiten Jungen zu und rief ihn herbei, damit er sich neben den ersten stellen sollte. Die beiden standen dann zusammen, immer noch voller Angst, aber auch mit Hoffnung, die sich in ihren dreckigen jungen Gesichtern widerzuspiegeln begann. Simeon legte jedem der beiden eine Hand auf die Schulter und betrachtete sie mit einem strengen, jedoch väterlichen Gesichtsausdruck. »Geht jetzt, und denkt darüber nach, was sich hier und heute zugetragen hat. Und während ihr darüber nachdenkt, erinnert euch daran, dass euer Leben wegen eurer Verbrechen verwirkt war; aber diese Frau« – er zeigte auf Haven, die seitlich von ihnen stand – »legte für euch Fürsprache ein und appellierte an ein höheres Gesetz. Freut euch, dass heute euer Leben gerettet worden ist, und erinnert euch das nächste Mal daran, wenn ihr versucht seid, zu sündigen.«

Er ließ die Jungen frei und befahl zwei seiner Leibwächter, sie vom kaiserlichen Bezirk wegzuführen. Danach verbeugte er sich vor dem Kaiser und dankte Leo dafür, dass er ihm erlaubt hatte, in dieser Angelegenheit einen Richterspruch zu fällen.

»Das war wohlgetan«, erwiderte Leo. »Lasst es uns als Zeichen und Maßstab für unsere beiden Häuser nehmen – dass sich der Pfad der Gnade und Barmherzigkeit stets vor uns befindet. Wir müssen ihn nur wählen. Es dürfte gut sein, sich immer dessen zu entsinnen.«

Die einzige Person, die wegen des Ausgangs dieses Vorfalls unglücklich blieb, war Kaiserin Zoë, die ein höchst wertvolles Stück aus ihrer Garderobe verloren hatte. Aber der Khan, der rasch den Grund für den eisigen Ausdruck auf ihrem vornehmen Gesicht erahnte, löste galant seine goldene Schärpe und schenkte sie ihr als Ersatz für ihren Smaragdgürtel. In Anbetracht des Wertes der Schärpe profitierte sie reichlich von dem Tausch.

Haven schien es, dass die Beziehung zwischen den beiden gegnerischen Monarchen viel freier und offener geworden war. Sie und Giles kehrten zurück zu ihren vorherigen Plätzen, und als die Feier begann und die Entourage beider Monarchen sich zum Palast begab, wo die Feierlichkeiten in der *Accubita*, der großen Halle der neunzehn Liegestätten, abgehalten wurden, hatte es den Anschein, als wäre der Vorfall bereits vergessen.

Ein klein wenig später jedoch, als die Gäste es sich bequem gemacht hatten und sich dem ersten von etwa zwanzig Gängen des Festmahls widmeten, die man im Verlaufe des Tages und bis tief in die Nacht hinein servieren würde, beugte sich Kaiser Leo, der für seinen einstigen Widersacher nun freundlichere Gefühle hegte, nah zu diesem und fragte: »Diese Frau aus Eurem Gefolge – diejenige, die mit solcher Leidenschaft für jene Straßenrüpel sprach ... wer ist sie?«

Khan Simeon blickte hinab zu den unteren Tischen, wo die Mitglieder seiner Gesellschaft, die von geringerem Rang waren, Platz genommen hatten. »Die dort?«, sagte er, obgleich sich in der ganzen Halle nur eine einzige Person befand, die der Kaiser gemeint haben konnte. »Sie ist eine Fremde – eine recht eigensinnige Reisende. Sie und ihr treuer Begleiter.«

»Sie gehören nicht Eurem Volk an?«, fragte Leo und hielt seinen Pokal hoch, damit er gefüllt wurde. In den Fässern des Kaisers war der beste Wein des Reiches, und er geizte nicht damit.

»Nein, so ist es, Eure Majestät, sie gehören ihm nicht an«, erwiderte Simeon. Der großzügige Einsatz von süßem, dunklem griechischem Wein machte ihn mitteilsam und freigebig im Geiste. »Verloren gegangen in den südlichen Ebenen, als wir auf sie stießen. Sie hatten keine Lebensmittel, kein Wasser – nichts. Sehr seltsam.«

»Ich habe niemals jemanden wie sie mit einem solchen Mut gesehen«, merkte Leo an. »Auch der Mann bei ihr scheint tüchtig zu sein.«

»Sie haben mir erzählt, dass sie dem Volk der Sachsen von der Insel *Prytannia* angehören«, erklärte Simeon. »Habt Ihr schon von diesem Ort gehört?«

»Er ist mir bekannt.« Leo betrachtete Haven von seiner Liegestatt am oberen Tisch aus. »Ein durchaus eindrucksvolles Geschöpf. Ich frage mich, ob alle von ihrer Art über eine solch edle Haltung verfügen?«

Simeon, der die in diesen Worten verborgene Anspielung bemerkte, hob hervor: »Wir müssen auch noch die Modalitäten über die Fosterage und den Austausch von Gütern und Geiseln besprechen. Erlaubt mir, Euch ein Zeichen meines guten Willens für die anstehenden Verhandlungen anzubieten.« Er nickte in die Richtung, in der Haven und Giles saßen, und fuhr fort: »Kaiserliche Majestät, bitte akzeptiert die sächsischen Fremden als ein Geschenk und als ein Pfand für den gegenwärtigen Frieden und die zukünftige Harmonie unserer Reiche.«

VIERZEHNTES KAPITEL

*Worin ersichtlich sein muss, dass
der Gerechtigkeit Genüge getan wird*

Es klopfte einmal an der Tür, und der Schriftführer des Richters steckte seinen Kopf in den Raum hinein. »Es tut mir leid, Euch zu stören, Herr Redlich.«

»Was gibt es, Pavel?«, fragte der Richter, ohne sich die Mühe zu machen, von den Papieren in seiner Hand aufzuschauen.

»Es ist dieser Mann. Er ist wieder hier.«

»Welcher Mann, Pavel? In diesem Amtssitz wird größere Genauigkeit im Detail erwartet.«

»Der Bäcker«, erwiderte der Schriftführer. »Der von dem Kaffeehaus am Platz.«

Der Oberste Richter fühlte, wie ihm das Herz sank. »Oh … der.« Er hob den Kopf und starrte seinen Schriftführer an. »Was ist denn jetzt schon wieder? Sechs Mal ist er bereits hier gewesen? Oder sieben?«

»Neun, Herr Redlich. Dies ist das neunte Mal, dass er gebeten hat, Euch zu sehen.«

»Nun, schick ihn fort.« Er schnipste mit den Fingern gegen die Blätter in seiner Hand. »Kannst du nicht sehen, dass ich beschäftigt bin? Richte ihm aus, dass er weggehen soll.«

»Natürlich, Herr Redlich«, antwortete Pavel. »Ich werde gewiss tun, wie Ihr befehlt.«

Der Richter kehrte zu seiner Lektüre zurück, doch sein Schreiber blieb eingekeilt in der Tür stehen. Der einzige Tag in der Woche, an dem das Amt für Gesuche des Volkes geöffnet hatte, war ein Ärgernis – eine Belästigung nach der anderen. Heute würde es nicht anders sein, wie es schien. »Ja, Pavel?«, seufzte Redlich. »Soll ich niemals irgendetwas fertig kriegen?«

»Bloß ein Gedanke«, erwiderte der Schriftführer. »Es sei mir fern, dem Obersten Richter zu erzählen, wie er seine Angelegenheiten führen soll ...«

»Mach schon weiter, Mann«, verlangte der Richter. »Was gibt es?«

Der Schreiber trat weiter in das mit Eichenholz getäfelte Amtszimmer des Richters hinein, das voller Regale war, in denen sich Bücher, Aktenbündel und Rollen, die mit roten Bändern verschnürt waren, stapelten. »Es ist mir einfach Folgendes in den Sinn gekommen: Wenn Ihr Euch vielleicht einverstanden erklären würdet, ihn dieses eine Mal zu empfangen und anzuhören, dann könnte er möglicherweise dazu überredet werden, wie Ihr sagt, wegzugehen.«

»Dies ist dir in den Sinn gekommen?«, wunderte sich der Richter.

»In der Tat, Herr Redlich. Empfangt ihn: Das ist alles, was Ihr tun müsst.«

Richter Redlich seufzte erneut – diesmal schwerer – und warf die Papier auf seinen riesigen schwarzen Schreibtisch. »Nun denn, Pavel. Ich werde ihn empfangen. Aber er muss warten, bis er dran ist. Wer ist der Nächste?«

Der Schriftführer runzelte die Stirn. »Sonst ist keiner da, Herr Redlich.«

»Kein Einziger?«

»Der Bäcker ist der Einzige heute.«

Redlich blies die Wangen auf. »Hmpf! Nun, dann wollen wir die ganze Angelegenheit mit ihm heute zu Ende bringen.«

»Eine weise Entscheidung, Oberster Richter. Ich werde ihn unverzüglich hereinschicken.«

Der Richter kürzte den Docht auf seiner Kerze und setzte seine Gesichtszüge so zurecht, dass sie den unfreundlichsten Anblick boten. Einen Augenblick später öffnete sich die Tür, um seinen beharrlichen Besucher hereinzulassen – einen großen, wohlgenährten Burschen mit einem hellen, widerspenstigen Haarschopf und dem rosafarbenen, geschrubbten Gesicht eines viel jüngeren Mannes. Seine großen Hände umklammerten einen unförmigen grünen Hut. Er trat ein mit dem Geruch von frisch gebackenem Brot, der immer noch seinen mehlbestäubten Kleidungsstücken anhaftete.

»Kommt herein, Bäcker ...« Redlich suchte in seinem Gedächtnis vergeblich nach einem Namen.

»Stiglmaier«, soufflierte sein Besucher. »Es ist wahr, dass ich ein Bäcker bin, doch mein Name ist Engelbert Stiglmaier.«

Missvergnügt senkte der Richter seine Augenbrauen. »Bäcker Stiglmaier, wenn Ihr mir bitte erklären wollt, warum Ihr es für notwendig erachtet, die amtlichen Organe des Staates mit Eurem unbedeutenden Anliegen zu belästigen. Hmmm? Was ist so wichtig?«

»Vergebt mir, Oberster Richter, es ist nicht meine Absicht, die Organe des Staates zu ärgern.«

»Ich bin ein beschäftigter Mann, wie Ihr sehen könnt«, meckerte der Richter. »Legt Euer Anliegen dar und geht dann Euren Weges.«

Engelbert trat an den Schreibtisch und legte ein kleines Paket vor dem Richter ab.

»Was ist das? Ein Bestechungsgeschenk?«

»Nein, Herr Richter, es ist Gebäck. Jedermann muss das essen.« Er lächelte. »Ich habe es selbst gemacht. Nur für Euch.«

»Oh, nun ja, ich verstehe.« Herr Redlich nahm das Paket und legte es zur Seite. »Nun denn, zum Geschäftlichen ...«

»Mein Geschäft ... Ich bin Bäcker, wie Ihr bereits sagtet ...«

»Nein, nein ... Ich meine, kommen wir zum Geschäftlichen: Warum seid Ihr hier? Weshalb seid Ihr zu diesem Amt gekommen?«

Engelbert nickte, holte tief Luft und erinnerte sich an die Rede, die er vorbereitet hatte. »Verehrter Richter, ich stehe hier vor Euch, um für die Sache der Männer einzutreten, die heute im Gefängnis schmachten. Es ist mein tiefster Wunsch, dass – «

»Diese Männer, für deren Sache Ihr eintretet . . .«, unterbrach ihn der Richter. »Was wird gegen sie zur Anklage gebracht?«

»Gewaltanwendung und Körperverletzung«, antwortete Engelbert.

»Sie sind Freunde von Euch, diese Männer? Verwandte?«

»Sie sind nicht meine Freunde, Richter. Auch sind sie nicht mit mir in irgendeiner Weise verwandt.«

»Was ist dann Euer Interesse hier? Schulden Euch diese Männer vielleicht Geld? Das ist der Grund für Eure Besorgnis, oder nicht?« Der Richter wackelte drohend mit dem Zeigefinger vor seinem Besucher. »Antwortet wahrheitsgemäß – und seid schnell damit.«

»Nein, weiser Richter, sie schulden mir nichts.«

Richter Redlich nickte, seine Augen verengten sich ein wenig mehr. »Das Verbrechen, das sie begangen haben – sie sind unschuldig, nehme ich an?«

»Weit davon entfernt«, erwiderte Engelbert. »Sie haben das Verbrechen begangen.«

»Woher wisst Ihr das?«

»Ich war es, gegen den sie gewalttätig wurden – in meiner eigenen Bäckerei. Ich war das Opfer.«

»Wann geschah dies?«

»Vor vielen Wochen. Vor zwölf Wochen, glaube ich.«

»Warum dann diese plötzliche Dringlichkeit? Und warum habt Ihr bis jetzt gewartet, um das Wort zu ergreifen?«

»Ich muss Euch um Verzeihung bitten, Herr Richter, aber ich habe nicht bis jetzt gewartet. Seit vielen Wochen komme ich immer wieder hierher. Heute ist das erste Mal, dass ich die Erlaubnis erhalten habe, mit Euch, dem Richter, zu sprechen.«

»Lassen wir das mal beiseite«, sagte der Richter rasch in verärgertem Tonfall. »Glaubt Ihr vielleicht, dass diese Gefangenschaft in irgendeiner Weise ungerecht ist? Ihr denkt, sie seien fälschlicherweise inhaftiert, wie?«

»Es ist nicht an mir, das zu sagen.«

»Wer dann?« Redlich lächelte ihn verschlagen an, als bekäme

er einen Übeltäter zu fassen, der versuchte, sich seiner unerbittlichen Logik zu entziehen.

»Nun, Ihr doch, Herr Richter. Gewiss ist es Eure Sache, Euch den Fall anzuhören und zu entscheiden, was die Gerechtigkeit erfordert.«

Redlichs strenges, richterliches Stirnrunzeln vertiefte sich. Ihm missfiel die Art und Weise, wie diese Unterredung ablief. Der Richter wackelte erneut drohend mit seinem Zeigefinger. »Ich warne Euch, Bäcker, diese respektlose Grundhaltung Eurerseits wird in diesem Amt nicht toleriert.«

Engelbert nickte nachdenklich, dann begann er von Neuem: »Ich bitte Euch um Verzeihung, Herr Richter. Ich wünsche lediglich, dass diese Männer aus dem Gefängnis entlassen werden.«

Redlich studierte die gütigen Gesichtszüge des Mannes vor ihm. »Warum?« Das war alles, was ihm zu fragen einfiel.

»Warum?«, wiederholte Engelbert. »Weil es nur recht und passend ist.«

»Aber Ihr habt die Anklagen gegen sie bestätigt und ihre Schuld beeidet. Mit Eurem eigenen Mund habt Ihr sie verurteilt. Weshalb strebt Ihr dann die Freilassung dieser Männer an?«

»Ich bin derjenige, dem Unrecht zugefügt wurde, und ich habe ihnen ihre Sünden mir gegenüber vergeben.«

»Das Gesetz ist das Gesetz«, intonierte Redlich. »Der Gerechtigkeit muss Genüge getan werden, und es muss ersichtlich sein, dass ihr Genüge getan wird.«

»Bei allem Respekt, Richter, doch ich glaube, dass diese Männer genug gelitten haben; und sie noch länger im Gefängnis zu halten kann nicht irgendeinem gerechten oder nützlichen Zweck dienen.« Er zögerte, öffnete seinen Mund und schloss ihn dann wieder.

»Ja?«, herrschte ihn der Richter mit schneidender Stimme an. »Sonst noch etwas?«

»Ich bin nur im Begriff gewesen, darauf hinzuweisen, dass sie niemanden haben, der sich um ihre Bedürfnisse kümmert; und sie haben das wenige Geld, das sie besaßen, für solches Essen und Wasser ausgegeben, das sie vom Gefängniswärter bekommen konnten.«

»Hmpf!«, schnaubte Redlich. »Daran hätten sie denken sollen, bevor sie umhergingen und gesetzte, aufrechte Prager Bürger, wie beispielsweise Euch, überfielen und verprügelten.«

»Natürlich«, pflichtete der Bäcker ihm bei. »Doch vielleicht könnte die Zeit, die sie bereits im Gefängnis verbracht haben, in Betracht gezogen und als eine gerechte Bestrafung für das Verbrechen angesehen werden. Der Gerechtigkeit würde Genüge getan. Dann könnten die Männer möglicherweise freigelassen werden?«

Richter Redlich griff nach einer kleinen Klingel aus Messing, die seitlich von ihm auf dem Schreibtisch stand. Er läutete damit, und als sein Schreiber auftauchte, sagte er zu ihm: »Gewaltanwendung und Körperverletzung – da sind Männer, die im Kerker festgehalten werden. Wissen wir davon, Pavel?«

»In der Tat, Herr Richter. Ihr werdet Euch entsinnen, dass dies der Fall ist, an dem der kaiserliche Hof Interesse gezeigt hat.«

»Das ist *jener* Fall?«

Der Schreiber nickte feierlich.

Der Richter nahm ein grimmiges und unfreundliches Aussehen an und stand langsam auf, um sein Urteil zu sprechen. »Euer Bittgesuch ist abgelehnt. Die Missetäter werden in Haft bleiben, bis die Anklagen gegen sie angehört werden können.«

»Erneut habe ich das Gefühl, dass ich Euch um Verzeihung bitten muss, mein Herr«, sagte Engelbert. »Wann wird die Anhörung dieser Anklagen stattfinden?«

Als Richter war es Redlich nicht gewohnt, dass jede seiner Äußerungen hinterfragt wurde. Er straffte sich mit all seiner richterlichen Würde. »Die Anklagen werden angehört, wenn ich die Entscheidung treffe, dass es Zeit ist, sie anzuhören.«

Engelbert nickte langsam, dann lächelte er. »Ich werde Euch nächste Woche sehen.«

»Ihr versteht nicht: Die Männer müssen gezwungen werden, für ihre Verbrechen geradezustehen. Die Anklagen werden zu gegebener Zeit angehört. Und in jedem Fall liegt die Angelegenheit nicht in meinen Händen. Ihr werdet Euch nun netterweise daranmachen, Euren Angelegenheiten nachzugehen, und mir erlauben, meine in Angriff zu nehmen.«

»Mit Vergnügen, mein Herr. Doch ich habe das Gefühl, ich muss Euch verdeutlichen, dass die Zukunft dieser armen Männer meine Angelegenheit geworden ist. Ich kann nicht guten Gewissens diese Sache auf sich beruhen lassen, bis sie geklärt ist.«

Der Richter griff nach der Klingel, die auf der Ecke seines Schreibtisches lag. »Ich wünsche Euch einen guten Tag, Bäcker Stiglmaier.« Er läutete und sagte zu seinem Schreiber: »Diese Audienz ist beendet. Bitte führ den Bäcker zur Tür.«

»Hier entlang, wenn es Euch recht ist«, sagte Pavel. »Ich werde Euch hinausbegleiten.«

Engelbert folgte dem Schreiber in das vordere Amtszimmer. An der Tür blieb er stehen und fragte: »Ihr sagtet, dass der Kaiser sich für diesen Fall interessiert, glaube ich?«

»In der Tat, ja«, versicherte der Schreiber. »Das ist gewiss recht selten. Aber es geschieht von Zeit zu Zeit. Natürlich müssen wir die Wünsche Seiner Majestät in allen Dingen respektieren, Bäcker Stiglmaier.«

»Natürlich«, stimmte Engelbert ihm mit einem Lächeln zu. »Danke, dass Ihr mir das gesagt habt. Das nächste Mal werde ich Euch das Gebäck bringen.«

DRITTER TEIL

Der Schicksalsbaum

FÜNFZEHNTES KAPITEL

*Worin eine Sache auf Leben und Tod
zur Sprache gebracht wird*

*D*as Finale der Copa del Rey zwischen Real Madrid und Athletic Bilbao versank in ein Chaos mit tragischen Folgen, als sieben Stiere auf das Spielfeld stürmten. Fußballspieler beider Mannschaften rannten zur Seitenlinie, als in den letzten Minuten der ersten Halbzeit die wütenden Tiere durch den Spielertunnel im Santiago-Bernabéu-Stadion hereindonnerten.

Stürmer Fernando Sola, der in der Nähe des Madrider Tors von den Bullen gestellt wurde, konnte sich zunächst dem Angriff zweier Tiere erfolgreich entziehen, wurde dann aber von einem dritten niedergetrampelt und mit den Hörnern durchbohrt – gut sichtbar für mehr als achtzigtausend schreiende Fans. Der Versuch, den verwundeten Spieler zu retten, verwandelte sich in ein Blutbad, als sich Zuschauer auf das Spielfeld ergossen und es zu einem Geschehnis kam, das ein Spielkommentator als »spontanen Bullenlauf«, bezeichnete.

Junge Spanier, abgefüllt mit Bier und Sangria, sprangen über die Absperrgitter. Ein Augenzeuge schätzte, dass mehr als einhundert junge Männer sich ihre Hemden herunterrissen und auf das Spielfeld hetzten – die meisten, um mit ihren Fähigkeiten im Stierkampf anzugeben, und die anderen, um in dem unvermeidlichen Gedränge verwundeten Kameraden zu helfen. In dem folgenden Gemetzel wurden acht Menschen getötet. Fünf weitere wurden von der Menge zerquetscht, als sie versuchten, aus dem Stadion zu fliehen, als sich Gerüchte über eine Bombe verbreiteten. Und drei

161

weitere Opfer erlagen später im Krankenhaus ihren Verletzungen, die sie durch die Stiere erlitten hatten.

Die Polizei vor Ort tötete vier der Tiere, und die verbliebenen drei wurden eingepfercht und von Nutztierexperten fortgeführt, die man in der Menge fand. Diese Stiere sollen nach Hinweisen ihrer Herkunft untersucht werden. Die offizielle Geschichte, dass die Bullen auf dem Weg zu einem Stierkampf im südlichen Madrid entführt worden wären, bleibt reine Spekulation.

Ein Statement, das vom Innenministerium herausgegeben wurde, deutete darauf hin, dass man den Vorfall als einen Angriff der ETA behandelte, der Untergrundorganisation der baskischen Separatisten. In der Stellungnahme wurde der Zwischenfall als offenkundiger Versuch bezeichnet, den spanischen Nationalsport zu sabotieren. Innenminister Juan Carlos Navarro wurde mit der Äußerung zitiert, die spanische Regierung werde die Täter mit der ganzen Härte des Gesetzes verfolgen und dass jene, die dafür die Verantwortung trugen, nicht entkommen würden.

Ein Sprecher der *Policía Nacional* sagte, dass die Ermittlungen zwar fortgeführt werden, die Polizei jedoch nur sehr wenige handfeste Indizien habe, denen sie nachgehen könne. Die Bänder der zahlreichen sowohl innerhalb als auch außerhalb des Stadions angebrachten Überwachungskameras zeigten keine verdächtigen Aktivitäten irgendwelcher Art in den Stunden vor dem Angriff. »Woher jene *toros* kamen, ist ein Mysterium«, sagte er. »Es ist so, als ob sie einfach aus dem Nirgendwo aufgetaucht wären.«

Die beiden größten spanischen Zeitungen, *El Pais* und *El Mundo*, veröffentlichten, dass Belohnungen von insgesamt fünfhunderttausend Euro für Informationen ausgesetzt wurden, die zur Gefangennahme der Täter führen würden. Obwohl die Polizei von Tausenden von Hinweisen überschwemmt wurde, blieben stichhaltige Informationen bislang aus, und die Beamten steckten in ihren Ermittlungen weiterhin in der Sackgasse.

* * *

Wilhelmina schaute sich auf der abgeflachten Kuppe des Black Mixen Tump um, der im Licht des frühen Abends eine trügerische Ruhe ausstrahlte. Mit einem letzten Blick über die stille Hügelkuppe holte sie tief Luft, um sich innerlich zu beruhigen, und bereitete sich darauf vor, es einmal mehr zu versuchen. *Das sechste Mal bringt Glück*, fuhr es ihr durch den Kopf, und mit diesem aufmunternden Gedanken hob sie ihre Faust in die Höhe.

Beinahe augenblicklich fühlte sie das Prickeln der Elektrizität auf ihrer Haut und spürte das plötzliche Anschwellen und Wirbeln von Energie um sich herum. Das Portal war aktiv und stark. Eine Sekunde später verschwamm die Luft und nahm einen blass-bläulichen Farbton an; und ein Wind aus dem Nirgendwo sorgte dafür, dass sich das lange grüne Gras, das oben auf dem uralten Hügel wuchs, wellenartig bewegte. Sie fühlte die Anspannung in ihren Muskeln, als eine Macht, stark wie die Erdanziehungskraft, sie umschloss: Ihr Arm bebte, als sie sich anstrengte, ihn gerade und hoch erhoben zu halten. Der Wind kreischte von unsichtbaren Höhen herab, und alles um sie herum verschwamm und wurde undeutlich, als würde sie durch eine sandgestrahlte Fensterscheibe blicken. Statische Elektrizität zischte und knisterte um sie herum, und Wilhelmina wappnete sich für den Sprung. Ihr letzter Gedanke galt dem Ziel ihrer Suche: Thomas Young. Sein bebrilltes Gesicht blitzte vor ihren Augen auf. Es gab einen zischenden Knall, und alles wurde finster.

Sie blinzelte und öffnete ihre Augen und fand sich erneut am Ende der Allee mit den Sphingen wieder, wo sie in einer Staubwolke stand. Wilhelmina atmete heftig aus und schaute sich um, während Staubteufel die lange Doppelreihe der stummen Statuen entlangrasten. Ein rascher Blick zum Himmel sagte ihr, dass es noch früh am Morgen war, und das war gut so. Sie schüttelte sich, sodass ihre Kleidung wieder an Ort und Stelle saß, und richtete ihr Bündel. Einmal mehr brach sie zum Dorf am Flussufer auf, wo sie sich ein Boot nehmen würde, um den Nil zu überqueren. Inzwischen hatte sie diesen Weg schon so oft genommen, dass sie ihn mit verbundenen Augen hätte gehen können. Sie versuchte, nicht daran zu denken. Es war besser, einfach einen Fuß vor den anderen zu setzen und auf das Beste zu hoffen.

Sie hoffte immer noch auf das Beste, als sie am Mittag des folgenden Tages abermals vor dem klaffenden Eingang zur verborgenen Schlucht stand und zu den hoch aufragenden Wänden des Wadis emporblickte. Aufgrund ihrer Beobachtungen im Dorf und des Verkehrs auf dem Fluss war sie sich ziemlich sicher, dass ihr ein Sprung in eine frühere Zeit als bei ihrem letzten Versuch gelungen war. Sie war dort, wo sie sein wollte – aber war sie nun auch da, wann sie sein wollte? »Bitte, sei hier, Thomas«, murmelte sie und machte sich diese Worte zu einem Gebet, als sie in das Wadi hineintrat. In den schattigen Gängen des Canyons war es geringfügig kühler, und sie eilte in Richtung der T-förmigen Verbindungsstelle, von der Mina wusste, dass sie am Ende ihres Weges warten würde.

Während sie marschierte, fragte sie sich, wie es den anderen Quästoren auf ihren Missionen wohl gerade erging. Sie dachte an Kit und Giles, die sie bei ihrem letzten Besuch des Grabmals gerettet hatte, und stellte sich die Frage, was ihre Einmischung in jene Realität – in welcher auch immer die beiden lebten – bedeuten würde. Ihre Ley-Sprünge waren keine Zeitreisen, wie sie nur allzu gut wusste; aber vielleicht hatte sie ja für die beiden irgendeine Art von kosmischer Schleife geschlossen – oder, andersherum, möglicherweise für sich selbst?

Sie spielte gerade die verschiedenen Implikationen dieser Annahme durch, als sie um die letzte Biegung schritt; und dort – an der Stelle –, wo drei Gänge des Wadis aufeinanderstießen, sah sie ein flügelförmiges Araber-Zelt stehen. Rasch duckte sie sich nach hinten weg, um außer Sicht zu sein, und drückte sich gegen die Wand der Schlucht. Sie holte tief Luft, dann bewegte sie sich zentimeterweise vor und spähte vorsichtig um die Ecke. Eine Gruppe dunkelhäutiger Männer in blauen Kaftanen arbeitete zwischen verstreut herumliegenden Bergen von Kisten und Kästen. Einige Männer trugen Gegenstände, die eingepackt werden sollten, und andere nagelten Deckel zu.

Sehr gut organisiert für Grabräuber, dachte sie und überprüfte weiterhin vorsichtig die Szenerie. Sie stritt gerade mit sich, ob sie sich zeigen und vorstellen sollte, als aus dem schattigen Eingang der Tempelruine ein Mann mit einem stark ramponierten breitrandigen Hut auftauchte. Sie benötigte einen Augenblick, um zu realisieren, dass unter dem Hut der Mann steckte, um den zu finden sie gekommen war. Er war dünner und erheblich schmutziger als beim letzten Mal, als sie ihn gesehen hatte: Sein Backenbart war länger und buschiger, und sein Leinenmantel und seine Leinenhose waren so vollständig von hellem, puderigem Staub bedeckt, dass es aussah, als hätte er sich in dem trockenen Dreck hin und her gerollt. Dennoch – es war derselbe Dr. Young, den sie in London kennengelernt hatte. Er trug ein großes Gefäß, das er einem der Arbeiter reichte, und ging dann weiter zu einem kleinen Campingtisch, der in der Nähe des Tempeleingangs stand.

»Jackpot!«, seufzte sie mit einer Erleichterung, bei der ihr die Knie weich wurden. Sie drückte sich von der Wand weg und betrat das offene Gelände. Ein paar Yards den Gang rechter Hand hinunter sah sie große Schutthaufen und das klaffende rechteckige Loch im Wadi-Boden, das zum unterirdischen Grabmal des Anen führte. Mehrere der Arbeiter bemerkten sie, als sie an ihnen vorbeimarschierte; und sie hielten inne und starrten sie an, doch niemand rief hinter ihr her oder versuchte, sie anzuhalten.

Im Laufschritt, als befürchtete sie, das Ziel ihrer Suche könnte sich vor ihren Augen in Luft auflösen, steuerte sie direkt auf den Mann am Tisch zu. »Entschuldigen Sie ... Dr. Young?«

Der Klang ihrer Stimme schreckte ihn auf, und er fuhr ruckartig auf seinem Stuhl zurück. »Gütiger Himmel!«

Er schaute rasch hoch, blickte sie an und dann hinter sie, als hielte er nach weiteren Besuchern Ausschau. Als er niemanden sah, betrachtete er sie näher. »Miss Klug? Sind Sie das?« Der berühmte Ägyptologe starrte sie an, seine Augen blinzelten hinter der runden Stahlrandbrille. Dann erhob er sich langsam von seinem Stuhl, als würde er von der plötzlichen Materialisation einer Geistererscheinung direkt von seinen Augen angezogen. »Teures Mädchen, sind Sie das wirklich?«

»Das bin wirklich ich.« Wilhelmina lachte, erfreut darüber, dass sie ihn zu guter Letzt nicht nur gefunden hatte, sondern dieser sich auch noch an sie erinnerte. Sie hob ihr Gesicht gen Himmel, hauchte lautlos ein *Dankeschön* und streckte ihre Hand aus. »Sie können sich nicht vorstellen, wie schön es ist, Sie zu sehen, Dr. Young.«

Er lächelte und schüttelte voller Überraschung seinen Kopf. »Aber was in aller Welt machen Sie hier?«, fragte er, nahm ihre Hand und drückte sie herzlich. »Wie haben Sie mich gefunden?«

Bevor sie darauf antworten konnte, war von einem der beiden Männer, die in diesem Augenblick aus dem ausgegrabenen Loch am Fuße der Wand des Wadis auftauchten, ein Ruf zu hören. Sie trugen gemeinsam eine große Amphore, und ihnen folgte ein dritter, weiß gekleideter Mann. »Khefri!«, schrie Thomas, der sich umdrehte, um den jungen Mann herbeizurufen. »Khefri, kommen Sie her. Wir haben eine Besucherin!«

Einen Moment später blickte Wilhelmina in die dunkelbraunen Augen eines schlanken jungen Ägypters mit einem kurzen, schwarzen Haarflaum und einem zutiefst verwirrten Ausdruck auf seinem glatten, braunen Gesicht. Er schaute Dr. Young fragend an, der ihm erklärte: »Ich möchte Ihnen Miss Wilhelmina Klug vorstellen – eine sehr geschätzte Kollegin von mir.«

»Das stimmt wohl kaum«, protestierte Wilhelmina. »Hallo, Khefri. Ich freue mich, Sie kennenzulernen.«

»Ich grüße Sie, *Saida*«, sagte er und senkte seinen Kopf zu einer leichten Verbeugung. Er blickte sich rasch um, anscheinend um zu schauen, ob sie in Gesellschaft hergekommen war. Als er niemanden sah, wandte er sich wieder zu ihr. »Sie sind alleine, *Saida?* In der Wüste?«

»Ich bin alleine gereist, ja«, antwortete sie ihm. »Ich bin gekommen, um Dr. Young zu suchen.« Sie drehte sich um und lächelte den immer noch verwirrten Doktor an. »Und ich bin sehr glücklich, festzustellen, dass ich darin erfolgreich gewesen bin.«

»So hocherfreut ich auch bin, Sie zu sehen, meine Teure, so muss ich doch erneut fragen: Was um Himmels willen tun Sie hier?«

»Ich habe etwas sehr Wichtiges mit Ihnen zu besprechen«, erwiderte sie, und noch während sie sprach, spürte sie, dass das Lächeln auf ihrem Gesicht verschwand. »Eine Sache auf Leben und Tod. Es kann nicht aufgeschoben werden.«

»Wirklich?«, fragte Thomas unbekümmert. »Eine Sache auf Leben und Tod: Das klingt sehr ernst – in der Tat sehr ernst.« Er blinzelte sie an. »Um wessen Leben geht es, wenn ich fragen darf? Wessen Tod?«

Wilhelminas Stimme nahm einen Tonfall an, der auf das Äußerste Unheil verkündend war, als sie antwortete: »Um das Leben eines jeden.«

SECHZEHNTES KAPITEL

Worin Hass seine wahre Quelle sucht

*O*hne seine Burley-Männer, die ihn mit ihrem Gezänk, ihren Streitereien und allerlei hässlichen Gewohnheiten unterhielten, fand Seine Lordschaft, der Earl, schlussendlich ein bisschen Einsamkeit und Ruhe. Es war jedoch nicht eine gänzlich willkommene Abwechslung. Die Zelle war friedlicher, ja, aber dafür schienen die Tage unermesslich länger zu sein. Ohne seine Bande um sich herum, die die übel riechende Luft mit ihrer nutzlosen Plauderei und ihrem unablässigen Gezanke füllte, musste Burleigh nun selbst lange Stunden der Stille ausfüllen – und er hatte nichts, womit er sie ausfüllen konnte.

Für einen Mann, der sich an ein Leben uneingeschränkter Aktivität gewöhnt hatte, war dies ein neuartiger und unbehaglicher Zustand. Ein ums andere Mal ertappte sich Burleigh dabei, wie er sich in einem Nachsinnen über Gedanken verlor, die er niemals zuvor ernsthaft in Erwägung gezogen hatte – was an sich keine schlechte Sache war. Aber das Problem bestand darin, dass ihn weder der Inhalt noch die Ausrichtung seiner Reflexionen überhaupt interessierte. Und ein ums andere Mal – wie ein Hund, der zu seinem Erbrochenen zurückkehrte – wandten sich seine Gedanken seinem Wohltäter zu, dem Bäcker.

Warum dies so war, vermochte er nicht zu sagen. In dem einen Moment saß er einfach zusammengesunken in einer Ecke der Zelle, und in dem nächsten dachte er zähneknirschend über etwas nach, was der gutmütige Bäcker gesagt oder getan hatte. Die

Summe all seiner Probleme hatte einen Namen, und dieser Name war Engelbert. Schon dieses Wort war eine Beleidigung. Warum? Es war der Name für einen Clown, einen Hanswurst – kein Name für einen Mann. *Engelbert*. Was bedeutete das überhaupt auf Englisch? Auf der Grundlage seines dürftigen deutschen Sprachschatzes war Burleigh imstande, sich einen annähernd bedeutungsgleichen Ausdruck im Englischen zusammenzuschustern. Der Name bedeutete etwa so viel wie *Bright Angel* – »Strahlender Engel«. Welche Eltern, die noch bei vollem Verstand waren, würden ihren Sohn »Strahlender Engel« nennen?

So dämlich dies sein mochte, der Name war bloß eine Kleinigkeit, eine belanglose Kuriosität. Was war nur an dem Mann, das Burleighs Blut in Wallung brachte? Je mehr er darüber nachdachte, desto häufiger versicherte sich Seine Lordschaft selbst, dass da etwas Wesentliches unter der Oberfläche sein musste. Was war nur an dem wohlmeinenden Burschen, das an ihm fraß, das ihn maßlos ärgerte, das die Galle zu Burleighs Mund hochtrieb, sobald er den fröhlichen Einfaltspinsel erblickte? War es seine Verhaltensweise? Sein ausnahmslos gut gelauntes Auftreten, sein fortwährend freundliches Gemüt, mit dem er allem begegnete – welche Barbarei auch immer das Leben ihm entgegenwarf? War es die dümmliche Leutseligkeit des großen Bäckers oder sein idiotisches »Gutes tun«, das Hass hervorrief? Was war das für eine aufrührerische Sache – jene Sache, die solch eine starke Erwiderung von Burleigh erforderte und erhielt.

Sicherlich gab es nichts in der äußeren Erscheinung des Mannes, das zu einem solchen Hass anstiftete. Der Bäcker war auf seine Art nicht unattraktiv, obwohl dies nicht irgendeiner besonderen körperlichen Eigenschaft zugeschrieben werden konnte. Nein, seine äußeren Merkmale waren normal und unscheinbar. Es war mehr, wie Burleigh befand, dass Engelbert eine Art natürlicher Freundlichkeit ausstrahlte – und, aus Mangel eines besseren Ausdrucks, Herzensgüte. Engelberts liebliche Natur schien durch sein ziemlich gewöhnliches Äußeres hindurch und verwandelte dies in einen weitaus gefälligeren und anziehenderen Anblick.

Wie dem auch sein mochte – was gab es denn eigentlich, worüber man so verdammt fröhlich sein sollte? Das Leben war hart, und das Leben war tödlich. Töten oder getötet werden, fressen oder gefressen werden: Das war das Gesetz der Natur – das einzige Gesetz, das die Welt kannte. Burleigh hatte als Straßenkind diese grausame Lektion gelernt, und seitdem hatte diese Lehre ihm stets treu gedient. Jeder, der dieses grundlegendste Gesetz des Lebens nicht erkannte, verdiente, was auch immer er bekam – Engelbert Stiglmaier eingeschlossen.

Eines Tages, ungefähr eine Woche nachdem man Tav, Con, Mal und Dex fortgebracht hatte, traf Etzel, wie es inzwischen die Regel war, mit seinem Essenspaket für Seine Lordschaft ein. Um zu verhindern, dass dem unerträglichen Bäcker die Befriedigung – welche auch immer es sein mochte – gegeben wurde, die er durch diese gute Tat erlangte, weigerte sich Burleigh, die Anwesenheit seines Wohltäters zur Kenntnis zu nehmen. Da die Burley-Männer nicht mehr länger da waren, um den Effekt mit ihren kriecherischen Dankesäußerungen und den salbungsvollen Ausrufen über Engelberts besondere Großzügigkeit zu verderben, blieb der Earl stumm auf seiner Matte, das Gesicht zur Wand gedreht – trotz zahlreicher Versuche des Bäckers, ihn zu einer Reaktion zu ermuntern.

Später, nachdem Engelbert fortgegangen war, drehte sich Seine Lordschaft um und betrachtete den kleinen Haufen aus Lebensmitteln, der für ihn zurückgelassen worden war. In dem einzigen Strahl natürlichen Lichts, der durch sein vergittertes Luftloch hinabschien, sah er die vollkommenen weißen und braunen Laibe, hergestellt in Etzels Bäckerei, die auf dem Markt gekaufte rundliche, fettige Wurst, die festen gelben Äpfel, den Krug mit lieblichem jungem Wein – all das so ordentlich für ihn aufgestellt wie in einer Studie für ein Stillleben, wie ein Kunstwerk, ein Arrangement der Schönheit. Da begriff Burleigh, dass in dieser Tat mehr steckte als simples »Gutes tun«. Das hier hatte ein Ziel, einen Zweck ... aber welchen?

Nach einiger Zeit gewann der Hunger des Earls die Oberhand

über ihn. Und so erhob er sich, kniete sich neben seine Lebensmittel und begann, sie für die kommende Woche einzuteilen. Er nahm einen der Laibe, brach ihn, riss ein Stück ab und aß es. Danach – er war immer noch auf den Knien – nahm er den Wein und begann zu trinken. Auf diese Weise brach er sein Fasten. Die einfache Mahlzeit aus Brot und Wein linderte seinen Hunger und sättigte ihn; sie war gut und bekömmlich. Es gab eine Richtigkeit daran, die über die Grundfunktion hinausging.

In dem Akt des Verzehrens von Etzels Essens erspähte Burleigh etwas von der inneren Grundeinstellung hinter der Gabe, und er hatte eine Erleuchtung: Engelbert Stiglmaier war nicht das Problem – es war sein Jesus. *Warum sollte das so sein*, fragte sich Burleigh. Welchen Unterschied machte es für ihn, was der große Kerl glaubte?

Soweit er wusste, hätte der Chefbäcker des *Großen Kaiserlichen Kaffeehauses* ebenso gut an grüne, rosa gefleckte Kobolde glauben können. Die Leute glaubten an eine Vielzahl von lächerlichen Dingen, bis hin zu Meerjungfrauen, Einhörnern und feuerspeienden Drachen. Aber diese verblendeten Glaubensvorstellungen erweckten in ihm nicht den gleichen instinktiven Ekel. Und genau wie die erfundenen Einhörner, die in den engen Tälern und verborgenen Lichtungen volkstümlicher Erzählungen herumspukten, war Jesus bloß ein irrelevanter Unsinn. Die brutale Gleichgültigkeit der Welt bewies dies weit jenseits allen Zweifels; und Jesus, Gottes geistloser Sohn, war ein Phantom, ein Hirngespinst, ein Mythos. In Wahrheit war überall die ganze Religion, soweit Burleigh dies erkennen konnte, ein bunt zusammengewürfeltes Bündel aus Aberglaube und Illusionen: massenweise Narrheiten, die von Geisteskranken ausgeheckt wurden und mit denen Scharlatane hausieren gingen – und die von den ungebildeten, unwissenden Massen geschluckt wurden.

Burleigh hatte stets die Meinung vertreten, dass die organisierte Religion einer Art von Verrücktheit gleichkam, einem kollektiven Wahnsinn, der von den Schwachen und Machtlosen umarmt wurde, weil er ihnen in einem kleinen Ausmaß Trost gab – ein

Körnchen Zuspruch angesichts der harten Wirklichkeit, dass ihr Leben bedeutungslos war, die Existenz keinen Sinn hatte und es keinen guten, weisen, allwissenden Gott gab, der auf sie aufpasste. Die nackte Wahrheit war, dass die Existenz keine Bedeutung hatte jenseits des zufälligen Hin- und Herpendelns geistloser Kräfte, die ein Klümpchen empfindungsfähiger Materie geschaffen hatten, das einen Tag hier war und am nächsten nicht mehr. Das Leben der meisten menschlichen Wesen hatte so viel Bedeutung wie eine Kerzenflamme, die man anzündete, eine Zeit lang brannte, dann ausgepustet und niemals wieder gesehen wurde.

Echte Männer, starke Männer, vernünftige Männer von Welt benötigten nicht solche kindischen Fantasien, um eine kraftlose, fragile Psyche zu stärken oder um eine Möglichkeit bereitzustellen, sich davon fernzuhalten, in den dunklen Abgrund einer kalten, gnadenlosen Wirklichkeit zu starren. Aber für die größere Masse der Menschheit war eine heitere Fantasie besser als die bittere, jedoch auch stärkende Wahrheit: Es gab keinen Gott, keinen Zweck, keine Bedeutung im Leben – und nichts jenseits des Grabes.

Burleigh nahm einen weiteren Bissen Brot und genoss dessen einfache Güte, als ein Gedanke in seinen Kopf hineinplatzte: *»Wenn es keinen Gott gibt, dann ist alles erlaubt . . .«*

Woher sie gekommen war, wusste er nicht, aber Burleigh erkannte natürlich die Ansicht wieder und stimmte ihr voll und ganz zu. Als Aphorismus war es eine Überlegung, die er möglicherweise selbst ein- oder zweimal gesagt hatte, und falls er dazu gedrängt worden wäre, könnte er höchst eloquent dafür plädiert haben.

»Es gibt keinen Gott«, erklärte Burleigh feierlich im Geiste – so wie er es laut verkündet hätte, wenn irgendjemand da gewesen wäre, um ihn zu hören. »Folglich ist jedermann frei, das zu tun, was ihm richtig zu sein scheint.«

Aus der beschatteten Feuchtigkeit in der entgegengesetzten Ecke seiner Zelle tauchte eine dunkle Gestalt auf, die so undeutlich war wie die Schatten, in denen sie lebte; und ihre Gedanken manifestierten sich als ein geisterhafter Schatten. »*Jedermann tut, was in seinen eigenen Augen richtig ist*«, diente die STIMME hilfreich an.

»Genau«, sagte Burleigh und nickte zustimmend. »Jedermann ist frei, zu tun, was immer ihm gefällt – aus welchen Gründen auch immer es ihm am besten zu sein scheint. Und er ist frei, die Mittel zu wählen, die seinem Streben am besten dienen.«

»*Wenn es keinen Gott gibt, kann es keinerlei objektive moralische Norm geben. Niemand kann sagen, was richtig ist oder falsch. Dann kann das, was auch immer ein Mann tut, von niemandem begrüßt oder verurteilt werden. Es ist einfach so, dass sein Handeln existent ist.*«

»Richtig«, bekräftigte Burleigh mit fester Stimme. »Wenn es keine objektive Norm gibt, nach der Handlungen beurteilt werden dürfen, dann kann es weder ein ›Richtig‹ noch ›Falsch‹ geben.«

»*Und umgekehrt gilt . . .*«, fuhr die STIMME fort, die nachdrücklicher wurde. »*Was auch immer einem Mann widerfährt, kann nicht als akzeptabel oder inakzeptabel beurteilt werden. Was auch immer in einem Universum ohne Führung oder Zweck passiert, kann nicht als gut oder schlecht erachtet werden: Es ist einfach etwas, das geschieht – ein Ereignis ohne Bedeutung.*«

Wieder stimmte Burleigh dem zu, allerdings mit geringerer Gewissheit als zuvor. Er konnte fühlen, dass die Wanderung seiner Gedanken begann, ihn zu einem völlig neuen, möglicherweise ungewollten Ziel zu befördern.

»*Warum dann also wütest du so gegen deine Misere?*«, fragte die STIMME. »*Was geschieht, existiert einfach: keine Bedeutung, kein Zweck – nur der zufällige Zusammenstoß von Geschehnissen ohne Signifikanz jenseits ihres unmittelbaren Wechselspiels.*«

»Aha!«, entfuhr es Burleigh, der nunmehr widersprach: »Ein Mann sollte zumindest auf die Gerechtigkeit zurückgreifen können. Der Angeklagte sollte in der Lage sein, seinem Ankläger entgegenzutreten und der Anklage etwas zu erwidern.«

»*Sollte? Woher kommt dieses ›sollte‹?*«

»Es ist nur einfache Fairness«, insistierte Burleigh mit geringerer Begeisterung als zuvor.

»Werden wir jetzt über fehlende Fairness und Ungerechtigkeit sprechen? Ich dachte, wir hätten das beerdigt. Warum all das wieder herbeischleppen?«

Burleigh hatte darauf keine Erwiderung. Er litt, und der Schmerz war real. Vielleicht war ja das Grund genug, um zu klagen.

Die STIMME war schnell und stürzte sich darauf. *»Du leidest, also ordnest du den Schmerz der fehlenden Fairness, der Ungerechtigkeit zu? Wen, glaubst du, kümmert es, deine Klage zu hören?«*

»Es schmerzt!«, beharrte Burleigh. »Und es kümmert mich nicht, wer davon hört!«

»Dein Schmerz ist eine Fantasie, ein Hirngespinst, ein Phantom. Es kann keinen Schmerz geben, wo es kein Gesetz gibt. Jedermann ist frei, zu tun, was er möchte. Der Richter mag es, dich eingesperrt zu lassen. Wo ist der Schaden?«

»Aber er sollte es *nicht* mögen!«, blaffte Burleigh, der seine Geduld verlor.

»Schon wieder dieses ›sollte‹!«, schalt die STIMME, die daraufhin zurück in den Schatten verschwand und abermals nur zu einem feuchten Schimmelfleck an der Wand wurde. *»Es scheint, Bruder, dass du nicht wirklich an deine eigene Philosophie glaubst.«*

»Scheiß Philosophie!«, knurrte Burleigh. »Ich will raus hier, verdammt noch mal!«

* * *

Eine weitere Woche verstrich in dem nasskalten Kerker unterhalb des Rathauses – eine weitere Woche des Elends für seinen einst so stolzen Bewohner. Wahrhaftig – Archelaeus Burleigh, Earl of Sutherland, war nicht länger stolz. Er war erbärmlich, und er wusste, dass er es war. Tatsächlich vermutete er sehr stark, dass er sogar noch schlimmer war, als er selbst dachte.

Mit jedem verstreichenden Tag fühlte er sich zerbrechlicher und instabiler, beinahe so wie ein Ei, stellte er sich vor – und zwar wie eines, das zerbrochen und ausgelaufen war und das man dann wieder zusammengeflickt hatte, wobei alle Brüche zu sehen waren und einige Stücke fehlten. Er taumelte rastlos durch seine Zelle und versuchte, nicht zu denken, denn das Denken brachte nur neue Ströme der Qual.

Er lag in den heftigen Schmerzen eines weiteren Anfalls von leidvoller Introspektion, als ihn das Geräusch der auf rostigen Angeln aufschwingenden Tür aufschreckte. Er war so verloren gewesen im Labyrinth seiner Gedanken, dass er die Fußschritte im Korridor nicht vernommen hatte – noch nicht einmal, wie der Schlüssel im Schloss umgedreht worden war. Er hörte auf, hin und her zu gehen, drehte sich um und sah die vertraute Gestalt des Bäckers, die vom Türeingang eingerahmt wurde: Licht strömte um ihn herum in die Zelle herein. *Tatsächlich, ein »Strahlender Engel«*, sinnierte Burleigh. *Und er ist gekommen, um mich erneut zu quälen.*

Der Gefängniswärter murmelte etwas, und Engelbert trat in die Zelle hinein mit seinem Lebensmittelsack und einem großen Lächeln auf seinem breiten Gesicht. »Ich habe Neuigkeiten für Sie«, verkündete er glücklich, während er in die Mitte der Zelle trat.

Burleigh sagte nichts, sondern starrte nur – halb fasziniert und halb in Furcht davor, was sein gutmütiger Erzfeind als Nächstes sagen würde.

»Ihre Freunde sollen freigelassen werden.«

Burleigh hob seinen Kopf und blickte finster, als sich der Bäcker bückte, um seinen Sack zu öffnen. *Freunde*, dachte der Earl. *Wo sind meine Freunde?* Die Alchemisten und Höflinge im Palast, deren Freundschaft er zu gewinnen versucht hatte ... wo waren sie jetzt? In den langen Monaten seiner Gefangenschaft war keiner gekommen, um ihm zu helfen, hatte keiner für ihn gesprochen; alle hatten ihn im Stich gelassen. »Ich habe keine Freunde«, erwiderte Burleigh, seine Stimme war ein leises, heiseres Krächzen.

»Die Männer, die mit Ihnen zusammen waren – sie waren doch Ihre Freunde, nicht?«, fragte Etzel.

»Handlanger«, schnaubte der Earl. »Sie haben für mich gearbeitet. Nichts mehr.«

»Ich bin Ihr Freund«, erklärte Etzel vergnügt. Er hob einen frischen braunen Laib Roggenbrot heraus und legte ihn behutsam auf das gefaltete Tuch, das dem Earl als Tisch diente.

»Du!«, spottete Burleigh, bei dem sich der alte Zorn einmal mehr rührte. »Du bist der Grund, weshalb ich hier bin.«

Engelbert zuckte mit den Achseln. Er nahm ein Stück Käse heraus, das in Musselin gewickelt war, und legte es neben den Laib, dann griff er in den Sack und holte einen Tonkrug mit Bier hervor. »Ich glaube, Sie kennen den Grund, weshalb Sie hier sind.« Er zog einige Handvoll Äpfel heraus und stapelte sie sorgfältig auf dem Tuch auf. »Ein Gefängniskarren verlässt die Stadt. Ihre Freunde sollen nach Pilsen gebracht werden, wo man sie an der Grenze freilassen wird. Aber sie müssen versprechen, Prag niemals wieder zu betreten.«

Einen langen Moment sagte Burleigh nichts, dann fragte er: »Werde ich sie sehen? Meine Männer – werde ich sie wiedersehen, bevor sie wegfahren?«

»Das denke ich nicht«, erwiderte Burleigh. »Aber ich werde fragen.«

»Wer ... äh ...« – Burleigh suchte nach den richtigen deutschen Worten – »Wie ist das möglich? Wer hat dafür gesorgt, dass dies geschieht?«

Etzel nickte. »Ich habe über viele Wochen hinweg mit dem Richter gesprochen. Er ist müde geworden von meinen Bitten und hat zugestimmt, die Männer freizulassen.«

»Also«, grollte Burleigh, »sie können gehen, aber ich muss bleiben.«

»Der Richter hat mir gesagt, dass ein Verbrechen begangen worden ist und dass sich jemand deswegen verantworten muss. Jemand muss verantwortlich sein.« Der Bäcker holte etwas Neues aus seinem Sack hervor – ein ganzes gebratenes Hühnchen – und legte es zu den anderen Lebensmitteln auf dem Tuch. »Ich habe dem Richter gesagt, dass nur ein Mann verantwortlich gewesen ist.

Fünf Leute einzusperren wegen des Verbrechens eines Mannes ergibt keinen Sinn.«

»Du hast ihm das gesagt?«, wunderte sich der Earl.

»Ich habe ihm sehr viele Dinge gesagt. Einigen davon hat er zugehört.« Engelbert runzelte die Stirn. »Aber Herr Redlich ist eine Amtsperson des Reiches. Der Richter hört mehr dem Kaiser zu als mir.« Der große Mann neigte den Kopf zu einer Seite. »Das ist der Gang der Dinge.«

»Also das ist es? Ich sitze einfach hier, bis ich sterbe?«

»Möge Gott dies verhüten!«, erwiderte Engelbert schnell. »Ich habe Ihretwegen mit Seiner Majestät gesprochen. Ich habe ihn gebeten, Sie freizulassen, aber er hat mir ebenfalls gesagt, dass der Gerechtigkeit Genüge getan werden muss. Aber egal ... Ich werde wieder zu ihm gehen und ihm das nächste Mal einen Strudel bringen.«

»Du hast dich vor dem Kaiser für mich eingesetzt?« Burleigh schüttelte den Kopf. »Warum? Warum kümmert es dich, was mit mir geschieht? Ich habe dich verletzt. Ich hatte die Absicht, dir wehzutun. Ich habe mich nicht um dich gekümmert – weshalb kümmerst du dich um mich?«

Der Bäcker trat zum Earl und stellte sich direkt vor ihm hin. »Aber ich habe Ihnen das doch schon erzählt.« Etzel legte seine Hand auf Burleighs Schulter und drückte sie kurz. »Seid guten Mutes. Der Herr ist mit Euch.«

Burleigh starrte ihn an, dann schüttelte er seinen Kopf. »Ich wünsche, ich könnte das glauben.«

»Das ist ganz egal«, versicherte ihm Etzel leichthin. Er drehte sich um und bückte sich, um den leeren Sack wieder an sich zu nehmen. »Ich werde genug für uns beide glauben.«

Mit diesen Worten ging er wieder fort und hinterließ nur den Hauch eines seltsamen Wohlgeruchs – ein Duft wie der von wilden Blumen, der Duft von offenen Räumen und sonnendurchfluteter Luft. Er bestand lange in der Zelle fort und veranlasste Burleigh, sich zu fragen, ob er tatsächlich von einem strahlenden Engel besucht worden war.

Diese Vorstellung war so absurd, dass Burleigh kein Argument dagegen hatte; alles, was er tun konnte, war, dazustehen und auf das dargebotene Essen zu starren, das mit solcher Sorgfalt – auf äußerst liebevolle Weise, könnte man auch sagen – arrangiert worden war. Als er dort so stand und schaute, trat ihm eine Träne ins Auge. Er wusste nicht, warum; er fühlte sich nicht traurig, nur ein wenig verwirrt. Aber etwas tief in seinem Inneren verwandelte sich in diesem Augenblick, und eine einzige Träne kennzeichnete dieses Ereignis. Verlegen streifte der Earl sie fort und wischte mit dem Handballen die Feuchtigkeit von seiner Wange. »Du großer verdammter Narr«, murmelte er laut. »Du bist dabei, den Verstand zu verlieren.«

In den leeren Stunden, die folgten, ertappte Burleigh sich dabei, dass er nicht so viel über seine eigene traurige Lage und die monumentale Ungerechtigkeit nachdachte, die ihn eingesperrt in einer stinkenden Kerkerzelle hielt, sondern über den Grund, weshalb er im Gefängnis verrottete. Von diesem Moment an konzentrierten sich seine Gedanken auf die Grausamkeit, die er bei dem Angriff auf Engelbert an den Tag gelegt hatte, und auf das Bedauern, das er jetzt empfand. Das war etwas Neues.

Langsam weitete sich der Kreis seiner Betrachtungen, die nunmehr nicht bloß Engelbert, sondern auch andere einschlossen, denen er im Verlaufe seines Lebens Leid angetan hatte: Cosimo Livingstone und Sir Henry Fayth; die süße, vertrauensvolle Phillipa, seine einstige Verlobte; Arthur Flinders-Petrie und dessen Enkel Charles; seine Burley-Männer; Lady Haven Fayth – nun, die war eine Frau ganz nach seinem Herzen, eine, die er hätte lieben können ... Was mochte ihr wohl widerfahren sein? Und es gab andere ... so viele andere. Und all diese Leute hatte er benutzt für seine eigenen selbstsüchtigen Zwecke, nur um sie dann später, wenn es ihm passte, unbarmherzig fallen zu lassen. Er hatte seine Verurteilung zehnfach, ja hundertfach verdient; und er verdiente nichts weniger als die strengste Bestrafung, die das Gesetz und der Himmel anordnen konnten.

Als er sich sein schreckliches Verhalten bewusst machte, kam er mit etwas in Berührung, das für ihn ein merkwürdiges Gefühl war: eine Mischung aus Schuld, Scham und Bedauern – und dies musste, wie er nach weiteren Überlegungen befand, Reue sein. Dieser ungewöhnlichen Empfindung wäre möglicherweise gestattet worden, zu verblassen, und ihre Macht wäre mit der Zeit verschwunden – hätte es nicht das ständige Beispiel von Engelbert gegeben, dessen Tugendhaftigkeit seine eigene Niedertracht deutlich hervortreten ließ. Etzels einfache, unkomplizierte Güte brannte wie ein Leuchtfeuer von einem fernen Hügel. Burleigh brauchte nur zu dieser strahlenden Hügelspitze hochblicken, um zu sehen, wie absolut finster sein verkommenes kleines Tal geworden war.

Ein ums andere Mal ertappte sich Burleigh selbst dabei, wie er zu diesem Licht schaute und sich wünschte, er könnte näher zu ihm herankommen. Sonderbarerweise rief dieses Gefühl nicht die Abscheu und den Widerwillen hervor, wie dies einstmals der Fall gewesen wäre. Eher fühlte sich der Earl, indem er seine Schuld für seine Handlungen annahm und offen eingestand, zufriedener – als hätte etwas, das lange falsch ausgerichtet gewesen war, jetzt die richtige Justierung erhalten: Die Kompassnadel zeigte wieder genau nach Norden.

Aber das war nicht alles. Bei jenen Gelegenheiten, wenn der Earl seinen Geist an dem leuchtenden Beispiel des großen Bäckers ausrichtete, entdeckte er, dass er in der Lage war, ein wenig Erholung zu finden von dem unaufhörlichen Tosen seiner mühseligeren Gedanken. Durch das Nachsinnen über die Güte fand Seine Lordschaft unschuldigen, unerwarteten, wohltuenden Frieden.

SIEBZEHNTES KAPITEL

Worin der Frieden einen Preis fordert

Am dritten und letzten Tag endete das Fest, mit dem der Friedenspakt zwischen den Bulgaren und den Byzantinern gefeiert wurde, mit einem Gebets- und Dankgottesdienst dafür, dass man durch die Mühen des Krieges gekommen und der Frieden gewährt worden war, an den sich das Reich nunmehr erfreute. Die Sonne war gerade über dem Marmarameer untergegangen, als eine Glocke in dem Turm am Platz läutete. Der Kaiser und mehrere hochrangige Amtsträger verließen das Fest, und die gesamte Feier wurde in die Hagia Sophia, die Kathedrale der Heiligen Weisheit, verlegt, die direkt hinter den Mauern des kaiserlichen Palastes stand.

Den Kultraum der gewaltigen Kirche zu betreten bedeutete, die Schwelle zum größten umschlossenen Areal zu überqueren, das die Welt bis zu jener Zeit je gesehen hatte: eine riesige luftige Ausdehnung, die weder von Pfeilern noch von Säulen irgendwelcher Art unterbrochen wurde – ein einzelner ungeheuer großer Raum, der auf einer Grundfläche von etwa achtzig Metern Länge und siebzig Metern Breite stand und von einem heroischen Kuppeldach gekrönt wurde, dessen Scheitelpunkt sich rund fünfundfünfzig Meter über dem Fußboden befand. Gleißende Mosaike zierten die oberen Bereiche der Wände, und jeder Sims und jeder Winkel der aus zahlreichen Wölbungen bestehenden Decke wurde ausgefüllt durch kolossale Figuren von Heiligen, Engeln und Serafim mit Flammenschwertern. Es war eine Innenausstattung, die man zu

dem Zweck entworfen hatte, selbst die hochmütigsten Gottes-
dienstbesucher einzuschüchtern und zu demütigen und in jeden,
der eintrat, ein Gefühl für die unaussprechliche Erhabenheit des
Königs der Könige und Herrn der Herrn einzuträufeln, vor dem
sich bloße menschliche Geschöpfe, einschließlich der irdischen
Kaiser und Potentaten, beugen mussten.

Der riesengroße Raum verschluckte Geräusche, sodass nur das
Schweigen einer ewigen, nicht endenden Stille zurückblieb, die
hin und wieder durch den Schlag einer Glocke oder die wehmüti-
gen Klänge eines feierlichen Gesanges unterbrochen wurde. Der
Fußboden und die abseits stehenden Säulen bestanden aus mehr-
farbigem Marmor, der Hochaltar war bedeckt von einem goldenen
Tuch, und zu seinen beiden Seiten stand jeweils ein Kerzenpaar,
größer als jeder Mensch. Alles, was dem Auge begegnete, war glatter Stein und glänzendes Gold. Eine Vielzahl von duftenden Kerzen, von denen eine wohlriechende silberne Wolke emporstieg,
erleuchteten das Kirchenschiff; und von jeder polierten Oberfläche blinkte und schimmerte das weiche, funkelnde Licht.

Als sich das kaiserliche Gefolge vor dem Hochaltar aufstellte,
machte Haven rasch Petar ausfindig, der ein paar Reihen hinter
dem Khan stand, und manövrierte sich und Giles neben den
Obersten Ratgeber. Mit einem leichten Kopfnicken stimmte er
ihrer Anwesenheit zu. Sobald sich die hochherrschaftlichen Zelebranten versammelt hatten, traten aus den Räumen entlang der
Seiten des Kirchenschiffs zwanzig Ministranten herbei, die alle in
Schwarz gekleidet waren. Durch das Mittelschiff kamen jüngere
Geistliche herein, die weiße Gewänder anhatten; jeder von ihnen
trug ein silbernes Kreuz.

Die Ministranten und Priester bildeten einen Ring um den
Altar. Ihnen folgten weitere ältere Priester in roten Gewändern;
der erste von ihnen hielt eine Klingel in der Hand, der zweite ein
Psalmbuch. Diese zwei nahmen Plätze zu beiden Seiten des Altars
ein, und die übrigen stellten sich zwischen ihnen zu einer Reihe
auf. Sobald alle ihre Positionen eingenommen hatten, wurde mit
einer Klingel dreimal laut geläutet, woraufhin die Prozession der

Patriarchen die Kirche betrat. Angeführt von drei Reihen Geistlichen in langen, weißen Gewändern, über denen sie blaue Messkleider angelegt hatten, kamen zwei Bischöfe herein, die Kreuze aus Gold und Perlen trugen. Direkt hinter den beiden schritt Kaiser Leo in einem wallenden Gewand aus scharlachroter Seide – dem heiligen *Sakkos* –, das verziert war mit Stoffbahnen, die dicht bestickte Tafeln enthielten, auf denen Szenen aus dem Leben von Christus dargestellt wurden. Zudem trug der Kaiser eine mit Edelsteinen besetzte Kopfbedeckung, die von einem vierseitigen Kreuz gekrönt wurde, und schöne Schutzhandschuhe, die mit Saatperlen, Rubinen und Bernsteinen geschmückt waren.

Im Windschatten des Kaisers humpelte ein außerordentlich alter Mann. Er war in Ballen aus purpurner Seide eingewickelt und trug einen hohen, ganz von Juwelen besetzten, randlosen Hut. Der betagte Alte hatte einen langen, weißen Bart, der möglicherweise in dem Lüftchen, das seine Bewegungen verursachten, geweht hätte, wenn er nicht durch ein Brustkreuz, das an einer dicken Goldkette um den Hals hing, an Ort und Stelle gehalten würde.

»Berichtet mir, was geschieht«, flüsterte Haven in drängendem Tonfall. »Wer ist das?«

Petar rollte seine Augen und kam widerwillig ihrem Wunsch nach. »Das ist der Patriarch von Konstantinopel«, erklärte er. »Der höchste Priester der heiligen Kirche. Er steht niemandem nach, außer dem Kaiser natürlich.«

Der Gottesdienst begann auf ziemlich gleiche Weise wie die lateinischen Messen, wie Haven bereits beobachtet hatte, und war nicht weit von der Eucharistie entfernt, die Khan Simeons Priester im Lager abhielten. Aber die äußere Aufmachung – der Prunk aus Gold, Silber und Edelsteinen, die Vielzahl von Kerzen und Weihrauchwolken, die Pracht der anwesenden Priester – unterschied sich von allem anderen und war ohnegleichen in der westlichen Welt. Alles – von den unübertroffen verzierten Amtstrachten der Priester bis zu den gewaltigen Wolken aus duftendem Weihrauch – schien entworfen worden zu sein, um in Erstaunen zu versetzen und zu begeistern und letztendlich zu demütigen. Falls es den mit

Edelsteinen geschmückten Gewändern und purpurnen Schwaden nicht gelang, Menschen zu inspirieren, dann würde gewiss der aufsteigende himmlische Gesang der Priester und Mönche die Kirchgänger zu neuen Höhen der Verzückung emporheben.

Obwohl Haven sich tapfer bemühte, den Gottesdienst zu verfolgen, misslang es ihr; dies alles überschwemmte sie in einer Flutwelle aus Klang und Licht und unreflektierter Ergriffenheit. Bevor es ihr richtig bewusst war, endete der Gottesdienst bereits. Die Kirchengemeinde wurde nach draußen geführt, wo auf dem Platz vor dem Eingang der Kathedrale Khan Simeon sich darauf vorbereitete, von Kaiser Leo und der Stadt seines Triumphes Abschied zu nehmen. Die beiden Herrscher ergriffen sich gegenseitig an den Armen, tauschten den Friedenskuss und verabschiedeten sich endgültig voneinander; ihre jeweiligen Begleitpersonen begannen anschließend, sich zu zerstreuen und auseinanderzulaufen. Haven und Giles ließen sich mit dem Rest von Khan Simeons Gefolgschaft davontreiben, als sich ihnen plötzlich ein dünner Mann mit langem Gesicht, Glatze und großen, traurigen Augen näherte.

»Auf Befehl des Kaisers seid Ihr beide angewiesen, mit mir zu kommen«, teilte ihnen der Mann in einem etwas gezierten Latein mit. Zwei bewaffnete Soldaten aus der Leibwache des Kaisers begleiteten den Diener, um der Aufforderung Gewicht zu verleihen, sollten irgendwelche weiteren Überzeugungsversuche notwendig werden.

»Ich bitte Euch um Verzeihung«, entgegnete Haven; sie spürte auf ihrem Rücken die Hand von Giles, der sich ganz nah neben sie stellte. »Aber ich glaube, dass irgendein Fehler vorliegt. Khan Simeon ist im Begriff, fortzugehen. Wir sind Mitglieder seiner Gefolgschaft und müssen mit ihm gehen.«

»Nein«, erwiderte der Höfling kurz angebunden. »Ihr sollt dem *Basileus* aufwarten. Ihr werdet mir folgen.« Mit diesen Worten drehte er sich um und machte sich daran, fortzugehen; er legte gerade lange genug eine Pause ein, um sich zu vergewissern, dass die zwei Fremden ihre Plätze hinter ihm eingenommen hatten.

Obgleich Haven darum bat, dass man ihnen sagte, wohin sie

gebracht wurden, erhielten sie keine weitere Erklärung. Die Soldaten packten die Griffe ihrer Kurzschwerter und deuteten damit an,
dass es Zeit war, sich in Bewegung zu setzen.

»Ich glaube, wir müssen tun, was er gesagt hat, Giles.«

»Ich kann auch nicht erkennen, dass wir in dieser Angelegenheit eine Wahl haben«, antwortete Giles. Er nahm Havens Arm
und setzte sich in Bewegung, um dem Diener zu folgen. Die zwei
Soldaten fassten hinter ihnen Tritt. »Vielleicht wünscht Seine
Majestät bloß, mit uns zu sprechen.«

Haven blickte besorgt auf die zwei Soldaten hinter ihnen.
»Zweifellos«, erwiderte sie, doch ihrem Tonfall fehlte jegliche
Überzeugung.

Die zwei wurden zum großen Palast geleitet und in ein Audienzzimmer geführt, ein Raum, der prachtvoll ausstaffiert war mit einer
Reihe von niedrigen Stühlen und Sofas, für die die Byzantiner eine
ausgeprägte Vorliebe zeigten. Es gab mehrere Tische von unter-
schiedlicher Größe und eine große Anzahl von reich verzierten
Gefäßen und Behältnissen sowie Kerzenständer, die entlang der
Zimmerwände aufgestellt waren. Ein schwerer Vorhang am einzigen großen Fenster war zu einer Seite gezogen worden, damit sich
das weiche Zwielicht über den Boden aus poliertem braunem Marmor ergießen konnte.

Der Höfling inspizierte rasch den Raum, dann wandte er sich
den Besuchern zu. »Ihr werdet hier warten«, teilte er ihnen mit.

»Ist es uns gestattet, Platz zu nehmen?«, erkundigte sich Haven.

Ihr Führer schlug mit einer Hand auf eines der Sofas und ging
fort. Die Soldaten zogen hinter ihm die Tür zu und stellten sich zu
beiden Seiten des Eingangs auf. Haven ging zu der am nächsten
stehenden Liegestatt und setzte sich nieder. Giles begutachtete
rasch den Raum, hielt inne, um aus dem Fenster zu schauen, und
nahm dann direkt neben Haven Platz. Sie unterhielten sich auf
Englisch miteinander, wobei sie ihre Stimmen gesenkt hielten; die
Wachen beobachteten die beiden teilnahmslos und mit gelang-
weiltem Gesichtsausdruck.

Nach einer Weile öffnete sich die Tür, und vier Männer traten ein. Einer von ihnen war die Amtsperson, die Haven und Giles zum Palast gebracht hatte; die drei anderen, von denen jeder in lange, graue Gewänder gekleidet war und eine weiße Schärpe über die Schulter trug, kamen vor Haven und Giles zum Stehen und tauschten ein paar Worte untereinander, während sie von Zeit zu Zeit einen Blick auf die Besucher warfen.

»Was sagen sie?«, flüsterte Giles.

»Ich kann kein Wort verstehen«, erwiderte Haven. »Sie sprechen Griechisch.«

Dann gab einer der Männer den Besuchern mit einer Geste zu verstehen, dass sie aufstehen sollten. Als Haven und Giles sich erhoben, öffnete sich die Tür erneut und zwei weitere Männer traten ein, von denen einer Kaiser Leo höchstpersönlich war. Die Höflinge verbeugten sich tief, und die Besucher ahmten dies nach; dann richteten sie sich auf und sahen, dass der höchste Herrscher direkt vor ihnen stand. Verschwunden waren die prachtvollen Kirchengewänder, die Goldkette und der kunstreiche Kopfschmuck; stattdessen war er in eine einfache, bis zum Boden reichende Tunika aus cremefarbenem Satin mit einem breiten schwarzen Gürtel gekleidet. Dazu trug er eine passende *Chlamys* über die Schulter; sie war mit einer riesigen roten Gewandspange aus Karneol, den man in Form eines Löwen geschnitten hatte, am Hals befestigt.

Leo sprach sie auf Griechisch an, und als dies zu keiner Erwiderung führte, wechselte er mühelos zur lateinischen Sprache und fragte: »Wisst Ihr, wer ich bin?«

»Ja, Eure Majestät«, antwortete Haven. »Ihr seid Leo, Kaiser der Römer. Gebe Gott Euch Gelassenheit und ein langes Leben, mein Herr.« Das Letztere fügte sie hinzu, weil sie gehört hatte, dass Petar manchmal Khan Simeon in dieser Weise ansprach.

Ihre Antwort brachte augenblicklich eine Reaktion hervor. Der Kaiser klatschte in seine Hände. »Hervorragend!« Er strahlte vor Freude. »Ihr seid gut geschult.« Er wandte sich Giles zu. »Und Ihr, mein Freund – seid Ihr gleichermaßen in höfische Umgangsformen geschult?«

Giles verstand das meiste von dem, was gesagt wurde, und gab seine Standardantwort. »Ich bin, wie Ihr mich seht, mein Herr – ein Diener, nichts mehr.«

»Ha!«, lachte Leo, klatschte erneut in die Hände und drehte sich seinen Begleitern zu, die er anlächelte. »Überaus vortrefflich! Würdet Ihr dem nicht zustimmen?«

»Ganz Gewiss, mein Herr«, antwortete der Bursche mit dem langen Gesicht, der sich am Anfang den beiden genähert hatte. »Es ist, wie Ihr sagt, überaus vortrefflich. Eure Weisheit ist wie immer ohne Tadel.«

Leo wandte sich wieder seinen Besuchern zu und hob seine Hände. »Fortan sollt Ihr Mitglieder des kaiserlichen Hauses sein«, verkündete er; seine Stimme nahm einen formelleren Tonfall an. »Euch werden Unterkünfte innerhalb des Palastbezirks und eine Besoldung gegeben, die Ihr nach Eurem eigenen Ermessen ausgeben dürft. Im Austausch für diese Benefizien werdet Ihr gemäß Euren Fähigkeiten Pflichten übernehmen.«

»Ich muss Euch demütig um Verzeihung bitten, Eure Majestät, aber ich beherrsche das Lateinische nur rudimentär«, sagte Haven. »Soll ich das so verstehen, dass wir hierbleiben werden?«

»Euer Verständnis wird nur von Eurer Schönheit übertroffen, Madame«, erwiderte Leo. »Wie werdet Ihr genannt?«

»Ich werde Haven genannt«, antwortete sie.

»Welche Vollkommenheit!«, rief Leo glücklich; dann wandte er sich Giles zu und fragte: »Und Ihr, mein vortrefflicher Freund? Wie lautet Euer Name?«

»Ich bin Giles, mein Herr.«

Der Klang seines Namens rief eine sofortige Reaktion bei dem Kaiser und seinen Begleitern hervor, die anfingen, untereinander zu diskutieren.

»Was sagen sie über mich?«, flüsterte Giles zu Haven, die verblüfft war und nur ihren Kopf schütteln konnte.

Es wurde jedoch rasch ein Ergebnis erreicht, und Leo drehte sich abermals um und sprach Giles an. »In diesem Haus und in meiner Gegenwart werdet Ihr Gaius genannt«, erklärte er. »Kennt Ihr diesen Namen?«

Giles wandte sich Haven zu, damit sie ihm übersetzte. »Ich glaube, ›Giles‹ war für sie zu schwer zu verstehen oder auszusprechen«, erläuterte sie.

»Ein Esel schimpft den anderen Langohr«, schnaubte Giles.

»Er sagt, Ihr solltet stattdessen Gaius genannt werden.«

»Gaius?«, fragte er verwundert und wandte sich dem Kaiser zu.

»Es ist ein edler Name«, erwiderte Leo. »Ein Name von solcher Würde, dass Kaiser mit ihm benannt werden. Und viele von ihnen haben ihn mit Stolz getragen. Fortan ist es Euer Name.«

Obwohl er nicht viel von dem verstand, was gerade zu ihm gesagt worden war, hütete sich Giles, zu streiten. »Ich danke Euch, mein Herr«, antwortete er einfach. »Ich stehe in Eurer Schuld.«

Leo jedoch klatschte erneut in die Hände, diesmal zum Zeichen dafür, dass die Audienz beendet war. »Ihr werdet zu Eurer Wohnung gebracht, und morgen wird man Eure Fähigkeiten beurteilen, die Ihr besitzt, um Eure Einordnung und Aufgabenzuteilung innerhalb des kaiserlichen Haushalts vornehmen zu können.« Zufrieden über seine Entscheidung, lächelte er und ging dann zurück. »Ich wünsche Euch eine angenehme Nacht.«

Haven öffnete den Mund, um zu sprechen, unterließ es dann aber, da der Höfling mit den traurigen Augen sie anblickte, die Stirn runzelte und ernst den Kopf schüttelte – offenkundig riet er ihr eindringlich davon ab, noch etwas zu sagen. Der Kaiser und seine Begleiter verließen so rasch den Raum, wie sie ihn betreten hatten, und ließen Haven und Giles allein zurück, um über die merkwürdige Wendung nachzudenken, die ihnen das Schicksal plötzlich beschert hatte.

»Nun«, meinte Haven, »das war höchst unerwartet.«

»Man hat uns in die kaiserliche Hausgemeinschaft gebracht – und wir sollen hier leben? Im Palast?«, fragte Giles nach.

»Es scheint wohl so zu sein.«

»Was ist mit dem Khan? Hat er nicht irgendetwas dazu zu sagen?«

»Oh, Giles«, seufzte Haven. »Ich glaube, wir sind ein Teil der Friedensregelung geworden – ein Geschenk, um den Vertrag zu feiern. Auf jeden Fall etwas in dieser Art. Der Khan hat uns dem Kaiser überantwortet, damit er mit uns tun kann, wie es ihm beliebt.« Die Realität ihrer Lage brach nun mit voller Wucht über sie herein. Ihre Unterlippe zitterte, und ihre Augen füllten sich mit unvergossenen Tränen. »Ich fange an zu fürchten, dass wir unser Zuhause niemals wiedersehen werden.«

Giles streckte die Hände aus, legte seine Arme um Haven und hielt sie fest und eng an sich gedrückt – ein natürlicher Impuls und eine Handlung, die noch wenige Monate zuvor undenkbar gewesen wäre. Haven ließ es aus freien Stücken zu; sie nahm den Trost an, den seine Kraft und Wärme ihr boten. Sie legte ihren Kopf gegen seine Brust. »Was werden wir tun?«

Einen Augenblick lang dachte Giles darüber nach, bevor er antwortete: »Ich nehme an, es hätte schlimmer kommen können. Seine kaiserliche Majestät hätte auch entscheiden können, wir würden gute Farmarbeiter oder Küchensklaven abgeben.« Er hielt kurz inne, bevor er fortfuhr: »Obwohl ich mir Euch ohne Weiteres auf einem Feld vorstellen kann – mit einem Spaten in der Hand und einem Korb voller Rüben auf Eurem Kopf.«

Haven versteifte sich und schob ihn von sich weg; plötzlich war sie trotzig und hielt ihn auf Armlänge entfernt, um ihm in die Augen zu schauen. »Glaubt Ihr, dies ist ein Grund zum Scherzen?«

»*Da* ist die Haven, die ich kenne.« Er lächelte.

»Ihr werdet mir vergeben, wenn ich Euren Sinn für niederen Humor nicht teile«, grollte sie, obgleich sie sich immer noch an ihn klammerte.

»Vielleicht nicht«, erwiderte er und zog sie wieder an sich. »Aber bedenkt, dass wir nun Mitglieder des kaiserlichen Gefolges sind und im Palast leben werden. Das ist besser, als den ganzen Tag auf die Rückseite eines Pferdes zu schauen und in einem übel riechenden Zelt zu schlafen.«

Haven war eine Zeit lang still, dann sagte sie: »Ich kann mir Euch gut vorstellen, *Gaius* – im Küchenbau, mit rotem Gesicht und bis zu Euren Ellbogen in Gänsefett und Gänsefedern.«

»Oder in einem Schweinestall knietief im Mist zu stehen.«

Sie lachte leise und betupfte ihre Augen. »Wir würden ein hübsches Paar abgeben, nicht wahr?«

Genau in diesem Moment öffnete sich die Tür, und sie wurden von einem Diener herbeigerufen. Er führte sie durch ein Labyrinth von Gängen zu einem Palastflügel, wo hochrangige Diener, niedere Hofbeamte und Gefolge wohnten. Der Diener blieb vor einer Tür am Ende eines langen, schmalen Durchgangs stehen. »Alles ist für Euch eingerichtet worden«, sagte er und drückte die Tür auf.

Er führte sie in eine Zimmerflucht, die aus zwei kleineren Kammern und – genau zwischen den beiden – einer größeren bestand. In einem der kleineren Räume befand sich ein Bett, in dem größeren standen ein einfacher Tisch, ein paar Stühle und drei niedrige Sofas. Es gab ein kleines Fenster mit einem Holzgitter davor, das geöffnet werden konnte und einen Ausblick auf einen der vielen ummauerten Gärten des Palastes bot. Eine Innentür führte hinaus zu dem Garten, sodass sie kommen und gehen konnten, wie es ihnen gefiel.

Der Diener machte einen nachlässigen Rundgang durch die Räume, um zu überprüfen, dass alles so war, wie es sein sollte; und bevor er sich zurückzog, sagte er noch: »Hier werdet Ihr leben. Was auch immer Euch fehlen mag, wird der Unterkämmerer Euch verschaffen.«

Ohne eine weitere Erklärung schloss der Bursche die Tür vor ihnen und überließ sie sich selbst. Haven blickte sich rasch in der Wohnung um. Die Räume waren groß genug und recht angenehm auf eine sparsame, ordentliche Weise; und die Bettkammer schien geräumig und mit Kissen sowie einer gepolsterten Pritsche gut ausgestattet zu sein. »Ich glaube«, sagte sie und biss sich auf ihre Unterlippe, »sie denken, wir seien verheiratet.«

»Das könnte eventuell durchaus nützlich sein«, schlug Giles vor.

»Nützlich sein?« Sie straffte sich und legte den Kopf in den Nacken. »Ihr vergesst Euch vollkommen, Mr Standfast. Das ist nicht akzeptabel!«

»Streitet es nicht jetzt schon ab«, entgegnete Giles schnell. »Denkt ein bisschen darüber nach. Wenn wir tatsächlich verheiratet wären, könnte es so lange, wie wir hier sind, bestimmte Dinge einfacher machen – für uns beide.«

»Oder bestimmte Dinge komplizierter machen«, erwiderte Haven. Sie legte die Stirn in Falten und schüttelte ihren Kopf. »Nein, das steht nicht zur Debatte«, entschied sie mit fester Stimme. »Ich will nichts davon hören.«

»Mylady, ich –«

Sie hob ihre Hand, um jede weitere Diskussion über dieses Thema zu unterbinden. »Wir werden nicht noch einmal davon sprechen.«

ACHTZEHNTES KAPITEL

Worin ein Versehen korrigiert wird

Es war diese scheußliche Zeit des Tages: Das Mittagsmahl war nur noch eine undeutliche Erinnerung und das Abendessen noch eine weit entfernte Verheißung. Aber dennoch: Während Kaiser Rudolf, König von Böhmen und Ungarn, Erzherzog von Österreich und Herrscher des Heiligen Römischen Reichs, bemüht war, sich auf den schwer verständlichen Astrologietext vor ihm zu konzentrieren, ertappte er seine Gedanken dabei, wie sie sich dem zuneigten, was seine Küche möglicherweise für seine abendliche Mahlzeit hervorbringen würde. Er war an dem Punkt angelangt, seinen Kammerherrn herbeizurufen, damit der den Obersten Koch und Meister der kaiserlichen Küche kommen ließ, um diese Angelegenheit zu besprechen, als es an der Bibliothekstür klopfte und der Meister der kaiserlichen Audienzen leise in das private, mit Büchern ausgekleidete Allerheiligste des Kaisers hereintrat.

»Vergebt mein Eindringen, Eure Majestät«, sagte der Amtsträger, »aber Herr Stiglmaier ersucht um eine Audienz bei Euch. Was ist Euer Wunsch?«

»Unser Wunsch ist es, allein und in Frieden gelassen zu werden, um zwei Minuten hintereinander ohne Unterbrechung zu lesen«, meckerte der Kaiser. Er hob seinen Kopf von dem schwer verständlichen, aber reich verzierten Text vor ihm und fixierte den Höfling mit einem missmutigen starren Blick. »Das ist Unser Wunsch.«

»Selbstverständlich, Eure Majestät. Ich werde ihn wegschicken.«

»Tut das . . . und seht zu, dass wir nicht erneut gestört werden.«
Der Kaiser leckte seinen Finger ab und drehte eine weitere Seite
um, dann hielt er inne. »Sagtet Ihr Stiglmaier? Engelbert Stiglmaier, der Bäcker?«

»Genau dieser Mann, Eure Majestät«, bestätigte der Meister der
Audienzen.

Der Kaiser drehte sich in seinem Sessel herum. »Warum habt
Ihr Uns das nicht gleich von Anfang an gesagt, Ihr Einfaltspinsel?
Warum müssen Wir immer selbst diese Dinge erraten?«

»Ich bitte Euch demütig um Verzeihung, Eure Majestät. Ich
nahm an, der Mann wäre Euch bekannt.«

»Haltet Ihr Uns für schwachsinnig? Natürlich ist Uns der Mann
bekannt! Mit Sicherheit ist er Uns bekannt! Lasst ihn nicht warten. Schickt ihn sofort herbei!«

»Hierher, Eure Majestät?«

»Wohin sonst?«

»In eines der kaiserlichen Audienzzimmer vielleicht?«

»Nein. Hierhin – in die Bibliothek. Wir wollen ihn sofort sehen, und Wir haben kein Interesse, deswegen durch den halben
Palast zu jagen. Bringt ihn her, und macht schnell.«

Der Meister der Audienzen zog sich zurück und ließ den Kaiser
für wenigstens zehn Minuten in glückseliger Einsamkeit zurück.
Nach dieser Zeitspanne kehrte er zurück, mit dem Gast des Kaisers
im Schlepptau. Er betrat die Bibliothek mit einem Klopfen und
warf dabei die Tür auf; dann verkündete er: »Engelbert Stiglmaier
vom *Großen Kaiserlichen Kaffeehaus.*«

Rudolf erhob sich und wandte sich seinem Gast zu, um ihn zu
begrüßen. Er war erfreut zu sehen, dass der Besucher eine kleine
Schachtel trug, die in ein kariertes Tuch gewickelt und mit einem
Satinband verschnürt war. Rudolf wusste, dass in solchen Schach-
teln gute Sachen kamen. »Willkommen! Willkommen, Herr
Stiglmaier«, sagt er und trat vor. »Wir sind von Herzen froh, Euch
zu sehen. Kommt herbei. Die Geschäfte gehen gut, hoffen Wir?
Eure Gesundheit ist stabil geblieben?«

Engelbert verbeugte sich tief und grüßte Seine Kaiserliche

Majestät mit Anstand, dann antwortete er: »Es geht mir gut, und die Geschäfte könnten nicht besser sein. Ich bin wahrlich gesegnet, Eure Majestät.«

»Glänzend!« Der Kaiser nahm seinen Sitzplatz wieder ein. »Ihr seid zu einem höchst günstigen Zeitpunkt anwesend, Bäcker Stiglmaier. Ausgerechnet genau in diesem Moment erinnerten Wir Uns mit großer Vorliebe an Eure unschätzbaren Backwaren – insbesondere an Euren außergewöhnlichen Strudel! Ach, der Strudel.«

»Eure Majestät sind sehr freundlich«, sagte Engelbert schlicht. »Vielleicht werdet Ihr ja mit Wohlwollen auf mein bescheidenes Geschenk schauen.« Er hob das farbenfroh eingewickelte Paket und streckte es Rudolf entgegen. »Für Euch, Eure Majestät.«

»Oh! Was haben wir denn hier?« Rudolf erleichterte den Träger des Pakets von seiner »Last«, legte es vor sich auf den Bibliothekstisch und packte es unverzüglich aus. »Wunderbar!«, rief er aus, als er den Deckel abhob und ins Innere spähte.

»Ich habe dies speziell für Euch gemacht«, betonte Engelbert. »Es ist ein neues Rezept, Majestät. Pflaume mit Rosine.« Mit gesenkter Stimme fügte er hinzu: »Die Pflaumen sind in Rum getränkt.« Er verbeugte sich erneut. »Mit meinen besten Wünschen, Eure Majestät. Ich hoffe, Ihr findet Gefallen daran.«

»Wir müssen es sofort probieren!«, rief der Kaiser. Er wandte sich zur Tür und rief nach einem der diensthabenden Pagen. »Teller! Löffel! Ein Messer!«, brüllte er den Jugendlichen an, der im Eingang erschien. »Bring sofort diese Utensilien. Beeil dich jetzt! Es gibt Strudel zu essen!«

Der Page sauste fort, und der Kaiser starrte auf die perfekt geformte Köstlichkeit mit der goldenen Kruste, die leicht bestreut war mit jener süßesten Zutat der Backkunst – Puderzucker. »Ein Meisterstück, Bäcker Stiglmaier«, verkündete der Kaiser, hob es aus der Schachtel und setzte es feierlich auf dem Tisch ab.

»Meine Kunden sind sehr großzügig mit ihrem Lob gewesen, Eure Majestät. Ich glaube, dass dies ein Feststrudel werden sollte – für Weihnachten vielleicht oder für Ostern.«

»Sicherlich ein würdiger Gedanke«, stimmte Rudolf zu. »Dennoch – angesichts dessen, dass es schon eine große Anzahl von Delikatessen gibt, mit denen dieser geheiligten Feste gedacht wird, könnte vielleicht ein anderer Feiertag gewählt werden, oder?«

»Natürlich, Eure Majestät. Ich hatte das nicht bedacht. Vielleicht möchten Eure Majestät eine besondere Feierlichkeit vorschlagen?«

Das breite Gesicht des Kaisers nahm einen gelehrten Ausdruck an, und nach einem Moment des Nachdenkens antwortete er: »Jetzt, wo Wir dazu kommen, die Angelegenheit näher zu untersuchen, scheint es Uns, dass der Namenstag des Kaisers ganz und gar fehlt bei den festlichen Backwaren. Dies ist Uns immer als ein beklagenswertes Versehen erschienen.«

»Eure Majestät, es würde eine sehr große Ehre sein, wenn mein Strudel als würdig erachtet werden könnte, diesen Mangel zu beheben.« Engelbert verbeugte sich leicht in Anerkennung dieser Auszeichnung und schlug vor: »Doch bevor Eure Majestät solch ein Urteil fällt, möchtet Ihr vielleicht dieses Gebäck kosten, um sicher zu sein, dass es akzeptabel ist.«

»Ein ausgezeichneter Vorschlag!«, rief Rudolf. »Wir werden es kosten. Das werden Wir!« Er drehte den Kopf und starrte ernst auf die Tür. »Sobald ebendieser verdammte Page mit dem Essbesteck zurückkehrt, werden Wir es auf alle Fälle kosten.«

Bald kehrte der Page mit einem Küchenjungen zurück; sie trugen Teller, Messer und Löffel für den Kaiser und seinen Gast herbei. Engelbert schnitt das köstliche, aus papierdünnem Blätterteig hergestellte, goldene Gebäck in Scheiben und servierte Rudolf ein dickes Stück. Am Bibliothekstisch sitzend – den Löffel bereit, den Teller vor sich –, biss der Kaiser des Heiligen Römischen Reiches prüfend und forschend in den Strudel hinein. Er rollte die blaurote Süßigkeit in seinem Mund herum und seufzte dann. »Aah, es ist göttlich!« Er nahm einen weiteren Bissen und verkündete: »Bäcker Stiglmaier, dies ist zweifellos der beste Strudel, der je im kaiserlichen Mund angekommen ist. Ich muss Euch gratulieren. Von nun an sollt Ihr Meisterbäcker genannt werden.«

»Ihr gewährt Eurem Diener eine sehr große Ehre, Eure Majestät.«

Rudolf biss wieder in den Festpflaumenstrudel und seufzte erneut, diesmal klang es ein wenig sehnsüchtig. Engelbert fragte: »Ist etwas nicht in Ordnung, Eure Majestät?«

»Wenn es irgendetwas gäbe, das meine Freude vollkommen machen könnte, dann wäre es der allerkleinste Schluck von Eurem wunderbaren Kaffee.«

Engelbert neigte seinen Kopf und erwiderte: »Vergebt mir, Eure Majestät, aber es ist nicht notwendig, sich so etwas zu wünschen, wenn es an Euch liegt, so etwas zu befehlen. Wenn Ihr mir gestattet, Eure Majestät . . .« Er ging zur Tür und trat in den Gang. Einen Augenblick später kehrte er mit einem jungen Burschen zurück, der ein Tablett trug, das von einem schweren Tuch bedeckt war. Er stellte das Tablett auf dem Tisch ab, entfernte das Tuch und enthüllte so zwei Porzellantassen, ein Kännchen mit Sahne und eine Blechdose, die einen kupfernen Krug enthielt, der von glühenden Kohlen eingerahmt war. Auf Engelberts Nicken hin nahm der Bursche das Tuch, wickelte einen Teil davon um den Griff des Kruges und goss Kaffee in eine Tasse. Nachdem er noch ein klein wenig Sahne hinzugefügt hatte, stellte er die Tasse vor dem Kaiser ab.

»Was für eine Weitsicht, was für eine Zuvorkommenheit«, pries der Kaiser. »Wir würden Uns wünschen, dass all unsere Untertanen solch eine Geistesgegenwart besäßen.« Er nahm ein weiteres großes Stück Strudel sowie einen großen Schluck Kaffee und verkündete, dass er hochzufrieden mit seinem neuen Namenstagzuckerwerk war. »Meisterbäcker Stiglmaier, Ihr habt Euch die Dankbarkeit Eurer kaiserlichen Majestät verdient«, sagte er. »Wenn es etwas gibt, das Wir für Euch tun können, dann sprecht es aus, und Wir werden es befehlen.«

Engelbert verbeugte sich tief zum Zeichen dafür, dass er das Lob seines Monarchen in Empfang nahm. Dann richtete er sich auf und sagte: »Es gibt eine Sache, die mir nicht aus dem Kopf geht. Und sie bekümmert mich sehr.«

»Ihr braucht es nur auszusprechen«, antwortete Rudolf, während er ein weiteres Stück Strudel kaute. »Und wenn es in Unserer Macht liegt, dann wird Euch diese Sache nicht länger bekümmern. Was ist es? Wünscht Ihr für Eure Bäckerei eine kaiserliche Urkunde für Hoflieferanten? Die Erhebung in den Adelsstand? Fragt, und es wird Euch gewährt.«

»Ich begehre nichts für mich, Eure Majestät, sondern für einen anderen. Es gibt einen Mann, der wegen eines Verbrechens, das er gegen mich begangen hat, im Gefängnis schmachtet. Ich habe ihm vollständig vergeben und bitte um seine Begnadigung und Freilassung.«

»Wir loben Euch für Eure Demut und für Euer Mitgefühl, Herr Stiglmaier.« Der Kaiser nickte nachdenklich. »Wie heißt dieser Unglückselige?«

»Es handelt sich um einen Edelmann namens Burleigh, Majestät. Ich kenne ihn nur als Lord Burleigh.«

»Burleigh?« Der Kaiser des Heiligen Römischen Reiches legte die Stirn in Falten. »Burleigh? Sprecht zu mir nicht über diesen Schurken.«

»Ich bitte um Eure Nachsicht, Majestät, aber Ihr habt mich aufgefordert, mein Gesuch vorzubringen.«

Das Stirnrunzeln des Kaisers vertiefte sich. »Der Mann ist ein gemeiner Verbrecher«, erklärte er. »Zusätzlich zu den Verbrechen gegen diesen Hof hat er widerliche schwere Straftaten gegen Euch, mein Guter, begangen. Ich erinnere mich jetzt ganz deutlich daran. Vielleicht wünscht Ihr, eine passendere Bestrafung zu fordern? Die Peitsche – oder sogar das Seil? Erhängen wäre wahrlich nicht zu gut für ihn. Ist es das, was Ihr wünscht, Bäcker Stiglmaier?«

»Oh, nein, Eure Majestät! Im Gegenteil. Ich wünsche ihn freigelassen zu sehen. Er ist diese vielen Monate im Gefängnis gewesen. Es ist an der Zeit, ihn zu begnadigen und ihn freizugeben, denke ich.«

Der Kaiser starrte einen langen Moment auf seinen Bittsteller und bedachte die Folgen seiner Entscheidung. »Es hätte Uns besser gefallen, wenn Ihr um alles andere als das gebeten hättet«, befand er. »Der Earl ist ruchlos. Nicht nur, dass er die wichtige Arbeit dieses Hofes in hohem Maße behindert hat, er hat auch das kaiserliche Vertrauen missbraucht und mit der Gunst des Kaisers höchstselbst Schindluder getrieben. Die Gerechtigkeit wird nicht verspottet werden. Daher bedauern Wir, dass Wir Euch nicht die Hilfe gewähren können, um die Ihr bittet.« Mitfühlend betrachtete er Engelbert. »Wir hoffen, Ihr versteht dies. Gibt es eine andere Gefälligkeit, um die Ihr gerne bitten würdet?«

Engelbert dachte einen Augenblick lang nach, dann erwiderte er: »Ich bitte Euch um Verzeihung, Eure Majestät, doch wenn Lord Burleigh nicht begnadigt werden kann, darf er dann zumindest vor Gericht gestellt werden? Könnte der Richter vielleicht angewiesen werden, sich den Fall ohne weitere Verzögerung anzuhören? Das an sich würde schon ein Akt der Gnade sein.«

Rudolf, König und Kaiser, wog die Folgen und Verwicklungen dieses Ersuchens ab und antwortete: »Euer Vorschlag ist begründet, Meister Stiglmaier. Außerdem sind Wir begeistert von Eurem Mitempfinden – so fehlgeleitet es auch sein mag.« Er klopfte mit seinen Fingern auf den Tisch und betrachtete den köstlichen Pflaumenstrudel, anschließend traf er seinen Entschluss. Er rief nach seinem Minister für Inländische Angelegenheiten, und während er wartete, aß er den restlichen Festtagsstrudel, trank seinen Kaffee aus und wurde dazu überredet, sich ein zweites Stück von der prächtigen Pflaumensüßspeise zu gönnen.

Rudolf wischte sich gerade die letzten Krümel von seinen Lippen, als ein Pochen an der Tür erklang, und dann schlüpfte der Minister leise in das Zimmer herein. »Da seid Ihr ja, Knoblauch. Wo habt Ihr Euch versteckt gehalten?«

»Euer Diener wartet auf die Wonne Seiner Majestät.« Er verbeugte sich salbungsvoll und tief.

»Da ist ein Bursche im Gefängnis, der auf eine Gerichtsverhandlung wartet«, begann der Kaiser. »Wir wurden davon überzeugt, die Erlaubnis zu erteilen, dass der Fall gegen ihn ohne weitere Verzögerung fortgeführt wird. Kümmert Euch darum.«

»Euer Befehl wird durch die entsprechenden Kanäle vorangetrieben werden«, versicherte der Minister. »Bitte, Eure Majestät, wie ist dieser Mann zu identifizieren?«

»Oh, Ihr kennt den Mann, den Wir meinen«, antwortete Rudolf gereizt. »Es ist dieser Earl – dieser Bursche Burleigh. Der Kerl, der die Energien unseres Hofes untergraben und Unser Vertrauen und Unsere Freundschaft missbraucht hat.«

»Ich entsinne mich des Falles, Eure Majestät. Richter Redlich wird unverzüglich informiert werden.«

»Nun denn«, sagte der Kaiser, als der Minister weggegangen war. »Der Fall wird vor Gericht aufgerufen, und Wir sind zufrieden, dass die Gerechtigkeit die Oberhand erlangt.« Er wandte den kaiserlichen Blick dem Teller mit dem Gebäck zu. »Doch es gibt immer noch ein Versehen, das danach schreit, korrigiert zu werden.«

»Um welches handelt es sich, Eure Majestät?«, fragte Engelbert.

»Nichts Geringeres als die traurige Vernachlässigung Eures wundervollen Strudels! Seht her, es muss umgehend Abhilfe geschaffen werden.«

»Erlaubt mir, Euch ein weiteres Stück zu servieren, Eure Majestät«, bot Engelbert an. »Und ich glaube, es ist noch ein wenig mehr Kaffee in dem Krug.«

NEUNZEHNTES KAPITEL

Worin die Genesis zitiert wird

*D*ie Sprünge wurden härter. Daran gab es keinerlei Zweifel. Nach Wilhelminas Einschätzung waren die Überquerungen von einer Dimension zur anderen nicht nur unberechenbarer geworden, sondern auch unbequemer – und das mit einem deutlichen Unterschied. Obwohl sie sich vor langer Zeit gegen die Übelkeit und die Desorientierung abgehärtet hatte, erlebte sie jetzt beides wieder, und das überraschend heftig. Und jeder Sprung belastete einen stärker. Sie hatte Mitleid mit Dr. Young. Wunder jenseits der Vorstellungskraft hatte sie ihm versprochen; doch alles, was er bislang erfahren hatte, waren Erbrechen, Benommenheit und migräneartige Kopfschmerzen: Und das war eine Schande, denn ansonsten wäre der Ägyptologe wahrhaft der perfekte Kandidat für das Studium und die Ausübung des Ley-Reisens gewesen. Gesegnet mit einer robusten Konstitution und einer unerschöpflichen Begeisterung für die Wissenschaft sowie einem enzyklopädischen Wissen über Kulturen und Sprachen der Antike und Moderne, war Thomas Young ein gestandener Forscher – Eigenschaften, die er, wie sich herausstellte, sehr stark benötigte, denn die Reise, die in dem ägyptischen Wadi mit dem Grabmal ihren Anfang nahm, war alles andere als angenehm.

Ihr erster Sprung endete beinahe in einer Katastrophe, als der verbindende Ley sie nicht in die Hügel außerhalb von Prag führte, sondern genau zwischen einen fliehenden Hirsch und berittene Jäger mit einem Rudel Hunde, die alle ganz auf die Verfolgung ihrer Beute konzentriert waren. Glücklicherweise – und dank einiger rascher Überlegungen von Wilhelmina – waren sie in der Lage, seitlich in das Unterholz zu hasten, und vermieden somit, von den Pferden niedergetrampelt zu werden. Zwei weitere Sprünge folgten, bevor sie imstande waren, Prag und den Fluss-Ley zu erreichen.

Sobald ihr Sehvermögen wieder normal war, hob sie ihren Kopf und schaute sich um. Sie schien auf dem Pfad gelandet zu sein, der hinunter in die Schlucht führte, die sie als Großes Tal kannte. Zu guter Letzt war sie also am richtigen Ort – aber war es auch die richtige Zeit?

Doch was war aus Dr. Young geworden?

Während des Sprungs hatte sie, im buchstäblichen Sinne des Wortes, seine Hand gehalten, aber bei der Landung waren sie voneinander getrennt worden. Sie hörte ein würgendes Geräusch und drehte sich um – und entdeckte ihn auf dem Pfad hinter ihr. Er befand sich auf allen vieren und musste trocken würgen. Sie eilte zu ihm und legte ihre Hand auf seinen Rücken. »Dr. Young, sind Sie in Ordnung?«

Er hob seinen Kopf; die Stahlrandbrille war auf seinem Gesicht verrutscht. »Ich wage zu sagen, dass ich überleben werde.« Er rückte seine Brille zurecht und tupfte sich den Mund mit einem zusammengefalteten Taschentuch ab.

»Es tut mir so leid.« Sie streckte eine Hand aus, um ihm auf die Füße zu helfen. »Das war der bislang schlimmste Sprung.«

Thomas nickte, zeigte jedoch mit einem Winken an, dass er die dargebotene Hand nicht annahm. Für den Augenblick zog er es vor, auf dem Boden zu bleiben. Da er noch immer in seiner Montur für Ausgrabungen in der Wüste gekleidet war – leichter Mantel und leichte Hose aus ungebleichtem Leinen sowie Schlapphut –, sah er wie ein Dschungelforscher aus, der von seinem Glück verlassen war. Zum ersten Mal begann Mina daran zu zweifeln, ob es weise gewesen war, dem freundlichen Doktor das Trauma des Ley-Reisens zuzufügen.

»Hey!«, rief eine Stimme unten vom Pfad.

Mina drehte sich um und sah, wie Kit und Cass aus dem frühmorgendlichen Nebel herausspazierten, um sich mit ihnen zu treffen.

»Wir waren gerade im Begriff, dich aufzugeben. Was hat dich so lange aufgehalten?«

»Frag nicht«, erwiderte Mina düster; sie sprach in einem Tonfall, der ihm zu verstehen gab, dass man sie lieber nicht verärgern sollte.

»Nun, ich bin jedenfalls froh, dass ihr hergekommen seid.« Kit gab ihr schnell einen flüchtigen Kuss auf die Wange und wandte sich dann dem Fremden zu. »Du hast jemanden mitgebracht?« Er schaute ein weiteres Mal und erkannte den Neuankömmling wieder. »Dr. Young?«

Er eilte dorthin, wo der Doktor auf dem Pfad kniete. »Ich bin's, Kit Livingstone. Schön, Sie wiederzusehen. Wir wussten nicht, dass Sie kommen würden.« Kit bückte sich und half ihm auf die Füße. »Es hat den Anschein, dass Sie eine harte Zeit durchgemacht haben.«

Thomas, der leicht schwankte, antwortete: »Ich überquerte einst die Nordsee während eines Sturms der Windstärke acht, und das war nichts im Vergleich zu dem hier.« Er wischte sich die Hände an seinem Mantel ab und schüttelte danach Kit die Hand. »Aber Ende gut, alles gut.«

»Hier – es gibt jemanden, den Sie kennenlernen sollten«, sagte Kit, dann drehte er sich um und stellte ihm Cass vor. Während sie sich unterhielten, zog Kit Wilhelmina zur Seite. »Warum hast du ihn hierher gebracht?«

»Fang nicht damit an, okay?«, warnte sie ihn. »Ich hatte eine höllische Zeit, um überhaupt herzukommen. Die Kurzversion lautet: Ich bin in Ägypten stecken geblieben und hab mir gedacht, dass wir vielleicht ein wenig Hilfe gebrauchen könnten.«

»Ich sag ja nicht, dass es falsch ist; aber –«

»Lass es gut sein«, fiel Mina ihm ins Wort. »Ich bin nicht in der Stimmung. Ist diese Dimension hier stabil?«

»Bis jetzt.« Er blickte zu Thomas, der sich besser zu fühlen schien. »Wollen wir zum Baum gehen?«

»Unser einziges Ausflugsziel«, antwortete sie. »Geh du voran.«

Sie stiegen den steilen Pfad zum Rand des Canyons hoch und wanderten anschließend über die grasbewachsene Ebene zu den niedrigen, bewaldeten Hügeln. Dort legten sie eine Pause ein, um etwas Wasser zu trinken, bevor sie den Wald betraten. Nach einer Weile führte Kit sie in ein Gehölz aus kleinen Buchen hinein. »Beinahe da!«, rief er nach hinten. Sie zwängten sich durch ein dichtes Gewirr aus Zweigen und Ästen und betraten dann die ringförmige Lichtung des großen Eibenbaums.

Von den Wurzeln, die an Elefantenbeine erinnerten, bis hin zur in die Höhe schießenden Spitze überragte und dominierte die mächtige Eibe die anderen Bäume rundherum. Der Stamm bildete, wie bei einem Wachturm, eine solide Mauer unterhalb eines dicken Geästs, das von einer struppigen Rinde bedeckt und mit Zweigen bestückt war, die dünne, nadelgleiche Blätter trugen. Hier und da leuchteten rote Beeren zwischen dem satt smaragdfarbenen Blattwerk. Die weit ausladenden Äste hatten rund um die Eibe einen unfruchtbaren Kreis entstehen lassen – eine Todeszone, die mit abgefallenen rostfarbenen Nadeln bedeckt war und sicherstellte, dass der einzigartige Baum so stolz dort stand wie eine Kathedrale hoch oben auf einem Hügel.

»Unglaublich«, hauchte Thomas bei seinem ersten Blick auf den Eibenbaum. »Er muss tausend Jahre alt sein.«

»Mindestens«, bekräftigte Kit. Er starrte hoch zu den ineinander verflochtenen Zweigen. »Es existiert irgendeine mächtige Energie an diesem Ort. Am besten, man berührt nichts. Wir haben einen äußerst heftigen Stoß bekommen, nur weil wir hier zu lange gesessen haben.«

»Stelle ich mir das bloß vor«, fragte sich Mina, »oder ist dieser Baum jetzt sogar noch größer als das letzte Mal, als ich ihn gesehen habe?«

»Du ebenfalls? Genau das habe ich auch schon gesagt«, erklärte Kit. »Horcht einmal.«

Wilhelmina und Thomas neigten ihre Köpfe zur Seite und lauschten. Eine dichte, dämpfende Ruhe lag über der Lichtung.

»Hört ihr das?«, fragte Kit, seine Stimme klang irgendwie grell in der unnatürlichen Stille.

»Ich höre nichts«, antwortete Mina nach einem Moment.

»Genau. Es ist so, als ob der Baum alles um sich herum absorbiert – selbst Geräusche.«

Thomas, der ein wenig abseits stand, hob eine Hand zum Baum vor ihnen und sprach: »Blicket auf! ›Und Gott, der Herr, ließ aus dem Erdboden allerlei Bäume aufsprießen, lieblich zum Anschauen und gut zur Nahrung, den Lebensbaum aber mitten im Garten und auch den Baum der Erkenntnis von Gut und Böse.‹ Und von den vielen Bäumen in dem Garten waren diese zwei die gerechtesten.«

Seine Brillengläser funkelten, als er sein Gesicht hob, um die oberen Äste der großen Eibe abzusuchen; und er fuhr fort: »›Gott, der Herr, nahm den Menschen und setzte ihn in den Garten Eden, damit er ihn bebaue und erhalte. Gott, der Herr, gebot dem Menschen: ›Von allen Bäumen des Gartens darfst du essen, nur vom Baum der Erkenntnis von Gut und Böse darfst du nicht essen; denn am Tage, da du davon issest, musst du sterben.‹« Thomas blickte empor zu den Ästen, die hoch über ihm aufragten. »Der hier erinnert mich an diesen ersten Baum – diesen ersten, unheilbringenden Baum.«

»Genesis, Kapitel zwei«, stellte Cass fest und fügte hinzu: »›Nur von den Früchten des Baumes in der Mitte des Gartens hat Gott gesagt: ›Esset nicht davon, ja rühret sie nicht an, sonst müsst ihr sterben.‹ Das ist aus der Genesis, Kapitel drei.« Als sie Kits überraschten Gesichtsausdruck sah, zuckte sie mit den Schultern. »Ich habe in der Sonntagsschule aufgepasst.«

»Meine Freunde, wir stehen hier in der Gegenwart eines großen Mysteriums«, verkündete Thomas. »Dies ist eine uralte Geschichte, und wie jener Baum im Garten Eden gehen ihre Wurzeln tief hinein in die rege Fantasie des Geistes. Sie hat eine vielfältige Bedeutung, und obschon weisere Köpfe eine andere Meinung haben mögen, glaube ich, dass mit der Erzählung von Adam und dem Schicksalsbaum beabsichtigt wird, etwas von unseren Ursprüngen mitzuteilen – ja, die Genesis unseres Platzes in der Welt als denkende Geschöpfe, die dazu geeignet sind, mit dem Schöpfer am fortlaufenden Werk der Schöpfung teilzunehmen.«

Thomas blickte durch die überhängenden Zweige der gewaltigen Eibe und fuhr fort: »Sehen Sie hier. Die Geschichte veranschaulicht das zweischneidige Geschenk der sich seiner selbst bewussten Kreatur – das heißt, das Wissen oder Bewusstsein von der Existenz als solcher. Eine der Konsequenzen, ein sich seiner selbst bewusstes, moralisches Geschöpf zu werden, ist, nicht nur ein Bewusstsein von seiner eigenen lebendigen Existenz zu haben, sondern ebenso auch von dem Gegenteil . . .«

»Vom Tod«, schlussfolgerte Kit.

»Der Schicksalsbaum . . .«, sinnierte Cass und nickte zustimmend. »Weil die Frucht des Selbstbewusstseins das Wissen vom Tod brachte.«

In der Stille der Lichtung nahm die bedächtige Stimme von Thomas einen prophetischen Tonfall an. »Der arme alte Adam aß von dem Schicksalsbaum, und das Universum sollte nie mehr so sein wie zuvor.«

Bei diesen Worten wurden die Reisenden still. Die Sonne glitt hinter eine Wolke, wodurch sich plötzlich eine frühe Abenddämmerung auf die Lichtung herabsenkte und ihr die schummrige Beschaulichkeit einer kirchlichen Kultstätte verlieh: Aber die Stille der Lichtung wirkte nun irgendwie nicht so wie die Ruhe einer Kathedrale, sondern mehr wie die Grabesstille der Krypta.

Nach einem Augenblick sagte Wilhelmina: »So, Dr. Young, die Sache ist, dass wir eine Möglichkeit finden müssen, um diesen Baum herumzukommen, wenn wir die Hoffnung nicht begraben wollen, zur Seelenquelle zurückzugelangen.«

»Ich erinnere mich nicht, dass irgendjemand eine Seelenquelle erwähnt hat.« Thomas schaute von Wilhelmina zu Kit und zurück. »Ist es mir etwa immer noch nicht gelungen, den Gegenstand unserer Mission zu erfassen?«

Kit erzählte kurz über das Knochenhaus und wie er das entdeckt hatte, was Arthur Flinders-Petrie den Quell der Seelen genannt hatte. »Der Baum steht an der Stelle, wo das Knochenhaus gewesen ist«, beendete er seine Schilderung. »Ich weiß, wie das Knochenhaus funktioniert, aber ich habe keinerlei Ahnung, wie der Baum funktioniert. Ich nehme an, es gibt einen Grund, weshalb er hier ist, und wenn wir herausfinden könnten, was dieser Grund ist, dann würden wir vielleicht auch einfach einen Weg entdecken, an dem Baum vorbeizukommen.«

Sie diskutierten verschiedene Möglichkeiten, den Eibenbaum zu umgehen, einschließlich Kettensägen und Dynamit, und letztendlich gingen ihnen die Ideen aus.

»Was denken Sie, Dr. Young?« Kit blickte sich um. »Wohin ist er gegangen?«

»Wahrscheinlich macht er einen Rundgang«, mutmaßte Mina. »Ich geh und schau auf der anderen Seite nach.«

Sie ging fort, wobei sie einen großen Bogen um den riesigen Stamm und die sich ausbreitenden Zweige machte, und war rasch außer Sicht. Einen Augenblick später hörten sie sie rufen: »Hab ihn gefunden! Er ist hier drüben.«

Kit öffnete den Mund, um eine Warnung zu rufen, doch bevor er auch nur atmen konnte, hörte er Wilhelmina aufschreien: »Warten Sie! Dr. Young ... nicht!«

Kits Füße setzten sich in Bewegung, bevor der Klang ihrer Worte von der dämpfenden Stille verschluckt wurde. Er duckte sich unter die niedrigeren Äste hindurch, wich dem Stamm des Eibenbaums aus und erblickte Wilhelmina, wie sie sich auf Thomas Young zubewegte, der mit erhobenen Händen und einem seltsamen Lächeln auf seinem Gesicht dastand.

»Man kann die Energie buchstäblich fühlen!«, verkündete er. »Das ist außergewöhnlich!«

»Dr. Young, nehmen Sie Ihre Hände runter!«, rief Kit. Noch während er sprach, spürte er, wie eine Welle von Energie die Luft mit einem Knacken und Knistern erschütterte, wie dem von statischer Elektrizität, die sich über einen Zwischenraum bog. Im selben Moment umhüllte ein schimmerndes blaues Leuchten Thomas und Wilhelmina.

»Mina, pass auf!«, schrie Cass.

Mina wirbelte zu Kit und Cass herum. »Bleibt zurück!«

Thomas – die Faszination der Entdeckung ließ seine Augen leuchten – streckte sich empor und ergriff den nächsten Ast. Ein reißendes Krachen und ein blendender blau-weißer Lichtblitz erleuchtete die gesamte Lichtung. Thomas wurde getroffen und von der Explosion nach hinten geschleudert. Er prallte mehrere Meter vom Baum entfernt gegen die kleineren Bäume, wo er schwelend am Boden liegen blieb. Wilhelmina, die in seiner Nähe gestanden hatte, wurde von der Gewalt der Entladung zur Seite und nach hinten geschleudert. Sie stürzte heftig auf ihre Seite, und ihr Arm blieb, in unnatürlicher Weise gebogen, unter ihrem Körper liegen. Die Luft stank nach Ozon und versengtem Haar.

Kit rannte zu ihr, und Cass eilte dorthin, wo Thomas lag.

»Mina!«, rief Kit. »Mina, bist du in Ordnung?«

Ihre Lider flatterten, das Weiße in ihren Augen war zu sehen, und sie stöhnte.

»Versuch nicht, dich zu bewegen«, sagte er ihr. »Hier ... locker bleiben jetzt ...« Kit rollte sie auf den Rücken und befreite ihren eingeklemmten Arm. Die Bewegung rief einen gequälten, gellenden Schmerzensschrei hervor. »Tut mir leid, tut mir leid, tut mir leid! Lass mich mal einen Blick darauf werfen.«

So sanft wie er konnte, untersuchte er ihre Verletzung. Selbst die leichteste Berührung ließ sie aufkeuchen; und als Kit versuchte, den Arm zu richten, kreischte Mina vor Schmerzen, und Tränen traten ihr in die fest zusammengedrückten Augen. »Sieht nicht gut aus«, sagte Kit. »Der Arm ist wahrscheinlich gebrochen. Wir müssen dir eine Schlinge machen. Bleib einfach ruhig, okay?«

Als die Schmerzwellen nachließen, öffnete Mina ihre Augen und wisperte: »Thomas ... Wo ist Thomas ...?«

Kit wandte den Blick zu Cass, die neben Thomas kniete. »Cass, wie steht es um Dr. Young?«

Cass hob den Kopf. Ihr Gesicht hatte jegliche Farbe verloren, und ihre Hände zitterten heftig. »Kit?«, sagte sie, ihre Stimme klang leise und gedämpft. »Ich glaube, Dr. Young ist tot.«

ZWANZIGSTES KAPITEL

Worin eine kosmische Klippe betrachtet wird

*D*ie zehnte *observation session* am *Jansky-Very-Large-Array*-Radio-
teleskop erbrachte alarmierende Ergebnisse, und das aus zwei
unterschiedlichen Gründen. Ein erster Analysedurchgang der
Daten wies darauf hin, dass die Störung im Sektor B240–22N an
Größe zunahm. In der Region, wo die ursprüngliche Unstimmigkeit zuerst bemerkt worden war, hatte sie sich in der relativ kurzen
Zeit seit dem vorhergehenden Scan schnell ausgebreitet. Die zwei
anderen Observatorien, die Dr. Segler in das Projekt mit einbezo-
gen hatte, bestätigten dieses Resultat, was zu der zweiten alarmierenden Entwicklung führte: Das NASA-Team, das angekommen
war, um die Sache zu untersuchen, verlangte nun die komplette
Kontrolle über das Programm.

»Sie beanspruchen Operation Abenddämmerung für sich«,
brüllte Dvorak. »Die versuchen, uns vollkommen hinauszuekeln.
Die können das doch nicht machen; es ist *unser* Programm!« Er
hämmerte auf den Schreibtisch, um seinen Worten Nachdruck zu
verleihen. »Sie müssen denen sagen, dass die sich das sonst wohin
stecken können!«

»Okay, Leo, beruhigen Sie sich«, erwiderte Segler. »Niemand
beansprucht irgendetwas für sich. Ich hab das Büro des Verwal-
tungsleiters und das *Command Operations Control Center* kontak-
tiert. Wir werden das auseinandersortiert bekommen.« Er betrachtete verwirrt seinen technischen Direktor. »Operation Abenddämmerung? Ist das der Name, den die dafür benutzen?«

»Das würde noch nicht mal auf dem Radar der NASA sein, wenn wir nicht gewesen wären!«, erwiderte Dvorak, der sich weigerte, von seinem Anliegen abgelenkt zu werden. »Die können nicht einfach auf die Weise übernehmen. Die wissen doch gar nicht, wie man mit den Apparaturen richtig umgeht, und sie verlangsamen alle Sachen. Sie müssen die hier rauskriegen. Schicken Sie sie weg.«

Dvorak verließ das Büro; als er hinausging, schlug er laut die Tür zu.

»Ihre Bedenken sind gebührend vermerkt worden«, seufzte Segler und sank abermals in seinen Sessel zurück. »Und nicht die Tür zuschlagen.«

Der Direktor hob die Augen und sah, dass ihn Tony Clarke, der auf der anderen Seite des Raums an einem provisorischen Schreibtisch saß, von seinem Platz aus beobachtete. »Ich fühle mit Ihnen, Sam.«

Segler gab ein freudloses, bellendes Lachen von sich. »Mit wem – mit ihm oder mit mir?«

»Mit Ihnen beiden, genau genommen. Es ist nicht richtig, dass die NASA versucht, die Show zu übernehmen. Ich kann nicht erkennen, dass das für irgendjemanden gut ist. Erstens ist es schlecht für die Stimmung der Truppe, und Sie werden glückliche Mitarbeiter brauchen, um die Operation voranzubringen. Im Verlaufe meiner Karriere bin ich ein paarmal Projektdirektor gewesen. Und Sie können mir glauben, dass ich weiß, wie haarig es werden kann, wenn man versucht, verschiedene gegnerische Fraktionen zu beschwichtigen und dabei das Projekt weiterhin voranzubringen.«

»Das ist im Augenblick die Hauptsache«, sagte Segler, setzte die Ellbogen auf den Tisch und hielt sich mit den Händen den Kopf. »Alles zusammenzuhalten – was wir sowieso nicht mehr allzu lange schaffen können. Mit Daten, die andernorts von unabhängigen Einrichtungen verifiziert und analysiert werden, ist es lediglich eine Frage der Zeit, bis irgendjemand dem CNN etwas verrät. Die ganze Sache könnte jede Minute für uns ins Auge gehen.«

»Sie haben natürlich recht. Wir werden nicht viel länger in der Lage sein, den Deckel draufzuhalten. Es ist eine große Sache, und sie wird rauskommen. Also dürfen wir die Hauptsache nicht aus dem Blick verlieren – herausfinden, was da draußen tatsächlich abläuft.« Tony wies mit einer Handbewegung zum Fenster hinaus, in Richtung des bleichen Wüstenhimmels. »Sie mögen mir vielleicht widersprechen, aber im gegenwärtigen Augenblick ist es das Hauptziel – so wie ich es sehe –, im Spiel zu bleiben. Es sind Informationen, die wir wollen – die besten, die wir bekommen können: Lassen Sie uns das nicht aus den Augen verlieren. Wir sollten uns bemühen, uns in einer Position zu halten, die es uns ermöglicht, Informationen zu sammeln und den Zugang zu ihnen aufrechtzuerhalten – egal, wer den Laden schmeißt.«

Sam Segler nickte und schenkte ihm ein verzweifeltes Lächeln. »Danke für die aufmunternden Worte.« Als er sah, dass Tony zu einem Protest ansetzen wollte, hielt er rasch eine Hand hoch. »Nein, ich meine das ernst. Ich brauche es, dass man mich daran erinnert. Das alles hier dreht sich um Daten. Ich werde mit der NASA eine Vereinbarung treffen, die, wenn sonst nichts, es ermöglicht, dass wir unseren Platz am Tisch behalten werden.«

»Das ist die richtige Einstellung«, sagte Tony. Dann blickte er sich im Raum um, als erinnerte er sich plötzlich an etwas, das er vergessen hatte. »Wohin ist Gianni verschwunden?«

»Ich denke, er wird unten in der Kommandozentrale sein. Möchten Sie, dass ich ihn rufe?«

»Nein, danke«, erwiderte Tony und erhob sich von seinem Stuhl. Er streckte seinen Rücken und Nacken und machte sich auf den Weg zur Tür. »Ich glaube, ich schlendere mal nach unten und sehe nach, wie die Truppe vorankommt. Brauchen Sie mich für irgendwas?«

»Nein, machen Sie nur«, antwortete Segler, der nun etwas von einem kleinen Schreibtischmonitor ablas. »Ich habe gerade eine E-Mail erhalten. Demnach soll ich mich darauf einstellen, in zehn Minuten angerufen zu werden und ein Konferenzgespräch mit dem *Command Operations Control Center* der NASA zu führen.«

»Viel Glück dabei.«

Tony schloss die Tür und begab sich nach unten in die Bude der *Wüstenratten*, wo er Gianni fand, der an einem Arbeitsplatz saß. Der gesamte technische Stab drängte sich um den italienischen Astronomen; alle hatten die Köpfe unten und starrten auf einen Monitor. Tony schlenderte zu der Gruppe hinüber. »Seid gegrüßt, Erdlinge«, sagte er. »Was ist los?«

Einer aus der Gruppe hob seinen Kopf. Es war Jason, der Student, der als wissenschaftliche Hilfskraft arbeitete. »Die University of Texas in Austin hat uns gerade ein upgedatetes Datenblatt geschickt«, antwortete er und nickte zu dem für Tony nicht einsehbaren Bildschirm. Jason zögerte.

»Und...?«, hakte Tony nach.

»Ist eindeutig richtig scheiße.«

»Hmmmm...« Tony nickte. »Vielleicht sollte ich mal einen Blick drauf werfen.«

Jason trat zur Seite und ermöglichte so Tony, seinen Platz in dem Gedränge einzunehmen. Tony beugte sich über Giannis Schulter und sah einen schwarzen LCD-Bildschirm mit einem grünen Raster, das von einer glutroten, gezackten Linie überlagert war, die einen absteigenden Bahnverlauf nahm, der unterhalb des grünen Strichs am unteren Monitorrand endete. Tony nahm die Koordinatenangaben des Schaubilds in sich auf und sagte dann: »Ist es das, was ich denke?«

Einer der Astronomen drehte sein Gesicht zu Tony und nickte. »Die kosmische Klippe, Mann. Genau das ist es.«

Ein Routinescan der Rotverschiebungswerte von Objekten in der Nähe des kosmischen Horizonts hatte eine Störung angezeigt: die ursprüngliche Anomalie, die das gegenwärtige Projekt in Gang gesetzt hatte. Diese Störung war bestätigt worden durch nachfolgende sowie andere Scans, die mitwirkende Einrichtungen von verschiedenen Sektoren durchgeführt hatten. Astrophysiker von der Anlage in Texas hatten die Daten der letzten fünf Scans von drei unterschiedlichen Radioteleskopen in Beziehung zu einer Zeitachse gebracht, um den prognostizierten Gang der Ereignisse aufzuzeigen. Mit anderen Worten: Wenn die Bahnverläufe sich weiterhin so entwickelten wie bisher, würde das Endresultat – wie es das Schaubild wiedergab – wie das Profil einer Hügelseite aussehen, die als leicht gerundeter Abhang begann und dann wie der Grand Canyon nach unten stürzte.

»Was für Zeitkoordinaten haben wir?« Tony wies auf die unterste Linie des Diagramms. »Jahre oder Monate?«

Gianni schüttelte ernst seinen Kopf. »Wochen«, antwortete er, ohne auch nur ein einziges Mal seine Augen vom Monitor abzuwenden. »Wochen nur.«

Einer der Astronomen legte einen Finger auf den Bildschirm – auf die Stelle, wo die rote Linie auf den untersten Strich des Schaubilds traf und dann darunterfiel. »Das ist der Punkt, wo die Expansion aufhört und der Zusammenbruch anfängt.«

»Der Anfang vom Ende«, flüsterte eine der Astronominnen und hob ihren Kopf. Mit feuchten Augen starrte sie voller Entsetzen ihre Kollegen an. »Möge Gott uns allen helfen.«

VIERTER TEIL

Der Punkt, an dem es kein Zurück mehr gibt

EINUNDZWANZIGSTES KAPITEL

Worin ein flaches Grab ausreichen muss

*K*it stand über dem Körper von Thomas Young. Winzige Rauch-
schwaden stiegen vom Kragen und den Ärmelaufschlägen
des Leinenmantels auf, den der Doktor trug; Thomas' linker Fuß
war nackt – die Energiewelle hatte sowohl den Schuh als auch die
Socke weggerissen. Der strenge Geruch von versengtem Stoff,
Haar und Fleisch hing schwer in der Luft.

»Kit?« Cass, die neben dem Körper kniete, wandte ihm ihr
Gesicht zu. »Was werden wir jetzt tun?«

Kit kniete sich neben dem immer noch warmen Körper nieder
und beugte sich nah über ihn. In den Lungen war keine Luft mehr;
der Stahlrahmen von Thomas' Brille hatte sich verdreht, und die
Linsen waren zerbrochen. Er nahm eine von Thomas' Händen und
legte sie ihm behutsam auf die stille Brust; die andere Hand war
fast bis zur Unkenntlichkeit verbrannt.

»Ich habe Angst, Kit«, murmelte Cass. Ihre Stimme zitterte,
und ihre Hände bebten. »Ich habe wirklich Angst.«

Kit legte seinen Arm um ihre Schultern und hielt sie eng an sich
gedrückt, als die ersten Wellen von Schuld ihn überschwemmten.
Ihn überfiel das Gefühl, er hätte das irgendwie verhindern sollen.
Wenn er nur wachsamer gewesen wäre ... vorsichtiger ... Er hätte
wissen sollen, dass so etwas passieren konnte. Er hätte darauf vorbereitet sein müssen. Er hätte ...

»Wir müssen etwas tun«, sagte Cass, deren Stimme plötzlich
schrill, beinahe verzweifelt klang. »Was werden wir jetzt tun?«

»Ich weiß es nicht.« Er nahm seinen Rucksack ab und holte seine lederne Wasserflasche heraus. »Hier, bring das zu Mina. Sorge dafür, dass sie etwas trinkt.« Als Cass sich nicht rührte, drückt er ihr die Flasche in die Hände. »Los, mach schon.«

Kit setzte sich hin, lehnte sich zurück und führte in Gedanken eine Art Schadensaufnahme durch. Wilhelmina hatte sich schlimm verletzt, und Dr. Thomas Young – der universal gebildete Arzt, der Sprachwissenschaftler, Ägyptologe, Menschenfreund, einer der größten Wissenschaftler, die je gelebt hatten, Minas Mentor, sein Freund und »der letzte Mensch in der Welt, der alles weiß« – war tot. Umgebracht durch den Schicksalsbaum. Der Name, den Young persönlich der Eibe verliehen hatte, schien Kit jetzt zu verhöhnen. Während er auf den Leichnam starrte, spürte er, wie sein Magen vor Trauer und Reue in Aufruhr geriet. Sein Mund füllte sich mit Gallenflüssigkeit, doch er schluckte sie wieder hinunter. Er legte den Kopf in die Hände, schloss die Augen und ließ die beißenden Tränen des Kummers und des Bedauerns hinabrinnen. Wie hatte er dies nur geschehen lassen können?

Sogleich fühlte er eine kühle Hand in seinem Nacken. »Es ist nicht deine Schuld«, wisperte Cass.

»Ich hätte ihn nachdrücklicher warnen, ihm das hier begreiflich machen sollen. Ich hätte auf ihn aufpassen sollen.«

»Ja«, pflichtete Cass ihm bei. »Das hätten wir beide tun sollen. Aber Mina braucht uns jetzt.«

Kit rieb sich die Tränen fort und atmete tief ein. Er stand auf. »Wir müssen ein Grab ausheben.«

»Okay«, begann Cass, »aber vielleicht sollten wir zuerst –«

»Jetzt sofort«, beharrte Kit. »Mina benötigt Hilfe, und wir können Dr. Young nicht einfach so zurücklassen.« Er drückte Cass fort. »Kümmere dich um Mina. Schau nach, ob du etwas finden kannst, um eine Schlinge für ihren Arm zu machen ... einen Schal oder so. Ich fang an, ein Grab auszuheben.« Er nahm seinen Rucksack auf und trat zur Leiche von Thomas.

Er angelte das kleine Handbeil aus seinem Tornister; und nachdem er neben dem Leichnam einen großen ovalen Umriss in die weiche Erde gekratzt hatte, fing er an, mit der Axt in die Linie zu hacken. Als er dies ein gutes Stück weit gemacht hatte, schaufelte er den Dreck mit seinen Händen weg, und anschließend hackte er weiter.

Ein paar Minuten später schloss sich Cass ihm an. Sie nahm den Platz neben ihm ein und begann zu graben. »Mina ist ganz schön schwindlig im Kopf, doch sie glaubt, dass sie ohne Hilfe gehen kann. Ich habe ihr reichlich zu trinken gegeben und ihr erzählt, was passiert ist.«

»Wie hat sie es aufgenommen?«

»Was glaubst du wohl?«, blaffte Cass, lenkte dann aber ein. »Tut mir leid. Ich hab das nicht so gemeint. Mina sieht nicht gut aus. Ich glaube, sie hat eine Menge Schmerzen.«

Kit nickte und grub weiter. »Sobald wir das hier beendet haben, machen wir uns auf den Weg zum Tal-Ley. Wir können uns dort ausruhen, bis der Ley aktiv wird.«

Anschließend arbeiteten sie zusammen, ohne zu sprechen, und schafften es, ein flaches Grab auszuheben. Als sie entschieden, dass es ausreichend war, rollten sie Thomas' Leichnam behutsam hinein. Kit richtete die Gliedmaßen, glättete die Kleidungsstücke und rückte die Brille zurecht; er bemühte sich, dafür zu sorgen, dass der Mann so würdevoll wie möglich aussah. Dann setzte er sich auf seine Fersen und betrachtete sein Werk.

Nach einem Moment sagte Cass: »Ich glaube, mehr können wir nicht tun.«

Kit nickte und begann, lose Erde auf den Körper des großen Thomas Young zu schaufeln. Er hätte es vorgezogen, den kleinen Erdhügel mit Steinen zu bedecken, doch es gab keine hier in der Nähe, und er konnte nicht die Zeit erübrigen, danach zu suchen. Die Tätigkeit erinnerte ihn an eine andere Beerdigung, die er ausgeführt hatte – mit Dardok und den Mitglieder des Fluss-Stadt-Clans, als einer der Jäger am Eingang jener Höhle von einem Löwen angegriffen und getötet worden war. Wilhelmina gesellte sich zu ihnen, als sie ihre Arbeit abschlossen, und mit ihrer gesunden Hand legte sie am Ende noch etwas Erde auf das Grab.

»Es ist nicht viel, oder?«, merkte sie an. Ihre Stimme klang belegt, und sie sprach mühsam. »Für einen Mann wie ihn sollte es mehr geben.« Mit dunklen, traurigen Augen starrte sie auf den kläglichen Grabhügel, dann ließ sie den Kopf fallen. »Es sollte mehr geben.«

»Das sollte es«, stimmte Kit ihr zu, der den Dreck von seinen Händen und Knien abwischte. »Aber das hier muss einstweilen genügen.«

Eine Zeit lang standen sie nur da und blickten auf das Grab; jeder von ihnen sagte Lebewohl auf seine eigene Weise. Dann schritt Kit zu seinem Rucksack und warf ihn sich über die Schulter. »Wir sollten gehen.«

Cass beugte sich nach unten, legte eine Hand auf den Grabhügel und sagte: »*Vaya con Dios*, Dr. Young.«

Kit trat zu der Stelle, wo Mina stand. Sie trug den Arm in einer Schlinge, die Cass aus dem blauen Pashmina-Schal gefertigt hatte. »Schaffst du es bis hinunter ins Tal?«, erkundigte er sich.

»Mach dir keine Sorgen wegen mir«, antwortete sie. »Es wird schon gehen.«

»Okay, wir werden uns beim Abstieg Zeit lassen. Achtet darauf, dass wir immer zusammenbleiben, und seid stets wachsam.« Mit einem letzten Abschiedsblick auf das Grab von Thomas Young drückte er sich durch die Buchenhecke, die ringsum die Lichtung umgab, und marschierte in den Wald dahinter hinein. Cass, die einen Arm um Minas Schultern gelegt hatte, folgte ihm. Langsam – und schmerzhaft – schritten sie den Weg zurück durch das dicht bewachsene Waldgebiet und dann über die grasbewachsene Ebene.

Sie sahen eine kleine Gazellenherde, die weiterzog. Jetzt beherbergte die Ebene nur noch größere Wiederkäuer, die Cass als Exemplare der Art *Bos primigenius* – Auerochsen – identifizierte – große, schwerfällige Geschöpfe, die wie überdimensionierte Kühe aussahen und einen hohen Schulterhöcker sowie gewaltige, weit auseinanderstehende Hörner besaßen. Die Tiere beäugten die Menschen mit sanftmütiger Trägheit und grasten weiter. Kit bezeichnete es als ein gutes Zeichen und nahm es als Hinweis dafür, dass keine Raubtiere in der Gegend waren. Sie erreichten den Ausgangspunkt des Pfades am Rande des Canyons und legten eine Pause ein, um Wilhelmina die Gelegenheit zu geben, sich kurz auszuruhen; dann machten sie sich auf den Weg den langen Abhang hinunter und marschierten zum Ley-Punkt.

»Wir haben noch eine Menge Zeit«, sagte Kit. »Wir können rasten und etwas essen, während wir warten.«

Sie machten es Wilhelmina bequem, und obwohl keiner von ihnen viel Appetit hatte, aßen sie ein wenig von den Vorräten aus ihren Rucksäcken. Danach ließen sie sich nieder, um ein Nickerchen zu halten und darauf zu warten, dass der Ley aktiv wurde. Obwohl sie den ganzen langen Nachmittag warteten, so warteten sie jedoch vergeblich. Trotz größter Bemühungen und mehrerer zweckloser Versuche von Kit schafften die Reisenden es nicht, auch nur das geringste Jucken oder Prickeln von tellurischer Energie zu entdecken – kein Kribbeln auf der Haut, kein Kitzeln am Haarboden. Die Sonne hatte sich schon vor langer Zeit hinter den westlichen Horizont gesenkt, als Kit schließlich ihre Anstrengungen beendete. »Nun, das ist schlecht«, stellte er fest. »Genau das ist früher schon passiert.«

»Früher«, wiederholte Wilhelmina. »Du meinst ... als du früher hier festgesessen bist.«

»Sag das nicht!«, rief Cass mit schneidender Stimme. »Denk das nicht einmal.«

»Ich sage ja bloß ...« Kit ließ es dabei bewenden und blickte zum Himmel, um die Zeit einzuschätzen. »Morgen werden wir es wieder versuchen. Im Augenblick sollten wir uns besser darum kümmern, irgendeinen Schutz für die Nacht zu bekommen. Vorwärts.«

Der Pfad, der hinunter in die Schlucht führte, lag bereits tief im Schatten. Hier und da war der Wegrand abgebrochen, was sie dazu zwang, direkt an der Felswand entlang im Gänsemarsch zu gehen, damit sie nicht ins Stolpern gerieten und über die Kante hinabstürzten. Als sie den Talboden erreichten, hielt Kit an, um Wilhelmina die Gelegenheit zu einer Rast zu geben, aber sie drängte die anderen beiden dazu, weiterzumarschieren. »Es ist am besten, wenn ich in Bewegung bleibe«, erklärte sie mit zusammengebissenen Zähnen. Also gingen sie weiter, und zwar entlang eines Pfades, der parallel zum Fluss verlief. Kit leuchtete auf den Pfad vor ihnen, während sie stromaufwärts marschierten; Cass und Mina folgten dicht hinter ihm, voller Grimm und wilder Entschlossenheit, immer wieder einen Fuß vor den anderen setzend.

Der von Tieren ausgetretene Flusspfad wurde zu beiden Seiten von Brombeersträuchern, Nesseln und klebrigen Heckenrosen begrenzt, was bei Tageslicht kein Problem darstellte, jedoch tückisch im schwindenden Licht war. Immer wieder blieben sie hängen, wurden gekratzt und gestochen, während sie sich durch das Gestrüpp zwängten. Die Luft am Boden der Schlucht war schwer und feucht, zudem wärmer als am oberen Rand. Die drei schwitzten, schlugen nach Mücken und winzigen Stechfliegen, und als das letzte Licht des Tages im bleichen Himmel über ihnen dahinschwand, mussten sie ihren Weg noch sorgfältiger wählen, darauf achten, wohin sie traten.

Mina, die große Schwierigkeiten hatte, sich vorwärtszubewegen, verlangsamte ihr Weiterkommen; und die ersten Sterne schienen bereits, als Kit schließlich die Umrisse des vertrauten Felsvorsprungs erspähte. Er hielt inne, wischte sich den Schweiß vom Gesicht und verkündete den Frauen, die ein paar Schritte hinter ihm waren: »Ich sehe ihn! Direkt vor uns. Wir sind fast da.«

»Gott sei Dank«, seufzte Cass. Und zu Mina sagte sie: »Ein wenig weiter, und dann kannst du dich ausruhen.«

Mina, deren Augen ganz glasig waren und die die Kiefer fest zusammengepresst hatte, nickte bloß.

Der Weg verbreiterte sich etwas, als der Untergrund nur noch aus blankem Gestein bestand. Der Pfad führte nun hoch zum abgerundeten Felsvorsprung aus Kalkstein und zur Höhle darüber. Der Himmel spendete immer noch ein wenig Licht; und weiter weg gen Osten erklomm die Mondsichel den Rand des Canyons. Kit blieb stehen.

»Bitteschön«, sagte er und zeigte auf etwas, das kaum mehr als ein dunkler Fleck in der Felswand zu sein schien. »Hör zu, Mina. Dort ist ein Felsensims, der von einem Überhang geschützt wird, und dahinter befindet sich eine kleine Höhle. Man muss ein wenig klettern, aber wir werden dich dort hochbekommen. Warte nur eine Sekunde, bis ich oben bin, okay?«

Kit verschwand in einer Lücke zwischen zwei Felsbrocken. Er kletterte die alte, vertraute Treppe hoch, die aus umgestürzten Felsen und Bruchgestein gebildet wurde. Als er oben ankam, drehte er sich und gab Cass ein Signal. »Okay, fertig!«

Wilhelmina hob ihre Augen zu der Stelle, wo Kit ihnen zuwinkte. »Das kann ich nicht«, befand sie, als sie auf die zu schmale Lücke und den Kletterweg im Felsgestein schaute, die den Eingang schützten. »Mein Arm bringt mich um.« Sie blickte sich im schwindenden Licht um. »Vielleicht kann ich einfach hier unten bleiben.«

»Du kannst das schaffen«, erwiderte Cass. »Kit wird dir von oben helfen, und ich werde dich von unten abstützen. Alles, was du machen musst, ist, dich zu entspannen und dich in unsere Hände zu begeben. Lass uns nur die Arbeit machen, okay?«

Mina – die Augen geschlossen, den Mund fest zusammengepresst – nickte resigniert.

Cass führte Mina durch die Lücke und die Steinstufen hoch. Als sie an der richtigen Stelle waren, packte Cass Wilhelmina um die Knie herum und hob sie hoch. Mina nutzte ihre unversehrte Hand, um sich an der Felswand abzustützen und ihren verletzten Arm zu schützen. Kit, der auf dem Bauch lag, lehnte sich über den Sims, ergriff Mina unter den Armen und hievte sie hoch. Gemeinsam gelang es ihm und Cass, die Verletzte nach oben und über die Felskante zu bugsieren. Mina, die sich vor Schmerzen auf die Lippe biss, war ganz in Tränen aufgelöst, als sie auf dem Sims zusammenbrach.

»Wir sind da«, verkündete Kit, während er Mina auf die Plattform hochschob. »Es ist vorbei. Du hast es geschafft.«

Cass kletterte hoch in den Unterschlupf. »Gut gemacht,

Mina«, sagte sie und wischte sich den Schweiß vom Gesicht. Sie führte Mina zur nächstgelegenen Wand und half ihr, sich hinzusetzen. Dann legte sie ihren Rucksack ab, trat zu Kit an der Öffnung ihres Unterschlupfs und schaute hinaus über das Tal und die Windung des langsam dahinströmenden Flusses, der sich am Fuß der Felswand um die Ecke schlängelte und dann nicht mehr zu sehen war. Das Wasser sah seidig aus im weichen Abendlicht; die Luft war erfüllt von den Geräuschen der sirrenden Zikaden und der Vögel, die in Scharen zu ihren Schlafplätzen flogen. Cass atmete die sanfte Luft ein und stieß einen schweren Seufzer aus. Sie wollte sich nur noch hinlegen und die letzten paar Stunden vergessen. Doch stattdessen straffte sie ihre Schultern und fragte: »Was machen wir jetzt?«

»Es könnte später kalt werden«, erwiderte Kit. »Ich sollte besser etwas Feuerholz holen, bevor es vollkommen dunkel wird.« Er ließ sich hinab zur Kante des Felsensimses und begann, nach unten zum Pfad zu klettern, der zum Fluss führte. »Kümmer dich um Mina, ich bin bald wieder zurück.«

»Macht einfach das, was ihr tun müsst«, erwiderte Wilhelmina zuversichtlich. »Für eine kleine Weile werde ich schon klarkommen.«

»Bist du sicher?«, fragte Cass.

»Hundert Prozent.«

Cass rief hinunter zu Kit: »Kannst du ein wenig Hilfe gebrauchen?«

»Du könntest die Wasserflaschen füllen und ein paar frische Rohrkolben schneiden. Wir werden es Mina so bequem wie möglich machen.«

Kit und Cass arbeiteten, bis es so dunkel war, dass sie die Hände nicht mehr vor ihren Augen sehen konnten, dann kehrten sie zur felsigen Unterkunft zurück. Während Kit den letzten Teil des toten Holzes, das er gesammelt hatte, nach oben schleppte, machte sich Cass daran, die Schilfrohre auszubreiten und sie zu einem ordentlichen Gittermuster zu arrangieren, um so einen dicken Bettrost für Wilhelmina zu errichten. Später, nachdem Kit ein Feuer entzündet hatte, zwangen sie sich dazu, etwas von ihrem letzten Proviant zu essen. Das Feuer spendete ihnen nun Licht und Wärme, aber damit endete auch schon der Komfort. Sie saßen da, beobachteten niedergeschlagen die Flammen und dachten über die Geschehnisse der letzten paar Stunden nach, als Lawinen des Bedauerns und der Schuld auf sie herniederkrachten.

Schließlich versuchten sie, nicht mehr länger nachzugrübeln und stattdessen etwas Schlaf zu bekommen, doch selbst das erwies sich als schwierig. Der ein oder andere nickte gelegentlich ein, nur um wenig später vom Geheul eines Tieres geweckt zu werden oder, noch häufiger, von Wilhelminas Stöhnen. Letztendlich erreichte Cass eine Art Ruhezustand, Kit hingegen hatte nicht so viel Glück. Er döste ein, trieb vom Schlaf in den Wachzustand und wieder zurück, und jedes Mal, wenn er zur Oberfläche des bewussten Denkens auftauchte, erinnerte er sich, dass Dr. Young tot war. Die Bilder der letzten Momente im Leben des guten Mannes und sein primitives Begräbnis blitzten in Kits Gedankenwelt auf. Er sah das notdürftige Grab und vermochte sich nicht dagegen zu wehren, sich das vorzustellen, was für ihn unvermeidbar zu sein schien: Wilde Hunde oder Hyänen gruben die Leiche für ein grausiges nächtliches Festessen aus.

Einige Stunden vor Anbruch der Morgendämmerung erreichte er genügend Klarheit und beschloss, dass sie Wilhelmina zurück in die Zivilisation bringen mussten, wo sie eine angemessene Behandlung ihrer Verletzung erhalten konnte. Der Sonnenaufgang war die nächste Möglichkeit für eine Ley-Reise. Als sich der Nachthimmel aufzuhellen begann, weckte er daher die beiden Frauen und sagte: »Tut mir leid, Ladys, aber ich glaube, wir müssen gehen.«

Cass wurde augenblicklich von seiner Berührung wach und ächzte auf, als ihr die Grimmigkeit ihrer Situation abermals mit ganzer Härte bewusst wurde. Während Kit sich daranmachte, das Feuer anzufachen, kroch Cass zu Mina hinüber. Sie legte ihre Hand auf Minas Stirn und schüttelte sanft die Schulter ihrer Reisegefährtin. Als dies zu keinem Ergebnis führte, beugte sie sich ganz zu Mina und begann, ihr leise etwas ins Ohr zu flüstern. Nach einigen Momenten erwachte Wilhelmina aus einem tiefen, koma-ähnlichen Schlaf. »Wie fühlst du dich?«

Mina gab ein leises Stöhnen von sich und antwortete: »Ich habe Durst.« Ihre Stimme war krächzend und brüchig.

»Ich besorg dir etwas Wasser«, antwortete Cass. »Wo tut es dir weh?«

»Mein Arm«, flüsterte Mina. »Und meine Seite.«

Cass brachte eine Flasche und hob Minas Kopf an, sodass sie trinken konnte. Während Mina schlückchenweise trank, sagte Cass: »Wir müssen dich nach Hause bringen. Glaubst du, dass du es bis zur Ley-Linie schaffst?«

Wilhelmina schüttelte ihren Kopf und sank auf ihre Unterlage zurück. Abermals schloss sie ihre Augen.

»Ist sie wach?«, erkundigte sich Kit und kroch näher zu ihnen. »Wir müssen uns beeilen, wenn wir den Ley erreichen wollen, während er noch aktiv ist.«

»Ich glaube nicht, dass sie schon bereit dazu ist. Können wir ihr nicht ein wenig mehr Zeit geben?«

»Wir haben nicht viele andere Optionen hier. Sie braucht einen Arzt. Je früher, desto besser.«

»Wie werden wir sie aus der Höhle bringen und hoch zur Ley-Linie?«

»Ich werde sie tragen.«

»Kit, sei vernünftig«, bat Cass. »Denk darüber nach.«

»Ich denke gerade darüber nach!«, entgegnete Kit erregt. »Das ist alles, worüber ich im Augenblick nachdenke – uns sicher und in einem Stück hier rauszubringen.«

»Ich weiß das, Kit«, erwiderte sie, ihr Tonfall passte sich seinem Wutausbruch an. »Und ich danke dir dafür, aber Fakten bleiben nun mal Fakten. Sie zu tragen ist hier keine realistische Option. Und mit ihrem kaputten Arm – und wer weiß, was für innere Verletzungen sie möglicherweise hat – kann sie den Sprung nicht machen. Ende der Geschichte.«

Kit starrte sie an. »Was schlägst du vor?«

»Du könntest gehen und mit jemandem zurückkommen.«

»Und was, wenn ich nicht rechtzeitig zu euch zurückkehren kann? Oder wenn ich verloren gehe – was dann?«, entgegnete er herausfordernd. »Die Dinge sind in jüngster Zeit ziemlich unberechenbar geworden, wenn du das noch nicht bemerkt haben solltest.«

Cass biss sich auf die Lippe. Er hatte recht.

Kit stürzte sich auf ihre Unentschlossenheit. »Dies ist die einzige Möglichkeit. Wir müssen es nur hinbekommen, dass es funktioniert. Sobald wir auf der anderen Seite sind, kannst du dich um Mina kümmern, und ich gehe Hilfe holen. Doch wir machen den Sprung zusammen.«

Cass betrachtete die schlafende Wilhelmina mit einem skeptischen Blick. »Okay. Was hältst du davon, wenn wir ihr den heutigen Tag Zeit geben, damit sie sich ausruhen und bereit machen kann? Wir können die Ley-Linie heute Abend versuchen.«

»Ich weiß nicht.« Kit fuhr sich mit der Hand durch die Haare.

»Sie kann sich nicht bewegen, Kit. Und wir können sie nicht den ganzen Weg nach oben zerren.«

»Okay, ich verstehe dich«, antwortete er und lenkte schlussendlich ein. »Aber wir müssen einen Weg finden, um sie in eine ausreichend gute Verfassung für die Reise zu bringen.« Er folgte Cass' Blick zu Minas regloser Gestalt. »Was schlägst du vor, wie wir das hinkriegen sollen?«

»Sie füttern, sie warm halten, ihr viel zu trinken geben. Und es gibt noch eine andere Sache, die wir tun könnten: Weidenrinde.« Als sie Kits hochgezogene Augenbrauen sah, erklärte sie: »Es ist eine natürliche Form von Aspirin. Die amerikanischen Ureinwohner haben es als entzündungshemmendes und schmerzstillendes Mittel benutzt.«

»Ich kann einen Weidenbaum finden. Was brauchst du?«

»Nur ein paar starke junge Äste, von denen ich die Rinde abkratzen kann. Ich bereite Tee daraus zu und geb ihn ihr zu trinken. Das könnte helfen.«

Kit nickte; er war froh, etwas Nützliches zu tun. »Es ist zumindest ein Plan. Warte, bis ich zurückkomme.«

ZWEIUNDZWANZIGSTES KAPITEL

Worin die Mühlen der Justiz weiter langsam mahlen

*D*as Geklackere im gepflasterten Gang, das die schweren, gena-
gelten Stiefel des Gefängniswärters hervorriefen, scheuchte
Burleigh aus seinem griesgrämigen Stumpfsinn auf. Er hörte, wie
der große Eisenschlüssel ins Schloss gesteckt wurde und das Knarren der halb verrosteten Tür, als sie aufschwang. Der Earl, der
zusammengerollt in seiner Ecke lag, hob seinen Kopf nicht, als der
Gefängniswärter seinen Namen rief und ihn anwies, aufzustehen.
»Aufstehen«, sagte der Wärter und trat weiter in die Zelle hinein.
»Ihr werdet oben verlangt.«

Bei diesen Worten drückte sich Burleigh auf die Ellbogen hoch.
»Bitte?«, fragte er auf Deutsch. »Äh, wie bitte?«

»Steht auf und wascht Euer Gesicht.«

»Warum? Wohin bringt Ihr mich?«

»Das werdet Ihr noch früh genug herausfinden.« Der Wärter
packte ihn an der Schulter und gab ihm einen Schubs, damit er
sich in Bewegung setzte. »Schnell! Wir haben nicht den ganzen
Tag Zeit.«

Im Gegenteil, Burleigh hatte eigentlich tatsächlich den ganzen
Tag Zeit. Aber er gehorchte, wenn auch nur aufgrund der Neuar-
tigkeit des Ansinnens. Er schlurfte zum Wasserfass, tauchte seine
Hände hinein und spritzte sich lauwarmes Wasser ins Gesicht;
die verwilderte Haar- und Bartmasse glättete er, so gut er es vermochte. Dann gestattete er, gefesselt und aus seiner Zelle geführt
zu werden. Der Gefängniswärter ließ ihn den Gang entlangmar-

schieren und drei Treppenfluchten hochsteigen. Nach der Kletterei war Burleigh atemlos, wackelig auf den Beinen und ein wenig desorientiert.

»Hier rein«, sagte der Gefängniswärter und schob ihn durch eine der Türen oben an der Treppe. Der Gefangene stolperte über die Schwelle und ins Tageslicht hinein, das durch die zwei Fenster, von denen aus man den Rathausplatz überblickte, in den Raum hineinflammte.

Fassungslos stand Burleigh da; er blinzelte und schirmte mit seinen Händen teilweise die Augen ab, während er versuchte, sich an die Helligkeit zu gewöhnen. Der Raum schien seiner Möbel beraubt worden zu sein: Es gab nur eine niedrige Holzbank an der Wand, der gegenüber sich ein hohes, schmales Fenster befand, und – an der dritten Wand zwischen zwei Türen – ein großer hölzerner Schreibtisch, hinter dem ein Mann saß, vor dem ein großes, ledergebundenes Bestandsbuch lag und der darin geschäftig etwas hineinschrieb.

»Was gibt es?«, fragte der Mann in einem psalmodierenden Ton, ohne von seiner Arbeit aufzuschauen.

»Ich habe den Gefangenen gebracht, den Ihr verlangt habt«, antwortete der Gefängniswärter.

»Da drüben.« Der Mann zeigte mit seiner Schreibfeder auf die Bank. Seine Nasenlöcher blähten sich voller Ekel über den Gestank, als Burleigh an seinem Schreibtisch vorbeiging. »Setzt Euch und wartet, bis Ihr gerufen werdet.«

Der Gefängniswärter trat zurück und stellte sich an einer Seite der Tür auf, um jeglichen Fluchtversuch zu verhindern. Sie warteten. Nach so vielen Monaten in den dunklen Winkeln des Rathauses war Burleigh glücklich darüber, nur dazusitzen und dem gesegneten Sonnenlicht zu ermöglichen, ihn zu überschwemmen und seine Sinne darin zu baden, die so lange des Lichtes beraubt gewesen waren. Nach einer Weile öffnete sich die Außentür, und ein magerer Jugendlicher hastete herein, der eine Papierrolle trug, die mit einem roten Band verschnürt war.

Der Justizangestellte streckte seine Hand aus, um das Dokument in Empfang zu nehmen, und gab dem jungen Mann mit einem Zeichen zu verstehen, dass er wieder weggehen sollte. Er schnürte das Band auf, entrollte das Dokument und las es kurz durch. Offensichtlich zufrieden darüber, dass alles in Ordnung war, schob er anschließend seinen Stuhl zurück und drehte sich zur Tür hinter ihm. Er klopfte ein einziges Mal und trat ein; einen Augenblick später erschien er wieder. »Kommt«, sagte er. »Der Richter will Euch jetzt sehen.«

Burleigh wurde auf die Füße befördert, und man entfernte seine Ketten. Dann wurde er auf die innere Amtsstube zugeschoben. Er schlurfte in einen großen, von Büchern gesäumten Raum und blieb vor einem ausladenden Schreibtisch mit Lederaufsatz stehen. In Besitz genommen wurde der Tisch von einem Mann mit scharfen Gesichtszügen, der eine schwarze Perücke mit Locken und einen steifen, gestärkten weißen Kragen trug, der eng um seinen dünnen Hals saß. Der Mann ließ sich nicht dazu herab, die Anwesenheit seines Besuchers zur Kenntnis zu nehmen.

»Herr Richter«, intonierte der Justizangestellte nach einem Moment. »Der Gefangene, den Ihr verlangt habt, ist anwesend.«

»Name«, sagte der Richter, ohne seine Augen von den Papieren zu heben, die vor ihm ausgebreitet waren. Als Burleigh nicht schnell genug darauf antwortete, blickte der Mann auf. »Gebt Euren Namen für die Akten an.«

»Burleigh«, erwiderte der Earl mit krächzender Reibeisenstimme. »Lord Archelaeus Burleigh, Earl of Sutherland.« Der Titel klang selbst in seinen Ohren lächerlich in Anbetracht der Umstände. Der Richter sah mit verengten Augen auf und warf einen kritischen Blick auf ihn, als wollte er sich der Wahrheit von Burleighs Aussage versichern; dann zuckte er mit den Achseln, tauchte seine Feder ins Tintenfass und trug auf einem Papier eine Zeile ein.

Richter Redlich wies mit einer knappen, wedelnden Handbewegung in eine Ecke des Raumes. »Ist dies der Mann, der Euch angriff?«

Burleigh schaute sich um und sah, dass Engelbert Stiglmaier

hinter ihm stand. Er hatte bislang keinen anderen in diesem Raum bemerkt.

»Dies ist der Mann, ja«, antwortete Etzel.

Der Richter nickte langsam und kehrte zu seinen Papieren zurück. Nach einem Moment sagte er: »Und ist es Eure Absicht, dass die gegen den Gefangenen erhobenen Anklagen beiseitegelegt und abgewiesen werden?«

»Das ist meine Absicht«, erklärte Etzel mit monotoner Stimme. »Ich wünsche, dass man ihn freilässt.«

»Ihr macht diese Aussage aus eigenem Antrieb und aus eigenem freiem Willen?«

»Das tue ich, ja, Herr Richter.«

»Niemand hat Euch bezahlt oder Euch irgendetwas von materiellem Wert versprochen oder Euch in irgendeiner Form bedroht, um Euch zu überreden, dieses Ersuchen zu machen?«

»Nein, Herr Richter, niemand hat mir irgendetwas gegeben. Auch hat keiner mir etwas versprochen oder mich bedroht. Ich tue dies, weil Jesus uns allen befohlen hat, jenen zu vergeben, die gegen uns gesündigt haben.«

Der Richter gab ein leises Schnauben von sich – ob zum Zeichen der Zustimmung oder als Ausdruck der Verärgerung, vermochte Burleigh nicht zu erkennen. Herr Redlich, Oberster Richter von Prag, tauchte seine Feder erneut in das Tintenfass und machte eine Notiz auf seinem Papier. Anschließend legte er die Feder weg, faltete seine Hände, blickte auf und schaute in das Gesicht des Gefangenen. »Diese Anklagen sind hiermit verantwortet. Die im Gefängnis verbrachte Zeit soll als gerechte und ausreichende Bestrafung für das zuvor erwähnte Verbrechen angesehen werden. Deshalb ist es die Entscheidung dieses Amtes, dass der Sträfling aus der Gefangenschaft freigelassen wird – bis zu weiteren Anklagen, die sich aus Angelegenheiten ergeben, welche in Bezug stehen auf die Zersetzung von Autorität und die Störung der rechtmäßigen Arbeit des Hofes Seiner Majestät.«

Burleigh hörte die Worte »aus der Gefangenschaft freigelassen«, und das Herz hüpfte ihm in der Brust.

Doch bevor die Hoffnung hoch in die Lüfte steigen konnte, fügte der Amtsträger mit dem strengen Gesicht noch einen weiteren Satz hinzu; er zeigte mit der Feder auf Burleigh und verkündete: »Ihr seid hiermit freigelassen unter dem Vorbehalt, dass Ihr in der Stadt bleibt, bis alle Gerichtsverfahren abgeschlossen sind.«

»Ich soll freigelassen werden?«, sagte er Earl, der dem Ganzen, was er gerade gehört hatte, misstraute. »Aber wohin soll ich gehen?«

»Das ist nicht meine Angelegenheit«, erwiderte der Richter streng. »Solange Ihr innerhalb der Stadtmauern bleibt, könnt Ihr gehen, wohin es Euch beliebt.«

»Mein Portemonnaie, mein Geld: Es wurde mir abgenommen, als man mich herbrachte. Ich werde es benötigen.«

»Jeglicher Besitz, den Ihr besessen haben mögt, ist verwirkt und geht an die Krone, bis sämtliche Angelegenheiten, die sich aus sämtlichen Fällen gegen Euch ergeben, gerichtlich entschieden sein werden«, intonierte der Richter in barschem Tonfall. »Das ist das Gesetz.« Er sah Burleigh hart an. »Wenn Ihr kein Geld habt, könnt Ihr als mittellos erklärt werden, und es besteht die Möglichkeit, Euch wegen Landstreicherei anzuklagen.«

»Aber wenn meine Geldbörse verwirkt ist, wie soll ich dann meinen Lebensunterhalt bestreiten?«

»Das ist nicht die Angelegenheit dieses Amtes.«

Burleigh starrte den Mann an. »Also, dann ...?«

»Man wird Euch in den Kerker zurückbringen, um weitere gerichtliche Schritte abzuwarten – ist das Euer Wunsch?«

»Er kann bei mir bleiben.« Engelbert trat vor und stellte sich neben den Earl. »Es tut mir leid«, sagte er zu Burleigh. »Ich hatte die Absicht, das schon früher zu sagen.« Zum Richter gewandt, fuhr er fort: »Wenn es Euch recht ist, Herr, wird er bei mir bleiben und in meinem Kaffeehaus arbeiten, um sich seinen Aufenthalt zu verdienen. Er wird kein Landstreicher werden.«

»Sorgt dafür, dass er das nicht wird«, antwortete der Richter. »Ich willige ein, ihn in Eure Obhut zu entlassen – unter der Bedingung, dass Ihr Bürgschaft für ihn leistet, bis das letzte Urteil gefällt ist. Ihr seid verantwortlich für seinen Unterhalt und müsst zusehen, dass er alle seine Verpflichtungen erfüllt. Seine Schulden und Verletzungen des Besitzrechts werden Eure Schulden und Verletzungen des Besitzrechts. Habt Ihr das verstanden?«

Etzel blickte zu Burleigh, als würde er den Wert eines Sacks Mehl beurteilen. »Ich verstehe, Herr Richter.«

Redlich griff nach der kleinen Messingklingel, die auf der Ecke seines großen Schreibtischs stand, und schüttelte sie. Augenblicklich erschien Pavel, der Schreiber, und nahm seinen Platz neben dem Richter ein, der erklärte: »Diese Männer haben den Bedingungen und Bestimmungen des Gerichtes zugestimmt; sieh zu, dass sie die entsprechenden Dokumente unterschreiben.«

Dann wandte sich Redlich einmal mehr Burleigh zu, schüttelte leicht den Kopf – als wäre ihm immer noch nicht ganz klar, was er von dieser Sache halten sollte – und stieß dann einen Seufzer aus. Er schob seinen Thron von einem Stuhl nach hinten und stand auf, um sein vorläufiges Urteil zu verkünden.

»Unter den Bedingungen, die gerade spezifiziert und vereinbart wurden«, erklärte der Würdenträger, »genehmige ich hiermit die Freilassung des Gefangenen in die Obhut und Aufsicht von Engelbert Stiglmaier, Bäcker in dieser Stadt, bis zu dem Zeitpunkt, zu dem der Gerichtshof Archelaeus Burleigh herbeizitieren wird, damit dieser das Gerichtsurteil bezüglich aller verbliebenen Anklagen gegen ihn empfängt.«

Burleigh, der nicht ganz glauben konnte, was gerade geschehen war, schaute sich zu der immer noch offenen Tür hinter ihm um. »Bin ich frei zu gehen?«

»Ihr seid frei« – der Richter stieß mit dem Zeigefinger auf das Dokument, das jetzt in den Händen des Schreibers war –, »mit der Maßgabe, dass Ihr die vereinbarten Bedingungen und Bestimmungen befolgt.«

»Ich kann jetzt gehen?«

Mit einem Nicken erklärte der Richter: »Es gibt noch Papiere, die zu unterschreiben sind. Der Schreiber wird Euch hinausbegleiten.«

Keine zwanzig Minuten später trat der Earl aus dem Schatten des Rathauses in das herrliche Licht eines wunderbaren hochsommerlichen Nachmittags. Er blieb stehen, um die saubere, frische, sonnendurchflutete Luft einzuatmen und die Wärme der sanften Strahlen auf seiner bleichen Haut zu spüren. Es fühlte sich an, als würden überall auf ihm winzige elektrische Finger tanzen. Er schloss die Augen, um das Gefühl auszukosten und sich zu wundern, dass er in seinem ganzen Leben bislang niemals etwas so Wundervolles gespürt hatte.

DREIUNDZWANZIGSTES KAPITEL

Worin der Fluss der einzige Weg ist

*D*ieser erste Tag der Freiheit und des Lichts nach so vielen Monaten in der dämmrigen, übel riechenden Kerkerzelle war berauschend; und Burleigh schlenderte benommen durch die Straßen der Stadt. Der Auswirkung seines bleichen, unordentlichen Erscheinungsbildes auf die respektablen Bürger von Prag war er sich nicht bewusst, und so streifte er verloren in den Straßen umher – verloren in der Welt und sich selbst, versunken im Chaos seiner Gedanken. Die Sonne war schon längst untergegangen, und die Schatten beanspruchten die Straßen für sich, als er schlussendlich seine Füße in Richtung des Altstädter Rings und des *Großen Kaiserlichen Kaffeehauses* bewegte. Dort angekommen, traf er Engelbert an, der gerade die Fensterläden für den heutigen Tag zuklappte.

»Guten Abend«, grüßte Etzel laut, als er Burleigh auf sich zuschlendern sah. »Hatten Sie einen schönen Spaziergang?«

Burleigh betrachtete den Bäcker mit einem leeren, verständnislosen starren Blick und murmelte dann: »Morgen werde ich wieder rausgehen.«

Etzel lächelte und nickte. »Ich denke, ich würde das Gleiche machen. Und morgen müssen Sie ein paar neue Kleidungsstücke kaufen und sich auch die Haare schneiden lassen, glaube ich.« Er rieb sich mit der Hand über den eigenen runden Kopf. »Ja, das glaube ich.«

Burleigh schaute hinab auf seine zerlumpte Kleidung und seine morschen Schuhe, und was er sah, erschien ihm unbeschreiblich lustig zu sein. Er warf den Kopf in den Nacken und lachte leise, und das Geräusch hallte über den sich rasch leerenden Platz hinweg. Die wenigen Passanten, die ihn hörten, warfen verstohlen besorgte Blicke in seine Richtung, bevor sie schnell weitermarschierten. »Sie könnten recht haben«, gab Burleigh zu. Immer noch lachend, ging er hinein und zu dem Zimmer hoch, das Engelbert für ihn vorbereitet hatte.

An diesem Abend dinierten Seine Lordschaft und Engelbert gemeinsam in der Küche des *Großen Kaiserlichen Kaffeehauses*. Das Essen wurde von einigen der jüngeren Diener und Küchenhelferinnen serviert, die sich anschließend zu ihnen an den Tisch setzten. Es war eine einfache, sättigende Mahlzeit aus Wurst und Kohl, frischem Brot, Butter und Bier; und Burleigh aß und kaute sein Essen mit der grimmigen Entschlossenheit eines Stoikers unter der Folter. Nach dem Mahl nahm der Earl, der von den Ereignissen dieses Tages erschöpft war, eine Kerze vom Tisch und ging nach oben, um ins Bett zu gehen. Nachdem er die Tür hinter sich geschlossen hatte, stand er eine Weile nur da und schaute sich mit leerem Blick in dem Zimmer um: Er sah auf das massive Eichenholzbett mit seiner sauberen weißen Wäsche und dem Daunenkissen, auf den kleinen Tisch und die Schüssel mit frischem Wasser, auf den Stuhl am Fuße des Bettes und den kleinen Teppich auf dem Fußboden.

»Sie wussten, dass ich freigelassen würde?«, hatte er Etzel gefragt, als ihm das Zimmer erstmals gezeigt worden war. »Sie haben nie daran gezweifelt?«

»Der Richter ist ein vernünftiger Mann«, hatte Engelbert erwidert. »Und vernünftige Männer können nicht ewig unvernünftig sein.«

Mit diesen Worten, die in seinem Kopf widerhallten, kam der Earl wieder langsam zu sich. Er durchquerte den Raum und stellte die Kerze auf den Tisch. Dann legte er seine Kleider ab, wusch sich und zog das überdimensionierte Nachthemd an, das Etzel für ihn ausgelegt hatte. Er schlüpfte zwischen die kühlen, frischen Laken und schlief sofort ein. Vielleicht war es ja dieser Augenblick – als er an diesem ereignisreichen Tag schließlich seine Augen zuklappte –, in dem jene unschuldigen Worte ihre Arbeit begannen; und vielleicht war es ja dieser Augenblick, als die Veränderung begann.

Obschon der Schläfer die ersten Stunden der Nacht in glückseliger Ruhe zubrachte, wurde er in den frühen Morgenstunden vor Anbruch der Dämmerung erregt und rastlos – und schließlich wach. Er öffnete seine Augen, und Panik senkte sich auf ihn herab wie eine durchnässte Decke. Im einen Moment war er im Ruhezustand eines friedlichen Schlummers, und im nächsten war er hellwach und starrte in die Dunkelheit hinein wie in einen Abgrund. Als er es nicht mehr aushielt, warf er die Decken zurück und erhob sich, um im bleichen, silbernen Mondlicht, das durch die Fensterläden sickerte, auf den Bodenbrettern auf und ab zu gehen.

In seinem Kopf herrschte ein Wirrwarr aus halb ausgeformten Gedanken und Worten sowie Stimmen, die er nicht zuordnen konnte. Alles wirbelte umher und glitt dahin, tauchte auf und verschwand – nur um erneut hochzukommen, bevor es sich in andere, noch fremdartigere Fragmente verdunkelte. Er schien keinen einzigen Gedanken oder Idee länger als eine oder zwei Sekunden festhalten zu können; dann wurden sie sofort weggerissen und durch andere, gleichermaßen kurzlebige Bruchstücke geistigen Mülls ersetzt. Vielleicht hing es mit der Dunkelheit zusammen oder mit der Tatsache, nach so vielen Monaten in einer unterirdischen Zelle in einem Raum eingeschlossen zu sein, aber was auch immer der Grund dafür war, Burleigh konnte nicht mehr länger bleiben. Er zog seinen schäbigen Mantel an und steckte seine nackten Füße in seine Schuhe; dann griff er nach dem Türknauf. Kurz hielt er inne, um Luft zu schnappen, drehte den Knauf herum und warf die Tür auf – halb erwartete er, vom Gefängniswärter empfangen zu werden. Es gab jedoch niemanden, der ihn erwartete. Burleigh trat hinaus auf den Treppenflur und legte eine Pause ein, um zu lauschen. Das Haus war still; überall herrschte Ruhe und Frieden.

Verstohlen wie ein Schatten schlich Burleigh zum nächsten Zimmer und öffnete die Tür. Mondlicht, das durch einen halb geöffneten Fensterladen hereinfiel, umspielte die Gestalt von Engelbert, der in seinem Federbett aus Eiderdaunen schlief; sein Kopf lag sanft in der Armbeuge. Der Earl sah den schlafenden Mann und starrte ihn an, als betrachtete er eine Erscheinung oder die leuchtende Vision eines Heiligen, eines Engels aus Fleisch und Blut: unschuldig, vertrauensvoll, jenseits der gemeinen Sorgen der Welt existierend. Der Anblick des tugendhaften Engelbert rief augenblicklich eine heftige Reaktion in Burleigh hervor. Solch einer heiligen und schuldlosen Tugendhaftigkeit darf nicht erlaubt werden, unversehrt in dieser Welt zu leben; sie musste bestraft, eliminiert, ausradiert, zerstört werden.

Dies war kein Gedanke, der dem rationalen Geist des Earls entsprang: Es war eine instinktive Reaktion, eine unmittelbare Empfindung, ungebändigt von irgendwelchen Verstandesabläufen. Burleigh sah Engelbert, der im Bett ruhte, das weiche silberne Mondlicht floss über die gütigen Gesichtszüge – und eine schreckliche Wut und ein furchtbarer Hass schossen in seinem Innern empor und wischten jeden letzten Rest logischen Denkens beiseite.

Zwei lautlose Schritte brachten ihn ins Zimmer hinein. Drei weitere führten ihn zum Bett, wo er mit geballten Fäusten stehen blieb. Drohend ragte er über der friedlichen Gestalt – die so wehrlos war, die sich all des Leids nicht bewusst war, die tief im ungestörten Schlummer eines redlichen Mannes versunken war, auf dessen breitem, heiterem Gesicht der Hauch eines Lächelns lag. Das Verlangen, dieses Gesicht zu zertrümmern, diesen Schädel zu zerschlagen, diese friedfertigen, gutartigen Züge zu deformieren und zu entwürdigen, packte ihn, und Burleigh spürte, wie eine freudige Erregung ihn erschauern ließ, die wie ein Kribbeln seine Wirbelsäule bis hoch zur Schädelspitze entlangfuhr. Das hier würde eine Wiedergutmachung für das Leid sein, das er ertragen hatte; das hier würde süße, zufriedenstellende Rache sein.

Burleigh ballte die Fäuste zu hasserfüllten Keulen, presste die

Lippen zusammen und verzog das Gesicht zu einer Grimasse ursprünglicher Wut. Er hob eine Hand, um zuzuschlagen, um den Moment der Befreiung zu genießen ... Der Moment verstrich, dann ein weiterer, und er schlug immer noch nicht zu. Er wollte nichts lieber, als dieses sanfte Engelsgesicht zu zerstören ... Doch halt! Das hatte er doch bereits getan!

Schon einmal hatte er sich – all diese Monate zuvor – jenem Verlangen vollständig ergeben und ungehemmt zugeschlagen. Er hatte dieses gütige Antlitz zu einer durchnässten Masse aus zerquetschtem, blutigem Gewebe zerdrückt – und was war geschehen? Was war tatsächlich geschehen? Hier war dasselbe Gesicht – sympathischer, freundlicher als je zuvor –, während sein eigenes gut aussehendes Äußeres ausgezehrt, ergraut und verwüstet worden war durch eine kleine Ewigkeit im Gefängnis. Aber das war nicht das Schlimmste – bei Weitem nicht!

In einem Gedankenblitz erhaschte Burleigh einen Blick auf die Öde seiner eigenen Existenz: Sein Herz war eine gewaltige leere Höhle, die niemals gefüllt werden konnte. Der bloße Anblick von Engelbert ließ seinen eigenen Mangel auf schmerzhafte Weise deutlich hervortreten. In diesem Augenblick verstand er, dass die Armut seines eigenen Lebens nicht die reiche Fülle ertragen konnte, derer sich ein einfacher, guter Mann wie Engelbert erfreute. Diese beiden Wesen konnten nicht in ein und derselben Welt existieren: Einer von ihnen würde gehen müssen. Und da er nicht die Macht besaß, um Engelbert zu beseitigen – das wusste er jetzt –, war er derjenige, der eliminiert werden musste.

Burleigh sah dies klar, und dieser Anblick war auf eine erstaunliche Weise unvergesslich. Es war so, als ob er mit verbundenen Augen durchs Leben gegangen wäre und man ihm jetzt die Binden abgenommen hätte. Augenblicklich verstand er, wie sich ein blind geborener Mann fühlte, wenn der Arzt die Verbände nach der Operation abnahm und plötzlich herrliches Licht in seine dunkle Welt hineinfloss. Er war selbst ein solcher Mann.

»Jetzt sehe ich es!«, murmelte er, und es verschlug ihm den Atem. »Ich sehe es.«

Aus dem Abgrund des Hasses strömte eine Flut des Ekels und der Abscheu hoch – Ekel vor der brutalen, boshaften Schlechtigkeit seines Lebens und Abscheu vor der Verderbtheit seiner Existenz. Er hatte sich selbst voll und ganz dem uneingeschränkten Streben nach rücksichtslosem Ehrgeiz und hemmungsloser Gier hingegeben, wobei jeder Freundlichkeit entweder ausgewichen oder sie missbraucht und jedes Gute mit Bösem erwidert worden war. Er war ein Lügner, ein Betrüger und ein Hochstapler – selbst sein Name war eine Täuschung! Sein gesamtes Leben war ein gigantischer Schwindel.

Mit der neuen Klarheit seiner Vision erkannte er, dass er selbst eine arme, mürrische, elende Kreatur war, mit einer Seele, die so winzig, schwarz und hart war wie ein ausgebranntes Stück Kohle. Und in dem grellen Lichtstrahl der Offenbarung krachte die Schuld mit dem vollen Gewicht all seiner Verbrechen und Verfehlungen auf ihn herab; schwer wie ein Grabstein schlug sie auf seine Schultern. Er taumelte unter der erdrückenden Last seiner Schuld, und er vermochte nicht mehr zu stehen.

Neben dem Bett seines rettenden Engels, dessen Gesicht im Mondlicht so hell und gelassen schimmerte, sank Burleigh auf die Knie und fühlte die grenzenlose Schande des unglückseligen Schuftes, der wusste, dass er verloren und dem Untergang geweiht war – tauglich nur für die wohlverdiente Zerstörung. Er war tränenlos – jenseits von Kummer, jenseits von Reue. Denn mit so vielen Sünden und Ungerechtigkeiten, die jenseits des Zählbaren waren – was würden da ein paar salzige Tränen helfen? Stattdessen schlug er sich mit einer fest zusammengeballten Faust gegen die Brust, und sein Gesicht brannte heiß vor Scham.

Die Scham! Die Scham war niederschmetternd und quälender als alles, was er im Gefängnis erduldet hatte – größer sogar als die Schuld, die seinen Rücken beugte, größer, als dass er sie ertragen konnte. »Gott!«, stöhnte er. »Bitte, Gott, bitte.«

Die Worte entschlüpften seinen Lippen, bevor er recht wusste, was er da sagte oder was er erwartete, das Gott für ihn tun sollte. Was erwartete er von Gott?

Postwendend kamen Worte zu ihm zurück, um ihn zu verhöhnen. Seine Worte, die er zu einer anderen untadeligen Seele gesprochen hatte, die er zu zerstören vorhatte. Gesprochen mit Boshaftigkeit und Groll und mit allerhöchster Gewissheit: *Es gibt keinen Gott! Es gibt nur Chaos, Zufall und die unveränderlichen Gesetze der Natur. In dieser Welt – wie in allen anderen – gibt es nur das Überleben des Stärkeren.*

Die Arroganz dieser Worte entsetzte ihn. Die unerträgliche Selbstgefälligkeit stahl im sogar den Atem aus den Lungen. Die böswillige, starrsinnig-dumme Torheit dieser Verkündigung und die grässliche Überzeugtheit, mit der sie ausgerufen wurde, verblüfften und verunsicherten ihn. Wie konnte er nur so dumm gewesen sein – so absurd, so völlig abgrundtief und unsagbar hirnlos? Wie konnte er nur so im Irrtum gewesen sein? Er war herumgehüpft wie ein Narr, an dem eine Glocke hing, und hatte zusammenhanglosen Unsinn von sich gegeben, als ob es sich um unangreifbare Wahrheiten handelte ... Wie hatte das nur passieren können? Wie war es möglich gewesen, so verblendet zu sein – und auch noch so absolut verblendet?

Burleigh hatte darauf keine Antwort. Er hatte lediglich die bittere Demütigung seiner Erkenntnis, dass vieles von dem, was er früher gedacht und für wahr erachtet hatte, nur ein Haufen stinkender Müll war. Er begriff dies nun und wusste einfach, wie sehr er sich geirrt hatte. Beraubt jeder Hoffnung, wusste er, was für eine niederträchtige und frevelhafte Kreatur er selbst war; und das Wissen durchbohrte ihn tief und hart – ein Stich, der ihn trostlos, erniedrigt und gebrochen zurückließ. Wie ein Insekt, das zuerst von der Flamme geblendet und dann vernichtet wird, fühlte Burleigh die sengende Hitze seiner Zerstörung und taumelte – vorbei an dem Punkt, an dem es kein Zurück mehr gibt – darauf zu.

Er ging die Treppe hinunter und in die Küche – er erinnerte sich noch nicht einmal, Etzels Zimmer verlassen zu haben. Zwei der Dienstjungen lagen zusammengerollt auf dem Boden in der Nähe des großen Ofens; ansonsten war das Geschäft leer. Wie ein Roboter, wie die ausgehöhlte Schale eines menschlichen Wesens, spazierte der Earl zur Kaffeehaustür hinaus und in die Nacht hinein. Er dachte – wenn man es denn als eine Art Denken bezeichnen konnte, da es eher etwas von einer inneren Getriebenheit an sich hatte –, dass er den Wahnsinn beenden würde. Er würde zum Fluss gehen, sich in das Wasser stürzen und die Welt von seiner leeren, sinnlosen Existenz befreien.

Der Altstädter Ring war menschenleer; um diese Uhrzeit hielt sich niemand dort auf. Burleigh war alleine mit seiner Agonie, während er durch die mondbeleuchteten Straßen schlich, auf die Stadttore und den Fluss zuhastete, wo er sich dem unerbittlichen Wasser übergeben und dem Elend ein Ende setzen würde. Wie er diese verschlossenen Tore öffnen würde, wusste er nicht. Einen vernünftigen Plan hatte er nicht, ja, es gab überhaupt keinen Plan und keine Idee: Es gab nur die felsenfeste Überzeugung, dass die Welt ohne ihn ein weitaus besserer Ort sein würde.

VIERUNDZWANZIGSTES KAPITEL

Worin eine sachdienliche Frage aufgeworfen wird

Wilhelmina blieb ruhig während des Tages. Doch obwohl Cass'
Aufguss aus Weidenrinde ihre Beschwerden ein wenig zu lindern schien, war sie an diesem Abend immer noch nicht in der
Verfassung, reisen zu können. Kit und Cass entschieden, ihr eine
weitere Nacht zu gönnen, um sich auszuruhen; am nächsten Morgen jedoch – komme, was wolle – würden sie gehen.

Kit weckte sie vor Sonnenaufgang, und gemeinsam mit Cass
half er im blassen Licht der Morgendämmerung Mina über den
Felsensims. Wie zuvor war es für jeden von ihnen äußerst anstrengend; aber nachdem ihr im Anschluss an die Tortur erlaubt
wurde, zu verschnaufen, schien Mina in der kalten Morgenluft
ein bisschen aufzuleben. Sie ging sogar so weit, zu behaupten, dass
sie alleine gehen könnte, solange die beiden anderen keine Ge-
schwindigkeitsrekorde von ihr erwarteten.

Am Flussufer legten sie eine kurze Pause ein und kümmerten
sich um ihre Bedürfnisse, dann machten sie sich auf den Weg entlang des Flusspfades. Kit ging voran durch das Farngestrüpp und
die Brombeersträucher, und die beiden Frauen folgten ihm, wobei
Cass an Minas Seite blieb. Keiner von ihnen sagte ein Wort.

Zuerst kamen sie gut voran, doch als sie den Ausgangspunkt des
ansteigenden Pfades erreicht hatten, der aus der Schlucht hinaus-
führte, und mit dem Marsch nach oben begannen, wurde Wilhelmina allmählich schwächer. Sie blieben zweimal stehen, um Mina
verschnaufen zu lassen, und setzten dann ihren Aufstieg fort.

Der frühmorgendliche Nebel lichtete sich, je höher sie kamen, bis Kit schließlich verkündete: »Dort ist die Markierung. Wir sind da.« Er schaute zu Mina; ihr Gesicht war nassgeschwitzt und hatte die Farbe von Wachs. »Gut gemacht. Wir haben ein paar Minuten Zeit. Wir können uns ein bisschen ausruhen.«

Mina nickte, und Cass half ihr auf den Pfad hinab, um dort zu warten. Der Himmel hellte sich weiterhin auf und nahm einen blassrosafarbenen Schimmer an.

Nach einer Weile erhob sich Kit und begann, hin und her über den Pfad zu gehen, bis er schließlich erklärte: »Er ist aktiv. Das ist eine Erleichterung. Wir können gehen.« Er schritt zu Wilhelmina und bückte sich, um ihr aufzuhelfen. »Bereit?«

»So bereit, wie ich es je sein werde.« Sie zuckte zusammen, als sie Kits Hand nahm, und erhob sich wackelig auf ihre Füße. Cass stützte sie auf der anderen Seite, und gemeinsam führten sie Mina zu der Stelle, die Kit als Startpunkt der Ley-Linie markiert hatte.

»Mina, du wirst so schnell, wie du kannst, gehen müssen. Cass und ich werden dich festhalten, und wir alle machen das zusammen, in Ordnung? Start bei drei – und wir führen den Sprung beim siebten Schritt aus. Alle zusammen ... Okay, los geht's ... eins ... zwei ... drei ...«

Die drei begannen loszumarschieren; und beim vierten Schritt waren sie vollkommen synchron. Kit zählte die Schritte ab, und beim siebten hüpften sie ein bisschen hoch, um den Sprung ins Unbekannte einzuleiten, wobei Mina einen Schmerzensschrei ausstieß.

Nichts geschah. Sie kehrten zum Startpunkt zurück, zählten die Schritte ab, machten den Sprung – und blieben auf dem Pfad.

»Verdammt und zugenäht!«, knurrte Kit.

»Hör auf damit«, mahnte Cass.

»Genau das ist letztes Mal passiert –«

»Nein!«, blaffte Cass. »Geh nicht in diese Richtung. Das hier ist nicht wie letztes Mal. Wir werden es erneut versuchen.«

Kit reckte seinen Hals und drehte den Kopf, um nach der aufgehenden Sonne zu schauen; dann nickte er. »Mina, schaffst du einen weiteren Versuch?«

Sie nickte mit zusammengebissenen Zähnen. »Ich muss nach Hause zurück. Ist mir egal, was es mich kostet.«

»Okay, noch einmal.« Er packte Wilhelminas Hand fester und schritt zur Markierung. »Aller guten Dinge sind drei.«

Wie zuvor zählte Kit die Schritte ab. Und irgendwo zwischen dem fünften und sechsten Schritt spürte er, wie sich die Haare in seinem Nacken aufrichteten. Seine Haut kribbelte im Zusammenspiel mit der statischen Elektrizität, und eine kalte Windböe brachte die Blätter der Bäume zum Rascheln. »Fertig ... Sprung!«

Ihre Füße verließen den Boden und hatten diesmal nicht augenblicklich wieder Kontakt mit ihm. Die Welt verschwamm, als würde man sie durch das mit Reif bedeckte Fenster eines Hochgeschwindigkeitszuges betrachten. Der Wind kreischte durch ihre Kleidungsstücke, winzige Eisregenkügelchen prasselten gegen ihre ungeschützten Gesichter, und Regen durchnässte sie von Kopf bis Fuß. Kit schloss seine Augen zum Schutz vor den willkommenen Windstößen, und als er sie wieder öffnete, stand er auf einem schmalen Pfad, der von Buchenbäumen gesäumt wurde. Die sich rasch bewegende Regenwand ergoss sich auf den Pfad vor ihnen und löste sich währenddessen auf. Einen Augenblick später kehrte die Sonne zurück und rief gesprenkelte Schatten auf dem vollkommen geraden Pfad hervor. Kit erkannte die Stelle hier wieder; es war der Fluss-Ley außerhalb von Prag. Es war der richtige Ort. *So weit, so gut*, dachte er. War es auch die richtige Zeit? Es gab eine schnelle Methode, um das herauszufinden. »Bleibt hier, ihr beiden«, sagte Kit zu den Frauen. »Ich bin gleich zurück.«

Kit joggte den Pfad entlang und kam zu der unbefestigten Straße, die parallel zum Fluss verlief. Erde, nicht Asphalt – er betrachtete dies als ein gutes Zeichen. Nun trat er aus dem Schatten des Buchenwäldchens und begab sich zum Straßenrand. In der Ferne entdeckte er einen langsam fahrenden, von Pferden gezogenen Karren – kein motorisiertes Fahrzeug, was ein weiteres gutes Zeichen war. Er wartete neben der Straße darauf, dass der Wagen näher kam. Nach dem, was er von der Bekleidung des Fahrers erkennen konnte – der formlose Hut aus Tuch, der grob gesponnene Stoff des Kurzrocks und der knielangen Hose, der Holzschuh am Fuß, der auf der Stoßleiste ruhte –, schien alles vertraut zu sein und auf eine Ankunft innerhalb des gewünschten Zeitrahmens hinzuweisen. Als der Mann auf dem Wagen nah genug heran war, um Kits Äußeres in Augenschein zu nehmen – die dunkle Wollhose, das voluminöse weiße Hemd und die braune Weste, die er anhatte, seit sie sich hastig aus Damaskus zurückgezogen hatten –, wurde der freundliche Gesichtsausdruck des Burschen misstrauisch und wachsam. Kit, der plötzlich verlegen wurde, hob eine Hand zum Gruß und tat anschließend so, als würde er seinen Spaziergang entlang der Straße fortsetzen. Nachdem der Wagen vorbeigefahren war und der Bauer nicht länger an dem merkwürdig gekleideten Fremden interessiert zu sein schien, machte Kit kehrt und eilte zurück zu dem Wäldchen, wo Cass und Mina warteten.

»Hast du uns völlig vergessen?«, herrschte Cass ihn an. »Wieso hast du so lange gebraucht?«

»Es ist der richtige Zeitrahmen«, teilte Kit mit. »Ich lasse zwar die Daumen gedrückt, doch ich glaube, wir haben es geschafft.« Er schaute Mina an. Ihre Augen waren geschlossen, und ihre Lippen waren zu einer dünnen, blutleeren Linie zusammengepresst. Er nahm ihren unverletzten Arm, legte ihn sich um seinen Nacken und sagte: »Stütz dich auf mich, altes Mädchen. Wir wollen dich nach Hause bringen.«

Die drei traten aus dem schattigen Gehölz in einen hellen herbstlichen Morgen hinein und begannen, die Straße am Fluss entlangzugehen. Die Sonne trocknete ihre vom Regen durchnässte Kleidung, während sie marschierten, und nach ein paar Hundert Metern wurden sie von zwei weiteren Bauern überholt, die auf dem Weg zum Markt waren. Der erste Bauer blickte sie an, und da ihm missfiel, was er sah, drehte er das Gesicht weg. Aber der zweite Bauer erkannte Wilhelmina als die Dame wieder, die manchmal Honig und Eier von seiner Frau kaufte; er grüßte sie und hielt an, um ihr einen Platz in seinem Wagen anzubieten. Mina riss sich zusammen, um den Gruß zu erwidern und auf die Ladefläche des Wagens zu klettern, und bald schon holperten sie auf der zerfurchten Straße nach Prag.

Kurze Zeit später rollten sie durch die Stadttore und fuhren weiter zum Altstädter Ring, wo der Wochenmarkt für den Handel geöffnet war. Die Bauer ließ sie am anderen Ende des Platzes absteigen. Einen Augenblick lang standen sie nur da und starrten über den breiten Altstädter Ring hinweg, der von Geschäften gesäumt war und von Buden, Verkaufsständen und Handkarren, an denen reger Handel getrieben wurde. Stadtbewohner drängten sich über den Platz, liefen zwischen Kaufleuten und Lieferanten umher, feilschten um Preise, probierten die Waren und tauschten Klatsch aus, während Kinder hier und dort umherflitzten – Spiele und Wettrennen machten – oder sich um Gaukler und Musiker scharten. Zur Rechten sahen sie die hoch emporragenden Turmspitzen der Kathedrale und zur Linken das berühmte Rathaus, ein großes, finsteres gotisches Bauwerk. Und geradeaus stand, weit entfernt und hoch oben auf seinem Hügel, der Palast von Kaiser Rudolf.

Es war ein Ort, den Wilhelmina viele Male mit eigenen Augen gesehen hatte; aber in diesem Moment schien alles genau so, wie sie es an jenem ersten Tag hier erblickt hatte, als ihr, erschöpft und unter großen Unsicherheiten leidend, ein deutscher Bäcker behilflich gewesen war, der in Prag sein Glück zu machen gedachte. Sie spürte in sich die Regungen ihres Herzens, und plötzlich wollte sie nichts mehr, als das goldige Gesicht jenes Bäckers abermals zu sehen.

Ein ganzes Stück entfernt, auf der anderen Seite des geschäftigen Marktplatzes, erspähte sie die grün-weiße Markise des *Großen Kaiserlichen Kaffeehauses*, und ihr stockte der Atem. Mit einem Ruck – sie ignorierte nun die Schmerzen in ihrem Arm und in der Seite – löste sie sich von Kits stützender Hand. »Bitte, das muss ich alleine machen.«

»Unsinn«, entgegnete Kit. »Wir haben dich bis hierher begleitet; wir werden dich den restlichen Weg bis zu deiner Tür nicht alleine lassen.«

Doch Cass legte eine Hand auf Kits Arm, um ihn zurückzuhalten, und schüttelte den Kopf. »Lass sie gehen.«

Kit ließ sie los, und Mina schwankte zur Tür des Kaffeehauses. Sie blieb einen Augenblick lang stehen, um sich zu sammeln, und strich sich mit den Fingern durchs Haar; dann drückte sie die Tür auf und trat in das warme, dunstige Hausinnere hinein, das nach Kaffee und Zimt, gerösteten Mandeln und heißer Milch duftete. Das morgendliche Gedränge war in vollem Gange, und die grün livrierten Serviererinnen flitzten hin und her mit Tabletts voller Tassen, Kannen und Gebäcktellern. An der kleinen Theke direkt vor der Küche gab es eine Schar von Kunden. Eines der Mädchen entdeckte sie, glotzte sie an und sagte einen unbestimmten Gruß, doch Wilhelmina schenkte dem keine Aufmerksamkeit. Ihr Herz klopfte wild vor gespannter Erwartung, als sie sich durch die Menge freundlicher Menschen schob, um sich einen Weg zur Küche zu bahnen. Sobald sie das Gedränge an der Theke umrundet hatte, ging sie rasch zum überdimensionierten Ofen, wo sie eine vertraute Gestalt erblickte, die sich vor der offenen Backofentür herabgebeugt hatte. »Etzel, ich bin zu Hause!«, rief sie und eilte auf die Person zu. »Ich habe dich vermisst.«

Die Gestalt zuckte zusammen, richtete sich dann auf und drehte sich um. »Was ... Hallo, Miss Klug. Es tut mir leid, aber Engelbert ist nicht hier.«

Wilhelmina taumelte zurück. »Burleigh!«, keuchte sie; ihre Augen huschten durch die Küche und suchten nach einer Waffe – oder einem Ausweg. Als sie weder das eine noch das andere sah, richtete sie ihre Aufmerksamkeit erneut auf die Gestalt, die vor ihr aufgetaucht war. »Wo ist Etzel? Was haben Sie mit ihm gemacht?«

Die dünnen Lippen des finsteren Mannes formten sich zu einem hinterhältigen Lächeln. »Die Frage lautet wohl eher ...« – er drehte sich kurz um, schloss die Ofentür und kam einen Schritt näher – »... was hat Etzel mit mir gemacht?«

Worin die Kacke am Dampfen ist

*W*elche Chancen gibt es, dass die Daten fehlerhaft sind?«, fragte
Carl Bayer. Er war der Chefastrophysiker des Teams, das sich
um das kümmern sollte, was die NASA die Jansky-Anomalie
nannte. Er wedelte mit dem Blatt Papier herum, auf dem das Diagramm gedruckt war, das die Mannschaft vom *Jansky-Very-Large-
Array*-Teleskop erstellte hatte.

»Da bin ich mir nicht sicher, Boss«, murmelte einer seiner jüngeren Mitarbeiter.

»Heraus mit der Sprache, Peters. Worüber genau sind Sie sich
nicht sicher?«

»Nun, ich meine, es ist möglich – es könnte irgendwo ein Irrtum
vorliegen«, räumte Peters ein und sah vom Ausdruck, den er in der
Hand hielt, hoch. »Aber ich bin die Gleichungen mehrmals
durchgegangen, und sie schauen gut aus. Sie wollen eine Prozent-
angabe? Null bis fünf Prozent – etwas in der Richtung.«

»Gut. Also . . . ?«

»Nun, was wir hier haben, ist nur eine Zusammenstellung der
Daten, die bislang gesammelt wurden«, erklärte Peters auswei-
chend. »Da wird noch mehr kommen. Die Sache könnte sich
dann ändern, nehme ich an.«

»Haben Sie deren Algorithmen überprüft? Die Kalibrations-
aufzeichnungen?«

Peters verzog schmerzlich das Gesicht. »Ja, natürlich. Aber bin
ich wirklich jede einzelne Code-Zeile in ihren Programmen

durchgegangen? Nein. Könnte es einen Fehler in der Datenein-speisung geben? Möglich. Aber ich habe verschiedene Aufzeich-nungen von Abläufen stichprobenartig überprüft und Querver-weise zu den Scanresultaten der anderen Einrichtungen erstellt, mit denen wir zusammenarbeiten.«

»Und ...«

»Wie ich gesagt habe – es ist alles überprüft worden«, erwiderte der jüngere Mann. »Ich glaube, wir müssen akzeptieren, dass es stimmt, was die uns erzählen. Wir steuern auf irgendeine Art von – Sie wissen schon – Apokalypse zu.«

»Falls das stimmt, was die uns erzählen«, entgegnete Bayer, »dann ist ›Apokalypse‹ ein Begriff, der nicht groß genug ist für diese Sache.« Der NASA-Chef fuhr sich mit einer Hand durch das dünner werdende Haar, dann wischte er sich mit der Hand durch sein Gesicht. »Okay, wo ist Chandra? Mitchell und Rodríguez – wo sind sie?«

»Unten im *Rattennest* – zumindest waren sie das, als ich dort das letzte Mal nachgeschaut habe.«

»Holen Sie sie rauf. Konferenzraum, erster Stock. In fünfzehn Minuten.«

»Was ist mit Dr. Clarke und Direktor Segler? Wollen Sie, dass ich sie auch herbringe?«

Bayer reagierte auf die Frage mit einem leeren Gesichtsaus-druck. »Warum?«

»Weil es ihre Show ist und so weiter. Vielleicht können sie ja etwas dazu beitragen.«

»Sie gehören nicht wirklich zu dieser Sache«, entschied der Teamleiter. Wir können sie später informieren. Und holen Sie mir Direktor Gilroy ans Telefon; ich möchte, dass er mit dem Konfe-renzraum verbunden ist. Ich will, dass er sich das hier anhört.«

»Und das alles in fünfzehn Minuten? Boss, das ist –«

»Wieso hängen Sie hier noch herum? Los, gehen Sie!«

Peters flitzte aus dem Zimmer, und Bayer kehrte zu seinem Schreibtisch zurück und stützte sich mit beiden Händen darauf. Er starrte auf das ausgedruckte Diagramm, als wäre es das neueste

Foto von Gevatter Tod. Das akkurate Gitter in seinem rechteckigen Kasten, die ordentlichen Zahlenreihen und die absteigende rote Linie sagten eine Katastrophe voraus, die das menschliche Begriffsvermögen überstieg. Hier war der Vorbote eines Geschehnisses, das ohnegleichen in der Geschichte der Menschheit war. Was sollte er darüber denken? Und noch wichtiger – was sollte er deswegen unternehmen?

Er hatte keine Antwort darauf. Jemand mit einer hochrangigeren Autorität und einer höheren Gehaltsklasse würde dieser Frage entgegensehen müssen. Seine Aufgabe war es, seine beste Beurteilung der Sachlage weiterzureichen; er würde hierfür auf seine Fähigkeiten und Erfahrungen zurückgreifen und eine Einschätzung aller verfügbaren Informationen vornehmen. Wie alle guten Räder in einer gigantischen Maschine würde er seine Schuldigkeit tun und es jemand anderem in der Organisationskette überlassen, sich um den Rest zu kümmern.

Der Konferenzraum im ersten Stockwerk war leer. Er schaltete die Lichter ein und schloss die Tür; danach ging er zum Kopf des Tisches und setzte sich in einen der großen, unbequemen Ledersessel. Was in ein paar Minuten die sechs Leute, die dann um diesen Tisch versammelt waren, entschieden, würde bestimmend sein für alles, was auch immer anschließend folgte. Es war von äußerster Wichtigkeit, es richtig zu machen. Bayer schloss die Augen, sammelte sich und wartete.

Dr. Chandra war die Erste aus seinem Team, die sich zu ihm gesellte: eine zierliche Person, die trotz ihrer grauen Haarsträhnen förmlich überquoll vor Energie – als wäre sie dreißig Jahre jünger. »Haben Sie den Weltuntergangschart gesehen?«, fragte sie, als sie in den Raum kam.

Bayer öffnete die Augen und hob den Kopf. »Wird das jetzt von denen so genannt?«

»Was halten Sie davon?«

»Ich denke, wir sollten auf die anderen warten, bevor wir in die Sache einsteigen.«

Die übrigen Mitglieder des Teams brauchten nicht lange, um

herzukommen. Rodríguez war der Nächste, direkt nach ihm erschien Mitchell: Beide waren in den Dreißigern und hatten junge Familien, und beide zeigten die albernen Mienen von Männern, die ihr Bestes gaben, um ihre Furcht durch draufgängerisches Verhalten zu kaschieren. »Was is' los, Chef? Ha'm Sie uns vermisst?«

»Nehmt Platz, Männer. Ich habe den Direktor kontaktieren lassen, und er wird sich per Telefon dazuschalten. Ich werde ihn darüber informieren, was vor sich geht; und ich will, dass jeder zuhört, was gesagt wird. Das erspart mir, alles später wiederholen zu müssen.«

Die beiden schlenderten zu den Sitzplätzen gegenüber von Chandra, die fragte: »Gibt's eine Chance, Kaffee zu bekommen?«

Bevor Bayer darauf antworten konnte, klopfte es an der Tür, und Peters traf ein. Er führte einen jungen Mann mit zotteligem Haar herein, der einen schwarzen UFO-förmigen Plastikgegenstand trug, an dem ein Telefonkabel angebracht war.

»Oh, Sie sind schon hier. Ich habe das Konferenztelefon gebracht.« Der junge IT-Spezialist winkte mit dem Objekt in seiner Hand. »Möchten Sie, dass ich es einstöpsele?«

»Ja, danke«, erwiderte der Teamleiter. »Ist der Anruf gemacht worden?«

»Wie wir's besprochen haben«, antwortete der Techniker. Er beugte sich über den Tisch und fummelte das Kabel in eine Buchse, die unter einer kleinen Klappe in der Tischmitte versteckt war. »Ich werde durchstellen, sobald die Verbindung steht.«

»Vielen Dank«, sagte Bayer.

Der Techniker schaltete das Telefon ein und kontrollierte, ob die blaue LED-Anzeige aufleuchtete. »Sie sind jetzt startklar. Sonst noch was?«

»Das ist alles«, erwiderte der Teamleiter und gab ihm mit einem Wink zu verstehen, dass er nicht mehr benötigt wurde. »Und schließen Sie bitte die Tür auf Ihrem Weg nach draußen.« Dann wandte er sich Peters zu. »Nehmen Sie Platz, Rob.«

Sobald sich die Tür mit einem Klicken geschlossen hatte, schob Bayer das Blatt Papier auf dem Tisch weit von sich, als wäre es die

Quelle einer bösartigen Infektionskrankheit. »Okay, wir haben die Daten gesehen. Was machen wir daraus?«

Einen Moment lang schauten sich die Mitglieder des Teams gegenseitig an, und schließlich ergriff Mitchell das Wort. »Offensichtlich müssen wir ein paar weitere Scans durchführen«, schlug er vorsichtig vor. »Die Region mit der größten Aktivität eingrenzen und einige schnelle Miniscans machen, um dann zu sehen, was für eine Entwicklung sich abzeichnet.«

»Wir haben doch schon die Zahlen von fast einem Dutzend Scans«, hob Rodríguez hervor. »Wie viel mehr brauchen Sie denn noch, bevor Sie sehen können, was einem direkt ins Gesicht starrt?«

»Schauen Sie«, entgegnete Mitchell, »von keinem dieser Scans wissen wir mit Sicherheit, wie sie zustande gekommen sind. Wir waren nicht hier, als sie durchgeführt wurden. Man hat uns einen Hinweis gegeben und gezeigt, wo wir gucken sollen. Jetzt können wir die Sache einkreisen und sehen, was tatsächlich da draußen vor sich geht.«

»Und Sie glauben, das wird irgendetwas ändern?«, erwiderte Rodríguez herausfordernd. »Sie glauben, das wird einen Unterschied machen? Wenn es so wäre, warum dann bei zwölf Scans aufhören? Machen wir doch zwanzig – oder dreißig. Oder noch besser: Machen wir fünfzig, nur um sicherzugehen.«

»Was stimmt mit Ihnen nicht, Mann? Ich habe doch bloß gesagt –«

»Jungs! Jungs!«, schimpfte Chandra. »Vertragt euch.« Sie drehte sich zu Bayer und sagte: »Es ist offensichtlich, dass wir ein paar aufregende Neuigkeiten bekommen haben ...«

»So ist es«, pflichtete Rodríguez bei. »Die Kacke ist gewaltig am Dampfen.«

»Und wir kämpfen hier darum, das zu begreifen. Aber anstatt unsere kostbare Zeit damit zu verschwenden, uns gegenseitig zu beschimpfen, schlage ich vor, dass wir die Implikationen diskutieren, die sich aus dem ergeben, was die Daten uns zeigen.«

»*Falls* sich herausstellt, dass dies alles richtig ist, meinen Sie wohl«, erwiderte Mitchell.

»Das alles *ist* richtig«, murmelte Rodríguez. »Kriegen Sie das nicht in Ihren Dickschädel hinein?«

»Ja, natürlich«, erklärte Chandra mit Blick auf den kleinlichen Zank, »wir machen weiter unter der Annahme, dass die Datensätze korrekt sind.«

»Das ist genau das, was ich im Sinn hatte, Adira. Danke schön«, sagte Bayer. »Wir können natürlich noch mehr Zahlen generieren. In der Zwischenzeit, denke ich, sollten wir damit beginnen, ein paar Szenarien durchzuspielen und eine vorläufige Stellungnahme zu formulieren.«

Bedrücktes Schweigen senkte sich auf die kleine Gruppe hinab.

»Bitte nicht alle auf einmal reden«, unterbrach Bayer die Stille. »Irgendwelche Ideen?«

Seine Frage wurde beantwortete von einem Klopfen an der Tür, dem direkt JVLA-Direktor Segler folgte, der nicht auf die Aufforderung wartete, hereintreten zu dürfen.

»Hallo, allerseits. Entschuldigung, aber Duncan sagte mir, Sie hätten eine Konferenz. Ich will ja nicht uneingeladen zu Ihrer Party kommen, aber vielleicht könnten wir behilflich sein?«

»Wir?« Bayer runzelte die Stirn. »Wer ist denn noch bei Ihnen?«

»Nur Dr. Clarke«, antwortete Segler; er drückte die Tür vollständig auf und trat in den Raum hinein. Direkt hinter ihm tauchte Tony auf. »Aber ich kann jeden anderen bekommen, den wir benötigen.«

»Das ist eine Klausurtagung«, teilte Rodríguez ihnen mit. »Und wir haben eine Telefonschaltung.«

Segler erwiderte den Blick des Astrophysikers der NASA, machte jedoch keinerlei Anstalten, zu gehen.

Bayer seufzte. »Bitte kommen Sie herein, Gentlemen. Nehmen Sie Platz. Tatsächlich haben wir noch gar nicht begonnen. Wir erwarten den Anruf jede Minute.« Als die zwei Neuankömmlinge sich an den langen Tisch gesetzt hatten, fuhr er fort: »Ich weiß, ich brauche Ihnen nicht zu erzählen, dass das, was hier besprochen wird, streng vertraulich ist und nicht außerhalb dieses Raumes kommuniziert werden darf.«

»Verstanden, Dr. Bayer«, erwiderte Segler. »Es ist nicht unsere Absicht, die Sache zu verkomplizieren. Wir wollen lediglich unsere Dienste anbieten, in welcher Funktion und Hinsicht auch immer Sie es nützlich finden mögen.«

Bayer nickte kurz. »Schau'n wir mal.«

Tony Clarke zog seinen Stuhl näher an den Tisch heran. »Wir beachten genau wie Sie die sensible Natur des Problems und sind ebenso wie Sie zur Vertraulichkeit verpflichtet.«

»Danke für diese Zusicherung, Dr. Clarke«, intonierte Bayer. »Nun denn, wenn es keine weiteren Unterbrechungen geben sollte, können wir uns ja vielleicht der vorliegenden Sache zuwenden.«

»Ich nehme an, Sie haben das aktualisierte Weltuntergangsblatt«, sagte Segler.

»Das hier ist von ... lassen Sie mal sehen ...« Bayer zog das Blatt zu sich heran und las die Zeitangabe. »Von 04:00. Gibt es ein Neueres?«

»Gibt es«, antwortete Clarke. »Kurz nach 05:15 hat das *California Institute of Technology* die Datenblätter vom australischen Scan rübergeschickt.«

»Und ...?«

»Es entspricht dem vorhergehenden Prognosemodell 26RD, das auf der Messung der Größe der Blauverschiebung beruht.«

»Keine Abweichung?«

»Eine sehr geringe«, erwiderte Tony. »Unten vergleichen sie es immer noch, aber mein anfänglicher Eindruck war, dass der jüngste Scan alles bestätigt, was wir bislang gesehen haben. Ich habe mir außerdem gedacht, es könnte eine gute Idee sein, die Grundlinie des internationalen Himmelsreferenzsystems mit den Cepheiden für die Anker-LG-Galaxien zu überprüfen ...«

»Für ein Frühwarnsystem?«, fragte Mitchell.

Tony zögerte. »Nur um zu sehen, ob es irgendeine anomale Bewegung in unserem Teil der Nachbarschaft gibt. Es mag zu früh sein, um irgendetwas zu entdecken, doch wir müssen irgendwann damit beginnen.«

»Wir müssen diese Daten sehen«, sagte Rodríguez und streckte eine Hand über den Tisch aus. »Sofort.«

Chandra warf ihrem Kollegen einen Blick mütterlichen Missfallens zu und ergänzte: »Bitte, Dr. Clarke, es würde höchst hilfreich sein.«

»Keine Sorge; ich werde sicherstellen, dass jeder von Ihnen auf CC gesetzt wird, sobald der Bericht fertig ist.«

»Wir können später die Feinheiten durchgehen«, sagte Bayer, »aber einstweilen werden wir davon ausgehen, dass das, was wir da sehen, eine Störung in der Expansion des kosmischen Horizonts ist – wenn das nicht ein zu starker Ausdruck dafür ist.«

»Zu stark?«, merkte Rodríguez an. »Wie wär's damit? In einfachen, schlichten Worten: Der kosmische Horizont schrumpft. Das Universum bricht gerade in sich zusammen. Es ist der Big Crunch.« Er blickte streitlustig in die Runde am Tisch. »Habe ich recht?«

»Ja, Sie haben recht«, murmelte Mitchell. »Aber was werden Sie dagegen *tun*? Das ist es, was ich gerne wissen würde. Was kann *irgendjemand* dagegen tun?«

»Eins nach dem anderen«, meinte Segler. »Die wichtigste Frage, die mir in den Sinn kommt, ist: Gibt es eine Möglichkeit, für jene, deren Aufgabe es sein wird, mögliche Lösungen auszuarbeiten, die Situation in nicht technischen Begriffen zu definieren?«

»Angesichts der Zeitachse – und wir sprechen hier von Wochen – sehe ich nicht, dass uns genügend Zeit zur Verfügung steht, um großartig darauf Rücksicht zu nehmen ...«

»Natürlich vorausgesetzt, wir sind überhaupt in der Lage, eine glaubwürdige Lösung zu *finden*«, warf Peters ein. »Nach Lage der Dinge ist es doch so, dass mit dieser Sache Angst und Schrecken einhergehen werden. Was wird wohl geschehen, wenn das an die Öffentlichkeit dringt? Was, glauben Sie, wird passieren, wenn Fox News damit anfängt, das ständig auf dem Laufband mit den Schlagzeilen zu bringen?« Er verzog das Gesicht, und seine Schultern begannen zu beben. Die anderen rund um den Tisch brauchten einen Moment, um zu realisieren, dass er gerade lachte. »Ich kann's jetzt schon förmlich vor mir sehen! *Breaking News*: Die Welt endet in sechs Tagen!« Er kicherte, dann sprach er weiter: »Ein echter Knüller! Ich kann mir vorstellen, dass die Werbeeinnahmen, die durch eine solche Geschichte zu erzielen sind, enorm sein werden.«

»Reißen Sie sich zusammen«, wies Bayer ihn unfreundlich zurecht.

»Doch er hat recht«, erklärte Mitchell. »Sobald das rauskommt ... Können Sie sich das Chaos vorstellen?«

»Ich stimme dem nicht zu«, widersprach Chandra. »Erinnern Sie sich daran, wie die Allgemeinheit vor ein paar Jahren auf die Bedrohung der globalen Erwärmung reagiert hat? Einige waren besorgt und fühlten sich bedroht – manche gerieten auch in Panik –, aber die meisten gingen wie immer ganz normal ihrem Leben nach. Für die meisten Leute ging auch danach alles seinen gewohnten Gang.«

Mitchell wischte ihr Argument beiseite, indem er mit der flachen Hand auf den Tisch schlug. »Das hier ist in keiner Weise mit jener Sache vergleichbar. Das ist ganz anders. Wenn jedermann sieht, wie die Sterne zu leuchten aufhören und Planeten zusammenstoßen, dann werden alle wissen, dass etwas im Gange ist. Aufstände, Plünderungen, Morde – überall wird die Hölle ausbrechen. Ganze Städte werden in Brand gesetzt werden.«

»Das wird nicht passieren«, widersprach Tony. »Meiner bescheidenen Meinung nach wird es einfach nicht mehr genug Zeit geben, um in Panik zu geraten, wenn die Leute sehen, wie die Sterne zu leuchten aufhören. Es wird in Sekundenschnelle vorüber sein.« Er schnipste mit den Fingern. »Niemand wird auch nur so viel Zeit haben, um seine Schuhe zuzubinden – geschweige denn, irgendetwas in Brand zu setzen.«

»Das ist ja beruhigend«, brummte Rodríguez.

»Leute, Leute«, bat Bayer. »Das Ziel ist es, überprüfbare Daten zu sammeln, um zu helfen, die Situation genau zu bestimmen, und nicht, um sie einzudämmen. Wir können es anderen Behörden überlassen, sich Sorgen über die negativen Konsequenzen zu machen. Direktor Gilroy wird in einer Minute anrufen, und wir müssen unbedingt etwas Nützliches vorweisen, das wir ihm sagen können. Was wird das sein?«

Erneut senkte sich Schweigen auf die Gruppe herab. Die Sekunden zogen sich langsam dahin. Sie schauten sich gegenseitig an und auch auf das stumme Konferenztelefon, als wäre plötzlich in der Mitte des Tisches ein schwarzes Loch aufgetaucht.

»Es tut mir leid, Carl«, erklärte schließlich Direktor Segler, »dass es am Ende auf das Gleiche hinausläuft. Ich meine, die Krise genau zu bestimmen ist ja gut und schön; und ich stimme dem zu, dass es notwendig ist. Aber das der Welt draußen zu kommunizieren, birgt unvermeidlicherweise das Risiko in sich, dass irgendjemand irgendwo damit Amok läuft. Falls wir nicht anderen eine mögliche Lösung für das Problem vor Augen führen können, wird es nichts bringen, die Leute zu alarmieren.«

»Also … weil der Arzt sich kein Heilmittel ausdenken kann, ist es das Beste, den Patienten nicht zu warnen und ihm nicht mitzuteilen, dass er eine tödliche Krankheit hat. Ist es das, was Sie sagen?«

»Wenn es bloß so einfach wäre«, entgegnete Segler. »Ich würde sagen, die Sache hat mehr etwas von einem Mann, der am Einschlagsort eines atomaren Testgeländes ein Picknick macht, während die Bombe bereits das Flugzeug verlassen hat. Es gibt keine Möglichkeit, die Atombombe mitten in der Luft aufzuhalten, und sie kann auch nicht zurückgerufen werden. Was ist die beste Handlungsoption? Sie können den glücklichen Picknicker darüber informieren, dass er nur noch Sekunden zu leben hat, und ihn dadurch in Panik, Entsetzen und Verzweiflung stürzen. Oder Sie können ihm zugestehen, seine wenigen verbleibenden Augenblicke in Frieden und Gemütlichkeit zu genießen.«

Mitchell starrte Segler zornig an. »Ich kann nicht glauben, dass Sie das gerade gesagt haben.« Er wandte sich an die anderen Anwesenden. »Ist sonst noch jemand mit mir einer Meinung?« Als sich niemand zu Wort meldete, folgerte er: »Ich bin also der Einzige, der denkt, dass das völlig verrückt ist?«

»Direktor Segler hat nicht ganz unrecht«, merkte Chandra an. »Wenn Gewaltausbrüche, Brandstiftungen, Morde und Chaos in den Straßen eine logische Wahrscheinlichkeit darstellen, falls diese Nachricht veröffentlicht wird, dann empfehlen uns Vernunft und Vorsicht, das Leiden und die Schäden zu mildern.«

»Wow«, entfuhr es Mitchell, der bestürzt den Kopf schüttelte. »Was seid ihr, Leute – Roboter?«

»Ich spreche jetzt als Realist«, erklärte Segler. »Es mögen andere Überlegungen geben, die gegen solch eine Vorgehensweise sprechen. Aber das, wie Dr. Bayer hervorgehoben hat, ist nicht unsere Entscheidung.«

»Wessen ist sie dann?«, erwiderte Mitchell. »Die Menschen haben ein Recht darauf, zu wissen, dass sie im Begriff sind, ihrem Schöpfer entgegenzutreten – wie wäre es damit als Argument für weitere Überlegungen?«

»Okay«, knurrte Bayer. »Lasst uns ein oder zwei Gänge zurückschalten. Tief durchatmen, und zwar jeder. Mitchell, vergessen Sie nicht, zu wem Sie sprechen, und versuchen Sie mal zur Abwechslung, sich wie ein Erwachsener zu verhalten.«

»Ist schon in Ordnung«, sagte Segler. »Wir sind alle fix und fertig. Nichts von alldem ist einfach.«

»Das ist der Grund, weshalb sie uns so großzügig bezahlen«, merkte Rodríguez an.

»Schön wär's«, warf Peters ein.

Allmählich lockerte sich die angespannte Atmosphäre im Raum, und die Besprechung wurde fortgesetzt. Am Ende der neunzig Minuten hatte das Telefon jedoch noch immer nicht geklingelt, und die Gruppe hatte sich für eine recht laue Beschreibung ihrer bisherigen Entdeckungen und Vorausberechnungen entschieden.

Frustriert vertagte Teamleiter Bayer die Versammlung und erklärte: »Wir strengen uns hier vergeblich an, also werden wir das hier fürs Erste zum Abschluss bringen. Wir werden auf Dr. Clarkes Bericht warten und hoffen, dass darin Vorschläge für das weitere Vorgehen zu finden sind.« Er blickte hinunter zum Ende des

Tischs. »Tony, schicken Sie ihn mir zuerst, und ich werde ihn dann weiterverteilen.«

»Natürlich«, erwiderte Tony.

Bayer nickte und fuhr fort: »Außerdem werde ich eine formelle Abriegelung der gesamten Kommunikation erlassen. Alle Informationen, die in diese Einrichtung kommen und aus ihr hinausgehen – ebenso wie jegliche Privatkommunikation –, werden dem offiziellen NSA-Schutzprotokoll unterworfen sein und benötigen für ihre Verbreitung eine offizielle Genehmigung.« Er hielt inne, dachte einen Augenblick nach und ergänzte: »Ich werde die Mitteilung innerhalb der nächsten Stunde aufsetzen und sie allen relevanten Parteien zuschicken. Noch Fragen?« Er wartete nicht auf eine Erwiderung, sondern stieß sich vom Tisch ab und stand auf. »Gut. Ich danke Ihnen allen für Ihre Beiträge. Zurück an die Arbeit.«

Segler gesellte sich zu Bayer, um sich kurz mit ihm zu beraten. Als Tony Clarke sah, dass er vorübergehend für sich alleine war, ergriff er die Gelegenheit: Er schlich aus dem Konferenzraum und eilte hinunter zu den Wüstenratten. Dort traf er Bruder Becarria genau an der Stelle an, wo er ihn ein paar Stunden zuvor verlassen hatte – zusammengekauert vor einem Computerbildschirm und umgeben von einer Unmenge von Blättern, von denen viele mit undurchsichtigen Berechnungen bedeckt waren, die er erstellt hatte.

»Gianni, Gott sei Dank bist du hier«, sagte Tony. »Wir müssen reden.«

Der Priester blickte auf und sah das besorgte Gesicht seines Freundes. »Was ist passiert?«

»Bayer hat entschieden, eine Abriegelung der gesamten Kommunikation durchzuführen: Zweifellos telefoniert er bereits mit denen da oben, während wir jetzt miteinander sprechen. Er plant, eine formelle Verlautbarung abzugeben – wahrscheinlich innerhalb der nächsten Stunde. Es wird eine vollständige Abriegelung der Information und Kommunikation sein. Man wird die gesamte Kommunikation mit der Außenwelt überwachen; und niemandem wird es erlaubt sein, fortzugehen. Aber ich glaube, wir müssen die anderen darüber informieren, was vor sich geht und was wir bisher in Erfahrung gebracht haben.«

Gianni nahm seine Brille ab und rieb sich die Augen. »Damaskus?«

»Nein, nicht Damaskus. Cass, Kit und Wilhelmina – möglicherweise kannst du sie in Prag antreffen. Ich würde ebenfalls gehen, aber offensichtlich können wir nicht einfach beide zusammen von hier verschwinden. Und wie dem auch sei ... Ich habe das Gefühl, ich sollte hierbleiben und tun, was auch immer ich kann, um zu helfen.«

»*Capisco*«, antwortete Gianni. »Mehr muss man dazu nicht sagen.« Er stand auf. »Ich werde gehen.«

»Du wirst diesen Ort unverzüglich verlassen müssen, fürchte ich – jetzt sofort, noch in diesem Augenblick. Sobald die Abriegelung in Kraft getreten ist, wird niemand mehr in diese Einrichtung hineinkommen oder aus ihr herausgelangen. Du musst gehen, solange du es noch kannst. Denkst du, dass du den Weg zurück alleine findest?«

Der Priester lächelte. »Ich habe schon Ley-Reisen gemacht, bevor du geboren wurdest, *mio amico*.« Er rieb die Gläser seiner Brille an seinem Hemd sauber, dann setzte er sie sich wieder auf die Nase. »Ich bin bereit. Ich werde jetzt aufbrechen.« Er stand auf und schob seinen Stuhl unter den Tisch. »Was hat man oben entschieden?«

»Nicht viel«, berichtete Tony. »Die Konferenz führte zu nichts – keine Schlussfolgerungen, keine neuen Einsichten ... Sie warteten auf einen Telefonanruf, und selbst der ist nicht gekommen.«

»Wenigstens keine Überraschungen«, seufzte Gianni. Mit einer ausladenden Geste wies er auf die Blätter, die um ihn herum verstreut waren. »Hier gibt's auch nichts Neues.«

»Mit anderen Worten: Es ist so schlimm, wie wir gedacht haben«, folgerte Tony. »Wochen, nicht Monate.«

»Falls überhaupt.« Gianni hob seine Augen in Richtung Himmel. »Ich bin nicht optimistisch.«

»Ich auch nicht«, bekannte Tony. »Ich werde mit dem Cepheiden-Markierungsprotokoll weitermachen; es könnte sich als nützlich erweisen.« Einen Moment lang schaute er seinen Freund an. Er dachte nach, doch ihm fiel nichts mehr ein, was er noch hätte sagen können. Und so fügte er nur noch hinzu: »Ich führe dich hinaus.«

Die zwei spazierten lässig aus dem Raum und fuhren im Aufzug hoch ins Erdgeschoss. Als die Fahrstuhltüren sich öffneten, sagte Tony: »Ich muss dich hier verlassen. Ansonsten werden die Kameras uns zusammen sehen, und ich möchte mir nicht irgendeine Erklärung aus den Fingern saugen müssen.«

»Ich verstehe.« Gianni trat nah an seinen Freund heran und umarmte ihn rasch. »Gott möge mit dir sein, Anthony. Bis wir uns wiedersehen.«

»Auf Wiedersehen«, sagte Tony. Er streckte die Hand aus und berührte Gianni am Arm. »Eines noch. Bitte richte Cassandra aus, dass ich sie liebe und dass meine letzten Gedanken ...« Die Stimme versagte ihm. Er kämpfte darum, weiterzusprechen. »Sag ihr, dass meine letzten Gedanken ihr gelten werden.«

Gianni neigte den Kopf zur Bestätigung, dass er die Bitte erfüllen würde, und trat aus dem Aufzug hinaus. Er näherte sich der Absperrung am Empfang, winkte mit seinem Plastikausweis der jungen Dame hinter dem Schreibtisch zu und wischte dann mit der Karte über das elektronische Feld. Das kleine Tor öffnete sich, und Gianni ging durch den Raum und zum Eingang hinaus. Niemand außer der Rezeptionistin sah, wie er fortging. Fünfzehn Minuten später wurde der offizielle Befehl erlassen, die Einrichtung für jegliche Art von Verkehr abzuriegeln und alle Kommunikationsvorgänge über das Büro des Direktors umzuleiten. Das Eingangstor wurde zugeschlossen und die Wachmannschaften in höchste Alarmbereitschaft versetzt.

Aber da war Gianni schon einige Meilen entfernt in einem Auto und raste in westlicher Richtung durch die Wüste von New Mexico auf Sedona zu.

*Worin man weiterhin
von der Vergangenheit verfolgt wird*

*B*urleigh!«, schrie Kit. Er stürmte in die Küche hinein. »Nimm deine Hände von ihr weg, du Bastard!«

Er sauste um die Ecke des Tresens und warf sich kopfüber in den Mann, der sich über Wilhelmina beugte, die zu seinen Füßen auf dem Küchenboden lag.

Kit rammte die Schulter mit solcher Wucht in den Magen von Burleigh, dass der zusammenklappte, krachend gegen den Backofen schlug und auf den Steinfliesen zusammenbrach. Kit fiel auf ihn drauf und fing sogleich an, mit den Fäusten auf ihn einzuschlagen – wieder und immer wieder. Mit wildem Geheul prügelte er auf das Gesicht und den Kopf des Earls ein.

Kit hörte erst damit auf, als er bemerkte, dass Burleigh sich nicht wehrte und er selbst derjenige war, der all den Krach machte. Das Nächste, was ihm bewusst wurde, waren starke Hände, die ihn hochzerrten und von seinem Opfer fortzogen, und Engelberts breites, freundliches Gesicht starrte ihn mit einem Ausdruck des Entsetzens und der Sorge an.

Wilhelmina, die neben ihm auf den Knien lag, rief: »Kit! Genug! Hör auf damit!«

Er schaute sich um – ebenso sehr erstaunt über seine eigene Handlungsweise wie darüber, dass er Burleigh dabei ertappt hatte, wie er über Wilhelminas Körper gestanden hatte. »Mina? Bist du in Ordnung? Hat er dir wehgetan?« Er versuchte, sich aus Etzels Griff zu befreien, doch der Bäcker hielt ihn fest.

»Es geht mir gut, Kit. Es ist nicht so, wie du denkst. Burleigh hat mich nicht angegriffen. Mir wurde nur ein bisschen schwindelig, das war alles«, berichtete Mina. »Ich bin in Ordnung, wirklich.«

Kit wandte seine Aufmerksamkeit abermals dem Earl zu, der immer noch schwer getroffen vor dem Ofen auf dem Boden lag. Burleighs Augen waren geschlossen, und er rührte sich nicht. »Was macht er hier?« Kit streckte den Zeigefinger anklagend vor und drehte sich zu Etzel um.

Engelbert wandte sich Mina zu, und die beiden tauschten kurz ein paar Worte auf Deutsch aus. Dann antwortete Mina: »Er sagt, dass Burleigh im Gefängnis gewesen ist –«

»Gut!«, fiel Kit ihr mit einem höhnischen Grinsen ins Wort.

»Und dass es immer noch Anklagen gegen ihn gibt, wegen denen er sich vor Gericht verantworten muss –«

»Geschieht ihm ganz recht. Was noch?«

»Kit, bitte, wenn du nur für eine Minute den Mund halten würdest und mich zu Ende sprechen ließest –«

»Schön, in Ordnung«, schnaubte Kit, der seinen Feind mit mörderischen Blicken anstarrte. »Fahr fort.«

»Etzel sagt, dass der Earl bis zu seinem Gerichtstag hier lebt und in der Küche hilft.«

»Waaas?« Mit einer heftigen Bewegung seines Oberkörpers befreite sich Kit aus den Händen von Engelbert und drehte sich zu ihm um. »Bist du verrückt?« Zu Mina sagte er dann: »Frag Etzel, ob er verrückt ist – diesen Mörder bei sich aufzunehmen!«

»Nein, Kit.« Mina streckte eine Hand aus, um Kit daran zu hindern, Burleigh erneut anzugreifen. »Du verstehst das nicht. Beruhige dich einfach.«

»Beruhigen! Dieser Drecksack hat Cosimo und Sir Henry umgebracht. Er hat auf Giles geschossen und versucht, mich zu töten!«, rief Kit. »Und du sagst zu mir, ich soll mich beruhigen?«

Cass, die vom Eingang aus zugeschaut hatte, trat nun neben Kit. »Komm her, Kit. Komm mit mir.« Sie packte Kit am Arm und zog ihn energisch zur Seite. »Sie versuchen gerade, dir etwas zu erzählen, aber du wirst dich ein wenig abkühlen müssen, damit du auch wirklich verstehst, was sie zu sagen haben.« Sie blickte ihm fest in die Augen. »Nein, schau nicht ihn an. Schau mich an. Hast du gehört, was ich gesagt haben?«

Aufgrund der Überredungskünste von Cass entspannte sich Kit schließlich und beruhigte sich ein wenig. Sie wies eine der Serviererinnen an, ihm eine Tasse Kaffee mit Zucker zu bringen, und brachte ihn dazu, sich hinzusetzen und etwas zu trinken. Seine Wut ebbte langsam ab, während er Schlückchen für Schlückchen seinen Kaffee zu sich nahm. Und dann zeigte er Cass mit einem Nicken an, dass er versuchen würde, sich zu beherrschen.

»Okay«, sagte sie, »jetzt lass uns einfach hier sitzen und herausfinden, was es mit dem Ganzen hier auf sich hat. Können wir das?«

Kit nickte erneut und starrte anschließend mit stechendem Blick zu Burleigh hinüber, der sich gerade selbst ein wenig aufrichtete und dann auf einen Ellbogen gestützt liegen blieb. An seiner Seite war Engelbert, der mit einem feuchten Tuch das Blut von der aufgeplatzten Lippe und von der Wunde über dem Auge wegwischte.

Cass kümmerte sich nicht weiter um Kit, zog aus einer Zimmerecke einen Stuhl heran, trug ihn rasch zu Mina und setzte sie darauf. »Sie braucht ... einen Arzt«, sagte sie zu Engelbert in abgehacktem Deutsch. »Können Sie einen Arzt für sie kommen lassen?«

»Bist du krank?«, fragte er und bückte sich neben Minas Stuhl herab.

Wilhelmina schüttelte ihren Kopf. »Krank nicht, aber ich bin verletzt.« Sie zeigte auf die behelfsmäßige Schlinge. »Mein Arm.«

Engelbert drehte sich auf der Stelle um, flitzte zum Tresen und rief eine der Dienstmägde herbei. Er sprach einen kurzen Befehl, woraufhin das Mädchen aus dem Geschäft rannte.

»Danke, mein Schatz«, sagte Mina zu ihm und bat ihn dann, ihr zu erzählen, wie es dazu gekommen war, dass Burleigh nun im *Großen Kaiserlichen Kaffeehaus* wohnte.

Etzel nickte und erwiderte: »Er konnte nirgendwo anders hingehen, verstehst du; und er hatte niemanden, der für ihn sprach. Es ist unsere christliche Pflicht, denen zu helfen, die in Not sind.«

»Für ihn sprechen? Da geht mir in der Übersetzung ein wenig verloren«, sagte sie auf Deutsch. »Ich glaube, wir sollten mit dem Anfang beginnen.« Sie griff nach Etzels Hand. »Sprich langsam. Du erzählst es mir, und ich werde es den anderen erzählen.«

Während Kit und Cass zuschauten, begann Engelbert zu schildern, wie Burleigh in Engelberts Obhut gekommen war. Mina übersetzte zwischendurch, und die Geschichte, die sich den anderen enthüllte, war bemerkenswert, gelinde gesagt. Burleigh, der immer noch das feuchte Tuch an sein Gesicht gedrückt hielt, lag mit ausgestreckten Beinen auf dem Boden und hörte der Darstellung teilnahmslos zu; niemals erhob er Einspruch oder legte Widerspruch ein wegen dem, was Engelbert über ihn sagte. Kit dagegen unterbrach ihn mehrere Male, um die Schilderung in Zweifel zu ziehen, doch seine Einwände wurden von Wilhelmina weggewischt, die allerdings selbst Fragen stellte.

»Vielen Dank, Etzel«, sagte Burleigh auf Deutsch, als er zum ersten Mal das Wort ergriff. »Es ist in Ordnung.« Dann erklärte er den anderen auf Englisch: »Sie dürfen nicht vergessen, dass ich Monate im Gefängnis zugebracht habe, und das ohne jegliche Hoffnung, freigelassen zu werden. In meinem Herzen war eine große Bereitschaft zur Gewalt – aufgestaute Gewalt, die Rache nehmen wollte für die Verletzungen und die Ungerechtigkeit, die ich, wie ich mir vorstellte, hatte erdulden müssen. Ich hatte die Absicht, jemanden dafür bezahlen zu lassen!« Burleigh drückte sich in eine aufrechte sitzende Position hoch, machte aber keine Anstalten, aufzustehen. »Ich hatte voll und ganz die Absicht, Etzel ein Leid anzutun, doch als sich dann die Gelegenheit dazu bot, begriff ich, dass ich selbst die Person war, die dafür bezahlen musste.«

»Was haben Sie gemacht?«, fragte Wilhelmina, die sich darum mühte, in der Gegenwart des Mannes, den sie so rundheraus verachtete und misstraute, ihre Fassung aufrechtzuerhalten.

»Was ich gemacht habe?«, erwiderte der Earl. »Ich weiß es

kaum. Ich erinnere mich, in Engelberts Zimmer gegangen zu sein, während er schlief. Brennend vor Hass, nur auf Zerstörung ausgerichtet, stand ich neben dem Bett meines guten, treuen Freundes; und im Lichte seiner Tugendhaftigkeit sah ich mich als der, der ich war – ein Gefäß, das nur noch dazu wert war, zerstört zu werden.« Er blickte in die Runde der Zuhörer; er wollte unbedingt, dass sie ihn verstanden. Dann schaute er Engelbert an. »Ich sah dieses sanfte Gesicht im Mondlicht und begriff, dass er sich jenseits des Zugriffs jeglicher irdischer Macht befand, während ich ein Sklave aller Arten von weltlichem Übel war. Es gab nur noch eine Lösung«, folgerte Burleigh, »und die bestand für mich darin, mich unverzüglich zu ertränken – das böse Wesen zu töten, das ich geworden war, und die Welt von meiner eigenen, niederträchtigen Existenz zu befreien. Ich ging nach draußen, und zwar auf der Stelle. Ich traf die Entscheidung und handelte sofort dementsprechend – aus Furcht, ich könnte ansonsten meine Meinung ändern.«

»Wirklich?« Kit konnte nicht glauben, was er da hörte. Der Mann, der so vielen, die auf der großen Suche nach der Meisterkarte waren, solch großes und schreckliches Leid zugefügt hatte, gestand nun seine Verbrechen – gestand sie vollständig und aus freien Stücken und mit einer Stimme voller Reue. Dennoch war er entschlossen, nicht darauf hereinzufallen. »Sie waren im Begriff, sich selbst umzubringen?«

Burleigh bestätigte dies noch einmal und fuhr fort: »Ich ging hinaus, wie ich schon sagte, aber ich erinnere mich nicht daran, wie ich das Kaffeehaus verlassen, den Platz überquert oder irgendetwas anderes getan habe. Verstehen Sie, ich wurde vollständig beherrscht von dem einen, einzigen Gedanken, dass ich sterben müsse. Das allein trieb mich an. Ich war ein geistloser Automat; ich sah nichts, ich hörte nichts, ich fühlte nichts – ich suchte nur die Erlösung des Todes.«

»Sie haben es geschafft, das zu verhindern, wie ich sehe«, schnaubte Kit verächtlich – und trug sich damit einen vorwurfsvollen Blick von Engelbert ein.

Burleigh nickte bloß. »Am Stadttor kam ich wieder zu mir. Es war geschlossen. Es war die dunkelste Stunde der Nacht, und das Tor war zugesperrt. Die Nachtwache war nirgendwo zu sehen. Ich muss einige Zeit dort gestanden und auf den Eisenriegel sowie den schweren Balken gestarrt haben, die das Tor zusperrten. Wie sollte ich das öffnen? Diese Tür war alles, das zwischen mir und dem Fluss stand – zwischen mir und meiner Zerstörung –, und ich konnte sie nicht öffnen.«

Burleigh hob sein Gesicht. Eine einzelne Träne rann zwischen den angegrauten Barthaaren seiner Wange hinab. »Das war es, verstehen Sie – die endgültige Offenbarung. Ich war nichts, besaß nichts, konnte nichts verändern. Mir fehlte sogar die Macht, mich selbst zu beseitigen! Ich stand hilflos vor diesem Tor, und welche innere Standhaftigkeit mir auch immer geblieben war, sie schmolz einfach dahin. Ich brach auf den Pflastersteinen zusammen und weinte um die Sinnlosigkeit und Kleinheit meines erbärmlichen, komplizierten Lebens und um das hasserfüllte Wesen, das ich geworden war. Ich war eine verlorene und Not leidende Seele – jenseits der Hoffnung, jenseits der Erlösung. Es gab keine Worte, um die Trostlosigkeit zu beschreiben, die ich in jenem Augenblick empfand. Ich lag auf der Straße wie ein Haufen Müll, wie Unrat, den man weggeworfen hatte, damit er unter den Füßen zertreten wurde . . .« Burleigh verstummte und dachte erneut über jenen Moment nach – der nur Tage zurücklag, aber schon eine Ewigkeit her zu sein schien.

Als er nicht weitersprach, fragte Cass: »Hat Etzel Sie dort gefunden?«

Der Earl blickte auf, lächelte traurig und schüttelte den Kopf. »Nein, das war in der Kirche.«

»In der Kirche?«, wunderte sich Mina. »Unserer Kirche?«

»Ich weiß nicht, wie lange ich auf der Straße lag. Das Einzige, woran ich mich erinnere, ist, dass ich mir die Augen ausgeweint habe, und das Nächste, was ich gehört habe, ist das Läuten der Kirchenglocke. Ich wusste noch nicht einmal, dass sie nachts geläutet wird.«

266

»Das geschieht nur zwei Mal in der Nacht«, wusste Mina zu berichten. »Das zweite Mal direkt vor der Morgendämmerung.«

Burleigh nickte. »Jedenfalls hörte ich diese Glocke, stand auf und begab mich in die Kirche. Ich weiß nicht, warum – außer vielleicht, dass ich mir vorgestellt habe, ich könnte mich dort verstecken. Ich stand an der Tür, und ich erinnerte mich an etwas, das ich irgendwo gehört hatte: ›Klopft an.‹ Ich starrte auf die Tür, und ich erinnerte mich an mehr: ›Klopft an, und die Tür wird euch aufgetan.‹ Woher jene Worte kamen, kann ich nicht sagen. Aber ich hob meine Hand, klopfte an, und die Tür öffnete sich einfach, und ich ging hinein – diese Tür wenigstens war für mich nicht verschlossen. Die Kirche war dunkel. Es gab nur ein paar Kerzen, die auf dem Ständer vor dem Bild brannten, und ich kauerte mich hinten auf eine Bank. Dort saß ich dann; ich hatte weder Zukunftspläne noch eine Vorstellung davon, was als Nächstes geschehen könnte.« Burleigh schloss die Augen, um das Ganze in seinem Gedächtnis noch einmal zu erleben. »Ich saß immer noch dort, als jemand hereinkam – wer anders als Engelbert hätte es wohl sein können?«

»Ja, das tut er«, sagte Wilhelmina und blickte hinüber zu Etzel, der inzwischen wieder an der Seite seines Schützlings war. »Er geht manchmal zur Frühmesse, bevor er das Geschäft öffnet. Was hat er gesagt, als er Sie dort gefunden hat?«

»Nichts.« Burleigh gestand sich ein mattes, wehmütiges Lächeln zu. »Er sagte nichts. Er rutschte einfach auf den Sitzplatz neben mir und wartete darauf, dass der Gottesdienst begann.« Er hob die Augen und blickte seinen Wohltäter dankbar an. »Der Gedanke, dass ich aus irgendeinem anderen Grund dort sein könnte als dem Besuch der Messe, wäre ihm nicht in den Sinn gekommen.«

»Fahren Sie fort«, sagte Kit. »Was geschah anschließend?«

Bevor Burleigh antworten konnte, geschahen beinahe zwei Dinge gleichzeitig, die ihn davon abhielten, die Geschichte weiterzuerzählen: Zuerst erschien der Arzt, um Wilhelmina zu untersuchen. Der Doktor hatte gerade mit seiner Untersuchung begonnen, als ein weiteres Gesicht über dem Tresen auftauchte und man eine Stimme rufen hörte: »Ihr seid alle hier! Gott sei Dank bin ich nicht zu spät.«

Kit drehte sich um. »Gianni!«

Der Priester taumelte um den Tresen herum und betrat die nun überfüllte Küche. Er stolperte, konnte einen Sturz jedoch verhindern, indem er sich am Tisch festhielt. Kit warf einen Blick auf Giannis sehr verschmutzte Kleidung und die mattgraue Blässe seines Gesichts, und sogleich eilte er ihm zur Seite. »Hier, lass mich dir helfen«, sagte Kit und gab Cass mit einem Zeichen zu verstehen, dass sie einen weiteren Stuhl holen sollte. »Etzel, bringen Sie ihm etwas Wasser. Rasch! Er ist vollkommen verausgabt.«

Mina übersetzte die Bitte, und Gianni fiel förmlich auf den ihm angebotenen Stuhl. Der Arzt, der Wilhelmina behandelte, unterbrach kurz die Untersuchung des verletzten Arms, blickte hoch und rief Engelbert einen Befehl zu, der daraufhin in der Speisekammer hinter der Küche verschwand. »Der Doktor hat Schnaps für ihn angeordnet«, sagte Mina.

»Ah, *mio cuore*, verbindlichsten Dank.« Gianni schloss die Augen und lehnte sich auf seinem Stuhl zurück.

»Du siehst aus, als hätte man dich durch ein Rattenloch gezerrt«, merkte Kit an. Der schicke schwarze Anzug des Italieners war ziemlich verdreckt, an mehreren Stellen zerfetzt, und eine Tasche war fast ganz abgerissen worden. »Was ist dir denn widerfahren?«

Engelbert erschien mit einer dickbauchigen Flasche, die eine kristallklare Flüssigkeit enthielt; er zog den Stopfen heraus und goss etwas vom Inhalt in einen Becher hinein. »Trinken Sie; das wird Ihnen guttun.« Er drückte Gianni den Becher in die Hand. Der Priester nahm einen kleinen Schluck von dem alkoholischen Getränk und verzog das Gesicht, dann nippte er erneut daran und hustete.

»Während all meiner Erlebnisse mit Ley-Reisen habe ich niemals zuvor solche Schwierigkeiten durchstehen müssen. Ich war gezwungen, zu Linien Zuflucht zu nehmen, die ich schon vor Jahren vergessen hatte.« Gianni nahm einen weiteren Schluck Schnaps. »Das Schlimmste daran ist – ich befürchte, dass unsere Probleme erst beginnen.«

Kit, Cass und Wilhelmina tauschten besorgte Blicke aus. »Wie in Damaskus?«, fragte Cass.

Mit einer weiteren Grimasse trank Gianni den Schnaps aus und stellte den Becher auf dem Tisch ab. Einen Augenblick lang starrte er ihn an, bevor er erneut sprach. »*Signorina*, weshalb hätte ich sonst herkommen sollen?« Er hob seine Augen, schaute sich im Raum um und sah in die besorgten Gesichter, die wiederum ihn anblickten. »*Mio amici*, wir müssen reden.«

SIEBENUNDZWANZIGSTES KAPITEL

Worin der Knastbruder singt

*B*islang scheint Prag stabil zu sein; wir haben hier keinerlei kosmische Seltsamkeiten bemerkt«, sagte Wilhelmina. »Aber wir hatten eine ziemlich raue Zeit deshalb in anderer Hinsicht.«

Gianni hatte gebadet und saubere – wenn auch altmodische und zu große – Kleidung angezogen; und sie alle hatten in einer ziemlich gedämpften Stimmung ein Abendessen aus Bohnen, Schweinshaxen und Zwiebeln zu sich genommen. Sobald sie das Geschirr abgeräumt hatten, begannen sie zu diskutieren. Burleigh war kurz nach Giannis Ankunft verschwunden und auch jetzt nirgendwo zu sehen; und auch Engelbert, der früh aufstehen musste, um mit dem Backen zu beginnen, ging fort und überließ die Quästoren ihrer Diskussion. Sie saßen nun bei Kerzenlicht um den Küchentisch herum und überdachten, was sie bisher in Erfahrung gebracht hatten.

Gianni blickte Kit an und erklärte: »Das ist zu erwarten gewesen. Einige dimensionale Welten werden stabiler bleiben als andere. Einige sind sozusagen weiter vom Ereignishorizont entfernt als andere. Wie bei einer Zwiebel . . .« Als er die verwirrten Blicke sah, erläuterte er: »Wenn eine Zwiebel zu verrotten beginnt, dann befällt die Fäulnis einige Schichten früher als andere, nicht wahr?«

»Aber schließlich breitet sie sich durch alle Schichten hindurch aus«, sagte Cass, die den Vergleich zu Ende führte. »Am Ende verdirbt die Zwiebel vollständig.«

»Genau so ist es«, bestätigte Gianni.

»Wie schnell wird das eintreten?«, wollte Kit wissen.

Der Priester schüttelte den Kopf. »Vorhersagen sind unpräzise – vielleicht sogar ohne Bedeutung.«

»Wie schnell wird das eintreten?«, fragte Kit erneut.

»In ein paar Wochen. Vielleicht mehr. Vielleicht weniger.«

»Dann ist es schlimmer, als wir gedacht haben«, folgerte Wilhelmina mit düsterer Miene.

»Ihr wart in der Lage, zum Eibenbaum zurückzukehren«, sagte Gianni nach einem Moment. »Was habt ihr in Erfahrung gebracht?«

»Nichts, wirklich ... Zumindest nichts, was wir nicht schon wussten«, erwiderte Kit. »Der Baum ist gefährlich und unberechenbar. Durch ihn fließt eine riesige Menge Energie ...« – er hielt inne und unterdrückte die rasch in ihm emporsteigende Trauer und Reue, bevor er fortfuhr – »... was Dr. Young zu seinem Leidwesen herausfand.«

Auf Giannis fragenden Blick hin erklärte Wilhelmina: »Dr. Young wurde getötet, als er in Kontakt mit dem Baum kam.« Sie zeigte auf ihren bandagierten Arm. »Zu dem Zeitpunkt stand ich in seiner Nähe.«

»Ach, *mio cara*, es tut mir so leid«, sagte Gianni leise und schlug mit seinem Daumen und Zeigefinger das Kreuzzeichen. Einen Augenblick schwieg er und ergänzte dann: »Möge Gott seiner Seele barmherzig sein.«

Stille senkte sich auf die Gruppe herab – so nachdrücklich, dass sie das leise Zischen der Kerzen hören konnten, die in ihren Halterungen in der Mitte des Tisches brannten. Kit starrte die grimmigen Gesichter rund um den Tisch an, die vom Kerzenlicht beleuchtet wurden; sie schienen körperlos über der Tafel zu schweben. Er sah, wie auf jedem Gesicht die Hoffnungslosigkeit stark zum Vorschein trat, und die kämpferischen Worte von Tess kehrten wieder in sein Bewusstsein zurück.

Während der letzten Augenblicke in Damaskus, kurz bevor die Mitglieder der Zetetischen Gesellschaft aus der Stadt flohen, hatte die schlaue alte Dame sie mit einem Schlachtruf fortgeschickt – einem letzten Ruf zu den Waffen. Er konnte immer noch ihre vogelähnliche Gestalt sehen, als sie eingerahmt im Eingang zum Hof stand. »Bezweifelt hier irgendjemand, dass die Verhinderung jener Katastrophe der Grund dafür ist, dass wir zu diesem Ort und zu dieser Zeit hergebracht worden sind?«, fragte sie mit leicht zitternder Stimme. »Für diesen Zweck wurden wir ausgebildet, und zu diesem Ort sind unsere Schritte geleitet worden. Dies ist die Schlacht, zu der wir gerufen worden sind, und wir müssen darauf vertrauen, dass ER, der uns hierher gebracht hat, uns weiterhin führen und den Weg weisen wird.«

In der Stille des Raumes hörte Kit den Widerhall dieser Kampfansage und erklärte: »Wir alle wussten, dass dies geschehen würde. Erinnert euch daran, was Tess gesagt hat – es ist der Grund, weshalb wir hier sind.« Er schaute die Anwesenden am Tisch der Reihe nach an. »Was also werden wir deswegen unternehmen?«

»Wenn wir doch nur einen Weg finden könnten, auf dem wir um diesen Baum herumkommen«, meinte Cass. »Oder eine Möglichkeit, ihn irgendwie zu nutzen.«

»Dann könnten wir zur Seelenquelle zurückkehren«, sagte Wilhelmina. Auch sie blickte die anderen am Tisch an. »Aber was würden wir tun, wenn wir dorthinkämen?«

»Ich weiß es nicht, aber zuerst müssen wir eine Möglichkeit finden, dorthin zu gelangen«, hob Kit hervor. »Was wir offensichtlich nicht können, solange dieser verdammte Baum dort steht und den Weg blockiert.«

»Wie wäre es, wenn wir ihn fällen?«, schlug Cass vor. »Oder ihn irgendwie in die Luft jagen? Auf diese Weise würden wir ihn loswerden.«

»Vielleicht«, räumte Gianni nachdenklich ein, »aber damit ist die Gefahr verbunden, die Dinge noch schlimmer zu machen. Sofern wir nicht die Folgen solch eines Handelns genau kennen, würde ich raten, eine gewaltsame Lösung nur als letztes Mittel zu nutzen.«

»Nun . . . können wir nicht einfach in eine Zeit zurückgehen, als es den Schicksalsbaum dort noch nicht gab?«, fragte Cass.

»Glaubst du nicht, dass ich daran nicht auch schon gedacht habe?«, erwiderte Kit. »Wenn ich wüsste, wie das anzustellen ist, müssten wir diese Diskussion nicht führen.«

»Bleibt auf das Wesentliche konzentriert«, sagte Mina. »Was ist damit, zu versuchen, einen anderen Weg zu finden, um zur Seelenquelle zu gelangen? Ich meine, wir wissen, dass Ley-Linien sich häufig verzweigen und zu mehr als einem Bestimmungsort führen. Vielleicht gibt es einen anderen Weg, um dorthin zu kommen.«

»Einen Weg, den kein anderer je entdeckt hat?«, entgegnete Kit. »Unwahrscheinlich.«

»Aber nicht unmöglich«, betonte Cass.

»Nein, nicht unmöglich«, räumte Kit ein. »Aber wenn eine andere Ley-Linie dorthin existiert, dann weiß ich nicht, wie wir sie finden sollen in der kurzen Zeit, die uns bleibt.«

»Wir könnten dies, wenn wir Schattenlichter hätten«, gab Mina zu bedenken.

»Die wir nicht haben«, sagte Kit.

»Nein, *wir* nicht«, stimmte Mina ihm zu. »Aber ich kenne einen Mann, der eine oder mehrere hat.«

Die drei anderen blickten zu Kit, um seine Reaktion zu beobachten. »Oh, nein«, knurrte er; augenblicklich war er verärgert. »Wir ziehen Burleigh nicht in die Sache mit hinein. Er gehört nicht dazu, in welcher Form auch immer. Wenn es nach meinem Willen ginge, würde er immer noch im Gefängnis sitzen. Noch besser, er wäre in diesem Grabmal in Ägypten – und nicht Cosimo.«

In die Stille hinein, die diesem Gefühlsausbruch folgte, erklang eine Stimme von der Türöffnung hinten im Zimmer.

»Ich mache Ihnen keinen Vorwurf, dass Sie in der Weise empfinden . . .«

»Burleigh!«, schrie Kit. Er sprang so schnell auf die Füße, dass er seinen Stuhl umstieß, der hinter ihm scheppernd zu Boden fiel. »Raus hier mit Ihnen! Oder so wahr mir Gott helfe . . .«

»Ich kann nur mein tiefstes Bedauern ausdrücken. Die Sünden

der Vergangenheit werden mich für den Rest meines Lebens verfolgen.« Er schritt nahe zum Tisch und trat in den Lichtkreis; seine Miene war feierlich und reuevoll. »Ich habe Ihnen und vielen anderen Leid zugefügt. Ich bitte um eine Chance, Sühne zu leisten.«

»Lügner!«, rief Kit und lief um den Tisch herum. »Verschwinden Sie.«

Gianni streckte eine Hand aus und packte den vorbeieilenden Kit am Arm. »Frieden. Wir werden ihn ausreden lassen.« Kit, der vor Wut bebte, schüttelte die Hand ab. Zu Burleigh gewandt, sagte der Priester: »Bitte, wir hören zu. Sprechen Sie.«

»Ich weiß nichts von der Katastrophe, über die Sie diskutieren«, begann er. »Aber ich –«

»Wie lange haben Sie uns heimlich belauscht?«, verlangte Kit zu wissen. Zu den anderen sagte er: »Wieso hören wir ihm zu?«

»Weil ich helfen kann«, antwortete Burleigh schlicht.

* * *

»Mein Name ist nicht Archelaeus Burleigh. Unnötig zu erwähnen, dass ich kein Earl bin und auch nicht in irgendeiner anderen Weise dem Adelsstand angehöre. Als Archie Burley – das wird mit B, U, R, L, E und Y geschrieben – wurde ich in den Slums des Londoner East End geboren, und zwar von einer unverheirateten Frau. Mein Vater war ein reicher Mann und lebte im Norden von England, doch er weigerte sich, mich anzuerkennen oder meine Mutter zu ehelichen. Sie starb völlig verarmt.« Er verstummte bei der Erinnerung an seine schlichten, freudlosen Anfänge.

Entgegen Kits harter Proteste war dem Earl ein Stuhl an dem von Kerzen beleuchteten Tisch gewährt worden; und jetzt hörten alle außer Kit dem Mann, den sie als Burleigh kannten, aufmerksam zu, wie er über sein Leben und die verschlungenen Wege sprach, die er eingeschlagen hatte, um letztendlich diesen Ort und diese Zeit zu erreichen. Kit starrte förmlich Schwerter und Dolche in seinen Feind hinein, der ihm gegenübersaß.

»War Ihr Vater ein Lord?«, fragte Wilhelmina nach einem Augenblick.

Burleigh schüttelte den Kopf. »Nein. Vielleicht. Ich kann mich an nichts über ihn erinnern. Granville Gower, der Earl of Sutherland, war mein Wohltäter, und ich war sein Schützling, sein Mündel. Ich nahm seinen Titel an, als er starb. Durch Lord Gower erlernte ich auch die Art von Geschäften, die mich in Kontakt mit Charles Flinders-Petrie brachte – obschon ich bereits zu jener Zeit stark in die Erforschung und Anwendung des Ley-Reisens vertieft war.«

»Entschuldigung«, unterbrach ihn Gianni. »Wir wissen nichts von Arthurs Verwandten. Darf ich davon ausgehen, dass Charles der Sohn von Arthur war?«

»Der Enkel«, korrigierte ihn Burleigh. »Arthur hatte einen Sohn, einen Jungen namens Benedict. Ich bin ihm niemals begegnet, aber Benedict zeugte Charles. Ob Charles irgendwelche Nachkommen hatte, habe ich nie in Erfahrung gebracht.«

»Da wir gerade von Charles sprechen . . .«, sagte Cass. Kit blickte sie wütend an; er missbilligte es zutiefst, dass sie auch nur ein einziges Wort mit dem Mann wechselte, den er als ein Monster betrachtete. Cass ignorierte seinen wütenden Blick. »War es Charles, der Ihnen von der Meisterkarte erzählte?«

»Nicht direkt«, erwiderte Burleigh mit einem reumütigen Lächeln. »Aber ich kann sehr überzeugend sein, wenn ich mich dazu entschließe, und Charles, damals ein junger Mann, war sehr einfach zu überzeugen.«

»Zu manipulieren, meinen Sie«, verbesserte Mina ihn.

»Zu manipulieren . . . unter Druck zu setzen . . . zu erpressen . . . Zu meiner Schande geht die Liste noch weiter«, gab Burleigh zu und hob schuldbewusst eine Hand. »Sobald ich jedenfalls Wind von der Sache mit der Karte bekam, habe ich Himmel und Erde in Bewegung gesetzt, um sie zu finden. Ich habe mehrere Lebzeiten damit zugebracht, sie auf die ein oder andere Weise zu jagen – zuerst mittels Forschungen und dann mittels abenteuerlicher Unternehmungen.« Er hob die Augen und blickte Mina an. »Haben Sie sie gesehen?«

»Nur einen Teil davon«, antwortete Wilhelmina. Trotz seiner Demonstration ehrlicher und tief empfundener Bußfertigkeit war sie immer noch mehr als skeptisch und vertraute dem Mann nicht vollständig. Ein weiterer Grund war sein hageres und gequältes Erscheinungsbild, das in ihren Augen nicht gerade auf Ehrlichkeit hinwies.

»Was ist mit Ihnen?«, fragte Gianni. »Haben Sie jemals die Karte gesehen?«

»Nur einmal«, seufzte Burleigh. »In natura, sozusagen. *Der Mann, der eine Karte ist* – ich bin ihm begegnet.«

»Sie haben Arthur Flinders-Petrie getroffen?«, entfuhr es Wilhelmina. »In Ägypten?«

»In China.« Burleigh nickte vor sich hin, als er sich jenes schicksalhaften Treffens entsann. »Als schließlich der Tag kam, die Bücher zu verlassen und sich auf die Reise zu begeben, war ich ein außerordentlich reicher Mann. Ich erwarb ein Schiff, stattete es aus und heuerte eine Mannschaft für die Expedition an. Ich hatte Jahre damit zugebracht, meine Beute ausfindig zu machen – hauptsächlich durch Hinweise, die Arthurs Enkel Charles unbeabsichtigt geliefert hatte. Indem ich das Ley-Reisen mit traditionellen Methoden des Reisens kombinierte, war ich – unter enorm großen Kosten und Schwierigkeiten – schließlich in der Lage, Arthur in Macao einzuholen. Das ist der Ort, wo er all seine Tattoos erhielt – wussten Sie das? Wie dem auch sei, es war mein Plan, dem großen Abenteurer vorzuschlagen, sich mit mir in einer Partnerschaft zusammenzutun – ein glorreiches Unternehmen mit dem Ziel, unsere Erforschungen voranzubringen. Ich glaubte, dass ich schlussendlich all seine Geheimnisse erfahren würde, wenn wir Partner werden könnten.« Burleigh breitete seine Hände auseinander. »Aber das sollte nicht sein. Arthur hütete eifersüchtig seine Geheimnisse und konnte mich von Anfang an nicht leiden. Sehr wahrscheinlich war ich nicht geschickt genug. Das Verlangen ließ mich unüberlegt und ungeduldig werden. Das war immer mein Verderben. Als ich sah, dass ich ihn nicht würde überreden können, entschied ich, mir die Karte mit Gewalt zu nehmen.«

»Ihm die Haut abzuziehen, meinen Sie«, murmelte Kit mit zusammengebissenen Zähnen.

Burleigh hob bloß die Schultern. »Schockierend, ich weiß. Ich hatte fürwahr keine Bedenken, eine solch unbarmherzige Taktik anzuwenden. Ich wusste jedenfalls, ich würde vielleicht niemals eine weitere Gelegenheit bekommen. Zu jener Zeit schien es mir die bei Weitem einfachste Lösung zu sein.«

»Aber Sie hatten keinen Erfolg«, vermutete Gianni.

»Oh, ich habe mich bemüht, doch der Versuch schlug fehl: Arthur entkam, und seine reich verzierte Haut blieb intakt.« Er zeigte ein reuevolles Lächeln. »Die Ironie dabei ist, dass ihm letztendlich die Teile der Haut, auf der sich die Karte befand, doch noch abgezogen wurden. Aber zu jener Zeit hatte ich ihn – oder sie – vollkommen aus den Augen verloren. Ich habe ihn niemals wieder gesehen.«

Wilhelmina wog ab, was er sagte, und entschied, dass an seine Geschichte etwas Wahres dran war. »Dennoch haben Sie nie den Versuch aufgegeben, die Karte zu finden.«

»Im Gegenteil: Der Karte so nah gekommen zu sein trieb mich nur zu größerer Kühnheit, zu größerer Respektlosigkeit und letzten Endes zu größerer Gesetzlosigkeit an. Zu sagen, ich hätte meine Bemühungen verdoppelt, ist zu harmlos ausgedrückt. Diese Karte in meine Hände zu bekommen wurde meine große Obsession, die mich dazu antrieb, immer verwerflichere Taten zu begehen. Ich brannte vor Verlangen, dieses Stück Pergament zu besitzen, und die Flammen verzehrten alles.«

Burleigh blickte über den Tisch zu Kit. »Erneut kann ich nur mein aufrichtigstes Bedauern ausdrücken und meine Fehlerhaftigkeit offen eingestehen, die dazu führte, mich so zu verhalten, wie ich es tat – gegenüber Ihnen, Cosimo, Sir Henry und jedem anderen, dem ich jemals begegnet bin.«

Burleighs freimütiger Beichte wurde mit Schweigen begegnet. Schließlich ergriff Gianni das Wort. »Sie haben angeboten, uns zu helfen. Würden Sie uns erläutern, was Sie im Sinn haben?«

»Natürlich«, antwortete der Earl. »Ich glaube, ich habe gehört, dass Sie etwas erwähnt haben, das Sie als Schattenlicht bezeichnen – ein merkwürdiger Name.« Er sah zu Wilhelmina. »Könnte dies das gleiche Instrument sein, das ich einen Ley-Positionsanzeiger nenne?«

»Das vermute ich«, antwortete Mina. »Ich habe Gustavus davon überzeugt, Kopien von Ihrem Gerät anzufertigen.«

»Wie äußerst einfallsreich von Ihnen«, sagte Burleigh. »Ich wusste, dass Sie eine würdige Gegnerin sind.«

»Bestenfalls eine zweifelhafte Auszeichnung«, bemerkte Mina.

»Was führte Sie zu den Seltenen Erden, die diese Vorrichtung mit Energie versorgt?«, wollte Cass wissen.

»Seltene Erden?«, fragte Burleigh, wobei er seine dichten schwarzen Augenbrauen wölbte. »An dieser Substanz ist überhaupt nichts Seltenes dran. Das Material ist, wie ich es nenne, aktivierte Erde. Es handelt sich bloß um einen ganz gewöhnlichen Wald-und-Wiesen-Erdboden, der sich verwandelt hat, weil er im Verlauf der Zeit der beträchtlichen Energie eines Ley-Portals ausgesetzt war, und dann von Alchemisten zu einer leistungsfähigeren Zustandsform verfeinert wurde.«

»Einem Portal wie der Black Mixen Tump?«, mutmaßte Wilhelmina.

»Ja, der Black Mixen ist ein solches Portal«, bestätigte Burleigh. »Doch es gibt unzählige andere, wie etwa Sant' Antimo in Italien, Silbury Hill in Wiltshire, Montículo del Diablo in Spanien.«

»Sedona in Arizona«, ergänzte Cass, womit sie sich einen weiteren mürrischen Blick von Kit einhandelte. »Dort nennt man sie *Vortexes*.«

»Es gibt einen in der Nähe des Klosters von Montserrat«, fügte Gianni hinzu.

»Und«, betonte Burleigh, »ich weiß von wenigstens einem Portal, das sich zurzeit unter Wasser befindet, und zwar vor der Küste der Bermuda-Inseln in der Sargassosee. Wie ich schon gesagt habe, es gibt viele andere . . .«

»Faszinierend«, brummte Kit. »Aber all dieses Gerede bringt uns nirgendwo hin.«

Wilhelmina warf ihm einen missbilligenden, finsteren Blick zu, und Cass stupste ihn mit dem Ellbogen an.

»Was?«, rief Kit. Frustriert streckte er anschließend den Arm aus und zeigte mit einer wilden Handbewegung auf Burleigh. »Er hat gesagt, er könnte uns helfen! Nun, ich warte immer noch darauf, irgendetwas zu hören, das auch nur im Entferntesten hilfreich ist. Passt auf, Leute, die Uhr tickt. Wir dürfen keine Zeit verschwenden mit all diesem ... diesem Geschwafel. Dennoch quasseln wir hier, als wären wir bei einem Treffen eines Frauenvereins und hätten alle Zeit dieser Welt.«

Wilhelminas missbilligender Blick wurde noch finsterer und eisig. »Bist du jetzt bald fertig?«

Kit verschränkte die Arme vor der Brust und blickte sie beleidigt an. »Fürs Erste. Später werde ich vielleicht mehr sagen.«

Sie wandte sich wieder Burleigh zu, der mit leerem Gesichtsausdruck Kit einfach teilnahmslos anstarrte. »Tut mir leid wegen meines hitzköpfigen Freunds hier.«

»Entschuldige dich nicht für mich!«, blaffte Kit. »Entschul–«

»Bitte«, unterbrach ihn Burleigh. »Mr Livingstone hat ein Recht darauf, sich so zu verhalten. Ich bin derjenige, dem es leidtun sollte – und ich versichere Ihnen, dass es mir zutiefst leidtut. Und es ist wahr, dass bedeutsame Angelegenheiten vor uns liegen. Geständnisse mögen gut für die Seele sein, doch sie bringen uns einer Problemlösung nicht näher.« Er legte seine Hände in einer Geste der Kapitulation auf die Tischplatte. »Ich bin Ihr Diener.«

»Jegliche Hilfe, die Sie uns geben können, ist willkommen. Sie haben ja keine Ahnung von den gewaltigen Ausmaßen des Problems, dem wir entgegensehen.«

»Erzähl ihm nichts«, sagte Kit. »Er hat uns Hilfe angeboten. Lass uns erst mal sehen, worin die besteht.«

»Also gut. Sie haben gesagt, dass sie Ley-Positionsanzeiger brauchen. Ich kann sie beschaffen«, bot Burleigh an, dessen Stimme nun einen geschäftsmäßigen Tonfall annahm. »Ich mag ja eine Persona non grata am Hofe sein, doch wie wir wissen, hat Bazalgette wenig Skrupel. Wenn ich ihm ein wenig Brei um den Mund schmiere, kann ich Ihnen Ihre Schattenlichter besorgen – so viele, wie Sie benötigen. Aber ich glaube«, fuhr er fort, »es steht hier mehr auf dem Spiel, als bloß die Meisterkarte zu finden, oder?«

»Sie wissen wirklich nicht, womit wir es zu tun haben?«, fragte Cass. »Diesen Teil haben Sie nicht mitgehört?«

Burleigh schüttelte leicht den Kopf. »Ich schlage vor, Sie erzählen mir alles, wenn ich Ihrer Unternehmung von besserem Nutzen sein soll.«

»Tut das nicht«, warf Kit ein. »Ich meine das ernst. Wir brauchen Schattenlichter, und er hat angeboten, uns welche zu beschaffen. Lasst es damit bewenden, sage ich.«

»Halt den Mund, Kit!«, herrschte Mina ihn an. »Wirst du damit endlich aufhören?« Sie drehte sich zu Burleigh und erklärte: »Wir können die Einzelheiten später besprechen, doch für jetzt genügt es zu sagen, dass die Bedrohung, der wir entgegensehen, die vollständige, totale Zerstörung des Universums ist – von jedem und allem, was sich darin befindet. Und zwar für immer.«

Burleighs Gesicht drückte weder Besorgnis noch Erschrecken aus, sondern bloß ein bescheidenes Interesse. Er blickte zu Gianni, der Minas Aussage bestätigte. »Es ist wahr. Das Ende von allem ist das Problem, das wir zu lösen versuchen.«

»In diesem Fall«, behauptete Burleigh, »werden Sie ein größeres Schattenlicht brauchen.«

FÜNFTER TEIL

Schimmernde Reiche

ACHTUNDZWANZIGSTES KAPITEL

Worin unsere Quästoren die Wirksamkeit
von Verwandlungen diskutieren

*I*ch bin unvernünftig?«, schrie Kit. Er hörte, wie seine Stimme immer schriller wurde, wusste aber nicht, wie dies zu verhindern war. »Dieser ... dieser Psychopath gibt sich ganz smart und reue-voll. Es tut ihm ständig so leid, jetzt, wo er das Licht gesehen hat, und er ist nun auf der Seite der Engel – und das soll alles wieder in Ordnung bringen?«

»Niemand behauptet irgendwas in dieser Art«, entgegnete Wil-helmina. Sie hob den verletzten Arm vorsichtig mit dem anderen etwas an und verringerte so den Druck in ihrem Nacken, wo ihr die Schlinge ins Fleisch schnitt.

»Der Mann ist ein kaltblütiger Killer«, polterte Kit weiter. »Er hat mindestens einmal getötet, und er wird wieder töten. Wenn es nach mir ginge, würde er vor ein Erschießungskommando gestellt. In der Tat, das ist wirklich eine sehr gute –«

»Sprich nicht so laut!«, blaffte Wilhelmina. »Andere Leute ver-suchen zu schlafen.«

»Schlafen! Wie kann irgendeiner von uns es auch nur ertragen, zusammen mit diesem Mörder unter einem Dach zu sein: Das ist für mich unfassbar. Glaubst du wirklich, er würde zögern, uns alle in unseren Betten abzuschlachten, wenn es ihm zupasskäme?«

Wilhelmina schüttelte müde den Kopf. Ihr Arm schmerzte, und die ununterbrochene Kavalkade von Ereignissen an diesem Tag hatte sie so entkräftet, dass sie jenseits des Erschöpfungszustands war. Sie standen nun in der nur noch spärlich beleuchteten Küche.

Es war spät, und alle anderen waren zu Bett gegangen. Trotz der lauten Proteste von Kit hatten sie im Prinzip zugestimmt, Burleighs Hilfe anzunehmen. Wilhelmina war zurückgeblieben, um zu sehen, ob sie helfen könnte, Kits Verärgerung und Frustration zu lindern, aber sie führten diesen Streit inzwischen so lange, dass er anfing, sich zu wiederholen.

»Nun, macht nur weiter so. Ihr könnt euch ja alle bei ihm einschmeicheln, wenn ihr wollt, doch sorgt dafür, dass er mir aus dem Weg geht.« Kit trat gegen den Stuhl, auf dem er gesessen hatte. »Verdammte Scheiße, Mina. Hast du deinen Verstand verloren?«

»Ich sage ja nicht, dass es dir gefallen soll«, erwiderte Mina, die es nun mit einer anderen Taktik versuchte. »Aber Burleigh hat etwas, das wir ganz dringend brauchen; und ob es dir gefällt oder nicht, er hat zugestimmt, uns zu helfen, dass wir es bekommen. Falls du es noch nicht bemerkt haben solltest, es steht ein bisschen mehr auf dem Spiel als deine Kümmernisse.«

»Meine Kümmernisse?« Kit starrte sie an und warf dann seine Hände in die Luft. »Mann, das ist echt stark. Ich soll einfach alles vergeben und vergessen – ist es das?«

»Es wäre ein Anfang.«

»Das ist Scheiße.«

»Sieh doch«, sagte Mina, die ihren Tonfall abmilderte. »Ich bin nicht begeistert von der Idee, mich mit Burleigh zusammenzuschließen – ebenso wenig wie du.« Kit öffnete den Mund, um ihr zu widersprechen, doch sie schnitt ihm das Wort ab. »Ungeachtet dessen, was du denken magst – ich bin nicht dabei, seinem Fanklub beizutreten. Burleigh ist eine gemeine Schlange und schlecht. Wir alle wissen das. Und er wird vielleicht eines Tages vor Gericht zitiert, um sich für seine Verbrechen zu verantworten. Ich hoffe das. Ehrlich.«

Sie fixierte Kit mit einem strengen, unnachgiebigen Blick, bevor sie fortfuhr: »Aber nichts davon wird geschehen, wenn die Welt morgen endet, nicht wahr? Du kannst dich an deinen misshandelten Gerechtigkeitssinn klammern, wenn du es möchtest, und auf der Rechtmäßigkeit deines Anliegens beharren ... Und ja, du bist im Recht, wie wir alle wissen und wie du uns oft genug erzählst. Aber willst du wirklich derjenige sein, der das ruiniert, was möglicherweise unsere einzige Chance ist, um herauszufinden, wie das Universum gerettet werden kann?« Sie starrte ihn herausfordernd an. »Willst du diese Person sein?«

Sie ließ die Worte einen Moment lang auf ihn einwirken, dann fügte sie hinzu: »Wenn die Welt nächste Woche endet und sämtliches Leben in dieser und in jeder anderen Welt ausgerottet ist aufgrund deiner starrköpfigen Weigerung, Hilfe zu akzeptieren, dann hoffe ich, es wird dir in deinen letzten Augenblicken ein wenig Trost geben, zu wissen, dass, nun ja, das Universum und alles, was darin existiert, zerstört werden mag, aber Kit Livingstone wenigstens an seinen Prinzipien festgehalten hat.«

Kit starrte sie zornig an und schaute dann zur Seite. Als er dies tat, sah er Cass im Türeingang zur Küche stehen.

»Mina hat recht, Kit.« Cass schritt an Kits Seite des Tisches. »Es muss uns nicht gefallen, aber es ist unsere einzige Hoffnung. Es gilt, das größere Gut zu bedenken.«

»Auch du, Brutus?«, spöttelte er. »Wie lange stehst du schon dort?«

»Lange genug«, antwortete sie. »Als ob irgendjemand schlafen könnte bei alldem Geschrei hier unten. Hör auf Mina. Wir müssen uns über das Leid und die Ungerechtigkeit hinwegheben. Wir müssen an das große Ganze denken.«

»Also kommt Burleigh ungeschoren davon, oder ich bin der große böse Kerl, nicht wahr?«

Cass schüttelte den Kopf. »Es gibt so etwas wie Reue, Kit.« Sie trat näher zu ihm. »Burleigh wird sich eines Tages für das, was er getan hat, gegenüber einer höheren Autorität verantworten müssen. Er wird vor Gott stehen müssen, so wie wir alle. Aber gerade jetzt eben nicht, und wir sind auch nicht diejenigen, die ein Urteil zu fällen haben.«

Kit starrte sie benommen an, er war nicht imstande, sich eine geeignete Erwiderung auszudenken. Mina sah sein Zögern als ein

Zeichen dafür an, dass sie irgendeinen kleinen Vorteil errungen hatte, den sie nun zu nutzen gedachte.

»Du weißt sehr genau, dass Burleigh mehr Kenntnisse über das Ley-Reisen besitzt als irgendjemand sonst«, hob Mina hervor. »Seine Erfahrungen sind unschätzbar wertvoll. Wenn es auch nur die geringste Chance gibt, dass er helfen kann, dann müssen wir diese Unterstützung annehmen. Du musst das einsehen.«

Ein spöttisches Grinsen umspielte Kits Lippen, bevor Mina zu sprechen aufgehört hatte. »Wenn du glaubst, dass er irgendeine neue, gänzlich unbekannte Methode für die Interaktion mit Ley-Linien hat, dann bist du eine verdammte Närrin, Mina.«

»Und du bist ein verblendeter, bescheuerter Idiot, Kit. Nur weil wir bis heute Nacht nichts über Ley-Manipulation wissen, heißt das doch nicht, dass es so etwas nicht gibt. Wir wussten auch nichts von Schattenlichtern – bis ich zufälligerweise entdeckte, was Burleigh mit den Alchemisten im Schilde führte.« Als sie erkannte, dass dieser Argumentationsstrang nicht funktionierte, wechselte sie die Taktik. »Schau, ich kann nicht sehen, dass wir irgendwas zu verlieren haben, wenn wir ihn zumindest die Energie vorführen lassen, von der er redet. Wenn das alles nur Schwindel und leeres Gerede ist, dann werden wir es früh genug wissen. Aber wenn es wirklich funktioniert ... Nun, das würde eine Wende im Spiel bedeuten.«

Die Möglichkeit einer Ley-Manipulation hatte sie alle überrascht. Der Begriff war während des Gesprächs recht beiläufig erwähnt worden, aber er hatte sofort Aufsehen verursacht. Burleighs Hilfsangebot hatte beinhaltet, für jeden neue Schattenlichter anzufertigen und zudem Instruktionen mitzugeben, wie sie benutzt werden sollten. »Der Name ›Ley-Positionsanzeiger‹ ist ein bisschen eine Untertreibung«, hatte Burleigh ihnen erklärt, direkt nachdem er vorgeschlagen hatte, sie würden stärkere Schattenlichter benötigen. »Das Instrument kann sehr viel mehr, als bloß die Position von Ley-Linien anzuzeigen. Das neueste Modell zum Beispiel kann nicht nur die Linien finden, sondern sehr oft auch die Leute, die sie benutzen.«

»Genau das habe ich auch entdeckt«, sagte Wilhelmina zu ihm. »Es ersparte mir Wochen, vielleicht sogar Monate praktischen Herumprobierens.«

»Das allein würde jetzt höchst hilfreich für uns sein«, befand Gianni, »da wir sehr wenig Zeit zu verschwenden haben.«

»Was sonst können Schattenlichter noch tun?«, fragte Cass. Von allen Quästoren war sie diejenige, die am wenigsten von der kriminellen Vergangenheit des Earls betroffen war; was auch immer er gewesen war oder getan hatte, schien sie nicht im Geringsten zu stören, was Kit nur noch umso wütender machte.

Burleigh drehte sich zu ihr um, und seine dunklen Augen glitzerten mit einem seltsamen, verschlagenen Feuer. »Wenn man sie in einer Verbindung benutzt, in der sie miteinander verknüpft sind, dann können sie die Ley-Linien selbst manipulieren.«

So verheißungsvoll diese simple Erklärung auch zu sein schien, es folgten ihr keine präzisen Einzelheiten. Die These, so stellte sich heraus, war nicht in einem größeren Maße überprüft worden; sie war eher ein Phänomen, das lediglich beobachtet worden war. »Sie meinen, Sie wissen es nicht wirklich«, warf Kit ein und beschuldigte anschließend Burleigh, dass er lügen würde.

Der Earl nahm die Anschuldigung recht gelassen auf, aber dann weigerte er sich, näher auf seine Behauptung einzugehen; er erklärte nur: »Sie sagten, Sie bräuchten Hilfe. Das ist es, was ich anzubieten habe. Sie können mir glauben oder nicht; es ist Ihre Entscheidung.« Er erhob sich vom Tisch. »Ich werde Sie jetzt verlassen, damit Sie darüber nachdenken können.«

Er drehte sich um und ging Richtung Tür. Wilhelmina, die sehr verärgert über Kits Verhalten war, rollte die Augen. »Warum hast du das tun müssen?«, flüsterte sie ihm zu. An Burleigh gewandt, rief sie: »Aber Sie werden uns trotzdem helfen, weitere Schattenlichter zu bekommen, oder?«

»Ich sagte, ich würde es tun, und das werde ich.« Er hielt weder inne noch schaute er zurück. »Gute Nacht.«

Die Diskussion war danach vollkommen zusammengebrochen. Gianni hatte angedeutet, dass es ein langer und anstrengender Tag gewesen sei und eine anständige Mütze voll Schlaf jedem guttun würde. Sie würden die Diskussion morgen früh fortsetzen. Das war vor mehr als einer Stunde gewesen.

Kit schüttelte nun erschöpft den Kopf, dann rieb er sich mit beiden Händen über das Gesicht, als versuchte er, einen Fleck wegzuwischen. Er war, was seine verbale Bewaffnung anging, unterlegen, und er wusste das. Bestenfalls könnte er lediglich einen schlechten Frieden aushandeln. »Ihr habt recht – alle beide«, räumte er ein; seine Stimme schien bei diesen Worten zu brechen. »Aber, Herrgott noch mal, es stinkt. Es stinkt zum Himmel hoch.«

»Warum überlassen wir es dann nicht Gott, sich darum zu kümmern?«, meinte Cass. »Belassen wir doch die Sache in seinen Händen.«

Worin Wilhelmina eine Schuld einfordert

*E*inen Schwung neuer Schattenlichter zu bekommen erwies sich als schwieriger, als irgendjemand erwartet hatte. Die Alchemisten von Rudolfs »magischem Hof« waren nicht geneigt, ihre Dienste bereitzustellen – zweifellos aufgrund des Ärgers, den sie bekommen hatten, weil sie Lord Burleigh damals geholfen hatten. »Der Earl ist nicht länger am Hof willkommen«, berichtete Gustavus, als Wilhelmina ihn darauf ansprach, mehr von diesen Vorrichtungen anzufertigen. »Außerdem hat Bazalgette ein Verbot verhängt, was jene Praktiken anbetrifft.«

»Solche Praktiken, wie an Projekten für Leute zu arbeiten, die vom Hof ausgegrenzt wurden«, sagte sie. »Ist es das, was Ihr meint?«

»Es ist wegen Eures Freundes, des Earls. Als der Kaiser das Ganze herausfand, wies er die Schuld dem Ersten Oberalchemisten zu, und Bazalgette wies sie mir zu.«

»Ich schätze, Arthur ist nicht der Einzige gewesen, der eine Quelle vergiftet hat«, seufzte Mina.

»Entschuldigung?«

»Ich habe lediglich laut gedacht«, erwiderte Wilhelmina. »Bedeutet das, Ihr könnt uns nicht helfen?«

Der junge Alchemist hob die Schultern seines zu großen grünen Samtgewandes zu einem kunstvollen Achselzucken. »Es gibt nichts, das ich tun kann.«

»Selbst nicht einmal nach all der Unterstützung, die ich Euch in der Vergangenheit gegeben habe? All die ›bittere Erde‹, die ich für

Eure Experimente geliefert habe – nicht zu erwähnen all den Kaffee und das Gebäck, das kostenlos für Euch war . . . ?«

»Wir sind in Eurer Schuld«, anerkannte Gustavus.

»Ich fordere diese Schuld ein.« Sie sah ihm in die Augen und hielt seinem Blick stand, bis der junge Mann wegschaute.

»Bitte, Jungfer Wilhelmina«, sagte er, nunmehr beschämt. »Der Kaiser war sehr böse auf uns. Es ist seine Entscheidung. Wenn irgendjemand herausfindet, dass ich ohne Erlaubnis für Euch arbeite, käme ich ins Gefängnis. Und Bazalgette würde mir niemals die Erlaubnis dafür geben, so wie die Dinge jetzt stehen.«

Mina hatte nicht die Absicht, zuzulassen, dass die Sache an dieser ersten Hürde scheiterte. »Aber Ihr habt Freizeit, nicht wahr?«

Gustavus nickte argwöhnisch.

»Nun, dann könntet Ihr sie in Eurer freien Zeit anfertigen.«

»Ihr versteht das nicht«, klagte der Alchemist. »So viele Instrumente herzustellen . . .« Er schüttelte den Kopf. »Man würde es bemerken. Selbst wenn ich während meiner freien Zeit arbeite, wie Ihr sagt, so würde ich immer noch die Ausstattung und Materialien des Hofes nutzen. Jemand würde rasch herausfinden, was ich da tue. Der Palast ist ein Bienenstock. Es gibt keine Möglichkeit, so etwas zu verbergen.«

»Dann fertigt sie nicht im Palast an«, entgegnete Wilhelmina in ruhigem Ton. »Ihr könnt die Vorrichtungen hier im *Großen Kaiserlichen Kaffeehaus* herstellen.« Sie wies mit einer weit ausholenden Geste ihrer Hand auf den Speiseraum, der voller Kunden war. »Die Leute sehen Euch die ganze Zeit hierher kommen. Niemand würde sich etwas dabei denken, Euch kommen und gehen zu sehen.«

Gustavus runzelte die Stirn.

»Wir können in einem der Schlafzimmer oben eine kleine Werkstatt einrichten.«

Gustavus biss sich auf die Lippe. »Ich würde besondere Werkzeuge und Materialien benötigen.«

»Gebt mir einfach eine Liste von allem, was Ihr braucht, und ich werde es für Euch besorgen – einen Arbeitstisch, Werkzeuge,

Metalle ... alles. Schreibt es einfach nieder, und ich werde es besorgen.«

Der junge Alchemist schüttelte den Kopf. »Bazalgette würde es herausfinden. Ich würde meine Position verlieren – sie könnten mich sogar in den Rathauskerker stecken.«

»Nein«, erwiderte Mina. »Ich werde das nicht zulassen.« Sie ergriff seinen Arm mit ihrer gesunden Hand. »Was sagt Ihr, Gustavus?«

Noch zögerte er. Wilhelmina konnte sehen, wie er sich am Rande einer Entscheidung bewegte. Sie brauchte etwas, um ihn in ihre Richtung zu bringen. »Ich kann Euch nicht erzählen, weshalb es so wichtig ist, dass wir diese Instrumente bekommen. Aber glaubt mir, wenn ich Euch sage, es ist eine Sache von Leben und Tod.« Sie verstärkte ihren Griff an seinem Arm. »Bitte, Gustavus, Ihr seid der Einzige, der uns helfen kann. Wir brauchen Euch.«

Er seufzte. »Ich werde es tun. Unter einer Bedingung.« Er hob einen Finger hoch.

»Jedwede«, stimmte Mina zu. »Sprecht es aus.«

»Ihr müsst versprechen, mich das Geheimnis der astralen Translokation zu lehren.«

»Astrale Trans...« Sie starrte ihn an, dann lächelte sie. »Das Ley-Springen, meint Ihr? Wie Ihr wünscht. Wenn es das ist, was Ihr wollt, werde ich Euch das Geheimnis lehren – aber nachdem wir die Ley-Lampen getestet haben.«

Der junge Alchemist nahm seine labberige Pelzmütze ab und verneigte sich tief. »Ich würde nichts Geringeres erwarten.«

»Ich werde Euch auch kostenloses Gebäck geben, während Ihr arbeitet. Jetzt setzt Euch wieder hin und trinkt Euren Kaffee aus. Ich hole jetzt etwas, worauf man schreiben kann, und wir werden Eure Liste erstellen.«

»Ja, lasst uns sofort beginnen«, stimmte Gustavus zu. »Das ist gut.«

Auch wenn jeder daran mitwirkte, die Liste abzuarbeiten, dauerte es dennoch fast zwei Tage, um all das zu beschaffen, was der junge Alchemist benötigte. Burleighs einzige Aufgabe bestand darin, genug aktivierte Erde zu sammeln, um sechs Schattenlichter anzufertigen – jeweils eines für die Quästoren und den Earl sowie ein zusätzliches Exemplar, falls eines der anderen versagte. Wie Kit sagte: »Die letzten haben wir zu Schlacke geschmolzen.«

Mit Cass' Hilfe verwandelte Mina das Zimmer, in dem Burleigh untergebracht war, in eine Werkstatt. Sie ließ Kit und Gianni das Bett und die Truhe in eine Ecke stellen, dann wurden ein stabiler Tisch und eine Bank hereingebracht sowie die notwendigen Werkzeuge, Ausrüstungen und Materialien zusammengestellt. Was die notwendige Hitze anbetraf, so würde man diese durch die Küchenöfen erhalten. Inzwischen holte Burleigh eine beträchtliche Menge aktivierter Erde aus einem Versteck, das er in der Stadt angelegt hatte: Er brachte einen Beutel, der etliche Pfund des Rohmaterials enthielt, das mehr oder weniger genau nach dem aussah, was es auch war – feiner brauner Staub. Alles war bereit für Gustavus, damit er beginnen konnte.

Mit Burleigh, der bei der Anfertigung half und sie überwachte, schritt die Arbeit in einem angemessenen Tempo voran. Kit und Gianni assistieren in einigen Bereichen, die ein geringeres fachspezifisches Wissen erforderten, etwa bei der Herstellung der Gehäuse. Weil die Zeit kostbar war, benutzten sie gebrauchsfertige Flachmänner – abgerundete Taschenbehälter aus Zinn, die von Jägern gerne verwendet wurden, um Getränke für unterwegs – Schnaps oder Jägertee – darin aufzubewahren. Sie trennten diese Flaschen in zwei Hälften und bohrten kleine Löcher für das Buntglas hinein, das die Lichter bilden würde. Danach befestigten sie die winzigen Stützen für die internen Konstruktionen, die Gustavus fertigen würde. Es stellte eine peinlich genau durchzuführende Arbeit dar, die ermüdend war aufgrund der sich ständig wiederholenden gleichen Tätigkeiten – es mussten ja sechs Schattenlichter hergestellt werden –; aber zumindest lenkte sie Kits Gedanken von der widerwärtigen Notwendigkeit ab, Burleigh tolerieren zu müssen.

Als sechs Tage später die ersten der neuen Schattenlichter bereit waren, um getestet zu werden, trugen die Quästoren sie zu der Ley-Linie, die sich, wie Wilhelmina wusste, ein paar Meilen nördlich der Stadt auf dem Land befand. Burleigh setzte sich über die Bedingungen seiner Bewährungsauflage hinweg und begleitete sie zu der Ley-Linie, die von einem flachen Graben markiert wurde, den man entlang einer Hügelkuppe ausgehoben hatte. »Dies ist die Stelle, wo ich mit meinem ersten Schattenlicht geübt habe«, erzählte Mina den anderen, als die angemietete Kutsche zum Stehen kam. »Ich habe den Ley in der letzten Zeit nicht mehr benutzt, aber er schien mir stets ziemlich verlässlich zu sein.«

Wer auch immer den Graben ausgehoben hatte, war schon vor langer Zeit aus den Geschichtsbüchern verschwunden – so wie die Erbauer von Dolmen und Cromlechs und anderer neolithischer Bauwerke. Bäume waren um den Ort herum gewachsen, sodass die Linie nunmehr durch einen dünnen Wald führte. Gianni verteilte die drei fertigen Schattenlichter: jeweils eines an Kit, Burleigh und Wilhelmina. Er und Cass übernahmen die Aufgabe, objektive Beobachter des Experiments zu sein. Dann setzte der Earl dazu an, zu erklären, wie man die Ley-Linie manipulierte. Burleigh hielt eines der neuen Gerätemodelle hoch und sagte der Gruppe, sie solle sich um ihn scharen, dann würde er erklären, was zur Manipulation gehörte und wie man sie bewerkstelligte.

Im Verlaufe der Ausführungen des Earls gelangte Kit zu der Ansicht, dass die Bezeichnung »Manipulation« ein wenig übertrieben war – »wechselseitige Beeinflussung« wäre ein passenderer Ausdruck. Das Phänomen konnte in zwei Grundkomponenten aufgeteilt werden: in eine physikalische und eine mentale. Der physikalische Bereich wiederum bestand aus zwei Teilen: dem Schattenlicht und der Ley-Linie. Der mentale Bereich, soweit Kit dies verstand, war das, was auch immer der Ley-Reisende bei der Sache einbrachte.

»Ich wusste es!«, rief Wilhelmina aus, als sie die Erklärung hörte. »Ich habe immer vermutet, dass es irgendeinen mentalen Aspekt dabei gibt.«

Kit warf ihr einen skeptischen Blick zu. Obwohl er insgeheim mit ihr übereinstimmte, hatte er nicht die Absicht, dies Burleigh sehen zu lassen.

»Das Ganze schien stets glatter vonstattenzugehen, wenn ich mental bei der Sache war und mich sehr stark darauf konzentrierte, wohin ich gehen wollte und wen ich sehen wollte.«

Gianni bestätigte ihre Erfahrung und sagte: »Der menschliche Wille – die Intention –, in Verbindung mit einem Ziel, ist wohlbekannt dafür, dass er Interaktionen von Atomen beeinflussen und sogar verändern kann. Ich vermutete, dass etwas in dieser Art zugange war, hatte aber niemals die Möglichkeit, dies quantitativ zu bestimmen.«

»Bis jetzt«, behauptete Burleigh.

»Zeigen Sie es uns«, forderte Kit.

Er hob die runde silberne Vorrichtung hoch, die auf der Innenseite seiner rechten Hand lag. Sie war größer als das ursprüngliche Modell und ein wenig plumper in ihrer äußeren Erscheinung; nichtsdestotrotz stellte sie eine recht passable Leistung unter den gegebenen Umständen dar. Die Quästoren sahen nun zu und warteten, und gerade als Kit zu denken begann, dass ihre ganze Arbeit vergebens gewesen war, fing die kleine Reihe von Lichtern rund um die äußere Kante des ehemaligen Fläschchens zu leuchten an – in einer türkisfarbenen, grünstichigen Schattierung, wie es sich ergab, denn sie waren nicht in der Lage gewesen, blaues Glas zu finden, und hatten grünes eingesetzt, das von einer zerbrochenen Flasche stammte.

»Es funktioniert!«, rief Mina, und um sie herum erklang zustimmendes Gemurmel. »Großartig! Aber was jetzt?«

»Hören Sie mir jetzt sehr genau zu«, bat Burleigh. »Jeder von uns wird auf die Ley-Linie treten, sodass wir beisammenbleiben. Es dürfte am besten sein, wenn wir ein wenig Distanz zwischen uns einhalten – zwei oder drei Yards. Aber sobald wir in Position sind, dürfen Sie sich nicht bewegen. Bleiben Sie an Ort und Stelle, und ich werde Ihnen sagen, was als Nächstes zu tun ist.«

Burleigh trat in die Mitte des Grabens, und Kit und Mina folgten seinem Beispiel. Der Earl drehte sich ihnen zu und streckte die Hand aus, auf der sein Schattenlicht lag. Jetzt, wo sie tatsächlich auf der Ley-Linie standen, leuchteten die kleinen Lichter heller.

»Strecken Sie Ihre Vorrichtung von sich weg, sodass Sie sie sehen können.« Er wartete, bis sie seiner Anweisung entsprochen hatten. »Was ist der Zielort dieses Leys – wohin führt er?«

»In keine hübsche Landschaft«, antwortete Wilhelmina. »Es ist ein von Stürmen heimgesuchter Ort – ständig Regen und heftiger Wind. Und es ist so schmuddelig, dass man kaum die Hand vor dem Gesicht sehen kann. Ich bin dort nie lange genug geblieben, um herauszufinden, wo genau das ist. Ich habe es nur als eine Abkürzung nach London und wieder zurück benutzt.«

»Wie dem auch sei, der Zielort wird seine Zwecke für unsere Demonstration erfüllen. Nun denn, gleich werde ich Sie bitten, sich sehr stark darauf zu konzentrieren, dieses Ziel erreichen.«

»Und das soll es sein?«, spöttelte Kit. »Das ist alles, was nötig sein soll?«

Burleighs Augen wurden hart. Er hielt seinen Zorn zurück, doch die Anstrengung kostete ihn Kraft. »Wir müssen lernen zu gehen, bevor wir rennen, Mr Livingstone«, intonierte er mit eisiger Stimme. »Alles, was ich von Ihnen und Wilhelmina im Moment möchte, ist, dass Sie sich auf dieses Ziel konzentrieren. Halten Sie es einfach als Vorstellungsbild in Ihrem Kopf fest.«

»Und das wird genau was hervorrufen?«, fragte Kit.

»Sie werden es sehen«, erwiderte Burleigh.

»Benimm dich, Kit«, wies Mina ihn zurecht. »Tu einfach, was er sagt.«

»Vergessen Sie nicht, dass Sie wie Statuen stillstehen sollen, sobald der Effekt einzutreten beginnt. Bewegen Sie sich nicht.«

»Verstanden«, antwortete Mina. »Kit?«, fragte sie demonstrativ.

»Ja, still wie Statuen. Hab's kapiert.«

Burleigh, den diese Zusicherung zufriedenstellte, hob sein Licht ein wenig höher. »Bereit? Ich werde bis drei zählen.«

Der Earl zählte, und Kit senkte seinen Blick zur Ley-Lampe in seiner Hand. Er versuchte, sich den Zielort bildlich vorzustellen: eine graue Welt, vom Wind durchtost und nass. Die Sekunden verstrichen. Nichts geschah. Er wurde sich der Windböe bewusst, die in den Bäumen raschelte, und dass Cass und Gianni ihnen zusahen. Er wurde ein wenig befangen und fühlte sich lächerlich, dass er bei einer Sache mitmachte, die offensichtlich nur dummes Zeug war. Er blickte auf.

Burleigh sah die Bewegung und sagte: »Halt ... Sie konzentrieren sich nicht, Mr Livingstone.«

»Kit!«, herrschte Wilhelmina ihn an. »Würde es dich umbringen, nur für dreißig Sekunden zu kooperieren? Glaubst du, das könntest du hinkriegen?«

»Wir versuchen es erneut«, sagte Burleigh. »Vielleicht würde es Ihnen helfen, sich genau so an den Ort zu erinnern, wie Sie ihn zuletzt gesehen haben. Versuchen Sie sich dieses Bild ins Gedächtnis zu rufen.«

Noch einmal zählte Burleigh bis drei, und Kit richtete seine Aufmerksamkeit auf die Ley-Lampe in seiner Hand. Er schloss seine Augen und brachte sein Bewusstsein in die Zeit zurück, als er mit Mina den Sprung zu einem Ort gemacht hatte, den er für eine Orkanwelt hielt. Er erinnerte sich, wie der Regen auf ihn einprasselte und ihn aufzuschlitzen schien, als er gefrierendes Wasser durch seine Kleidungsstücke trieb. Er erinnerte sich an das ruchlose Heulen eines Windes, das niemals aufhörte. Er hörte Wilhelmina sagen: »Oh ... du ... meine ... Güte!«

Kit war so tief in seinen Erinnerungen versunken, dass er eine Sekunde benötigte, um zu realisieren, dass er sich das Letzte nicht eingebildet hatte: Mina hatte tatsächlich gesprochen. Er öffnete die Augen und sah einen Lichtschein aus opaleszierender Farbe, der sich leicht wogend den Graben entlangbewegte, durch den die Ley-Linie markiert wurde.

»Habt ihr das gesehen?«, sprudelte es aus ihr hervor. »Erstaunlich!«

»Ich hab's verpasst«, sagte Kit. »Alles, was ich gesehen habe, war ein Aufblitzen.«

»Das war beeindruckend«, bekannte Cass. Sie und Gianni grinsten. »Machen Sie es noch einmal.«

Kit, der ein wenig enttäuscht war, die Vorführung verpasst zu haben, fragte: »Was war das?«

»Ich weiß es nicht«, antwortete Cass. »Es sah wie eine Art Tunnel aus Licht aus, der entlang der gesamten Strecke der Ley-Linie verlief. Aber es schien irgendeine Oberfläche zu haben – mit all diesen Farben, die sich darüber hinwegbewegten. Wie ein Ölteppich im Regen, wenn das Licht darauf fällt.«

»Eine sehr gute Beschreibung«, erklärte Gianni. »Es ist verschwunden, als du aufgeschaut hast.«

»Das«, teilte Burleigh ihnen mit, »war die visuelle Manifestation der Ley-Energie, die hier am Werk ist. Sie tauchte auf, weil in jenem kurzen Augenblick wir drei im Geiste auf einen einzigen intentionalen Gedanken konzentriert waren – in diesem Fall den Zielort.«

»Warum ist es dann so schnell wieder verschwunden?«

»Es verschwand, weil Sie beide abgelenkt wurden«, erklärte Burleigh. »Das ist zu erwarten gewesen. Es war Ihr erstes Mal. Wenn wir mehr Übung darin haben, werden wir imstande sein, unsere vereinte Konzentration für längere Zeit aufrechtzuerhalten.«

»Lasst es uns erneut versuchen«, sagte Mina. »Und dieses Mal, Kit, lässt du deine Augen auf, sodass du es sehen kannst.«

Kit hielt beim nächsten Versuch wirklich die Augen auf. Es kam ihm der Gedanke, dass das, was man ihn zu tun bat, sehr stark dem Verfahren ähnelte, das er erlernt hatte, um mit En-Ul und dem Fluss-Stadt-Clan zu kommunizieren: den eigenen Kopf von unwesentlichen und aufdringlichen Details frei zu machen, sich auf einen einfachen Gegenstand, eine Handlung oder ein Verlangen zu konzentrieren und dies im eigenen Bewusstsein als eine bildliche Vorstellung festzuhalten. Er benutzte die gleiche Technik beim nachfolgenden Versuch, und diesmal tauchte die Magie – das Phänomen, das Burleigh die visuelle Manifestation der Ley-Linie nannte – schneller auf; und sie waren imstande, es für Kit lang genug aufrechtzuerhalten, sodass er einen guten Blick darauf hatte. Und nichts, was Kit jemals zuvor erblickt hatte, sah dem ähnlich.

DREISSIGSTES KAPITEL

*Worin ein paar Dinge anfangen,
einen Sinn zu ergeben*

*C*ass hatte dieses Phänomen einen Tunnel aus Licht genannt,
und Kit konnte sehen, warum sie es in dieser Weise beschrieb:
Es war lang und hohl, sah gebogen aus und schien etwas zu über-
spannen. Aber damit endeten die Ähnlichkeiten. Von innen
betrachtet, wo Kit jetzt stand, schien der Effekt mehr wie eine end-
lose Serie von angeschnittenen Heiligenscheinen zu sein: Jeder
von ihnen wurde von einem anderen überlagert, jeder mischte
sich in den nächsten hinein – und dies Reihe um Reihe, sich in die
Unendlichkeit entfernend. Die sich ändernden Farben, die Cass
beschrieben hatte, waren da, aber Kit erschienen sie wie zufällige
Muster transparent schimmernder Vergänglichkeit, die ununter-
brochen ineinander verschmolzen und sich wandelten – sie funkelten rot und golden, grün und blau, formten einen lebendigen
Regenbogen aus prismatisch gebrochenem Licht. Von dem Punkt
aus betrachtet, wo er stand, war der Effekt ein wenig beunruhigend, da er eine Art ineinanderschiebender Bewegung besaß, so
als ob er oder dieser Lichttunnel oder beide sich bewegten und
dennoch zur selben Zeit feststünden.

Die alte Ley-Sprung-Reisekrankheit wand sich wieder durch
seinen Leib. Galle stieg ihm bis zur Kehle hoch, und er würgte sie
wieder herunter. Dieser Reflex genügte, um seine Verbindung mit
dem Ley zu unterbrechen, und der Lichttunnel verschwand.

»Wow«, wisperte Kit und fuhr sich mit dem Ärmel über den
Mund. »Das war heftig.«

»Ich will es auch versuchen«, sagte Cass und gesellte sich rasch zu Kit. »Los, Gianni! Du und ich, wir wollen versuchen, unsere Chance zu nutzen.«

»Nur zu.« Kit reichte ihr sein Schattenlicht und warnte sie: »Du könntest ein bisschen reisekrank werden. Es schleicht sich heimlich an dich heran.«

Mina gab Gianni ihre Ley-Lampe, und das Experiment wurde mit neuen Teilnehmern wiederholt. Quasi vom Spielfeldrand aus beobachteten Kit und Mina, wie die drei reglosen Gestalten versuchten, den lebendigen Regenbogen heraufzubeschwören. Nach zwei Fehlversuchen schafften sie es, nicht nur das gewünschte Resultat herzustellen, sondern den Lichttunnel fast eine ganze Minute aufrechtzuerhalten – wonach es Cass so übel wurde, dass sie sich schwindlig und schwach fühlte und sich hinsetzen musste.

»Wie haben Sie dieses ... dieses einzigartige Phänomen entdeckt?«, fragte Gianni.

»Völlig zufällig«, antwortete Burleigh, »wie dies für gewöhnlich der Fall ist bei Forschern aller Art. Meine Männer und ich bereiteten uns darauf vor, einen Routinesprung zu machen, und wir gingen zufälligerweise im Gänsemarsch die Linie entlang. Jeder von uns hatte einen Ley-Positionsanzeiger in der Hand ...« – er hob eine Hand dorthin in die Luft, wo nur Augenblicke zuvor die verschiedenfarbigen Bögen sichtbar gewesen waren – »... und Sie haben ja gesehen, was geschehen ist.«

»Beeindruckend«, sagte Mina.

»Nicht im Geringsten«, wandte Burleigh ein. »Was Sie gesehen haben, ist das Endergebnis zahlloser frustrierender Versuche, die über Monate hinweg geführt wurden, bloß um den Effekt zu wiederholen; und dann dauerte es noch mehrere Jahre, bis ich auch nur das elementarste Verständnis von diesem Phänomen gewinnen konnte. Meine frühesten Versuche zur Ley-Manipulation führten zu Fehlschlägen und Frustrationen. Doch die Menge an Zeit und Mühen, die ich seitdem eingespart habe, hat diese Investition mehr als wettgemacht.«

»Okay, Sie haben Ihren Beitrag geleistet«, sagte Kit herablassend. »Aber Sie benutzen weiterhin das Wort ›Manipulation‹. Was bedeutet das in diesem Zusammenhang?«

»Ja . . .« Burleigh wandte sich ihm zu. »Jetzt, wo Sie es gesehen haben, werden Sie besser darauf vorbereitet sein, zu begreifen, was ich im Begriff bin zu sagen.«

»Jetzt machen Sie schon weiter«, drängte Kit, was ihm einen warnenden Blick von Wilhelmina einbrachte.

Burleigh sah über diese Unverschämtheit hinweg und ignorierte Kit nun vollkommen. Er drehte sich den anderen zu und sagte: »Ley-Linien sympathisieren mit der Zeit, wie Sie sicherlich wissen.«

»Es hängt vom jeweiligen Absprungpunkt ab, zu welchem Zeitpunkt man in der anderen Dimension aufkreuzt – ist es das, was Sie mit Ihren Worten meinen?«, hakte Cass nach.

»Richtig.« Der Earl nickte. »Zweifellos haben Sie das durch die Trial-and-Error-Methode herausgefunden, nicht wahr?«

»Durch eine Menge Versuche und eine Menge Irrtum«, pflichtete Wilhelmina ihm bei. »Fahren Sie fort.«

»Tatsächlich macht das Zusammenspiel zwischen den stärkeren Ley-Positionsanzeigern und der Ley-Linie diese zeitsensitiven Stellen sichtbar. Sie werden beobachtet haben, dass der Lichttunnel, wie Sie es nennen, eine gerippte Qualität besitzt . . .«

»Er sieht aus wie eine Serie von Bögen«, merkte Cass an.

»Oder Heiligenscheine«, meinte Kit.

»Jeder dieser Heiligenscheine oder Bögen korrespondiert mit einer speziellen temporalen Abzweigung.«

»Temporal – was?«, entfuhr es Mina.

»Eine Zeit-Aufteilung, könnte man sagen«, schlug Gianni vor. »*Bellisimo!* Ich verstehe. Die verschiedenen Rippen oder Bögen korrespondieren mit Orten in der Zeit, wo Abzweigungen oder Aufteilungen in der Wirklichkeit geschehen sind. Sie stellen Markierungen dar.«

»Der Augenblick, wenn eine Wirklichkeit sich von der Hauptlinie abgespalten hat?«, sagte Kit, der versuchte, das Ganze zu begreifen. Undeutlich entsann er sich, dass er ein Diagramm einer

Ley-Linie gesehen hatte, das Cosimo gezeichnet hatte, nachdem Wilhelmina während jenes schicksalsträchtigen ersten Sprunges verloren gegangen war. Cosimo und Kit waren zusammen mit Sir Henry Fayth aufgebrochen, um sie wiederzufinden, und die zwei älteren Quästoren hatten eine Art Karte gezeichnet, die wie ein liegender Baum mit unterschiedlichsten Ästen aussah, welche von einem schlanken Stamm abzweigten. Zu guter Letzt, dachte Kit, begann das, was er an jenem Tag gesehen hatte, einen Sinn zu ergeben.

»*Essato.*« Gianni rieb sich einen Moment lang das Kinn und sagte dann: »Eine andere Möglichkeit, dies begreiflich zu machen, sind vorbeifahrende Züge. Die Züge rollen auf verschiedenen Gleisen parallel zueinander, ja? Man befindet sich im Zug zufälligerweise in einem bestimmten Wagen – oder in einer bestimmten Zeit. Wenn man jedoch kühn genug wäre, könnte man vom eigenen Eisenbahnwagen in einen anderen des vorbeifahrenden Zugs springen.«

»Das habe ich schon mal gesehen«, sinnierte Kit.

»Wirklich?«, fragte Cass. »Du hast gesehen, wie jemand von einem fahrenden Zug auf einen anderen gesprungen ist?«

»Im Film«, antwortete Kit und wandte sich dann an Gianni: »Indem ich also die Zugwaggons abzähle, während sie – sozusagen – vorbeirollen, könnte ich auf den anderen Zug springen, wenn ein spezifischer Waggon den Eisenbahnwagen passiert, in dem ich mich aufhalte.«

Gianni schaute zu Burleigh, damit der eine Antwort darauf gab. Der Earl räumte ein, dass dies eine angemessene Analogie war. »Die Schwierigkeit besteht bestimmt wie immer darin, zu wissen, in welchen Eisenbahnwagen man hineinspringen soll, während der Zug vorbeifährt. Das ist der Punkt«, fügte er hinzu, »wo die zweite wichtige Funktion des Ley-Positionsanzeigers ins Spiel kommt.« Er wies auf die silberne Vorrichtung, die er auf der Innenfläche seiner Hand balancierte. »Wenn man die Lampe fachgerecht aktiviert, ermöglicht sie es, die temporale Wirklichkeit auszuwählen, die man sucht.«

Kit starrte den Earl beinahe mit einem Blick der Bewunderung an. Immer noch verabscheute er diesen Mann, doch er vermochte zumindest dessen unermüdliches Engagement für die Wissenschaft des Ley-Reisens zu würdigen. Darüber hinaus konnte er einen Schimmer von dem erspüren, was Burleigh ihnen möglicherweise aufzeigte. Dieses Leuchten war jedoch schwer fassbar: Er konnte seinen feinen Schimmer flüchtig erspähen, vermochte es aber nicht, die Sache mit einem schärferen Blick zu erfassen.

»Wie?«, fragte er. »Wie wählen Sie die Wirklichkeit aus, nach der Sie suchen?«

Burleigh antwortete, indem er ihm das Schattenlicht auf seiner Innenhand entgegenstreckte. »Die Lichter an dieser Vorrichtung arbeiten als Zeit- und Richtungsindikatoren«, erwiderte er. »Wenn Sie beispielsweise jemand Bestimmten suchen, leuchten die Lichter heller, je näher Sie der dimensionalen Wirklichkeit kommen, in der die betreffende Person lebt.«

»Das erklärt es!«, rief Mina. »Ich wusste, dass etwas in dieser Art passiert.«

»Erneut muss man sich selbst darin schulen, das Bild der jeweiligen Person im eigenen Bewusstsein zu erschaffen und es sich konstant und deutlich vor seinem inneren Auge zu halten. Dafür braucht man ziemlich viel Übung.«

»Das ist der Grund, weshalb Sie immer zu wissen schienen, wo wir waren«, sagte Kit. »Sie waren imstande, uns zu finden, wann immer Sie es wollten.«

»Nicht immer«, erwiderte Burleigh, der ein verschlagenes Lächeln unterdrückte. »Doch es macht es leichter, Personen aufzuspüren.«

»Außergewöhnlich.« Gianni schüttelte bewundernd den Kopf. »Sich seine eigene mentale Energie nutzbar zu machen und sie mit der tellurischen Energie einer Ley-Linie zu vereinen. Das ist genial.«

»Aus diesem Grund habe ich dieses Gerät einen Positionsanzeiger genannt«, offenbarte Burleigh. »Ich habe zuerst gedacht, dies sei alles, was es kann, und das ist auch immer noch seine primäre Funktion.«

»Also ...«, sagte Mina, »Menschen, Orte, Zeitperioden – wenn ausreichend Informationen vorliegen, kann das Schattenlicht dies alles für Sie lokalisieren.«

»Lassen Sie uns lieber sagen, die Vorrichtung kann die Suche ein gutes Stück weniger mühsam machen«, berichtigte der Earl. »Natürlich hängt der Erfolg sehr stark von dem ab, was der Anwender des Geräts beitragen kann.«

»Durch mentale Energie?«, fragte Cass.

»Ja, durch mentale Energie, aber das Verlangen und der Wille spielen ebenfalls eine große Rolle – die Stärke der Intention. Willenskraft, wenn Sie so wollen. Deshalb habe ich vorgeschlagen, dass drei von uns im Einklang miteinander handeln sollen.«

»Das erhöht die Willenskraft und macht den Erfolg wahrscheinlicher«, schlussfolgerte Kit. Je mehr er hörte, desto mehr verliehen Burleighs Erklärungen bestimmten Geschehnissen einen Sinn, über die er sich immer gewundert hatte.

»Okay, lassen Sie es uns versuchen«, schlug Wilhelmina vor. »Zeigen Sie uns, was zu tun ist.«

Sie verbrachten ungefähr die nächste Stunde damit zu, die Dinge, die sie erlernten, in der Praxis zu üben – bis das Zeitfenster der Ley-Aktivität sich schloss.

»Ich schätze, das war's«, sagte Kit. »Was für ein Jammer, dass wir die Sache genau dann beenden müssen, wenn wir gerade den richtigen Dreh herausbekommen.«

»Wir können heute Abend wieder üben, nicht wahr?«, erwiderte Cass, als sie zur Kutsche zurückgingen.

»Ich denke, das sollten wir«, stimmte Mina ihr zu. »Und mit etwas Glück wird Gustavus genug aktivierte Erde verfeinert haben, um ein weiteres Schattenlicht oder zwei anzufertigen. Dann hat jeder von uns eins. Ich kann es nicht abwarten, einen wirklichen Sprung zu versuchen, während wir im Innern dieses Lichts sind.«

Sie besprachen dies auf ihrem Rückweg in die Stadt. Burleigh allerdings war in sich gekehrt; er sagte wenig und gab nur dann eine Antwort, wenn einer der anderen ihm direkt eine Frage stellte. Sie brachten das Pferd und die Kutsche zum Stallknecht am unteren Ende des Platzes zurück, der dem Tor am nächsten war; dann machten sie sich auf den Weg entlang der Ladenfronten zum *Großen Kaiserlichen Kaffeehaus*.

»Kit, kommst du?«, rief Cass, als Kit dastand und zuschaute, wie der Wagen davonrollte.

»Ich traue dieser Schlange nicht«, sagte er düster. »Er heckt irgendetwas aus. Das kann ich erkennen.«

»Er scheint mir in Ordnung zu sein. Vielleicht ein wenig still auf dem Rückweg.« Sie hakte ihren Arm bei ihm unter und zog ihn fort. »Los, lass uns was essen. Wir hatten kein Frühstück, und ich sterbe vor Hunger.«

Sie eilten über den Altstädter Ring und gingen durch den Schatten des hoch aufragenden Rathauses. Burleigh, der ein paar Schritte hinter ihnen ging, senkte den Kopf und wendete die Augen ab; er nahm das Erscheinungsbild eines gejagten Mannes an. Als sie aus dem Schatten auftauchten, hielt Wilhelmina an und brachte die Gruppe zum Stehen.

»Was?«, fragte Kit und folgte ihrem Blick über den Platz. Er sah bloß den gewöhnlichen vormittäglichen Verkehr und Geschäftsbetrieb einer Stadt, die ihre Alltagsarbeit in Angriff nahm. »Was ist los?«

»Es ist die falsche Farbe«, flüsterte Mina. Sie drehte sich zu den anderen um. »Seht ihr das nicht?«

»Alles sieht für mich in Ordnung aus«, erwiderte Kit. »Was ist mit dir, Gianni?«

Bevor der Priester antworten konnte, kreischte Wilhelmina: »Es ist gelb!«

Kit starrte sie an. »Was ist gelb? Mina, das ergibt keinen Sinn, was du –«

Cass schob ihn beiseite. »Mina, erzähl uns, was falsch ist.«

»Das Kaffeehaus – die Farbe.« Sie zeigte über den Platz. »Es ist grün und *gelb*.«

»Ja«, bestätigte Cass. »Das sehe ich auch. Was stimmt damit nicht?«

»Es war niemals grün und gelb«, antwortete Mina; sie wirkte angeschlagen. »Wir entschieden uns dagegen. Stattdessen malten wir es grün und weiß an. Es ist immer grün und weiß gewesen.«

Cass biss sich auf die Lippe und blickte zu Kit.

»Frag mich nicht«, sagte er. »Ich habe nie richtig darauf geachtet.«

»Das ist nicht alles«, merkte Burleigh an, der von hinten zu ihnen trat. »Die Wachen am Tor vorhin hatten blaue Uniformen an, und es gab keine Banner auf den Mauern.«

»Wieso ist das bedeutsam?«, fragte Kit.

»Die Soldatenuniformen sind immer rot und schwarz gewesen«, erwiderte der Earl. »Und es gab Banner auf den Mauern, als wir heute in der Früh die Stadt verließen.«

»Es passiert«, schlussfolgerte Cass. »Damaskus fängt erneut an.« Angesichts des verwirrten Blicks von Burleigh fügte sie hinzu: »Die gegenwärtige Realität hier wird instabil.«

»Das wissen wir nicht mit Bestimmtheit«, entgegnete Kit, doch seinem Tonfall fehlte jegliche Überzeugung. Er wandte seinen Blick abermals dem Kaffeehaus zu. »Lasst es uns überprüfen.«

Sie schritten weiter über den Platz und zur Tür des *Großen Kaiserlichen Kaffeehauses*. »Ich gehe zuerst hinein, wenn ihr wollt«, bot Kit an.

Wilhelmina schüttelte den Kopf. »Ich gehe zuerst.« Sie legte ihre Hand an die Tür, stählte sich für das, was sie möglicherweise vorfand, und trat ein. Innen schien alles recht normal zu sein. Der Duft von frisch Gebackenem stürmte auf sie ein. Die Tische waren alle von Geschäftsleuten besetzt, die ihren Kaffee tranken; Serviererinnen in grün-gelben Schürzen beförderten Tabletts aus der Küche und wieder zurück. Und sie erspähte Engelbert hinter dem Küchentresen, wo er süße Stückchen auf eine Platte legte.

»Gar nicht so übel«, befand Kit. »Vielleicht –«

Er wurde unterbrochen von Wilhelmina, die seinen Arm ergriff und ihre Nägel in sein Fleisch grub.

»O mein Gott«, hauchte Cass.

Ein Stöhnen entschlüpfte Minas Lippen. »Nei-n-n ...«

Dann sah Kit es auch: Aus der Küche trat ein Wilhelmina-Duplikat in einer grün-gelben Schürze und einer dazu passenden Haube. In der einen Hand trug sie Teller mit Strudel, in der anderen ein kleines Tablett mit einer Kaffeekanne und Tassen. »Einen Moment, bitte!«, rief sie munter und ging weiter in den Speiseraum hinein; den Neuankömmlingen warf sie kaum einen Blick zu.

»Ich glaube, mir wird gleich übel«, ächzte Mina, ihr Gesicht war aschgrau.

»Versuch dich zusammenzureißen«, sagte Cass zu ihr.

»Cass hat recht. Es ist wieder Damaskus.« Kit schaute sich um, und am Rande seines Gesichtsfeldes bemerkte er, dass der Altstädter Ring verschwunden war; an seiner Stelle befand sich jetzt eine Wiese, auf der das Vieh graste. Er blinzelte, und als er wieder dorthin schaute, hatte sich die Fläche wieder in einen Marktplatz verwandelt. »Es geschieht *definitiv*.«

»Was ist das?«, fragte Burleigh, dessen Stirn sich besorgt runzelte, während er zusah, wie Wilhelminas Doppelgängerin im Speiseraum verschwand. »Was passiert hier?«

Cass war beherrscht genug, um eine schlüssige Antwort zu geben. »Die dimensionale Realität, in der wir gegenwärtig leben, bricht zusammen. Sie ist nicht länger stabil.«

»*Alterazioni*«, fügte Gianni hinzu. »Die *errori* ... die Irrtümer – sie wachsen und vervielfältigen sich, bis die gesamte Wirklichkeit ... äh ... nicht mehr aufrechtzuerhalten ist.«

»Und was geschieht dann?«, fragte Burleigh.

»Das wissen wir nicht«, antwortete Kit. »Wir glauben, die gesamte dimensionale Welt könnte einfach kollabieren. Wenn das passiert, dann ...«

»Wird diese dimensionale Welt ausgelöscht«, folgerte Burleigh. »Und alles und jeder in ihr ebenfalls.«

»Genau«, bestätigte Kit. »Wir können nicht hierbleiben. Wir müssen weiterziehen.« Er berührte Mina am Arm, der sich kalt und starr anfühlte, als ob er aus Marmor gemeißelt wäre. »Es tut mir leid, Mina.«

»Wohin können wir gehen?«, fragte Cass.

»Ich habe eine Idee«, sagte Kit. »Gianni, bring Wilhelmina außer Sichtweite. Geht zur Kathedrale. Cass und ich werden etwas zu essen kaufen und dann nachkommen. Ich werde alles erklären, wenn wir dort sind.«

»Was ist mit mir?«, wollte Burleigh wissen.

»Es kümmert mich wirklich nicht, was Sie tun«, erwiderte Kit. Dann wandte er sich wieder Gianni zu: »Geht jetzt, bevor irgendjemand die beiden zusammen sieht.«

Sie zogen sich aus dem Kaffeehaus zurück. Gianni ging mit einer widerstandslosen Wilhelmina im Schlepptau auf die Kathedrale zu, die sich auf der entgegengesetzten Seite des Platzes befand; Burleigh schritt hinter ihnen her; er blieb in ihrer Nähe, ohne ihnen jedoch im Wege zu sein. Kit und Cass erwarben rasch ein paar Lebensmittelvorräte von den Geschäften und Verkäufern rund um den Platz, dann hasteten sie los, um sich den anderen wieder anzuschließen.

»Also, wie lautet der Plan?«, wollte Cass wissen, als sie zum Gotteshaus eilten. »Wohin gehen wir?«

»Es gibt wirklich nur einen einzigen Ort, wohin wir gehen können«, antwortete Kit.

»Der Schicksalsbaum«, folgerte Cass. »Was lässt dich glauben, dass es diesmal irgendwie anders sein wird?«

»Diesmal haben wir neue Schattenlichter und wissen, wie man sie benutzt.«

»Wir haben nur drei Lampen«, hob Cass hervor. »Vielleicht sollten wir darauf warten, dass Gustavus die restlichen fertigstellt.«

Kit schüttelte bereits den Kopf. »Warten und zuschauen, wie alles um uns herum bizarr wird und schließlich zusammenbricht? Darüber hinaus – so, wie die Dinge sich hier ändern, gibt es keine Garantie, dass Gus daran arbeitet, uns mit mehr Lampen zu versorgen, oder ob er überhaupt noch hier ist.«

»Aber nur drei von uns werden Lampen haben«, betonte Cass erneut.

»Dann werden drei genügen müssen.«

* * *

Nach einer hastigen Beratung im Eingangsbereich der Kathedrale verließen die Quästoren die Stadt und begaben sich zum Fluss-Ley. Sie trafen recht frühzeitig am Buchenwäldchen ein und ließen sich in dem von vereinzelten Sonnenstrahlen durchbrochenen Schatten am Fuße des Pfades nieder. Dort aßen sie, ruhten sich aus und warteten darauf, dass der Ley aktiv wurde. Sie verbrachten den Nachmittag mit einem Brainstorming und gingen verschiedene Optionen durch, wie sie mit dem Schicksalsbaum verfahren sollten.

Während einer Pause in ihrer Diskussion meldete sich Burleigh zu Wort, der seit dem Weggang aus der Stadt wenig gesagt hatte. »Ich glaube, Sie sollten mir erzählen, was vor sich geht«, sagte er.

»Sie wissen, was vor sich geht«, entgegnete Kit. »Wir haben es Ihnen erzählt: Das Universum ist dabei, zu implodieren, und wir versuchen, eine Möglichkeit zu finden, es daran zu hindern, sich selbst zu zerstören und alles, was in ihm ist.«

»Sie haben mir vielleicht etwas erzählt, aber es gibt vieles, das Sie zurückhalten«, erwiderte der Earl. »Ich glaube, es ist Zeit, dass Sie mir alle Ihre Geheimnisse enthüllen.«

»Es gibt kein Geheimnis«, beharrte Wilhelmina. »Ehrlich. Was Kit gesagt hat – das ist die Wahrheit.«

»Ich glaube Ihnen nicht.« Burleighs Stimme nahm einen drohenden Tonfall an.

»Vielleicht weil Sie Ihr ganzes Leben mit Täuschungen und Betrügereien zugebracht haben, können Sie die Wahrheit nicht erkennen, wenn Sie sie hören«, blaffte Kit.

Burleighs Blick verdunkelte sich gefährlich. Gianni mischte sich schnell ein. »Wir haben keine Geheimnisse. Ich werde Ihnen alles sagen, was Sie wissen möchten.« Kit schien im Begriff zu sein, zu protestieren, doch Gianni unterband dies. »*Mio amico*«, intonierte der Priester mit sanfter Stimme, »er hat ein Recht, zu fragen. Sein Schicksal ist an unseres gebunden und unseres an seines – ob man es mag oder nicht. Nicht wahr?«

Dann wandte er sich Burleigh zu. »Bitte, was möchten Sie gerne wissen?«

»Wir können mit dem beginnen, was Sie den Schicksalsbaum nennen, was auch immer das ist. Ich habe gehört, wie Sie ihn mehrmals erwähnt haben. Erzählen Sie mir mehr darüber.«

Gianni berichtete mit bewundernswerter Kürze alles über den Eibenbaum und wie er ein Portal bewachte, das sich von allen anderen unterschied, denen sie jemals begegnet waren.

Wilhelmina griff die Erklärung auf und fügte hinzu: »Der Baum ist so gewachsen, dass er in das Portal eingebettet oder damit verflochten ist.«

»Er kanalisiert eine solch gewaltige Energie, dass jeder physische Kontakt in höchstem Maße gefährlich ist«, ergänzte Cass. »Selbst die geringste Berührung kann tödlich sein.«

»Ein sehr teurer Freund berührte einen Ast und starb augenblicklich«, berichtete sie. Als wollte sie die Wahrheit ihrer Aussage bestätigen, zeigte sie auf ihren Arm in der Schlinge. »Dabei bin ich verletzt worden.«

Burleigh nahm dies gedankenverloren in sich auf. Dann fragte er: »Und dieses Portal mit dem Baum ist dasjenige, das Sie zu manipulieren hoffen?« Cass und Mina nickten, Kit dagegen reagierte nicht. »Warum?«, wollte Burleigh wissen. »Was genau ist so wichtig an diesem Portal?«

Gianni antwortete: »Wir sind der Ansicht, dass dieses Portal zur Seelenquelle führt – der Ort, den Arthur Flinders-Petrie entdeckte und den er für den Rest seines Lebens als sorgfältig gehütetes Geheimnis bewahrte.«

»Die Seelenquelle«, sinnierte Burleigh, dann schüttelte er seinen Kopf. »Der Name sagt mir nichts.«

»Arthur glaubte offenkundig, dass er den legendären Quell der Seelen entdeckt hatte«, erläuterte Mina. »Wir denken, er könnte ihn als eine Art Brunnen der Unsterblichkeit betrachtet haben – oder so ähnlich.«

»Ah ...« Burleighs Seufzer der Resignation und Erleichterung sprach Bände. »Es ist nichts Geringeres, als ich erwartet habe.« Seine Augen schnellten zu Wilhelmina zurück. »Wie sind Sie in den Besitz dieser Information gekommen?«

Es war Kit, der darauf antwortete: »Ich sah ihn dort. Ich sah Arthur Flinders-Petrie an der Seelenquelle. Und ich sah, was er tat.«

»Sie haben ihn getroffen? Sie haben Arthur getroffen?«

»Nein«, antwortete Kit. »Das habe ich nicht gesagt. Er sah mich nicht, aber ich sah ihn, und ich sah, was er tat.«

»Und gehe ich recht in der Annahme, dass das, was er an jenem Tag tat«, begann Burleigh, der sich die Geschichte zusammensetzte, »etwas zu tun hat mit der bevorstehenden Katastrophe – diesem sogenannten Ende von allem?« Im verblassenden Nachmittagslicht blickte er die anderen nacheinander an. »Ich sehe, dass ich recht habe mit meiner Vermutung. Also sagen Sie mir: Was hat Arthur getan?«

Kit zögerte einen Augenblick, dann antwortete er: »Ich sah, wie er eine tote Frau ins Leben zurückbrachte.«

»Der Quell der Seelen«, sinnierte Burleigh. »Ich sehe es nun. Das war sein großes Geheimnis. Jetzt ergibt alles einen Sinn für mich.«

»Sie wussten davon?«

»Ich habe es seit Langem vermutet ...« Burleigh schüttelte den Kopf. »Aber nein. Nicht vermutet, eher geahnt.«

»Wissen Sie, wer diese Frau war?«, fragte Cass.

»Ich glaube, die Frau war Xian-Li, Arthurs Gattin. Sie war die Tochter von Wu Chen Hu, dem Künstler, der die Tattoos für Arthur machte. Und nein – bevor Sie fragen –, ich habe sie nicht getötet. Tatsächlich weiß ich nichts darüber, wie sie starb, aber ich habe schon vor langer Zeit vermutet, dass sie zumindest irgendein Trauma erlitten haben musste, das Arthur irgendwie beseitigt hatte. Wiewohl ich in gewisser Weise derjenige war, der ihre Vereinigung möglich machte.«

»Wie das?«, fragte Mina.

»Ich habe Ihnen ja bereits erzählt, dass ich versuchte, mir die Karte mit Gewalt zu nehmen«, erzählte Burleigh, »aber dass Arthur fliehen konnte. Es war Xian-Li, die ihm an jenem Tag zu Hilfe kam.«

»Das Ganze ist also Ihr Fehler«, murrte Kit. »Warum bin ich nicht darüber überrascht?« Er missachtete Wilhelminas warnenden Blick und fuhr fort: »Wenn Sie an jenem Tag Arthur nicht angegriffen hätten, wären die beiden sich nie begegnet; und wenn sie sich nie begegnet wären, hätten sie nie geheiratet, und Arthur hätte niemals einen Grund gehabt, sie zu retten.« Kits Hand zeichnete eine Reihe von Schleifen in der Luft, als wollte er auf die fortdauernde Rolle von Ereignissen verweisen, die aus jener einen Tat hervorgegangen waren.

»Und du hast das Gefühl, dies macht ihn dafür verantwortlich?«, fragte Gianni. »Die Kausalkette ist in der Tat lang: Wer kann schon sagen, was sich ereignet oder nicht ereignet haben könnte, wenn die eine oder andere Sache ein kleines bisschen anders gewesen wäre?«

»Es ist freundlich von Ihnen, zu versuchen, mich zu verteidigen«, anerkannte Burleigh. »Aber er hat recht. Ich bin verantwortlich dafür, dass die beiden sich kennengelernt haben. Was auch immer aus jener Begegnung hervorgegangen ist, geht auch auf mein Konto, zumindest teilweise. Ich gestehe den Fehler ein, und ich werde mein Bestes tun, ihn wiedergutzumachen. Was auch immer es erfordert, ich werde es tun – selbst wenn ich mein Leben dafür geben muss.«

»Ist ein bisschen spät dafür«, knurrte Kit und handelte sich damit einen Klaps auf den Arm ein.

»Die Zetetiker haben eine Redensart«, sagte Gianni, der intervenierte. »So etwas wie Zufall gibt es nicht. Ihre Handlungen an jenem Tag mögen eine Folge von Geschehnissen in Gang gesetzt haben, die Arthur auf den Pfad gebracht haben, die gesamte Schöpfung zu zerstören. Aber hier sind Sie nun und legen in unsere Hände die Mittel, sie zu retten.«

»Das ist der Grund, weshalb wir hier sind«, erklärte Cass. Sie hob ihr Schattenlicht und zeigte den anderen, dass die kleinen grünen Lichter leuchteten. Sie erhob sich und wischte sich Laub und Erde von ihrer Hose. »Nun? Auf geht's – schauen wir mal, ob wir – ihr wisst schon – das Universum retten können.«

Worin die Vergangenheit ein Vorspiel ist

ßind alle okay?« Kit wischte sich das Wasser aus den Augen und blickte sich nach den anderen um. Cass befand sich auf allen vieren in der Mitte des schmalen Felsenpfads; und neben ihr lag Mina ausgestreckt auf dem Boden und stöhnte leise. Gianni und Burleigh knieten gemeinsam ein paar Schritte dahinter. Der Sprung war rau gewesen, und der damit einhergehende Sturm grimmiger als jeder andere, den sie bislang erlebt hatten – mit beißendem Wind und peitschendem Regen. Die Reisenden waren durchgeschüttelt und klitschnass geworden, aber zumindest waren alle da.

»Oh-h-h, Mann«, stöhnte Cass. »Ich hoffe, ich werde niemals . . . «

Bevor sie den Satz beenden konnte, hielt sie sich erst eine Hand vor den Mund und übergab sich dann unverzüglich. Das setzte eine Kettenreaktion in Gang. Wilhelmina und Kit erbrachen der Reihe nach, und Burleigh erlag mit finsterem Blick einem trockenen Würgeanfall. Nur Gianni entging den schlimmsten Symptomen von Ley-Übelkeit, aber er sah alles andere als agil aus. Das nasse Haar klebte ihm am Kopf, und seine Haut war erblasst zu einem fahlen, kränklichen Aussehen; er wirkte wie das Opfer eines Schiffbruchs, das an Land gespült worden war.

»Ich glaube, das war die bislang schlimmste Überquerung«, merkte er an und tupfte sich das Gesicht mit einem durchnässten Taschentuch ab.

»Sie werden härter«, bekräftigte Kit und wischte sich den Mund an einem feuchten Ärmel ab. Er trat an Wilhelminas Seite. »Wie geht es dem Arm?«

»Ich wird's überleben«, antwortete sie, die Augen trübe vor Schmerz.

»Wir können uns eine Minute ausruhen, wenn du es wünschst«, sagte Kit. »Es ist ein langer Marsch von hier zum Baum.«

Mina schob sich das nasse Haar aus dem Gesicht. »Dann lass uns losgehen!«

»Bist du sicher?«, fragte Cass und zerrte am Stoff ihres nassen Hemds, das an ihr klebte.

»Hilf mir hoch«, bat Mina und streckte Kit ihre Hand entgegen. Er hob sie auf die Füße. Sie schwankte leicht, kam jedoch selbst wieder ins Gleichgewicht. Dann entkorkte sie eine kleine Flasche mit einer rötlich braunen Flüssigkeit, nahm einen winzigen Schluck und verzog das Gesicht wegen des bitteren Geschmacks ihres Laudanums. Sie stopfte den Korken wieder hinein und steckte die Flasche in ihre Tasche, anschließend nickte sie kurz. »Fertig.«

»In Ordnung«, sagte Kit. »Legen wir los.«

Der Aufstieg auf dem Canyon-Pfad zum Rand der Schlucht war viel beschwerlicher geworden aufgrund der Tatsache, dass sich der Weg seit ihrem letzten Besuch verschlechtert hatte. Die Oberfläche war stark erodiert, zudem gab es Stellen, wo der Weg fast bis zur Felswand abgebrochen war. Dort waren die Reisenden gezwungen, sich an die Wand zu klammern. Als sie oben angekommen waren, legte Kit eine Pause ein, um jedem zu ermöglichen, zu Atem zu kommen. Unterdessen wiederholte er seine Warnung, dass man Ausschau halten sollte nach fleischfressenden Raubtieren, die über die Prärien und durch die Wälder streiften.

Sie machten sich auf den Weg über die Ebene, aber abgesehen von einer Herde anmutiger Geschöpfe, die Gazellen ähnelten und durch das lange Gras davonsprangen, sowie einer Schar aufgeschreckter Rebhühner sahen sie keine Tiere. Der Spaziergang in der frischen Luft und im warmen Sonnenschein tat ihnen gut und sie erholten sich ein wenig und erreichten den Waldrand in besserer Stimmung als zu Beginn ihres Marsches. Nach einer weiteren kurzen Pause brachte sie eine kurze Wanderung zu der Wand aus Jungbäumen, die den Schicksalsbaum umgab.

»Wir sind da«, sagte Kit. Er drehte sich zu den anderen um, die sich nun um ihn scharten. »Vergesst nicht, die Hände unten an euren Seiten zu halten. Und berührt auf keinen Fall den Baum – selbst nicht den kleinsten Teil davon. Das ist tödlich.«

»Als ob das gesagt werden müsste«, murmelte Cass.

»Ich meine das wirklich ernst«, erklärte Kit nachdrücklich. »Ich will nicht, dass das Gleiche geschieht wie letztes Mal.« Er schaute zu Burleigh. »Sie sind hier, um uns zu beraten – und sonst nichts. Verstanden? Ich will nicht, dass Sie sich in irgendeiner Weise einmischen.«

»Ich stehe zu Ihrer Verfügung«, erwiderte Burleigh liebenswürdig.

»Nun denn. Ist jeder bereit?« Kit blickte der Reihe nach in die Augen der anderen, und zufrieden darüber, dass alle übereinstimmten, sagte er: »Lasst uns damit beginnen.« Er drehte sich um und drängte sich durch den dicht gewachsenen Ring aus Jungbäumen, die einen Schutzwall bildeten, und betrat den Ort, den die mächtige Eibe beherrschte.

Die Stille innerhalb des Kreises war beinahe ohrenbetäubend, und die Luft war tot. Die Quästoren starrten hoch zu den schweren grünen Zweigen, die über ihnen emporragten und sie zwergenhaft klein erscheinen ließen, und fühlten ein kaltes Grauen, das sich durch den Erdboden in ihre Knochen und ihr Blut nach oben hin ausbreitete. Ein paar Schritte entfernt an der runden Grenze der Lichtung befand sich der Grabhügel von Thomas Young – unberührt, immer noch so frisch wie in dem Moment, als sie ihn verlassen hatten.

Gianni sah das Grab, ging zu ihm hin und stand einen Augenblick lang nur da. Anschließend faltete er die Hände, beugte den Kopf und sprach auf Latein ein Gebet: »*Domine Iesu, dimitte nobis debita nostra, salva nos ab igne inferiori, perduc in caelum omnes animas, praesertim eas, quae misericordiae tuae maxime indigent.*«

Die anderen standen andächtig da und lauschten dem Tonfall der Worte, auch wenn sie deren Bedeutung nicht verstanden. Er beendete das Gebet und sagte: »*In nomine Patris, et Filii, et Spiritus Sancti. Amen.*«

Kit fügte sein eigenes »Amen« hinzu, dann zwang er sich dazu, sich der bevorstehenden Aufgabe wieder zuzuwenden. Er drehte sich zu Burleigh um. »Was müssen wir über die Manipulation von Portalen wissen? Sagen Sie uns, was zu tun ist – wobei wir stets im Auge behalten müssen, dass unsere Schattenlichter das letzte Mal ausgebrannt sind, als wir versuchten, sie an diesem Ort zu benutzen.«

Burleigh blickte zu den höchsten Ästen des gigantischen Baumes hoch, senkte dann die Augen und antwortete: »Das hier unterscheidet sich von allen Portalen, die ich je gesehen habe. Ich kann Ihnen nicht sagen, was passieren wird, doch ich kann Ihnen berichten, was an anderen Orten funktioniert hat.«

»Die Ausflüchte habe ich registriert«, entgegnete Kit. »Fahren Sie fort.«

»Natürlich«, antwortete Burleigh mit monotoner Stimme. Er ging ein paar Schritte weiter die Lichtung entlang und begutachtete den Umfang des Baumes, anschließend drehte er sich um, kam zurück und erklärte: »Ich denke, als Erstes müssen wir eine Abstimmung der Schattenlichter versuchen. Das letzte Mal sind die Vorrichtungen zweifellos deshalb ausgebrannt, weil die grundlegende Symmetrie fehlte.«

»*Benissimo*«, sagte Gianni. »Und wie stimmen wir die Apparaturen ab?«

»Da es bei einem Portal keinen gerade Pfad gibt wie bei einer Ley-Linie«, begann Burleigh, »müssen wir uns entlang des Umkreises der Lichtung aufstellen, und zwar in einem gleich weiten Abstand voneinander entfernt. Mit Blick auf Ihre vergangenen Erfahrungen würde ich vorschlagen, dass Sie die Vorrichtungen mit Ihren Körpern abstimmen, bis Sie fertig sind.«

»Schön«, meinte Kit. »Sagen Sie uns einfach, wo wir uns hinstellen sollen.«

Sie sahen zu, wie Burleigh den äußeren Rand der Lichtung abschritt und dann auf der imaginären Kreislinie die Position für jeden Halter einer Lampe markierte. Kit, Cass und Mina gingen zu der für sie bestimmten Stelle. »Okay, was jetzt?«, fragte Mina, als sie ihre Positionen eingenommen hatten, welche die Eckpunkte eines gleichseitigen Dreiecks bildeten, in dessen Mitte der gewaltige Baum stand. Trotz dessen Größe hatte jeder von ihnen freie Sicht auf die anderen.

»Wie bei der Ley-Linie«, erklärte Burleigh, der seine Stimme hob, damit man ihn in der lähmenden Atmosphäre der Lichtung hörte, »müssen Sie versuchen, Ihre Gedanken zu harmonisieren, indem Sie sich den beabsichtigten Zielort bildlich vorstellen. Sobald Ihr Bewusstsein in der richtigen Art und Weise darauf reagiert, werden wir entdecken, welche Möglichkeiten für eine Manipulation vorliegen.«

»Okay, ihr habt ihn gehört!«, sagte Kit laut. »Bereit? Ich zähle bis drei, und dann nehmen wir unsere Schattenlichter heraus.« Er zählte und holte dann seine Apparatur aus der Tasche. Die kleinen türkisfarbenen Lichter strahlten, und das Zinngehäuse wurde augenblicklich warm in seiner Hand. Er stellte sich darauf ein, dass er das schnelle Aufspritzen einer Flamme sehen und den üblen Geruch von angesengtem Metall riechen würde. Als dies nicht geschah, rief Kit: »Okay, es scheint zu funktionieren. Ich werde jetzt erneut bis drei zählen, und dann konzentrieren wir unsere Gedanken auf die Seelenquelle.«

Wieder zählte er bis drei und wandte dann seine Gedanken der Seelenquelle zu, während er die Lampe auf seiner Handfläche hielt. Er füllte sein Bewusstsein mit dem Bild jenes seltsamen Teiches aus goldenem, flüssigem Licht an. Doch als nach ein oder zwei Minuten nichts passierte, unterbrach er das Experiment. »Holt einmal tief Luft!«, sagte er laut. »Aber bewegt euch nicht; wir werden sofort weitermachen.«

Sie versuchten es erneut – zwei weitere Male, doch mit dem gleichen Ergebnis. Abgesehen von ein paar Ausbrüchen und Spritzern lebhaften Lichts schien nur sehr wenig zu passieren.

Doch während des vierten Versuchs hatte das schwächlich flackernde Licht nicht nur bestand, sondern es wurde stärker und wuchs und ließ schließlich die Lichtung in einem wunderschönen Glanz erstrahlen.

»Das ist es!«, rief Kit. »Haltet ...« Ein helles Aufleuchten zu seiner Rechten zog Kits Aufmerksamkeit auf sich. Er wandte seinen Blick vom Baum ab und sah Burleigh ein paar Schritte entfernt mit einem Schattenlicht in seiner Hand stehen. »Burleigh!«, schrie er. »Was machen Sie da?«

»Ich dachte, Sie könnten eine kleine zusätzliche Verstärkung brauchen«, erwiderte der Earl.

»Woher haben Sie diese Lampe bekommen?«

»Oh, sie war sicher versteckt.« Die Vorrichtung ähnelte den alten Lampen; doch sie war ein wenig größer und hatte, soweit Kit dies zu erkennen vermochte, eine zusätzliche Reihe von Licht emittierenden Fenstern sowie oben drei Drehknöpfe oder Einstellräder. »Ein fortschrittlicheres Modell als die schäbigen Imitationen, die Sie fabriziert haben«, erklärte Burleigh. »Gefällt es Ihnen?«

»Sie haben uns benutzt!«, rief Kit aus, den ein brennender Zorn durchfuhr.

»Nun, Sie haben doch wohl nicht ernsthaft erwartet, dass ich mir die Gelegenheit entgehen ließe, die Seelenquelle zu sehen, oder? Nach all dem, was ich durchgemacht habe?« Ein gemeines Grinsen breitete sich auf Burleighs Gesicht aus. »Sind Sie *wirklich* so naiv?«

»Verräter! Ich wusste es! Wir waren Dummköpfe, dass wir Ihnen vertraut haben.«

Burleigh blickte verhalten zurück. »Tun Sie, was ich sage, und wir werden alle dorthin gelangen, wo wir hinwollen.« Er wandte seine Aufmerksamkeit wieder dem Schicksalsbaum zu, hob seine Ley-Lampe hoch und fasste eines der Einstellräder an. Hell leuchtendes türkisfarbenes Licht strömte wie Fächerlaserstrahlen aus den Lochreihen rund um den Lampenrand.

»Kit?«, fragte Mina laut. »Was ist los?«

»Burleigh hat ein Schattenlicht. Er hat uns hintergangen.«

»Seien Sie still! Sie alle!«, brüllte Burleigh. »Das ist jetzt die störungsanfälligste Phase der Operation. Vollständige Aufmerksamkeit ist erforderlich.« Er fasste ein anderes Einstellrad auf seinem Schattenlicht an, und ein Blitz aus lebhaftem Licht schoss in einem Bogen aus der Vorrichtung, verband sie mit den anderen drei Lampen rund um den Baum und verknüpfte diese miteinander. »Konzentrieren!«

Kit spürte, wie das Schattenlicht in seiner Hand vibrierte, und hörte ein schwaches Brummen – es war tief und gedämpft –, als würde es durch die Erde nach oben dringen. Das Brummen wurde lauter, steigerte sich sowohl in der Tonhöhe als auch in der Resonanz, nahm zusätzliche Klänge auf und nötigte der Luft merkwürdige Beitöne ab. Die Haare auf seinen Armen und seiner Kopfhaut richteten sich nacheinander auf. Die Klänge, die an eine Totenklage erinnerten, vereinten sich mit dem Knistern statischer Elektrizität, stiegen in höhere Tonlagen und verwandelten sich in einen permanenten Pfeifton.

»Fast da!«, schrie Burleigh in dem Versuch, sich über das heftige Kreischen hinweg Gehör zu verschaffen. »Jeden Moment ... dabeibleiben ...«

Die Lampe in Kits Hand wurde immer noch wärmer – sie war zwar nicht unangenehm heiß, aber nah dran. Die Vibration verstärkte sich, und er nahm einen metallischen Geruch wahr.

Der wunderschöne Lichtglanz breitete sich aus und schloss den gesamten Baum in eine leuchtende Hülle ein. Jeder Ast und jeder Zweig nahm eine schimmernde, ätherische Beschaffenheit an – als wäre er in eine Schellacklösung getaucht worden, die im Dunkeln leuchtete –, und die grünen, nadelförmigen Blätter wurden zu winzigen lichten smaragdfarbenen Stacheln, die vor Energie überquollen. Die ständig ansteigende Tonhöhe des Pfeiftons überschritt schließlich die Grenze des für das menschliche Gehör Wahrnehmbaren und verstummte allmählich zu einem schrillen Heulen, das in der Stille verschwand – ein Abklingen, das begleitet wurde von einem parallel verlaufenden Anstieg der Helligkeit des strahlenden Glanzes, der den Baum umhüllte. Plötzlich gab es einen Blitz: Kit bedeckte rasch mit einer Hand seine Augen und wandte das Gesicht zur Seite.

»Seht!«, schrie Burleigh. »Das Portal ist offen!«

Kit öffnete die Augen und sah, dass der große Eibenbaum ersetzt worden war durch eine sich hochtürmende Säule aus brillantblauem, pulsierendem Licht – so hell, dass es schien, als würde man in die Flamme eines Schweißbrenners blicken. Die Säule drehte sich langsam um eine unsichtbare Achse und gab – als Staubpartikel aus Licht – ein Funkeln und Schimmern von sich; es hatte den Anschein, als würden Glühwürmchen aus ihrem Inneren in die Atmosphäre strömen.

Verblüfft über diese Verwandlung, ließ Kit beinahe seine Lampe fallen. Als er wieder hinschaute, sah er, dass der Schicksalsbaum in Wirklichkeit immer noch dort war; doch er schien vollständig aus einer Art transparentem Plasma zusammengesetzt zu sein, das summte und pulsierte mit dem reinen blauen Leuchten grenzenloser Energie. Winzige Fäden strömten von den Ästen des durchscheinenden Baumes – tellurische Energie, die in die Luft auslief – und formten Netzwerke aus lebendigem Licht. Es prickelte überall auf Kits Haut. Auf seinen Haar-, Ohren- und Fingerspitzen bildeten sich ebenfalls Glühwürmchenfunken, die in die Luft entwichen.

Er fühlte sich augenblicklich gleichzeitig beschwingt und schwerer als Beton, als würde er zwischen zwei gegensätzlichen Kräften auseinandergezogen ... und dennoch verspürte er weder Schmerz noch Unbehagen. Stattdessen verblasste die Welt um ihn herum; sie wurde bleicher und dünner. Rund um das Wurzelwerk des Eibenbaums war der Erdboden weiß gebleicht wie Puderschnee. Kit konnte sowohl Cass als auch Wilhelmina auf ihren jeweiligen Positionen sehen: Ihre Augen waren weit aufgerissen, ihre Schattenlichter wie Taschenlampen verlängert; und aus den winzigen Löchern in den Geräten strömten türkisfarbene Sonnenstrahlen. Das Bild waberte und tanzte; es war, als würde man durch ein mundgeblasenes Milchglas schauen, während es sich langsam dreht.

»*Formidabile!*«, hauchte Gianni, dessen Gesicht in einem unirdischen Leuchten badete.

»Kit! Gianni!«, rief Cass. »Seht ihr das?«

»Und ob!«, bekräftigte Kit, doch seine Antwort wurde von dem Brüllen verschluckt, das die Eruption von Energie begleitete, die ihn blendete: ein Blitz so hell, dass er mit seinem reinen weißen Licht durch seine Augenlider hindurchschien. Sein Schattenlicht zischte und versprühte Funken; es wurde zu heiß, um es zu halten. Kit ließ es fallen, und im selben Augenblick schlug mit großer Wucht eine Schockwelle durch ihn hindurch, die ihn von den Füßen riss und ihn auf den Rücken warf.

Merkwürdigerweise gab es keine Hitze – lediglich das Geräusch, das Licht und die Druckwelle ... und die federleichte Berührung von Schnee auf seiner Haut und seinen Wimpern. Kit rollte sich auf die Seite und blickte hoch – und sah nicht den Schicksalsbaum, sondern das Knochenhaus.

Anstelle der die Lichtung umgebenden Hecke aus jungen Buchenbäumen stand eine Wand aus schlanken Kiefern, deren Zweige sich unter einer schweren Schneeschicht beugten. Und im Zentrum befand sich jene seltsame Konstruktion, die aus der wunderlichsten Zusammenstellung von Skelettteilen errichtet worden war: Beckenknochen, Wirbelsäulen, Beinknochen, Rückenwirbel, Oberschenkelknochen, Rippen und anderes mehr. Die Knochen von gut zwanzig verschiedenen Tierarten, einschließlich der gewaltigen, gekrümmten Stoßzähne eines Mammuts, dem schweren gehörnten Schädel eines Wollnashorns und das auseinandergespreizte, handförmige Geweih eines Riesenelchs – alles Geschöpfe, die seit Langem ausgerottet waren.

Mit brummendem Schädel, summenden Ohren sowie Schmerzen in allen Gliedmaßen und Gelenken drückte sich Kit auf seine Hände und Knie hoch; dann blickte er über die Lichtung. Cass und Mina – deren Gesichter verzerrt waren – schrien ihn an. Kit vermochte zu sehen, wie sich ihre Lippen bewegten, doch ihre Stimmen erreichten ihn lediglich als zusammenhangloses Gemurmel, wie Töne, die man unter Wasser vernahm. Ihre Worte wurden übertönt von dem tief verwurzelten Brummen und Surren des Energieimpulses, der sie in eine andere Dimension gesprengt hatte – oder vielleicht hatte er auch nur eine Schicht abgeschält, um die darunter zu enthüllen.

Er rief laut nach den anderen, seine Stimme klang gedämpft und weit entfernt. »Rührt euch nicht vom Fleck; ich komme zu euch.« Schwankend stand er auf und begann, um das Knochenhaus herumzugehen. Nur wenige Yards entfernt lag Gianni auf dem Rücken. Kit schlurfte zu ihm hinüber. Der mit Schnee bedeckte Priester machte einen verblüfften Eindruck; mit seiner Mimik wirkte er beinahe komisch, zumal eines seiner Brillengläser zerbrochen war und die Bruchstellen ein sternenförmiges Muster aufwiesen. Ansonsten schien er unverletzt zu sein. Kit half ihm auf die Füße, und die beiden gingen dorthin, wo Wilhelmina und Cass jetzt standen und sich gegenseitig den Schnee abwischten. In der Nähe lagen zwei Schattenlichter im Schnee; das eine war verschmort und verfärbt von Hitze und Rauch, doch das andere schien unbeschädigt zu sein, obwohl es mit anomaler Kraft leuchtete und brummte.

»Sind alle okay?«, erkundigte sich Kit mit lauter Stimme, damit er sich selbst trotz des Sirrens in seinen Ohren hören konnte.

»Du kennst diesen Ort?«, fragte Mina. »Es ist das Knochenhaus, richtig?«

Sie musste die Frage wiederholen, bevor Kit antwortete: »Das stimmt – und es ist genau so, wie ich es in Erinnerung habe.«

»*Incredibile* . . .«, murmelte Gianni, der seitlich durch seine ruinierte Brille guckte. »So etwas wie das hier habe ich noch nie zuvor gesehen.«

Gedankenverloren starrte Kit auf das Knochenhaus, als die Erinnerung an das, was dort stattgefunden hatte, wieder vor seinem inneren Auge vorbeizog.

»Wir werden uns hier draußen zu Tode frieren«, sagte Cass und zeigte auf die igluförmige Hütte. »Können wir hineingehen?«

Kit wandte seine Aufmerksamkeit der schneebedeckten Lichtung zu und suchte sie rasch mit seinem Blick ab. »Wo ist Burleigh?«

»Vor der Explosion stand er genau dort«, antwortete Wilhelmina. Eine schnelle Durchsuchung der Lichtung sowie des angrenzenden Waldgeländes, das Rufen seines Namens und lautes Geschrei, um ihn gegebenenfalls aufzuwecken, hatten keinen Erfolg: Sie fanden keine Spur von ihm.

»Er muss irgendwo anders gelandet sein«, schlussfolgerte Cass.

»Das gefällt mir«, gestand Kit. »Wir können keine Zeit damit verschwenden, ihn jetzt zu suchen.«

»Hier draußen erfrieren wir«, sagte Cass erneut. »Wir müssen etwas tun.«

Kit schaute sich ein letztes Mal auf der Lichtung um, dann hob er das intakte Schattenlicht auf und begann, seitlich um das Knochenhaus herumzugehen. »Ich habe eine Idee«, verkündete er. »Folgt mir.«

ZWEIUNDDREISSIGSTES KAPITEL

*Worin das Knochenhaus ein
Geheimnis hervorbringt*

Es wurde eng im Knochenhaus, als jeder drinnen war; das Bauwerk war nie dafür bestimmt gewesen, so viele Menschen in
sich aufzunehmen. Durch die Risse und Spalten des Knochen-
dachs drang verwaschenes Sonnenlicht zu ihnen herein und
hüllte das Innere in ein schummriges Halbdunkel, das weder Tag
noch Nacht war. Der Boden der Hütte bestand aus festgetretenem
Schnee, auf dem Kiefernzweige sowie Hirsch- und Büffelfelle ausgebreitet waren. Sofort nachdem sie eingetreten waren, zogen
Wilhelmina und Cass jeweils einen der Pelze zu sich heran und
hüllten sich darin ein; und Gianni machte das Gleiche. Sobald
sich alle niedergelassen hatten, sagte Kit: »Ich weiß ja nicht, wie
viel jeder von euch über diesen Ort weiß; aber hier ist es gewesen,
wo ich mit En-Ul zusammengesessen habe, während er ...« Er
zögerte, da er nicht wusste, wie er ihnen am besten das beschreiben
sollte, was der alte Clanführer getan hatte. »Nun, ich kenne es als
›Zeit träumen‹ ...«

»Du hast dies früher schon erwähnt«, sagte Gianni. »Kannst du
uns mehr darüber erzählen?«

»Ich kann es versuchen«, antwortete Kit. »Aber die Sache ist
die – der Fluss-Stadt-Clan besaß nur ziemlich primitive sprach-
liche Fähigkeiten. Sie kommunizierten hauptsächlich durch
etwas, das ich für eine Art von mentalem Radio halte: Sobald du in
der Lage warst, es einzuschalten, sprachen sie zu dir durch mentale
Bilder von dem, was auch immer sie dir zu erzählen versuchten.«

»Ich erinnere mich, dass du von Bildern gesprochen hast . . .« –
Mina zog den Korken aus ihrer Laudanum-Flasche, schlürfte ein
bisschen davon und schluckte heftig – ». . . Eindrücken – diese Art
von Dingen, nicht wahr?«

»Was denkst du, was er mit ›Zeit träumen‹ gemeint hat?«,
wollte Gianni wissen.

»Nun, er hat nicht exakt diese Worte benutzt«, antwortete Kit.
»Vergiss nicht, die Clanmitglieder kannten nicht viele Worte.
Aber das ist der Sinn, den ich aus dem gedeutet habe, was er versuchte, mir mitzuteilen. Ich glaube, ich habe diese Worte verwendet. Oh . . .« Kit erinnerte sich plötzlich an die Dringlichkeit
und Ernsthaftigkeit dessen, was ihm kommuniziert worden war,
und fügte hinzu: »Und En-Ul bedeutete mir auch, dass das, was
er da tat, unglaublich bedeutsam war – so wichtig wie eine Sache
auf Leben und Tod. Als ob das Überleben des Clans davon ab-
hinge.«

»In welcher Hinsicht?«, fragte Cass.

»Ich weiß es ehrlich nicht. Die akkurate Bedeutung war ziemlich verschwommen, doch das war der Sinn, den ich von dem mit-
bekam, was er mir erzählte. Wie dem auch sei, der Eindruck, den
ich von En-Ul erhielt, war der, dass er hier im Knochenhaus in der
Lage war, mit der Zeit zu interagieren.«

»Wie meinte er das? Zeit erschaffen? Sie verändern?«, wollte
Gianni wissen.

»Wohl mehr so: Er sah, was die Zeit bringen würde, und inter-
agierte irgendwie mit dem, was er da sah.« Kit schüttelte den Kopf.
»Ich kann es nicht genau sagen.«

Cass, die das Innere des Knochenhauses mit professionellem In-
teresse studiert hatte, rief auf einmal aus: »Ich hab's jetzt kapiert!«
Alle Augen wandten sich zu der Stelle, wo sie unter dem schweren
Fell kauerte. »Es ist symbolisch – seht Ihr das nicht?«

»Was ist symbolisch?«, hakte Mina nach, die neben ihr saß.

»Dieser Ort . . . das Knochenhaus – es ist ein Symbol. Versteht
ihr?« Als die anderen sie weiterhin anstarrten, beeilte sie sich zu
erklären: »Versucht mir zu folgen, okay? Meine Mutter war eine

Anthropologin, und sie erzählte mir einst, dass die alten skandinavischen Dichter ein Verfahren benutzten, das *Kenning* genannt wurde. Es war eine Methode, eine Sache indirekt auszudrücken, indem man auf etwas anderes verwies – man sagt beispielsweise »Schlachtschweiß«, um auf Blut zu verweisen, oder »Schwanenstraße«, um sich auf einen Fluss zu beziehen. Es ist also eine metaphorische Sprechweise und stark symbolisch. Wenn man also dieses Verfahren einsetzt, dann würde ein Knochenhaus ...« Sie hielt inne, um nachzudenken.

»Vielleicht ist es dein Körper«, mutmaßte Mina. »Der Ort, wo dein Geist lebt?«

»Könnte sein«, räumte Cass ein, deren Augenbrauen sich zusammengezogen, während sie ihren Gedanken nachhing.

»Dein Schädel«, erklärte Gianni plötzlich. Über seine Äußerung schien er ebenso überrascht zu sein wie die anderen. »Das ist offensichtlich. Der Schädel ist die Kuppel aus Bein oder auch Knochen, die den Verstand beherbergt: das Haus für all deine Denkprozesse. Dein Bewusstsein lebt gleichsam im Innern deines Schädels ...«

»Im Innern eines Hauses aus Knochen«, ergänzte Kit, der den Gedankengang beendete.

»Das passt«, sagte Cass. »Kit, ich glaube, dein Freund En-Ul hat dir mehr erzählt, als du weißt! All dies ist symbolisch – nur dass er, anstatt zu versuchen, es dir zu erklären, es ausgeführt hat. Er hat dir *gezeigt*, wie die Dinge funktionieren. Siehst du das nicht?« Vor Aufregung schaukelte Cass im Sitzen vor und zurück. »Indem er im Knochenhaus schlief, demonstrierte er sein grundlegendes Verständnis von der Welt und von seinem Platz darin.«

»Glaubst du, er besuchte die Seelenquelle, um zu tun, was auch immer es war?«, fragte Mina.

»Möglicherweise«, räumte Kit ein. »Es ist sicherlich kein Zufall, dass das Knochenhaus sich auf dem Portal befindet, das direkt zur Seelenquelle führt.«

Gianni räusperte sich. »Bevor wir so gründlich abgelenkt wurden«, erinnerte er ihn, »sagtest du, du hättest eine Idee.«

»Wir sind direkt oben auf dem Portal«, antwortete Kit. »Wir können es benutzen, um zur Seelenquelle zu gelangen; und ich glaube, ich weiß, wie man es einschaltet.« Er fuhr fort, zu erzählen, wie er Stunden damit zugebracht hatte, über En-Ul zu wachen, während der Alte schlief, und wie sein Schattenlicht nach drei Jahren der Inaktivität auf unerklärliche Weise zum Leben erwacht war. »In meiner Aufregung stand ich auf und fiel durch den Boden . . .«

»Wie beim Black Mixen Tump«, merkte Wilhelmina an.

»Genau wie beim Black Mixen Tump«, bestätigte Kit. »Nur anstatt nach Ägypten brachte mich dieser Sprung zur Seelenquelle. Ich glaube, dass das, was En-Ul auch immer gemacht hat, das Portal öffnete und mir ermöglichte, hindurchzugehen.«

Gianni nickte nachdenklich und sagte dann: »Du scheinst mir anzudeuten, dass die bewusste mentale Aktivität des Knochenhausbewohners das Portal ausgelöst hat.« Er spähte durch das zerbrochene Glas seiner Brille in die Runde und schlussfolgerte: »Das würde die Hypothese von Cass unterstützen – und es würde ziemlich leicht zu überprüfen sein.«

»Indem man tut, was En-Ul getan hat«, ergänzte Cass. »Meinst du das?«

»Genau«, antwortete Kit. »Was auch immer En-Ul tat, er machte es, während er schlief – oder zumindest sehr entspannt war. Mit geschlossenen Augen und meditierend. So was in der Art.«

»Dann lasst uns das versuchen«, schlug Gianni vor. Er wandte sich Mina zu: »Dein Schattenlicht wird uns zeigen, wenn es uns gelungen ist, das Portal zu aktivieren.«

»Worüber sollen wir meditieren?«, fragte Mina.

»Denk über die Zukunft nach«, schlug Gianni vor.

»Wie En-Ul«, sagte Kit. »Stell dir bildlich vor, wie du in der Zukunft bist und was dort entsprechend deinem Wunsch passieren soll.«

Nach einer weiteren kleinen Diskussion lehnten sich die Reisenden gemütlich zurück, um über die verschiedenen Möglichkeiten ihres Lebens in der Zukunft nachzusinnen. Sie schlossen die Augen und wandten ihren Blick nach innen. Nach den nervenaufreibenden Geschehnissen der letzten paar Stunden erlagen sie der Ruhe und Stille des Ortes, und einer nach dem anderen dämmerte ein.

Das Erste, was Wilhelmina in den Sinn kam, war das Kaffeehaus. Sie sah sich selbst in der Küche des *Großen Kaiserlichen Kaffeehauses*, wo sie mit Engelbert arbeitete – glücklich in einem florierenden Geschäft –; sie sah, wie sie beide zusammen waren und begriff, wie sehr sie sich gegenseitig ergänzten: Etzel mit seiner gelassenen Kraft und seinem einzigartigen Charakter und sie selbst mit ihrer Kreativität und ihrem Geschäftssinn. Dann veränderte sich das Bild schlagartig, und sie sah ein weißes Stuckhaus mit einem roten Ziegeldach in einer freundlichen Ecke im alten Prag, mit einem kleinen Obstgarten, in dem auch Blumen und Gemüse wuchsen. Zwei kleine flachsblonde Mädchen flatterten umher wie Schmetterlinge, während Etzel Äpfel pflückte, und sie selbst saß da mit einem Wirtschaftsbuch auf dem Schoß und machte die wöchentliche Buchführung. An ein Zusammensein mit Etzel zu denken erschien richtig und gut und erfüllte ihr Inneres mit einem warmen, freudigen Leuchten.

Vielleicht war es ja die Umgebung – die neolithische Konstruktion des Knochenhauses, die möglicherweise die Richtung ihrer Gedanken steuerte –, doch Cass sah die nahe gelegene Schlucht und den Fluss, wo sie und Kit jene Tage verbracht hatten, während sie auf Wilhelmina warteten, damit die sich ihnen anschloss. Und nur dieses Mal sah sie es, ohne dass alles von Sorge und Angst überlagert wurde. Stattdessen sah sie den friedlichen Fluss, in dem sich die ihn umgebenden weißen Felswände widerspiegelten; sie hörte das träge Summen von Insekten und die aus voller Kehle erschallenden Rufe der Amseln im Schilf entlang des Ufers. Sie sah sich selbst, wie sie für ihre Forschungen in einem Notizbuch schrieb und Skizzen zeichnete, seit Langem ausgestorbene Tiere in ihren natürlichen Lebensräumen beobachtete und mit Mitgliedern des Fluss-Stadt-Clans als ihre Führer die Höhlen erkundete.

Sie sah sich und Kit zusammen und stellte sich vor, wie sie ein Haus bauten – eine antiquierte Wohnstätte aus Flechtwerk mit Lehm. Kit stand oben auf einer behelfsmäßigen Leiter und deckte das Dach mit Schilf, das sie am Flussufer gesammelt hatten; sie war auch da und reichte ihm ein Bündel hoch, das er gleich einsetzen würde … Sie stellte sich vor, wie sie beide zusammen in ihrer gemütlichen Wohnstätte waren, und er hielt einen Bratspieß, auf dem geschnittene Zwiebeln und Fleischwürfel aufgezogen waren, über das Feuer in ihrer Kochstelle, die sich in einem Steinkreis befand … Sie sah, wie sie beide im Licht des aufsteigenden Mondes im Fluss schwammen … Sie sah, wie sie beide Händchen hielten und sich küssten, während sie auf einem Felsvorsprung saßen und beobachteten, wie die Sterne am Himmel erschienen … Sie stellte sich dies vor und spürte, wie schön es sein würde, wenn sie sich an einem gemeinsamen Leben erfreuen könnten: einem Leben voller Abenteuer und Entdeckungen, in dem jeder Tag neu war.

Als Gianni seine Augen schloss, galt sein erster Gedanke dem *Jansky-Very-Large-Array*-Radioteleskop und der fantastischen Arbeit, die sie dort leisteten. Er sah den Mann, der in einer sehr kurzen Zeit sein teurer Freund geworden war; er sah Tony Clarke, wie er dort mit den anderen Wissenschaftlern arbeitete – wie er arbeitete, um die bevorstehende Katastrophe zu verstehen … Und dann sah er sich selbst und Tony in seinem alten Observatorium auf dem Montserrat, und sie waren sehr aufgeregt über etwas, das sie gesehen hatten – gefolgt von einem Bild von sich selbst und Tony auf einer Bühne in einem großen Saal voller Lichter, und sie teilten sich einen Preis für eine ihrer bahnbrechenden Entdeckungen; sie waren in schwarze Fräcke gekleidet, hatten schwarze Krawatten umgebunden, standen auf einem Podium in einem golden glänzenden Saal und strahlten, als sie den Applaus eines erlauchten Publikums für ihre außergewöhnliche Leistung in Empfang nahmen. War es der Nobelpreis? Das Gefühl des Erfolges erfüllte ihn mit Stolz, was ihn sowohl überraschte als auch beschämte.

Bei Kit brauchte die Übung ein wenig Zeit, um Früchte zu tragen, doch als sie kamen, traten sie im Überfluss auf. Sein Bewusstsein füllte sich mit Gesichtern von Personen, die er getroffen hatte, und von einigen Menschen, die er auf dem Wege verloren hatte. Er versuchte nicht, den Bildern eine Ordnung aufzuerlegen, sondern erlaubte ihnen einfach, sich zu zeigen, wenn sie auftauchten. Er sah Brandon und Mrs Peelstick und den Rest der Zetetiker – die glücklich ihre Arbeit fortführten, ihre Genisa neu einrichteten, Reisenden eine helfende Hand reichten und ihr Wissen von den Methoden Gottes in seiner Schöpfung erweiterten. Er sah Tess und stellte sich bildhaft vor, wie die weißhaarige Achtzigjährige einen Kranz auf eine neu errichtete Gedenktafel legte. Der Schriftzug auf der einfachen Granitplatte lautete:

COSIMO CHRISTOPHER LIVINGSTONE DER ÄLTERE
REISENDER, FORSCHER, ABENTEURER
GUTER & TREUER FREUND

Es gab keine Datumsangaben, aber das war egal. Es wurde Cosimo gedacht, sein Ableben beachtet und respektiert, und das schien genug zu sein. Neben dieser Grabstätte war eine zweite für Sir Henry Fayth mit einer ähnlichen Inschrift. Dass die zwei Freunde zusammen auf diese Weise ruhen sollten schien Kit richtig und angemessen zu sein. *Gott segne dich, Tess*, dachte er und rief sich anschließend selbst in Erinnerung, dass er sich das bloß vorgestellt hatte. Doch irgendwie machte das nichts; was er sah, schien dennoch real zu sein.

Andere Gesichter tauchten vor ihm auf: Haven und Giles ... Was war ihnen widerfahren? Er stellte sich beide zusammen vor – in einer großen Stadt vielleicht, wo Havens Schönheit und Tatkraft glänzen würden, denn sie benötigte Verfeinerung und Raffinesse, um wahrhaft glücklich zu sein. Was den treuen, beherzten Giles anging, so stellte Kit sich vor, wie er Erfolg hatte und einen Rang erreichte, den er verdiente – vielleicht als ein respektierter

Bediensteter in einem adligen Haushalt und in einer Position, wo seine Ergebenheit und Zuverlässigkeit sowohl gewürdigt als auch belohnt werden konnten. Dies schien richtig zu sein für Kit: dass Haven ein Maß an Zufriedenheit fand mit einem Mann wie Giles, dessen ruhige Hand ihren launenhaften Charakter mäßigen konnte. Er stellte sich vor, dass dies eine gute Sache sein würde.

Er sah ein Lagerfeuer, und der funkelnde Schein flackerte an den Steinwänden der Felsenunterkunft des Fluss-Stadt-Clans ... En-Ul war da und auch Dardok sowie der Rest des Clans. Er stellte sie sich vor in ihren Sommerbehausungen in der Fluss-Stadt, geschützt durch hohe Felswände nahe des gemächlich dahinströmenden Flusses. Er sah Kinder, die in einem Bach planschten; ihre Mütter waren in der Nähe und hielten Wache, während sie Brombeeren pflückten. Er sah, wie En-Ul unter einem Baum saß, tiefsinnigen Gedanken nachhing und sein Volk mit Weisheit und Umsicht führte ... und Dardok mit einem noch sehr kleinen Sohn. Kit sah, dass der Clan überlebt hatte ... mehr noch – er sah, dass seine Mitglieder geschützt waren und gediehen, dass sie für sich eine Nische schufen in einem oft brutalen und gnadenlosen Zeitalter und nach und nach immer größere Erfolge erzielten. Er sah, wie er Cass den Clan-Mitgliedern vorstellte und die sie so akzeptierten, wie sie ihn akzeptiert hatten.

Und dann – gerade als er einen flüchtigen Blick auf sich und Cass erhaschte, wie sie auf einem Felsen am Fluss saßen und den Aufgang des Mondes beobachteten – wurde das Bild ausgeblendet, doch an seine Stelle trat nicht Dunkelheit, sondern ein helles und alles durchdringendes Licht. Und er hatte das Gefühl, als würde er sich bewegen.

In diesem Moment verschmolzen die vier getrennten geistigen Welten mit ihren individuellen Gedanken und Bildern zu einem einzigen, vereinigten Bewusstsein: Sie waren eins, und sie fielen – sie stürzten blind in eine gleißende, farblose Leere.

Ihr Absturz nach unten beschleunigte sich und verwandelte sich allmählich in einen Flug. Sie verspürten das nervenaufreibende, schwindelerregende Gefühl des Fliegens – des Reisens mit einer ungeheuren, bewusstseinsverändernden Geschwindigkeit über Distanzen hinweg, die jenseits des rechnerisch Erfassbaren waren. Es war ein Tempo, das die Lichtgeschwindigkeit überstieg; und es schien ihnen, dass sie unmögliche Entfernungen mit der rasanten Glückseligkeit des Denkens als solchen zurücklegten. Eingeschlossen in einer weiß glühenden Hülle, bemerkten sie keinerlei Möglichkeit, dass die Reise jemals zu einem Ende kommen könnte. Ein Zeitalter verstrich von einem Atemzug zum nächsten und eine Ewigkeit während eines Augenblinzelns; und dennoch rasten sie weiter.

Als sie den Eindruck zu gewinnen begannen, dass sie für immer im Fluge erstarrt bleiben würden – ein bloßes Stäubchen in einem kosmischen Zeitgletscher –, sahen sie in der Ferne einen undeutlichen Umriss auftauchen. Zuerst war es kaum mehr als ein Schatten, der dann aber langsam Form und Substanz annahm. Muster aus Licht und Dunkelheit verfestigten sich und breiteten sich über den hellen Horizont hinweg aus; sie wurden konstant und füllten die Leere mit der leisen Hoffnung auf einen Zielort.

Doch das Licht verblasste allmählich und verflüchtigte sich in der Finsternis der Tiefen des Alls, die geschmückt war mit den zahlreichen Tupfern von Sternenlicht und dem perfekten blauen Himmelskörper einer weit entfernten Welt. Der Planet eilte mit solcher Geschwindigkeit auf sie zu, dass sie keine Zeit hatten, sich zu wappnen: Sie fielen durch den wolkenlosen Himmel, und das kollektive Bewusstsein teilte sich abermals in seine einzelnen Bestandteile auf.

In dem einen Moment befand sich Kit noch im freien Fall durch die Atmosphäre, und im nächsten lag er mit dem Gesicht nach unten auf einem Strand aus makellos weißem Sand. Seine Kleidung war klatschnass, als wäre er gerade schwimmen gewesen. Allerdings erinnerte er sich nicht daran, ins Wasser gestürzt zu sein, doch er war nass, und die Meereswellen hinter ihm rauschten sanft. Er hob den Kopf und nahm seine Umgebung in sich auf: Er atmete die liebliche Luft tief ein und genoss gerade die Sonnenwärme, als die Rückbesinnung auf seinen ersten Besuch in einer wahren Flut lebhafter Erinnerungen auf ihn hereinstürmte. Hinter ihm breitete sich das funkelnde türkisfarbene Meer bis zum fernen Horizont aus. Vor ihm erhob sich eine grüne Wand aus beinahe leuchtender Vegetation – genau so, wie es in seiner Erinnerung war. Und hinter jener üppig wachsenden, grünen Wand befand sich auf einer abgelegenen Dschungellichtung die Seelenquelle.

DREIUNDDREISSIGSTES KAPITEL

Worin es keinen Weg gibt, der zurückführt

Ist alles in dieser Welt lebendiger, fragte sich Kit. Vielleicht war die Schwerkraft dieses Planeten ja ein kleines bisschen anders, was dazu führte, dass alles in stärkerem Maße vor Leben zu sprühen schien. Von den juwelengleichen Farben bis zu dem in einem unerreichbaren Blau schimmernden Himmel sowie den makellos weißen Wolken – alles schien frischer, neuer und intensiver präsent zu sein. Der Angriff auf die Sinne war gewaltig. Innerhalb weniger Sekunden nachdem er die warmen Wellen des Meeres hinter sich gelassen hatte, wurde er aufs Neue von der puren Schönheit dieses Ortes überwältigt. Nichts in seinem Gedächtnis kam der Brillanz, der Herrlichkeit, der unbeschreiblichen Pracht der Wirklichkeit vor ihm gleich.

Er ging den Strand hoch, auf den Dschungel zu. Seine Füße hatten kaum den grasbewachsenen Rand berührt, als er hörte, wie hinter ihm Wasser aufspritzte. Sogleich blickte er zurück und sah Cass knietief in der Brandung stehen. Er rief ihr zu und winkte, während er kehrtmachte und zurückzulaufen begann, um sich mit ihr zu treffen. Er war auf halber Strecke zum Rand des Wassers, als Wilhelmina sich materialisierte. Wie ein Gespenst, das einen realen Körper annahm, tauchte sie einfach plötzlich auf: Sie kniete bis zu den Hüften in den Wellen. Sekunden später traf Gianni ein. Wie Mina erschien er zuerst als ein undeutlicher, verschwommener Umriss, der sich rasch ausfüllte und vor Kits Augen zu menschlichem Fleisch wurde.

Kit beeilte sich, um die verwirrten, desorientierten Neuankömmlinge in Empfang zu nehmen. »Ihr habt es geschafft!«, rief er. »Ich begann bereits zu glauben, ich wäre der Einzige, der den Sprung gemacht hat.« Er lief zu Mina, um ihr aus dem Wasser zu helfen. »Bist du okay?« Sie nickte benommen, während er ihren gesunden Arm ergriff und sie auf die Füße hob. »Hier entlang – ich bring dich ins Trockene.«

»Wo sind wir?«, fragte Cass, die herbeiwatete, um zu helfen. »Ist das hier die Seelenquelle?«

»Nein«, antwortete Kit. »Ich weiß nicht, wie dieser Ort genannt wird, aber die Seelenquelle ist dort hinten; der Weg führt durch dieses kleine Stück Dschungel. Es ist von hier aus nur ein kurzer Spaziergang.« Er drehte sich in die Richtung, in der Gianni stand, der sich mit einem merkwürdigen Gesichtsausdruck umblickte. »Bist du okay, Gianni?«

Der Priester zuckte zusammen und kam wieder zu sich. »*È così bella*«, seufzte er. »Das ist so wunderschön.«

»Du hast bislang noch gar nichts gesehen«, meinte Kit. »Ich werde es dir zeigen.«

Sie überquerten den Strand und waren bald auf dem Pfad, der ins Dschungelparadies hineinführte. Überall um sie herum wuchsen seltsame exotische Büsche und Bäume: Pflanzen mit Blattwerk, das Fächern mit Spitzenmustern, wogenden Wolken aus winzigen grünen Sternen oder langen, sich zuspitzenden Federn aus gesponnenem Gold ähnelte. Blumen und Früchte wuchsen in verschwenderischem Überfluss – in Sträußen und Büscheln, in Haufen und Klumpen, in Reihen und in Verwehungen wie Wolken: Sie waren rosafarben wie Flamingos, violett, safran- und zitringelb sowie ultramarinblau, und es gab noch weitere Farben, die von keiner menschlichen Zunge jemals Bezeichnungen erhalten hatten. Wo auch immer sie hinschauten, traf ihr Auge auf ein neues, faszinierendes Gebilde – das so geformt war, dass es jeder Beschreibung spottete. Und alles wirkte so frisch und unverdorben, als erfreute es sich der ersten Stunde seiner Existenz. Von der graziösen Anmut der Bäume und Büsche bis zu den Umrissen und

Mustern ihrer Blätter und der makellosen Eleganz der Blüten: Alles war so fesselnd, dass es den Reisenden äußerst schwerfiel, nicht ständig abgelenkt zu werden.

Während sie sich durch das unbändig wuchernde, üppige Blattwerk bewegten, spürten sie den seltsamen Nachklang eines Geräuschs, das sich direkt jenseits des Hörbaren befand: Es durchdrang die Atmosphäre mit dem Widerhall einer Symphonie, deren finaler triumphaler Akkord verschwunden war, jedoch immer noch in der Luft verweilte.

»Hört genau hin«, flüsterte Gianni, der mitten im Schritt innehielt. »Es ist die Musik der Vollkommenheit – der Klang der Schöpfung in Harmonie.«

Weiter im Innern des Dschungels stießen sie auf einen breiten, grasbewachsenen Pfad. »Wir sind jetzt ganz in der Nähe«, sagte Kit. Und ein paar Schritte später traten die Reisenden aus dem sonnengesprenkelten Dschungelpfad heraus – und auf eine breite, flache Lichtung, die wie eine Schüssel geformt war. Im Zentrum der Lichtung befand sich ein kristallener See aus einer durchsichtigen, schimmernden Flüssigkeit. Die ruhige, spiegelgleiche Oberfläche reflektierte den Himmel und die über ihr aufragenden Äste der umstehenden Bäume, und sie deutete unergründbare Tiefen darunter an.

Gianni schlich zum Rand und kniete sich nieder, um den Teich näher zu begutachten.

»Ist sie das?«, fragte Wilhelmina, die leicht die Stirn runzelte. »Ist das die Seelenquelle?«

»Das ist sie«, erwiderte Kit, der ihren Ausdruck bemerkte. »Enttäuscht?«

Mina neigte ihren Kopf zur Seite. »Ich dachte, sie würde anders sein. Das hier sieht aus wie ein Teich in einem Park. Nett, aber ... du weißt schon ...«

»Nett?« Kit schüttelte seinen Kopf. »Wie dem auch sei, sie ist nicht annähernd so, wie sie aussieht; sie ist das, was sie macht.«

»Jetzt, wo wir hier sind – was werden *wir* nun tun?«, wollte sie wissen.

»Ich habe gehofft ...«, begann Kit, wurde aber von einem Stoß in die Rippen unterbrochen.

»Wir haben Gesellschaft bekommen«, sagte Cass und zeigte auf das gegenüberliegende Ufer, wo ein Mann soeben aus dem umgebenden Blattwerk aufgetaucht war.

»Verdammter Mist!«, knurrte Kit und rief: »Burleigh, du Ratte! Wie bist du hergekommen?«

»Ich freue mich auch, Sie zu sehen«, erwiderte Burleigh. Er winkte mit dem Schattenlicht in seiner Hand. »Höherwertige Instrumente, lieber Freund. Dennoch bezweifle ich, dass ich ohne Sie den Weg hierher hätte finden können. Herzlichen Dank.« Er steckte die Ley-Lampe in seine Manteltasche und wandte seine Aufmerksamkeit dem Teich zu. »Nun, wenn Sie mich entschuldigen wollen. Ich glaube, ich habe ein Rendezvous mit dem Schicksal.«

»Er ist im Begriff, ins Wasser zu gehen«, sagte Mina.

»Wir können nicht zulassen, dass er das macht«, erklärte Kit. »Wir müssen ihn stoppen. Los!« Er begann, um den Teich herumzurennen.

Burleigh, der am Rande des Teichs verharrte, hob warnend eine Hand, als Kit sich durch den Dschungel näher herankämpfte. »Bleiben Sie zurück!«, knurrte er. »Kommen Sie nicht noch näher.«

»Hören Sie mir zu«, bat Kit. »Sie wissen nicht, was Sie tun.«

»Ich weiß genau, wo ich bin und was ich tue«, entgegnete Burleigh. Er wandte seine Augen wieder der Seelenquelle zu. »Das hier ist das alleinige Ziel meines Lebens gewesen. Es ist das, weswegen ich gelebt habe. Das hier ist Arthurs Schatz – sein Vermächtnis. Ich bin im Begriff, all die Verfehlungen rückgängig zu machen, die ich jemals begangen habe, und alle, die mir angetan worden sind. Von dem Augenblick an, als ich das erste Mal davon erfahren habe, ist dies alles gewesen, was ich jemals gewollt habe – die Chance, es wieder in Ordnung zu bringen.« Seine Stimme wurde leiser. »Die Chance, alles wieder in Ordnung zu bringen.«

»Nein!«, rief Kit entsetzt. »Sie verstehen das nicht! Arthur war im Irrtum. Sie können nicht rückgängig machen, was geschehen ist. Sie können die Vergangenheit nicht neu erschaffen.«

»Oh doch, man kann. Sie haben es selbst gesagt. Arthur hat es getan, und daher kann ich es auch.«

»Kit sagt Ihnen die Wahrheit«, beteuerte Cass, die sich nun zu Kit gesellte, der wenige Schritte von Burleigh entfernt am Ufer stand. »Arthur beging einen schwerwiegenden Fehler, als er Xian-Li ins Leben zurückbrachte. Was Sie im Begriff sind zu tun, wird die Dinge nur noch schlimmer machen.«

Burleigh schüttelte den Kopf. »Sie irren sich. Ich kann die Dinge besser machen. Verstehen Sie das nicht? In einem einzigen Willensakt kann ich alles verändern – die Dinge so gestalten, wie sie sein sollten. Ich muss nicht der uneheliche Sohn einer Mutter sein, die ihr Leben in Gin ertränkte und in Armut starb, und ...«

Die Stimme versagte ihm, und es dauerte einen Augenblick, bis er imstande war, weiterzusprechen. Als er fortfuhr, wurde sein Tonfall noch leiser. »Ich muss nicht dieser Straßenrüpel sein, der zerlumpt und hungrig aufwuchs, ohne Schulunterricht, ohne Freunde, ohne Würde ... oder auch nur das widerwillige Mitleid meiner Mitmenschen. Wissen Sie, wie es ist, so aufzuwachsen? Wissen Sie, was das einem jungen Herzen antut? Aber hier ...« – er wies mit einer Hand zum Teich – »... hier ist es, wo sich all das ändern lässt. Ich muss nicht der ungeliebte Sohn sein, ich muss nicht der Mann sein, der die Liebe einer guten Frau zurückweist.« Er schloss die Augen und schöpfte zitternd Atem, dann erklärte er: »Ich kann der Mann sein, den meine Philippa liebte und den sie mit Freude geheiratet hätte.«

Burleigh hielt inne und schluckte. Tränen traten ihm in die Augen, während er am Rande des Teichs stand. »In den Wassern dieser Quelle kann ich neu erschaffen werden. Sehen Sie das nicht? Ich kann ein besserer Mensch sein.«

Gianni gesellte sich zu Kit und Cass ans Ufer. »Mein Sohn, ich verstehe, weshalb du in dieser Weise empfindest«, sagte er und nahm einen priesterlichen Tonfall an. »Was dir widerfahren ist, sollte niemandem widerfahren. Aber es ist geschehen. Traurigerweise ist es geschehen. Wir alle haben Kummer und Sorgen im Leben, *mio amico*. Wir alle haben unsere Prüfungen, und diese müssen mit Mut und innerer Stärke ertragen werden. Es ist an uns, unsere Last zu schultern und in der Hoffnung und dem Vertrauen an die Zukunft voranzugehen, die Gott bestimmt hat.« Er streckte eine Hand aus und zeigte auf den Teich zu Burleighs Füßen. »Aber dieser Ort, dieser Quell der Seelen – es geht hier nicht darum, die Vergangenheit neu zu erschaffen. Es geht hier um die Zukunft. Was auch immer du von diesem Teich nimmst, stiehlst du der Zukunft. Und dies ist ein Diebstahl, den die Schöpfung nicht ertragen kann.«

»Die Apokalypse, über die wir geredet haben«, sagte Wilhelmina, die nun vortrat, »ist der Tod der gesamten Schöpfung. Es begann vor langer Zeit und wurde durch Arthur verursacht, als er von der Zukunft etwas stahl, um die Vergangenheit für seine eigenen Zwecke neu zu gestalten. Er war im Irrtum, das zu tun, und was er tat, hat den Quell vergiftet.«

»Sie können das nicht mit Sicherheit wissen«, erwiderte Burleigh, dessen Aussprache undeutlich geworden war. Er wandte seine Aufmerksamkeit wieder dem Teich zu und machte langsam einen bedächtigen Schritt in die Flüssigkeit hinein.

»Nein!«, schrie Kit und stürzte zu der Stelle am Ufer, wo Burleigh den Teich betrat. »Stopp!«

»Es gibt jetzt keinen Weg mehr, der zurückführt«, sagte Burleigh zu ihm. »Ich werde das tun, weswegen ich hergekommen bin.«

»Um der Liebe Gottes willen, Burleigh!«, rief Wilhelmina. »Bitte haltet ein!«

Burleigh machte einen weiteren Schritt, tiefer in den Teich hinein. Ringsum wehte ein böiger Wind durch die Baumwipfel; er wirbelte um den Teich herum und schüttelte mit plötzlicher Heftigkeit die Zweige. Blätter begannen von den Bäumen herabzufallen, und die Früchte des Waldes verschrumpelten auf den Stängeln und fielen zu Boden. Das Gras, das das Ufer des Quells säumte, fing an zu verdorren und abzusterben; direkt vor ihren Augen trocknete es aus und wehte fort.

»Wir müssen ihn da rausbekommen«, sagte Mina. »Kit, wir müssen was unternehmen.«

»Burleigh!«, rief Kit. »Schauen Sie sich um! Sehen Sie, was gerade geschieht! Hören Sie mir zu: Sie müssen da herauskommen. Sie machen alles instabil.«

Burleigh machte einen weiteren Schritt; und ein langsames Kräuseln von Licht verteilte sich über den Teich. Er war jetzt bis zu den Knien in der Seelenquelle. Blätter und Blüten trudelten zur Erde; sie fielen wie Schnee. Einige von ihnen trafen auf dem Teich auf und sandten winzige Lichtimpulse aus, die über die Oberfläche sausten, wo immer sie sie berührten. Der Wind, der stoßweise geweht hatte, flaute ab und verschwand; und eine gespenstische Stille senkte sich auf die Lichtung herab.

Cass, die eng neben Kit stand, gab einen Laut von sich – halb ein Keuchen, halb ein ersticker Aufschrei. »Ich glaube das nicht«, sagte sie mit bebender Stimme. »Kit, schau nur.« Sie zeigte zum Wald hinter ihnen. »Was geht da vor sich?«

Kit schaute zu der Stelle, auf die sie wies, und sah eine zweite Cass aus dem Dschungel hervortreten. Sie trug das Outfit, das sie angehabt hatte, als sie Kit das erste Mal getroffen hatte – diese merkwürdige Kombination aus einem langem Rock für Bäuerinnen, weiter Bluse, blau kariertem Kopftuch und Schuhen mit hoher Spitze. Die zweite Cass schaute sich mit einem Ausdruck von Verblüffung und Angst um, sah die anderen und machte dennoch keine Anstalten, sich ihnen anzuschließen.

»Das bin ich«, stellte Cass fest. »Das hatte ich an, als ich Haven und Giles das erste Mal begegnet bin.«

»Bleib ruhig«, sagte Mina zu ihr und schauderte angesichts der Erinnerung, wie sie ihren eigenen Zwilling in Prag getroffen hatte. »Wahrscheinlich ist sie wegen dem Ganzen hier noch erschrockener als du. Dreh dich einfach um, und schau sie nicht an.«

Kit wandte sich Burleigh zu, der tiefer in den Teich hineinwatete. »Sehen Sie das?«, rief Kit. »Sie haben das verursacht! Sie müssen da herauskommen.«

Burleigh betrachtete das Cassandra-Duplikat, dem sich genau

in diesem Moment an der Seelenquelle ein weiterer Doppelgänger hinzugesellte.

»Oh, nein«, keuchte Wilhelmina auf, als ein zweiter Gianni auftauchte. Dieser war in die Gewänder eines Priesters gekleidet. »Es ist Bruder Lazarus.«

Gianni betrachtete seinen Zwilling: lange schwarze Soutane, kurze Tonsur und die eulenhafte Brille mit dem runden Gestell – genau so war hatte er ausgesehen, als er am Montserrat-Observatorium gewohnt hatte. Wie die anderen schien dieser Neuankömmling desorientiert und verwirrt zu sein, aber dann erblickte er Gianni und erkannte ihn augenblicklich wieder. Nachdem er einen Moment gezögert hatte, hob er die Hand und winkte vorsichtig. Gianni winkte zurück und rief den Doppelgängern die Warnung zu, sie sollten nicht näher kommen. Zu Kit sagte er: »Wir müssen Burleigh unbedingt aus dem Teich herausbekommen – und zwar jetzt! Bevor noch etwas anderes passiert.«

»Ich werde hineingehen und ihn herauszerren müssen.«

»Das ist nicht sicher«, gab Mina zu bedenken. »Es könnte die Sache nur noch schlimmer machen.«

»Ich kann nicht erkennen, dass wir eine andere Wahl haben.«

Kit schritt an den Rand des Teichs, doch bevor er hineingehen konnte, schrie Cass: »Kit, warte!« Mit ausgestrecktem Zeigefinger wies sie auf die Wand aus Blattwerk hinter ihm.

Kit wirbelte herum, als aus dem Dschungel ein weiterer Mann heraustaumelte, der seine tote Frau auf den Armen trug – Arthur Flinders-Petrie, so wie ihn Kit bei jenem ersten, schicksalsträchtigen Besuch der Seelenquelle gesehen hatte. Abgehärmt, gramerfüllt und todmüde starrte Arthur erstaunt und alarmiert auf die Fremden am gegenüberliegenden Ufer. Es dauerte einen Augenblick, bis er seine Stimme wiederfand, und als er sprach, kam nur ein heiseres Krächzen aus seinem Mund. »Wer seid Ihr?«

»Bleibt, wo Ihr seid!« Kit – der zwischen Burleigh im Teich und Arthur stand, der noch nicht drin war – hob beide Hände hoch. Auf diese Weise wollte er verhindern, dass Arthur sich weiter näherte. »Ich warne Euch. Bleibt zurück!«

Arthur schaute an Kit vorbei und sah Burleigh im Teich. »Ihr!«, knurrte er und stolperte einen Schritt zurück. Wütend schaute er sich um und rief: »All diese Menschen – was macht Ihr hier? Was geschieht hier?«

Burleigh schien es nicht zu hören. Er hatte seine Aufmerksamkeit der Tasche zugewandt, wo die Lichter der Ley-Lampe durch den Stoff seines Mantels leuchteten. Er zog sie heraus und offenbarte so ein Instrument, das in einem hellen, pulsierenden grünlichen Licht leuchtete. Aus den kleinen Löchern rund um den äußeren Rand stoben Funken, und die Vorrichtung gab ein vernehmliches, angriffslustig klingendes Summen von sich. Burleigh blickte das Schattenlicht erstaunt an; anscheinend war er in den Bann geschlagen von dem, was er sah.

»Das hier wird viel zu bizarr«, sagte Mina.

»Es wird gerade noch bizarrer«, merkte Cass an, die nicht in der Lage war, ein Zittern zu unterdrücken, als sich den Doppelgängern am Teichrand eine weitere Wilhelmina anschloss. Diese Wilhelmina hatte ein bleiches, düsteres Aussehen: Ihr Haare hingen wie Seile in schlaffen Strähnen herab, und sie hatte dunkle Ränder unter den Augen. Sie trug hautenge schwarze Hosen, einen schwarzen Rollkragenpullover und hatte einen stark misshandelten, selbst gestrickten violetten Schal um den Hals und Schaflederstiefel an den Füßen. Hinter ihr tauchte noch eine weitere Wilhelmina auf – diese hatte sich in ihre Wüstenmontur mit dem blauen Pashmina-Schal gekleidet. Cass beugte sich nah zu Wilhelmina. »Bist du das wirklich?«

Mina schüttelte ungläubig ihren Kopf. »Frühere Versionen von mir«, gab sie zu. Dann wandte sie sich zu Kit. »Es wird schlimmer, Kit. Wir müssen . . .«

Was auch immer sie im Begriff war zu sagen, es würde für immer unausgesprochen bleiben. Denn in diesem Augenblick tauchte eine weitere Gestalt aus dem Blattwerk hervor. Dieser Mann war alt. Die wenigen Haarsträhnen auf seinem kahlen Kopf waren so zerbrechlich wie Spinnenseide, und seine runzlige Haut war von Sonne und Wind braun gegerbt. Er sah ledrig, zäh und verdorrt wie eine Mumie aus. Aber seine Augen, die tief eingesunken in seinem Schädel lagen, funkelten hart und aufgeweckt zugleich; sie zeugten von einer raschen, dunklen Intelligenz. Er war einfach gekleidet: Er trug eine locker sitzende Hose und ein Hemd, das einst weiß gewesen war. Seine Hose war zerlumpt und fleckig, was dem Anschein nach von zahlreichen Reisen herrührte; das Hemd hing in ausgefransten Fetzen herab und ermöglichte es den Menschen am Ufer, klar und deutlich zu sehen, dass die Haut seiner Brust mit Dutzenden seltsamer Symbole geschmückt war: Linien, Halbkreise, Punkte, Spiralen, Dreiecke und merkwürdige, halb geometrische, halb organische Piktogramme.

Kit erspähte die vertraute Ansammlung von Symbolen und wusste sogleich wer der Fremde war. Sie hatten ihn früher schon getroffen. Nur wo einst ein kräftiger Mann in seinen besten Jahren gewesen war, da gab es jetzt einen hutzeligen Greis; und wo einst die Tattoos, die auf seinem Oberkörper verstreut waren, in deutlicher Form und in einem glänzenden Indigoblau vorzufinden waren, da gab es sie jetzt in einem verblassten, grauen Zustand, und sie hingen mit der Haut herab, auf der sie eingraviert waren.

»Das ist er!«, keuchte Cass. »Das ist Arthur Flinders-Petrie ... noch einmal! Und er ist uralt.«

Der alte Arthur starrte mit wässrigen Augen auf all die Fremden, die um den Teich herumstanden. »Ihr solltet nicht hier sein«, sagte er, seine Stimme war lediglich ein Schnaufen in seiner Brust. »Dieser Ort ist nicht für euch.«

»Das ist es, was Freitag zu mir gesagt hat«, murmelte Cass. »Genau seine Worte.«

Der Wind wehte plötzlich heftig und kalt; er riss die letzten Blätter von den Bäumen. Bedrohliche Wolken zogen herauf.

»Es ist wieder Damaskus«, stöhnte Wilhelmina.

Der junge Arthur war wütend; und er ergriff den Körper seiner toten Frau fester und begann, vorwärtszugehen. »Schreitet zur Seite, Sir. Man wird mich nicht mehr länger aufhalten.«

Kit weigerte sich, wegzugehen. »Was Ihr zu tun beabsichtigt ist falsch. Ich kann es Euch nicht machen lassen.«

»Versucht nur, mich aufzuhalten.« Arthur rempelte ihn an, doch Kit legte seine Hände um Arthurs Brust und hielt ihn zurück. »Gianni! Hilf mir!«

Der ältere Arthur reagierte auf Kits Hilferuf. Rasch trat er hinter sein jüngeres Ich, öffnete den Mund und brüllte mit unerwarteter Vitalität: »Du da! Dreh dich um und schau mich an!«

Der junge Arthur unterbrach den Versuch, an Kit vorbeizukommen, und blickte über die Schulter. Sein Gesicht verlor das letzte bisschen Farbe, das ihm noch geblieben war. »Bleibt von mir weg!«, schrie er. »Wer auch immer Ihr sein mögt, bleibt weg.«

»Das werde ich nicht tun«, widersprach der alte Arthur. »Es hat mich die Dauer eines ganzen Lebens gekostet, um dich zu finden. Jetzt werde ich nicht weggehen. Ich habe vor, dich davon abzuhalten, den schlimmsten Fehler deines Lebens zu begehen.«

»Das ist eine List«, klagte der junge Arthur. »Ich kenne Euch nicht, Sir.«

»Du kennst mich, Arthur, so wie ich dich kenne.« Der alte Mann trat näher an sein jüngeres Ich heran. Kit und die anderen schauten gebannt zu. »Und ich weiß, dass das, weswegen du hergekommen bist, nicht getan werden darf.« Er zeigte auf den Körper in den Armen des jungen Arthur. »Xian-Li ist tot, und so muss sie bleiben. Du hast keine Ahnung von der Not, die dieser frevelhaften Selbstsucht entspringen wird.«

Arthur schloss seine Augen und schüttelte seinen Kopf. »Nein ... nein ... nein«, murmelte er. »Es sind Lügen – alles Lügen. Geht mir aus dem Weg.«

Der alte Arthur ging ein weiteres kleines Stück auf sein jüngeres Ich zu. »Hör mir zu! Deine verdammte Starrköpfigkeit wird zum Tod von vielen führen. Du magst ein paar Jahre des Glücks erhaschen, aber es wird zahllosen Menschen, die noch nicht geboren sind, unermessliches Leid bringen. Das ist Grund genug, um dich aufzuhalten. Und bei Gott, du wirst aufgehalten werden.« Der junge Arthur schaute zur Seite, als würde er die anderen bitten, einzuschreiten.

»Schau mich an!« Der ältere Arthur streckte seine Arme aus,

als würde er die tote Xian-Li von seinem jüngeren Ich nehmen. »Sie ist tot, Arthur. Ihr Tod ist bereits in das Gefüge des Universums hineingewebt worden. Es ist beabsichtigt, dass es so ist. Bist du weise genug, um zu wissen, wer leben und wer sterben sollte? Bist du jetzt der allmächtige Herrgott, dass du das Leben gewähren oder es fortnehmen kannst?«

Da Kit und die anderen durch den Streit zwischen den zwei Arthurs abgelenkt wurden, sah Burleigh seine Chance. Er schritt noch tiefer in die Seelenquelle hinein. Der Wind wirbelte und wimmerte in den oberen Zweigen, die seit Kurzem kahl waren, und in der Ferne rollte der Donner.

Gianni bemerkte Burleighs Bewegungen und eilte an Kits Seite. »Burleigh zieht seine Sache durch. Beeil dich!«

Kit wirbelte herum. »Halt Arthur zurück!«, rief er und stürzte sich in den Teich. Mit drei großen Sprüngen erreichte er Burleigh, packte ihn am Mantelkragen und riss ihn gewaltsam nach hinten. Burleigh drehte sich herum und führte einen wilden Schlag mit seiner Faust aus; der Hieb traf Kit seitlich am Kopf. Doch Kit hielt stand. Der nächste Schwinger verfehlte ihn, und Kit mühte sich einen Schritt zurück, wobei er Burleigh mit sich schleifte.

Burleigh wand sich in Kits Griff. Aber Kit hielt ihn fest umklammert und schaffte einen weiteren Schritt. Die Ley-Lampe, die Funken versprühte und Lichtstrahlen über den Teich sandte, zischte und knallte. Burleigh, der nicht imstande war, einen soliden Faustschlag auszuführen, versuchte, sich aus seinem Mantel herauszuwinden. Ihm gelang es, eine Schulter freizubekommen, doch Kit zwang ihn einen weiteren Schritt zurück. Gianni und Cass eilten zum Rand des Ufers – bereit, zu helfen, wenn Kit einen oder zwei weitere Schritte schaffte.

»Geben Sie auf!«, schrie Kit. »Es ist vorbei.«

»Niemals!«, brüllte Burleigh. Er befreite die andere Schulter und zog einen seiner Arme aus dem Mantel heraus.

Kit spürte, dass der Mantel ausgezogen wurde, und machte einen verzweifelten Satz vorwärts, als Burleigh versuchte, das Schattenlicht in seine freie Hand zu befördern. Kits Aktion schlug es Burleigh aus der Hand. Das Schattenlicht flog taumelnd durch die Luft und landete einige Yards entfernt im Teich. Immer noch Funken sprühend und zischend, blieb es kurz an der Oberfläche und sank dann allmählich hinab in die Tiefen der Seelenquelle. Burleigh wirbelte herum und traf Kit mit einem Schlag am Kopf. Kit taumelte zurück, doch er hielt seinen Gegner fest und zog ihn mit sich. Gianni packte den kämpfenden Burleigh, und Cass ergriff Kit; zusammen zogen sie die beiden Männer auf das Ufer.

»Zurück alle!«, brüllte Mina. »Irgendwas geht da vor sich!«

Draußen im Teich leuchtete dort, wo das Schattenlicht gesunken war, die Flüssigkeit in einem entsetzlich grellen Licht, und die Oberfläche bebte, als würde sie von weit unten von etwas Großem und Zornigen aufgewühlt. Die brodelnde Flüssigkeit hob sich empor und bildete Strudel.

Noch während sie zuschauten, lief das Leuchten in Finger auseinander – rötlich-goldene Ranken schlängelten sich durch die transluzide Flüssigkeit. Miniaturblitze zuckten von dannen und verloren sich in den unergründeten Tiefen. Die glitzernde Lumineszenz brachte eine Unzahl von ungewöhnlichen Formen hervor: Ringe, Spiralen und Halbmondsicheln mit Linien, Windungen und im Zickzack verlaufene Schlitze ... Formen, die sie alle auswendig kannten: Sie hatten sie auf der Meisterkarte eingraviert und auf den Wänden eines Grabmals in Ägypten sowie in einer Steinzeithöhle gemalt gesehen. Aber diese funkelnden Symbole waren keine zweidimensionalen Darstellungen und überdies auch nicht statisch: Sie bewegten und verwandelten sich, sie mischten sich und verschmolzen miteinander, jedes wurde ein Teil von einem anderen; sie fügten sich ineinander und vereinigten sich zu komplizierteren Formationen, bevor sie sich dann wieder teilten und in Bruchstücke zerfielen, nur um mit anderen Fragmenten in verschiedenen Konfigurationen wieder zusammenzukommen, um neue dreidimensionale Gegenstände zu erschaffen – wie Miniaturstatuetten, die aus durchsichtigen Strängen und Fäden aus Licht bestanden.

Die Gegenstände vermehrten sich stark; jeder von ihnen

brachte neue hervor, und diese splitterten ab, um immer noch weitere zu bilden. Die Oberfläche des Teiches bebte und wölbte sich. Die Wölbung dehnte sich aus und leuchtete in einem Unheil verkündenden purpurnen Licht.

»Das kann nicht gut sein«, sagte Cass.

»Wir sollten von hier verschwinden«, meinte Wilhelmina. »Und zwar auf der Stelle!«

»Lauft!«, brüllte Kit. Er packte Cass an der Hand und zog sie fort.

Gianni und Wilhelmina wirbelten herum und begannen, auf den Dschungel zuzurennen. Sie schafften lediglich drei oder vier schnelle, lange Schritte, bevor sie von der Schockwelle einer fürchterlichen Explosion eingeholt wurden. Das Geräusch – vergleichbar mit dem Brüllen des Triebwerks eines startenden Jets oder eines ausbrechenden Vulkans – erschütterte den Boden unter ihren Füßen; und die Welt wurde von einem Lichtblitz, der aus einem strahlenden, alles verzehrenden Feuer bestand, ausgelöscht.

VIERUNDDREISSIGSTES KAPITEL

Worin die Zahlen nicht lügen

*D*irektor Segler ließ sich in einen dick gepolsterten Sessel fallen, der im Empfangsbereich des ersten Stockwerks der Zentrale des *Jansky-Very-Large-Array*-Radioteleskops stand. Es war eine lange, mit viel Ärger angefüllte Nacht gewesen – die dritte in Folge –, und er hatte nur wenige Minuten geschlafen, die er sich zwischen Besprechungen, Telefonanrufen und virtuellen Konferenzen mit Kollegen von Illinois bis Australien erhascht hatte. Mit geschlossenen Augen konnte er das elektronische Brummen entfernter Maschinen, in denen die jüngsten, von seinem gewaltigen Radioteleskop gesammelten Daten verarbeitet wurden, und die Geräusche der Klimaanlage hören, die ständig dieselbe abgestandene Luft recycelte. Er vernahm ebenfalls weiche Fußschritte, die über den Teppichboden auf ihn zukamen.

»Was ist los?«, fragte er gähnend.

»Tut mir leid, Sie aufwecken zu müssen, Chef«, sagte Leonard Dvorak mit gedämpfter Stimme.

»Ich schlafe nicht – ich ruhe bloß meine Augen aus.« Er neigte den Kopf und sah, dass sein technischer Direktor mit einem merkwürdigen, beinahe sich entschuldigenden Gesichtsausdruck über ihm stand. »Was haben Sie da?«

»Ich kann nicht … Ich meine, ich weiß wirklich nicht …« Er blickte hinab auf ein Blatt Papier in seiner Hand. »Aber ich dachte, Sie sollten das hier sehen.«

Segler rieb sich mit der Hand über das Gesicht und richtete sich in seinem Sessel auf. Unter den gegebenen Umständen war es sehr wahrscheinlich, dass er niemals wieder einen richtigen Nachtschlaf genießen würde, dachte er. Bei nochmaliger Überlegung kam ihm in den Sinn, dass dies in ein paar Tagen, wenn die Zeit selbst enden würde, eine Sache weniger war, über die er sich Sorgen machen müsste. Er streckte die Hand aus und nahm das angebotene Blatt.

»Was ist das?«, fragte er und überflog die Seite. Es handelte sich um eine Kette von Gleichungen und Zahlenwerten. Wörter konnte er auf dem Blatt nicht sehen. »Erklären Sie es mir.«

»Ich habe einen ganz kleinen Unterschied im aktuellen Scan bemerkt und einfach damit begonnen, mit den Zahlen zu spielen. Ich habe sie in unsere Vorhersageformel eingesetzt, und das hier zeigt, was dabei herausgekommen ist.« Der technische Direktor blickte seinen Boss ausdruckslos an. »Ich dachte, Sie sollten es sehen.«

»Okay.« Segler gähnte erneut. »Ich hab's gesehen. Also, was jetzt?«

»Sind Sie nicht der Ansicht, dass es ... nun ja, seltsam ist?«

Der Direktor seufzte. »Seltsam, Leo? Die NASA ist in mein Büro eingedrungen, und ich bin in meiner eigenen Forschungseinrichtung ein Gefangener. Ich weiß nicht, wie lange ich schon nicht mehr in der Horizontalen geschlafen habe, und die letzte Mahlzeit, die ich gegessen habe, ist aus einem Münzautomaten gekommen, der nur Vierteldollarstücke annimmt. Seit einer Woche habe ich meine Frau nicht mehr gesehen, und wie die Dinge laufen, werde ich sie wahrscheinlich nie mehr wieder sehen und nie mehr wieder mit ihr sprechen. Fox News, CNN, NBC und die BBC und die *New York Times* sowie alle anderen mit einer Kamera und einem Mikrofon schnüffeln hier überall herum wie Schakale, die eine getötete Beute zu wittern versuchen. Und wir sind nur Stunden davon entfernt, dass diese Geschichte sich wie ein Lauffeuer ausbreitet und eine weltweite Panik anzetteln wird, durch die sämtliche Gesellschaftsformen, welche auch immer dann noch übrig sind, zerstört werden. Und als ob das nicht schon genug wäre, ruft der Präsident der Vereinigten Staaten mich jede Stunde an, um herauszufinden, was ich tue, um den Planeten zu retten.« Er streckte sein Kinn vor – zum Zeichen des Trotzes gegenüber den ihn bedrängenden Kümmernissen. »Also vergeben Sie mir, wenn ich ein wenig zu sehr geistig beschäftigt wirke, um die Bedeutung Ihrer Zahlenrätsel zu erraten.«

»Tut mir leid, Chef.«

»Vergessen Sie's. Erzählen Sie es mir einfach, okay? Können Sie das, Leo?«

Dvorak starrte seinen Boss an, dann schluckte er und antwortete: »Es ist so, dass die Zahlen andeuten, dass sich unsere Anomalie verändert hat.«

»Erläutern Sie, was Sie mit ›verändert‹ meinen.«

»Die Geschwindigkeit der Blauverschiebung scheint sich zu verlangsamen. Nicht nur das: Es sieht ...« – Dvorak hielt inne, um das passende Wort zu finden – »... klumpig aus.«

»Klumpig?«

»Ja, Sie wissen schon ... so, als ob es irgendwie aufhören könnte.«

Seglers Aufmerksamkeit war schlagartig geweckt. Er beugte sich vor und untersuchte die Gleichungen genauer. »Aufhören – sind Sie sicher?«

»Nicht zu hundert Prozent«, gestand der technische Direktor. »Aber ziemlich sicher. Die Zahlen lügen nicht, Chef.« Er klopfte leicht auf das Blatt in der Hand seines Bosses. »Die Blauverschiebung verlangsamt sich und kehrt ins Rote zurück. Und es passiert recht schnell.«

»Wie schnell ist recht schnell?«

Leo runzelte die Stirn. »Nun, das kann ich nicht sagen. Der Scan ist offensichtlich nicht vollständig beendet – aber falls sich der Trend bestätigt, werden wir nicht in der Lage sein, damit Schritt zu halten.«

Segler sprang auf seine Füße; sämtliche Gedanken an seine Erschöpfung waren vergessen. »Wer sonst hat das hier gesehen? Wer weiß darüber Bescheid?«

»Niemand. Wie ich schon sagte, ich habe bloß mit den Gleichungen herumgealbert. Aber wenn der Scan beendet ist, werden andere es sicherlich bemerken. Wir alle schauen uns dieselbe Sache an, wie Sie wissen.«

»Wie lange dauert es, bis der Scan endet?«

»Er wird noch weitere vier Stunden laufen.«

Segler nickte. »Okay. Ich sag Ihnen jetzt, was wir tun werden. Erstens: Behalten Sie das für sich. Sagen Sie zu niemandem ein Sterbenswörtchen. Ich werde den gegenwärtigen Scan abbrechen und auf der Stelle einen weiteren starten lassen. Arrangieren Sie ihn. Eng gefasster Fokus – nehmen Sie die Region aufs Korn, wo Sie die größte ... ähm, ›Klumpigkeit‹ ausgemacht haben. Beschaffen Sie die Messzeitkoordinaten, und halten Sie sich bereit, den Knopf zu drücken, wenn ich es sage.«

»Was ist mit den Jungs von der NASA? Die werden wissen, dass irgendwas los ist, wenn Sie den Scan abbrechen lassen und damit anfangen, eine Neukalibrierung der Anordnung vorzunehmen.«

»Machen Sie sich darüber keine Sórgen. Ich werde mich um sie kümmern.« Segler machte sich auf den Weg zu einem der unbesetzten Büroräume. »Sie laufen nach unten und machen klar Schiff zum Gefecht. Nehmen Sie sich Patrick, damit er Ihnen hilft, die neuen Zahlenwerte zu bearbeiten, sobald sie reinkommen. Ich will, dass ein zweites Augenpaar darauf schaut. Wenn es überprüft ist, dann werde ich Hernandez vom Arecibo-Observatorium dazu bringen, alles andere dort fallen zu lassen und einen Scan zur Bestätigung unserer Messergebnisse durchzuführen.«

»Und dann«, fragte Dvorak.

»Kommt Zeit, kommt Rat. In ein paar Stunden sollten wir eine bessere Vorstellung von dem haben, was dort draußen vor sich geht. Bis dahin vermeiden wir es, Aufsehen zu erregen.« Segler schickte seinen technischen Direktor fort, rief ihm dann aber, als er auf die Treppe zuging, hinterher: »Übrigens, haben Sie Dr. Clarke hier irgendwo gesehen? Ist er unten in der Bude?«

»Er war dort, als ich ihn das letzte Mal sah. Das war vor etwa einer Stunde.«

»Wenn er immer noch da unten ist, dann richten Sie ihm aus, dass ich ihn auf der Stelle hier oben sehen muss.«

»Sie könnten ihn ausrufen lassen ...«

»Im Augenblick will ich, dass dies alles unter uns bleibt, okay?«, erwiderte Segler. »Es hat keinen Sinn, alle Leute in Aufregung zu versetzen, falls sich herausstellt, dass es ein falscher Alarm ist.« Der Aufzug traf ein, und die Türen glitten auf. »Gehen Sie jetzt!«

Der Direktor kehrte in sein Büro zurück und rutschte in seinen Sessel hinein. Als sein Blick auf das Telefon fiel, schnitt er Grimassen: Er hoffte, dass niemand ihn anrufen würde, bis er die Gelegenheit hatte, Dvoraks Beobachtungen entweder zu verifizieren oder zu falsifizieren. Er hatte keinerlei Zweifel an den Fähigkeiten seines technischen Direktors, aber in diesem Fall war der Wetteinsatz ultrahoch; und bevor er sich offiziell über irgendwelche atemberaubenden Enthüllungen äußerte, wollte er absolut sicher sein.

Er plante immer noch seine nächsten Schritte, als es an seiner Tür klopfte und Tony Clarke seinen Kopf in das Zimmer steckte. »Sie haben gerufen, Sam?«

»Das ging aber schnell.«

»Ich war schon auf dem Weg nach oben, um Sie zu sehen, als ich in Dr. Dvorak hineinrannte. Was ist los?« Er trat in den Raum und schloss die Tür.

»Sie waren dabei, hochzukommen, um mich zu sehen?«, hakte der Direktor nach.

»Um Sie zu fragen, ob ich nach Hause gehen könnte«, antwortete Tony schlicht. »Es gibt nichts mehr, was ich hier tun kann. Ich würde gerne meine Tochter sehen, bevor ...« Er hielt inne, dann ließ er den Gedanken auf sich beruhen. »Sie wissen schon.«

»Wenn es nach mir ginge, wären wir im Augenblick alle zu Hause in unseren Betten, Tony. Ich hoffe, Sie wissen das.« Er schüttelte mitfühlend den Kopf. Die letzten paar Tage hatten Dr. Clarke um Jahre altern lassen; er sah ausgemergelt und abgespannt aus, als würde er innerlich von einer zehrenden Krankheit ausgehöhlt werden. Bevor Tony etwas entgegnen oder antworten konnte, fuhr Segler rasch fort: »Aber hören Sie mir zu: Wir haben möglicherweise etwas ausfindig gemacht, das uns alle sehr bald nach Hause bringen könnte.«

»Ich höre zu.« Tony ging zum Schreibtisch und ließ sich auf einem der Besucherstühle nieder. »Worum geht es bei diesem Etwas?«

»Eine Spielwende«, antwortete Segler. »Leo war gerade hier oben, und er hat vielleicht Beweise dafür gefunden, dass sich das Universum nicht mehr länger zusammenzieht. Er hat neue Blauverschiebungszahlen, die darauf hinzuweisen scheinen, dass sich das Tempo der Kontraktion verlangsamt. Er glaubt, dass eine Rotverschiebung eingesetzt hat.«

»Der letzte Scan läuft immer noch, und so weit –«

»Ich weiß. Er hat es mir gesagt.« Der Direktor schob das Blatt Papier über den Schreibtisch. »Werfen Sie einen Blick darauf – das hier ist es, womit er angekommen ist.«

Tony zog das Blatt zu sich heran und begann, es schnell von oben nach unten durchzugehen. Auf halbem Weg hielt er inne, ging wieder nach oben zurück und fing von vorne an; und dann las er alles ein weiteres Mal, nur um sicherzugehen, dass ihm nichts entgangen war. »Ich vermute, Dr. Dvorak hat diese Zahlen nicht einfach aus der Luft gegriffen, oder?«, hakte Tony nach, während er mit seinem Finger eine bedeutsame Zahlenreihe entlangfuhr.

»Die Gleichungen sind von Leonard«, erklärte Segler. »Die Zahlen, die er eingesetzt hat, stammen vom gegenwärtigen Scan. Er hat sie auf die Schnelle herangezogen; ich schätze, ihm sind Unstimmigkeiten aufgefallen, von denen er gedacht hat, dass sie keinen Sinn ergeben.«

»Dies hier zeigt, dass sich die Kontraktion im Sektor B240–22N erheblich verlangsamt hat«, bemerkte Tony.

»Leo glaubt, dass mehr daran ist als das. Er denkt, die Anomalie könnte aufhören.«

»Aber das ist unmöglich.« Tony wandte den Blick vom Blatt, das er nun mit festem Griff in seiner Hand hielt. »Kontraktionen in der Struktur des Universums lösen sich nicht so einfach auf wie etwa Nebel im Wind.«

»Wem sagen Sie das.« Segler streckte die Hand nach dem Blatt Papier aus. »Deshalb schweigen wir darüber, bis wir eine Vorstellung davon haben, was tatsächlich da draußen vor sich geht ...« – er gestikulierte vage in Richtung Decke – »... im Himmelreich.«

»Gute Entscheidung«, pflichtete Tony bei und gab das Blatt zurück. »Wie sieht der nächste Schritt aus?«

Direktor Segler skizzierte seinen Plan, während Tony zuhörte und von Zeit zu Zeit zustimmend nickte. Segler schloss mit den Worten: »Es würde eine große Hilfe sein, wenn Sie direkt mit Leo an dieser Sache arbeiten könnten. Ich habe ihm gesagt, er solle zu Patrick gehen, damit der ihm bei der Routinearbeit hilft. Aber es wäre gut, eine ruhige Hand am Steuer zu haben, Sie wissen schon ...« Er zuckte mit den Schultern. »Das bewahrt einen davor, vom Kurs abzukommen.«

»Ich verstehe Sie – und stimme Ihnen zu. Wie wollen, dass diese Geschichte wirklich niet- und nagelfest ist, bevor wir sie Bayer und seiner Mannschaft bringen.«

»Sagen wir mal, ich möchte nicht das Kind sein, das ›Blinder Alarm!‹ schrie, als Rom brannte.«

»Nur dass es dieses Mal niemanden kümmern wird – geschweige denn, dass sich jemand daran erinnern wird –, wenn Rom in Flammen aufgeht.«

Segler machte ein griesgrämiges Gesicht, während Tony aufstand. »Ich werde nach unten gehen, es sei denn, Sie haben noch weitere Granaten, die Sie auf mich werfen möchten.«

»Nein, das war's. Sie gehen nach unten, und ich werde hier oben bleiben und die NASA beschäftigten. Vergessen Sie nicht: Verraten Sie nichts über die Rotverschiebung – zumindest nicht, bis wir eine Bestätigung von außen erhalten. Und beten Sie, dass dieser Albtraum tatsächlich vorüber ist.«

Tony marschierte durch das Zimmer auf die Tür zu; sein Schritt war merklich leichter und seine Körperhaltung gerader als vorhin beim Betreten des Raumes. Als er die Hand auf den Türgriff legte, hielt er inne und blickte zurück. »Wir scheinen zu vergessen, dass wir in dieser Sache nicht alleine sind.«

Segler nickte ihm reumütig zu. »Nur zu wahr.«

Tony begab sich nach unten zum *Rattennest*. Dort traf er Leonard Dvorak und Keith Patrick in einer entfernten Ecke an, wo sie sich vor einer Reihe von Bildschirmen niedergehockt hatten. »Das Muster der Umkehrung hält an«, verkündete Dvorak, als Tony sich zu ihnen gesellte.

Tony blickte zum Monitor, auf den Dvorak hingewiesen hatte, und schaute anschließend auf die Uhr: Es war kurz nach halb fünf. Merkwürdigerweise fühlte er sich nicht mehr länger müde. »Ich glaube, wir werden alle morgen aufwachen und uns verwundert fragen, worüber wir uns alle so unnötig aufgeregt haben.«

FÜNFUNDDREISSIGSTES KAPITEL

Worin Fußstapfen aufgespürt werden

*D*as lodernde Feuer in Kits Augen kam nur dem heulenden Kreischen in seinen Ohren gleich. Ob er tot oder lebendig war – das konnte er nicht sagen. Ersteres schien bei Weitem wahrscheinlicher zu sein, da es den Anschein hatte, dass er in einem zeitlosen Nirgendwo schwebend dahintrieb. Ewigkeit? Es gab keine körperlichen Beschwerden, nur das rasende Heulen in seinen Ohren und das gestaltlose Weiß, das die ganze Sicht verschleierte – die Nachwirkungen der Explosion, die ihn getötet hatte.

Die Explosion! Ja, es hatte irgendeine Art von Detonation gegeben. Daran erinnerte er sich jetzt. Als noch mehr von seinem zerrütteten Bewusstsein zurückkehrte, spürte er auch, dass das Licht, das alles überlagert hatte, zu verschwinden begann. Langsam, ganz langsam sammelte sich die alles durchdringende Helligkeit zu einer Sphäre, die immer weiter schrumpfte, bis sie schließlich von einem Augenblick zum anderen ausgeblendet wurde und ihn einer samtweichen Dunkelheit aussetzte, die ihn vollkommen einhüllte. Doch kurz bevor das Licht ausging, fühlte Kit einen Wechsel in seinem Zustand schwimmender Balance: ein Fallen, bei dem er sich langsam drehte und das sich mit der merkwürdigen Empfindung von Schwerelosigkeit verband, das er im Allgemeinen erlebte, wenn er einen Ley-Sprung machte. Es gab eine Bewegung auf ein Ziel hin, und plötzlich schien es ihm, dass er durch eine leere, eine schwarze Zone raste – eine Region ohne Formen oder Eigenschaften.

Während er weiterraste, begann die samtweiche Hülle der Dunkelheit, die ihn umschloss, dünner zu werden und sich aufzulösen. Er nahm winzige Lichtflecke wahr, die durch den Stoff der Hülle glitzerten – wie Glühwürmchen, die in der Nacht funkelten. Zu diesen ersten verstreuten Punkten gesellten sich allmählich immer mehr neue hinzu, bis Kit mit dem Kopf voraus durch einen leuchtenden, sprudelnden Sprühnebel flog – durch dicht gedrängte Reihen aus strahlenden Partikeln, die in heranbrausenden Wellen durch die Leere strömten. Photonen blitzten um ihn herum und durch ihn hindurch; sie verschmolzen zu fließenden Strahlen, die ein Geräusch mit sich trugen, das wie die Brandung an einer entfernten Küste klang. Weiter und weiter raste er; die Partikelstrahlen verdickten sich zu Flüssen, und sie vermischten sich miteinander, flochten sich ineinander und gesellten sich zueinander, sodass sie zu vielarmigen Strömen wurden. Diese riesigen schimmernden Zöpfe gerannen, sie erstarrten kontinuierlich und verwandelten sich in etwas, das wie Inseln aus Licht inmitten eines Ozeans unendlicher Nacht aussah.

Angezogen von einer unsichtbaren Kraft, trieben diese separaten Strahlen zusammen, vereinten sich langsam und fusionierten; sie verknüpften sich miteinander, um ganze Kontinente zu bilden. Während Kit weiter und immer weiter raste, zog sich eine der näheren Landformationen aus Licht zusammen und presste sich zu einer dichten glühenden Masse zusammen, die in einem grellen Blitz ausbrach und ihn blendete. Als Kit wieder sehen konnte, erblickte er einen Streifen silbernen Glanzes, gesät mit der wirbelnden Spiralscheibe einer neugeborenen Galaxie.

Überall in der grenzenlosen Leere erlebte Kit das gleiche Muster: Inseln aus Licht vereinigten sich, zogen sich zusammen und erwachten aufblitzend zu Leben; und sie beleuchteten die dunkelsten Bereiche der niemals endenden Nacht. Bald waren selbst die leersten Regionen des Weltraums erleuchtet und schienen mit der Helligkeit von zehntausend Sonnen; jede glitzernde Insel war eine einzelne Galaxie, die sich mit anmutiger, gemessener Eleganz drehte – jede einzelne ein schimmerndes Reich, das unzählige kleinere Reiche und Welten enthielt.

Kit starrte auf die geschmückte Tiefe und erspähte einen Teil der Antwort: Jede einzelne Welt war eine subtile Variation des Originals, erschaffen als eine Methode des Universums, die Myriaden Möglichkeiten von Entscheidungen auszuarbeiten, welche von den zahllosen Seelen getroffen wurden, die diese Reiche bewohnten. Diese schimmernden Reiche würden fortfahren, sich in blühender Schönheit zu erzeugen, bis jede veränderliche Größe, jede Vertauschung und jede Existenzmöglichkeit erforscht und jede Ausdrucksform gegliedert sowie jedes Potenzial verwirklicht worden war. Dann, und nur dann, würde der Omegapunkt eintreffen – jene große und prächtige Feier der ewigen Existenz –, um das Universum in das Paradies zu verwandeln, das seit Anbeginn der Zeit versprochen und beabsichtigt worden war.

Geblendet von der schimmernden Anordnung, die sich vor ihm ausbreitete, stürzte Kit benommen durch sie hindurch: Er saugte den Anblick in sich auf, weidete sich daran und atmete die wunderbare kreative Energie tief ein, die alles erfüllte, was er sah. Und immer noch kam Neues, ohne dass ein Ende in Sicht war, und dehnte sich in immer breiter werdenden Ringen aus. Darin versunken und eingetaucht, nahm Kit all die Schöpfung war, die sich vor ihm ausbreitete; und er wusste, dass er aufs Engste damit verbunden war – auf ewig darin verwoben. Als er dieses Firmament des unendlichen Weltraums bestaunte, spürte er die ruhelose Vitalität, die das Omniversum durchdrang. Mehr als bloße Energie, mehr als eine Kraft, existierte diese schöpferische Dynamik des Kosmos in allem und durch alles, aber auch jenseits von allem – sie trug und unterstützte nicht nur alles, was sie berührte, sondern nährte es auch und führte es sanft dem Potenzial zu, mit dem es ausgestattet war.

Das Seltsamste von allem jedoch war, dass Kit eines fühlte: Diese ungeheure formlose Macht *kannte* ihn, akzeptierte ihn und schätzte ihn. Sie besaß auch einen individuellen Charakter. Und dieser Charakter drückte sich selbst als ein Wille mit Wünschen und rationalen Befähigungen aus, die seinen eigenen nicht unähnlich waren, doch eine Größenordnung besaßen, welche weit jenseits seiner Fähigkeiten des Verstehens lagen, und die unaufhörlich daran arbeiteten, ihre Ziele und Pläne zu realisieren.

Kit, der wie ein Komet durch diese lebendige Existenz sauste, war so betäubt und fassungslos, dass er in sprachlose Ehrfurcht verfiel; die Herrlichkeit überwältigte seine Verständniskraft. Er konnte nicht alles in sich aufnehmen und noch weniger begreifen – oder den Sinn von mehr als dem kleinsten Teil des Ganzen erfassen. Sein einziger Gedanke war, dass ihm erlaubt worden war, einen flüchtigen Blick in das Herz eines Mysteriums zu werfen, das größer als das Leben selbst war.

Fassungslos und benommen vor Verwunderung, erreichte Kit den Zustand großer Erschöpfung. Unfähig, noch mehr in sich aufzunehmen, schloss er die Augen vor dem überwältigenden Schauspiel und suchte Zuflucht in der Dunkelheit hinter seinen Augen. Doch Flucht war ihm verwehrt: Selbst mit geschlossenen Augen konnte er immer noch die Vision der Schöpfung sehen, die sich in sein Gehirn eingebrannt hatte. Etwas später – waren ein Tag, ein Jahr oder lediglich ein paar Sekunden vergangen? – spürte Kit, dass sich sein Flug verlangsamte. Das Ende kam mit der Plötzlichkeit eines Sturzes von einer hohen Leiter. Er fiel auf die Erde.

Mit pochendem Schädel, verstopften Ohren und Schmerzen in allen Gliedmaßen und Gelenken lag er auf der Seite und versuchte, seinen Zustand zu beurteilen. Abgesehen von dem Schock schien er unverletzt zu sein. Er öffnete die Augen und sah, dass er auf dem Boden lag. Dünnes, blasses Licht fiel durch Spalten in einem Dach, das aus den Skelettresten zahlreicher Tiere hergestellt war, nach unten. Sein erster schlüssiger Gedanke war: *Knochenhaus.*

Er hob den Kopf und schaute sich um. Er war allein. Wo waren die anderen? Hatten sie überlebt?

Er rollte sich herum, drückte sich auf Hände und Knie hoch und kroch zum Eingang der Konstruktion. Der Tag draußen war sonnig und kalt. Überall lag frischer, unberührter Schnee, der unter einem Himmel glitzerte, welcher so hell leuchtete, dass der Glanz in seinen Augen wehtat. Kit atmete tief ein und schmeckte den kalten Geruch in der Luft, es war wie Elektrizität auf der Zunge. Er erhob sich und war gerade auf den Füßen, als er Stimmen hörte. Die erste sagte etwas, das er nicht zu verstehen vermochte, doch das, was die zweite erwiderte, hörte er.

»Ich werde innen drin nachsehen ...«

Kit begann, um das Knochenhaus herumzulaufen, schaffte jedoch nur zwei Schritte: Seine Beine erschlafften, und er fiel mit einem Grunzlaut und dem Gesicht voran in den Schnee. Einen Augenblick danach strich ein Schatten über ihn hinweg. Er wischte sich den Schnee aus dem Gesicht, blickte hoch – und sah Wilhelmina, die auf ihn hinunterspähte. »Kit, bist du okay?«

Jemandem, den er nicht sehen konnte, rief sie zu: »Hab ihn gefunden! Er ist zurück!«

Er rappelte sich aus eigener Kraft hoch, blieb kurz stehen und drehte sich um – und schaute Cass direkt ins Gesicht. Sie warf die Arme um ihn und drückte ihn, bis es wehtat.

»Was für eine Erleichterung! Wir wussten nicht, wo du bist.«

»Wir? Wer ist sonst noch hier?«

»Alle. Ich meine damit Gianni, Burleigh, Mina und mich. Wir haben es alle zurückgeschafft.«

»Irgendwelche Doppelgänger?«

Sie schüttelte ihren Kopf. »Nur wir.«

Kit betrachtete sie näher und versuchte zu erkennen, ob die Erfahrungen bei ihrer Rückkehr mit seinen eigenen Erlebnissen übereinstimmten. Er hoffte, dass es so war, da er wusste, dass er niemals imstande sein würde, all das, was er mit eigenen Augen erlebt hatte, zu beschreiben – geschweige denn zu erklären.

»Bist du okay?«, fragte sie.

Kit lächelte. »Es ging mir nie besser. Wir können ja später darüber reden.« Er suchte mit den Augen die Umgebung ab. »Also, wo sind sie?«

»Direkt da drüben.« Sie hakte sich bei ihm unter und führte ihn zur anderen Seite des Knochenhauses, wo Wilhelmina direkt bei Gianni stand, der neben dem auf dem Boden sitzenden Burleigh hockte. »Er ist ein bisschen verstört«, teilte Cass mit.

»... entsprechend dem Willen Gottes«, erklärte Gianni gerade, während die beiden näher kamen. »Mir fällt dazu nur ein, dass dies die ganze Zeit Gottes Absicht gewesen ist, *capito?*« Er blickte auf, als Kit und Cass bei ihnen eintrafen. »Kit!«, rief er aus. »Gott sei Dank bist du unversehrt zurückgekehrt.«

Burleigh hob seine Augen, nickte bedrückt und senkte dann abermals seinen Kopf. »Sie verstehen das nicht«, murmelte er traurig. »Es war meine einzige Hoffnung auf Erlösung und Wiedergutmachung. Können Sie das nicht erkennen? Ich hätte ein besserer Mensch sein können.«

»Aber Sie sind doch ein besserer Mensch«, entgegnete Gianni.

»Nein ... Nein, bin ich nicht.«

»Doch, das sind Sie«, versicherte ihm Gianni. »Vielleicht nicht so gut, wie Sie sein möchten, aber besser, als Sie es waren.«

Während Kit zuschaute und zuhörte, ertappte er sich dabei, wie er unerwarteterweise von dieser Zurschaustellung von Empfindsamkeit bewegt war. Burleigh schien ernsthaft verzweifelt darüber zu sein, dass es ihm misslungen war, in der Seelenquelle eine Änderung seiner selbst zu bewirken. Vielleicht entsprach es ja der Wahrheit, was er über Erlösung und Wiedergutmachung gesagt hatte.

»Es ist so schwer«, stöhnte Burleigh und nahm den Kopf in seine Hände. Seine Schultern begannen zu zittern. Seine nächsten Worte kamen als Schluchzer aus seiner Kehle. »Es ist so unglaublich, unglaublich schwer.«

Gianni seufzte. »Es ist immer so gewesen. Der Weg ist schwer und eng, das ist wahr. Doch es ist ein Pfad, der weich getreten worden ist durch die zahllosen anderen, die ihn vor uns gegangen sind. Und die gute Nachricht ist: Wir müssen ihn nicht alleine gehen. Gott selbst ist mit uns und hat uns für die Reise mit Freunden gesegnet.«

»Freunde!« Burleighs Kopf ruckt hoch, auf seinem Gesicht war ein spöttisches Lächeln. »*Sie* haben vielleicht Freunde. Ich habe keinen.«

»Daran können wir arbeiten«, sagte Gianni und legte ihm eine

Hand auf die Schulter. »Sie und ich, wir können gemeinsam daran arbeiten.«

Burleigh schniefte und wischte sich mit den Handballen die Tränen weg. »Ich heule wie ein Baby«, murmelte er. »Was ist mit mir passiert?«

»Vielleicht verändern Sie sich ja tatsächlich«, sagte Kit. Burleigh blickte zu ihm hoch und schaute dann beschämt weg.

Kit überließ die beiden Männer ihrem Gespräch und führte Cass und Mina zur Seite. »Es ist nicht nur Burleigh, der sich verändert hat«, sagte er zu ihnen.

»Was meinst du damit?«, fragte Wilhelmina.

»Was ich damit meine?«, erwiderte Kit. Sein Lächeln wurde breiter, und dann lachte er schallend auf. »Wir haben es geschafft! Das ist es, was ich meine. Denkt doch mal darüber nach – wir haben Arthur vom Teich ferngehalten. Wir haben ihn daran gehindert, die Seelenquelle zu benutzen, um die Dinge für ihn selbst zu verändern und dabei die gesamte Schöpfung zu zerstören.«

»Das denke ich auch«, stimmte Cass ihm zu. »Und du hast den da« – sie nickte in Richtung Burleigh – »aufgehalten, das Gleiche zu tun.«

Mina kniff die Augen zu und neigte ihren Kopf zur Seite. »Katastrophe abgewendet? Alles zur Normalität zurückgekehrt?«

»Nun«, erwiderte Kit, »ich sehe nur eine von dir – ich nehme das mal als ein gutes Zeichen. Allerdings würde ich sehr gerne mit Tony und Brendan reden und hören, was sie zu sagen haben.«

Wilhelmina zitterte und rieb sich den verletzten Arm. »Warum verlegen wir diese Wiedervereinigung nicht und begeben uns an irgendeinen Ort, wo es wärmer ist? Wenn wir hier noch länger herumstehen, werden wir erfrieren.«

»Wir sollten aufbrechen«, stimmte Kit zu. »Mit etwas Glück können wir unten am Ley des Großen Tals eintreffen, bevor er aktiv wird.«

»Schade«, meinte Cass. »Ich würde gerne zurückgehen und nachschauen, ob wir vielleicht deine Fluss-Stadt-Freunde finden und für eine Weile hierbleiben können.«

»Das könnte arrangiert werden«, antwortete Kit. »Dir würde das gefallen?«

»Als ob du das fragen müsstest«, erwiderte sie. »Du weißt doch, dass es mir gefallen würde.«

»Nun, ich will bloß nach Hause kommen«, sagte Wilhelmina, »und gucken, was Etzel kocht.« Sie drehte sich um und eilte fort. »Ich hole Gianni und Burleigh. Ihr zwei geht schon mal los. Wir werden euch schon einholen.«

Die Reisenden liefen durch den Wald zu der breiten – zu anderen Jahreszeiten grasbewachsenen – Ebene. Der Schnee lag hier ein wenig höher, daher war das Gehen etwas anstrengender, und sie kamen langsamer voran. Doch sie wurden durch die Kraftanstrengung beim Marschieren gewärmt. Dennoch bereitete ihnen das Gehen nicht wirklich Mühe, da sie sich in Gesellschaft ihrer Gefährten befanden: Sie waren zufrieden mit ihren eigenen Gedanken und dem Wissen, dass die Zukunft, was auch immer sie brachte, die Liebe und Kameradschaft der – wie Gianni sich ausgedrückt hatte – Reisefreunde mit einschließen würde.

Im Westen verblasste die Sonne gerade hinter einem weißen Dunstschleier, als sie den Rand der Schlucht des Großen Tals erreichten und begannen, den Pfad entlang der Felswand hinabzusteigen. Auf dem Weg lag nur wenig Schnee, der unter ihren Stiefeln schmatzende Geräusche machte; und ihr Atem hinterließ kleine Dunstwolken in der Luft. Die blauen Schatten verdunkelten sich unten im Tal.

Ein paar Schritte vor dem Ausgangspunkt des Leys steckte Kit die Hand in seine Tasche und holte das einzige noch verbliebene Schattenlicht heraus. Sämtliche kleinen türkisfarbenen Lichter strahlten.

»Es sieht so aus, als ob wir rechtzeitig gekommen sind«, merkte Cass und klopfte gegen das Zinngehäuse.

»Du weißt doch – so etwas wie Zufall gibt es nicht«, erwiderte Kit leichthin. »Richtig?«

»Ja, richtig«, sagte Cass. »Und jetzt lasst uns nach Hause gehen.«

EPILOG

*W*enn irgendjemand Lady Fayth gesagt hätte, dass sie Erfüllung darin finden würde, für zwei kleine Prinzessinnen die Gouvernante zu spielen, hätte sie jenen Menschen mit Sicherheit als einfältigen Quatschkopf gescholten und ihm ins Gesicht gelacht. Sehr zu ihrer eigenen Überraschung – als die Tage verstrichen, langsam in Wochen übergingen und schließlich von Monaten abgelöst wurden – wachte sie dann eines Morgens mit der Erkenntnis auf, dass sie in der Tat sehr glücklich über ihre Rolle im kaiserlichen Haushalt war. Ihre Aufgaben waren weder mühsam noch übermäßig anspruchsvoll, und ihre Verantwortlichkeiten passten zu ihrem intuitiven Gespür für den sozialen Stand: Als ein Mitglied des kaiserlichen Haushalts angesehen zu werden war keine Kleinigkeit, wie sie entdeckte. Und um das Ganze perfekt zu machen, waren die zwei kleinen Mädchen überdies eine ständige Freude.

Prinzessin Anna und Prinzessin Eudokia betrachteten ihre Erzieherin als ein wunderschönes, exotisches Wesen, das in ihren jungen Augen überhaupt nichts falsch machen konnte. Nachdem ihre anfängliche Schüchternheit verstrichen war, bedrängten die zwei Mädchen Haven, Geschichten über ihre Reisen und ihr Leben an anderen Orten zu erzählen. Außerdem beharrten sie darauf, dass bei jedem Familienausflug und jeder kaiserlichen Veranstaltung, bei denen erwartet wurde, dass sie daran teilnahmen, Haven mit dabei war – und zwar überall, wo die Familie zu erscheinen pflegte, ob öffentlich oder privat. Unter Havens wachsamen Augen wurde der kaiserliche Palastbezirk zu einem Kinderspielplatz; und es gab keine Ecke und keinen Hof, in dem nicht zu der einen oder anderen Zeit ihr Lachen ertönte oder dem Klang von Musikinstrumenten, mit denen Haven bei ihren gespielten Prozessionen improvisierte.

Gegen jede Wahrscheinlichkeit und entgegen allen Erwartungen fand Haven ihre wahre Berufung, und zum ersten Mal in ihrem Leben ertappte sie sich dabei, dass sie sich an einem Ort – und zu einer bestimmten Zeit – glücklich fühlte. Auch der Kaiser war mehr als nur zufrieden mit seiner Entscheidung, sie als Aufpasserin für seine Töchter ausgewählt zu haben. Tatsächlich war er so beeindruckt von seinem neuesten Personalzugang, dass er ihr den Titel *Procuratrix* verlieh. Dementsprechend wurde die Anwesenheit der blasshäutigen Fremden bald als etwas Selbstverständliches hingenommen, und als ein Mitglied des kaiserlichen Haushalts war sie nicht mehr länger jemand, dem man besondere Aufmerksamkeit schenkte.

Und was Giles betraf … Als Kaiser Leo in Erfahrung brachte, dass der junge Mann gewohnt war, sich um die Pflege und Fütterung von Pferden zu kümmern, schickte er den neu erworbenen Diener in die kaiserlichen Ställe, um dort zu arbeiten. Das war zwar eine niedrige Tätigkeit, aber Giles zeigte nicht nur eine Begabung für die Fellpflege der Tiere, sondern stellte auch sein enormes Wissen über Züchtungsverfahren zur Verfügung, die den Byzantinern unbekannt waren. Darüber hinaus stellte er unter Beweis, dass er das ein oder andere über das Dressieren von Pferden wusste. Er legte des Weiteren solche Fertigkeiten in der Handhabung von Rössern an den Tag, dass er dazu befördert wurde, sich um die persönlichen Reittiere des Kaisers zu kümmern. In seiner neuen Position als Assistent des Obersten Stallmeisters wurde Giles die Gelegenheit geboten, dem jungen Prinzen Konstantin das Reiten beizubringen – ein Umstand, der mit sich brachte, dass er nicht nur mit den hochrangigen Mitarbeitern des Kaisers regelmäßig in Kontakt war, sondern sogar mit dem Herrscher persönlich. Und in Leo fand er einen Mann von scharfer Intelligenz, von Vornehmheit und Integrität – einen Mann, der es wert war, dass Giles ihm diente.

Kaiser Leo besaß den geringfügigen Fehler, selbst die trivialsten zufälligen Umstände des Lebens mit einer Bedeutung zu durchtränken, die weit über jede sinnvolle Überlegung hinausging. Er nahm alles viel zu ernst und allem Anschein nach fehlte Leo der Sinn für Humor. Daher war Giles stolz darauf, den Kaiser ab und zu zum Lächeln zu bringen. An dem Tag, als er Leo in das Reitrondell einlud, um den Halfterstrick zu halten und selbst die Kommandos zu rufen, und er den verzückten Gesichtsausdruck des Kaisers erblickte, als der einen jungen Hengst auf Herz und Nieren prüfte, erhielt Giles die Gewissheit, dass er sich einen Schutzherrn fürs ganze Leben gesichert hatte.

So angenehm ihre Positionen im kaiserlichen Haushalt auch sein mochten, so hinderte es die Ley-Reisenden doch nicht daran, sich zu fragen, was die Vorsehung ein wenig weiter die Lebensstraße hinunter für sie bereithielt. Auf der einen Seite erfreuten sie sich einer sehr beschützten, sogar privilegierten Position, von der aus sie über ihre nächsten Schritte nachdachten. Auf der anderen Seite hatten sie keine Ahnung, was diese nächsten Schritte sein mochten – und sie wussten noch viel weniger, wie sie sie in Angriff nehmen sollten oder wohin sie führen könnten.

»Werden wir jemals von hier wegkommen und nach Hause zurückkehren?«, fragte eines Abends Haven, als sie sich, wie es ihre Gewohnheit geworden war, in ihre Privatwohnung zurückzogen, nachdem sie ihre offiziellen Pflichten an diesem Tag beendet hatten.

»Werden wir jemals von hier wegkommen?«, echote Giles. Es war nicht das erste Mal, dass sie diese Frage gestellt hatte, die in der Tat regelmäßig als Gesprächsthema in verschiedenen Formen an die Oberfläche kam, wenn sie beide allein waren. Aber an diesem Abend war es irgendwie anders; und Giles fiel auf, dass er die Antwort bereits wusste – tatsächlich hatte er sie schon seit einiger Zeit gewusst. »Ich fürchte nein«, antwortete er leise. »Ich glaube, wir müssen der Tatsache ins Gesicht sehen, dass wir Konstantinopel nicht verlassen werden.«

Haven blickte ihn scharf an. Seine schonungslose Offenheit machte sie betroffen. Sie hatte lediglich laut nachgedacht und nicht wirklich mit einer Antwort gerechnet. »Ihr seid recht schroff am heutigen Abend, Mr Standfast. Ich vermag mir kaum auszudenken, was über Euch gekommen ist, so zu sprechen.«

»Ich spreche nicht so aufgrund meiner Schroffheit – sondern nur aufgrund meiner Überzeugung. Ich glaube, ich sehe heute Abend deutlich, dass es töricht ist, sich an falsche Hoffnungen zu klammern.«

»Unsere Hoffnungen sind alles andere als falsch, Sir. Sie sollten das wissen, wie jeder andere auch. Wir müssen Sir Henrys grünes Buch als Führer nutzen. Wir müssen nur ...« Sie hielt inne – unterbrochen von Giles' langsamem, beständigem Kopfschütteln. »Warum bewegt Ihr Euren Kopf auf diese Weise?«

»Haven, denkt nach. Wir haben das grüne Buch, ja ... Aber wenn es irgendwelche Informationen und Anweisungen enthielte, die in unserer gegenwärtigen Situation nützlich für uns wären, hätten wir dann nicht schon vor langer Zeit davon Gebrauch gemacht? Wir haben reichlich Gelegenheit gehabt, uns dieses Buches zu bedienen, doch die Wahrheit ist, dass dort auf den Seiten weder Hilfsmittel noch Informationen abgelegt sind, die uns von hier zu irgendeinem besseren Ort führen.« Er trat ein paar Schritte näher heran. »Wir sind am Ende der Straße angelangt. Für uns ist die große Suche nach der Meisterkarte vorüber.«

Haven versteifte ihren Rücken, als könnte sie so der unbarmherzigen Tidenströmung seiner Logik Widerstand leisten; doch die ganze Zeit über wusste sie in ihrem Herzen, dass er recht hatte. Zu fliehen, zu entlaufen, wegzugehen – das würde Probleme von so schwerwiegender Art mit sich bringen, dass sie unlösbar waren. Zu diesen zählte nicht zuletzt die Tatsache, dass sie nicht die leiseste Ahnung hatten, wo sie eine Ley-Linie in der Nähe finden könnten, und falls sie eine finden sollten, würden sie nicht einschätzen können, wohin der Ley möglicherweise führte. Während ihrer ganzen Zeit in Konstantinopel hatten sie niemals – ob nun irgendwo innerhalb oder außerhalb der Stadt – auch nur ein einziges Zittern von Ley-Energie verspürt. Doch einmal angenommen, dass sie irgendwie eine Ley-Linie entdeckten, die sie fortbringen könnte – was dann? Wo auch immer sie landeten, sie würden trotzdem noch genau so verloren sein, wie sie es jetzt waren, jedoch ohne irgendeinen der Vorteile, welche die Vorsehung ihnen in dieser Zeit und an diesem Ort gütigerweise bereitgestellt hatte.

»Werden wir jemals nach Hause zurückkehren?«, fuhr Giles fort, der damit erneut Havens Frage aufgriff. Er trat zu ihr, bis er direkt vor ihr stand. »Mylady, ich bin der Ansicht, dass wir bereits zu Hause sind.«

Haven blickte forschend in seine klaren dunklen Augen und sah das Licht der Überzeugung darin. »Ich behaupte nicht, dass Ihr Euch irrt«, erwiderte sie ein wenig zögerlich. »Bloß ... es wäre ein wenig tröstlich, wenn wir unsere Freunde und Verwandten wissen lassen könnten, was aus uns geworden ist.«

»Ja, darin läge ein gewisser Trost«, räumte Giles ein. »Wenn es jedoch bedeuten würde, all das hier hinter uns zu lassen, ließe ich es nur als schlechten Trost gelten. In Wahrheit, teure Lady, habe ich das Gefühl, als ob es unsere Bestimmung ist, hier zu sein. Könnten wir einen besseren Ort finden? Vielleicht. Aber es gibt eine Richtigkeit in unserer Position hier, die ich bis in meine Fußsohlen spüren kann, wenn ich durch die Straßen spaziere oder im Übungsrondell stehe. An diesem Ort bin ich mehr als ein Stallknecht und Lakai. Und Ihr – ich habe gesehen, wie Ihr strahlt, wenn Ihr nach einem Tag zurückkehrt, den Ihr damit zugebracht habt, diese kleinen Mädchen zu unterrichten. Mit Verlaub, ich habe nicht die Absicht, Euch mit den folgenden Worten zu beleidigen, aber ich glaube, dies geschieht in einer Weise, die Euch zu einer besseren Person macht als die, welche ich zuvor gekannt habe.«

Haven schüttelte den Kopf. »Ich bin nicht beleidigt. Es ist die Wahrheit. Ich liebe meine jetzige Situation wirklich sehr – solcherart, dass ich mir momentan nicht vorstellen kann, mich von ihr zu trennen, ohne mir auch das Leid und die Schuld vorzustellen, die es mit sich bringen würde, wenn ich meine Kleinen zurückließe. Ich glaube, das würde aus mir das unglücklichste Geschöpf machen.«

»Dann lasst uns nicht mehr davon sprechen, eine Welt und ein Leben zu verlassen, die uns so teuer geworden sind und von denen ich wahrhaft glaube, dass sie uns zu unserem Vorteil bestimmt worden sind«, erklärte Giles nachdrücklich. Er legte ihr die Hände fest auf die Schultern. »Denkt jetzt nach: Gibt es irgendetwas in jener zurückliegenden Welt, das wir hier nicht haben?« Einen Moment lang legte er eine Pause ein, um ihr die Möglichkeit zu geben, kurz zu überlegen. »Ich sage Nein. Lasst uns hinfort erklären, dass die Vergangenheit tatsächlich die Vergangenheit ist und dass unsere einzige Zukunft hier ist – und das, was wir daraus machen.«

Haven blieb einen Augenblick stumm, dann nickte sie. »Also gut«, pflichtete sie ihm schließlich bei; ihre Stimme wurde immer leiser. »Ich glaube, dass Ihr recht habt; mein Herz sagt mir, dass Ihr die Wahrheit sprecht. Aber es ist eine bittere Wahrheit und trifft mich recht hart.« Sie schniefte und hielt die Tränen zurück, die ihr in die Augen treten wollten.

Giles spürte, wie ein Schauder durch ihre schlanke Gestalt fuhr. Er zog sie näher zu sich heran. »Vielleicht darf ich Euch ein wenig Süßes anbieten?«, schlug er leichthin vor. Er legte ihr einen Finger unter das Kinn und hob ihr Gesicht seinem entgegen. »Mylady, möchtet Ihr mir die Ehre erweisen, meine Ehefrau zu werden?« Bevor sie darauf etwas erwidern konnte, fügte er hinzu: »Heiratet mich, Haven Fayth, und lasst uns hier ein gemeinsames Leben führen, komme, was wolle.«

Sie lächelte traurig. »Seid Ihr Euch wirklich sicher, Mr Standfast, dass Ihr überhaupt eine Ehefrau wollt? Ich habe gesehen, auf welche Art und Weise die Damen des Haushaltes und des Hofes Eure männliche Gestalt anstarren, wenn sie glauben, dass niemand sie dabei sieht. Ihr könntet jede von ihnen haben.«

»Liebste Haven, schon vor langer Zeit habe ich meine Wahl getroffen. Ich habe dich gewählt, und du bist diejenige, zu der ich jeden Abend nach Hause komme. Es verzehrt mich schmerzlich, wie ein Bruder oder Cousin mit dir zusammenzuleben, wenn ich gerne ein Ehemann sein würde.« Er hielt ihre Augen in seinem festen Blick gefangen. »Ich frage dich erneut: Willst du mich heiraten?«

»Ich will, Giles«, antwortete sie und empfand ein unerwartetes Gefühl der Erleichterung in ihrem Inneren emporquellen. Es nahm die Form eines plötzlichen unbändigen Schwindelgefühls an. »Ja! Ich will dich heiraten, mein geliebter Mann. Du bist mein wahrer Herzensfreund – bist es immer gewesen. Und ich werde die Deine sein: Du wirst es sehen. Ich werde die Ehefrau sein, die du verdienst.«

Giles küsste sie daraufhin rasch – aus Furcht, dass sie ihre Meinung noch ändern könnte. Als sie keinen Widerstand leistete, küsste er sie erneut, länger und herziger dieses Mal, anschließend drückte er sie in seiner Umarmung fest an sich.

Eine Zeit lang standen sie da und hielten sich gegenseitig, und dann bog sich Haven in seinen Armen unvermittelt weit nach hinten. »Aber . . . oh! Wie kann dies sein?«, sagte sie. »Der Kaiser und sein Hof denken doch bereits, wir wären verheiratet. Jetzt damit vor sie zu treten würde sie beschämen und, schlimmer noch, wahrscheinlich eine Ächtung auf unsere Köpfe herabbeschwören wegen der bedauerlichen Lüge, die wir gelebt haben. Ich befürchte, die Bestrafung würde höchst streng ausfallen und lange zu bereuen sein.«

»Sicherlich«, pflichtete Giles ihr bei. »Dennoch, ich würde nicht gedrängt haben, diesen Kurs einzuschlagen, wenn ich nicht die Folgen bedacht hätte. Es gibt trotz allem Hoffnung. Ich glaube, ich habe einen Weg gefunden, um so vorzugehen, dass niemand am Hof jemals davon wissen muss.« Er nahm ihre Hand und führte sie zu dem niedrigen Sofa neben dem Tisch, an dem sie zu essen pflegten. »Wir werden zu einer der kleinen Kirchen außerhalb des Palastdistrikts gehen und lassen dort im Geheimen die ordnungsgemäße Zeremonie durchführen. Es gibt ein solches Gotteshaus in geringer Entfernung vom Theodosius-Forum; es ist nach dem heiligen Georg benannt, klein und wird kaum beachtet. Der Priester dort ist alt und halb blind, doch er ist eine gütige Seele und höchst verständnisvoll.«

»Er wird uns verheiraten? Du hast mit ihm gesprochen?«

Giles nickte. »Er wird ... und für eine kleine Spende, um zu helfen, das Dach seiner Kirche zu reparieren, wird er nicht nur die Zeremonie durchführen, sondern auch die Hochzeitsfeier arrangieren.«

Haven ergriff seine Hände und drückte sie. »Dann lass es uns bald tun, mein Lieber, und diese offenkundige Irreführung mit einer beeindruckenden Geste der Ehrlichkeit, des Anstands und der Treue beenden.« Sie küsste ihn erneut. »Lass uns so schnell wie möglich heiraten.«

Ungefähr eine Woche später ergab sich hierfür die Gelegenheit, als die kaiserliche Familie zu ihrer Sommerunterkunft auf Prínkēpos segelte, einer Insel im Marmarameer direkt vor der Südküste der Stadt. Giles wurde nicht gebraucht, und Haven sollte sechs Tage später mit ein paar anderen Höflingen folgen. Dadurch hatten sie Zeit für sich selbst – und verschwendeten keinen Augenblick. Giles lief voraus, um den Priester aufzuscheuchen, und eilte dann zurück, um sich mit Haven unterwegs zu treffen.

Der Tag war warm und strahlend schön; und Haven trug ein weißes Seidenkleid, das die Kaiserin ihr kürzlich gegeben hatte, die geklagt hatte, es würde ihr nicht so gut passen, wie sie gehofft hatte. Haven hatte ihr Haar geflochten und mit winzigen wilden Gänseblümchen sowie Myrte geschmückt; sie sah bis ins Detail genau so aus wie die Braut, die Giles eines Tages zu heiraten gehofft hatte. Er traf sie am Eingang zum Forum und führte sie durch das Labyrinth von engen Straßen zu der Kirche – ein schlichtes Steingebäude, das von einem ummauerten Garten mit Olivenbäumen umgeben war –, wo der Priester und seine Gattin am Tor bereits warteten. Die mollige, kleine Frau hielt einen Schleier aus Spitze in Händen und beharrte darauf, dass Haven ihn trug; und der Priester lieh Giles sein bestes Gewand und seine rote Schärpe.

Dann führte sie der weißbärtige Priester, der nun zufrieden war, dass die Zelebranten angemessen gekleidet waren, zur äußeren Tür der Kirche, wo der erste Teil der Zeremonie durchgeführt wurde. Obwohl Giles' Fertigkeit im Griechischen sprunghaft angewachsen war, seit er seine Beschäftigung beim Kaiser angetreten hatte, gab es bei dem uralten Ritus vieles, dem er nicht folgen konnte. Haven füllte seine Verständnislücken aus und teilte ihm mit, wann er antworten und was er sagen sollte. Danach wurden sie in die winzige Kirche geführt, wo sie eine Kerze anzündeten und sich vor dem Altar niederknieten. Der Priester schlang eine Satinstola um ihre miteinander vereinten Hände, um sie zusammenzubinden, sprach ein langes Gebet, in dem er um Gesundheit und Wohlstand für sie bat, und dann war es vorüber.

Die Frau des Priesters klatschte voller Freude in die Hände und küsste sowohl Braut als auch Bräutigam auf beide Wangen. Anschließend geleitete der Priester sie zu seinem Haus und dem winzigen Hof, wo das Hochzeitsfest abgehalten wurde. Zu Ehren des Ereignisses hatte er einige seiner Gemeindemitglieder und die ärmeren Leute aus der Nachbarschaft eingeladen. »Was ist eine Hochzeit ohne ein Fest?«, sagte er. »Und einige dieser guten Leute haben von einem Ostern zum nächsten keine einzige Sache, die sie feiern könnten.

»Bringt sie alle her«, antwortete Haven und legte eine Hand auf seinen Arm. »Sie sind willkommen auf unserem Hochzeitsfest.«

»Ihr seid höchst liebenswürdig, meine Dame«, erwiderte der Priester mit einer Verbeugung. Er ließ sie unter einem blauen Baldachin auf Korbstühlen Platz nehmen und verkündete: »Zur Erinnerung an unseren Heiland werden wir Wein trinken und Brot essen, und wir werden ein Lamm braten, um diesen Tag zu einem Tag zu machen, an den man sich stets erinnern wird.«

Der kleine Priester und seine Frau eilten davon, um die Vorbereitungen abzuschließen und die Gäste herbeizurufen, sodass Giles und Haven für einen Moment allein waren.

Giles, der voller Stolz seine Braut anstrahlte, sah, wie sie feuchte Augen bekam, und wurde besorgt. »Warum bist du traurig, meine Liebe?«

»Ich bin nicht traurig, mein Ehemann«, erwiderte Haven, die sich die Augen mit einem Zipfel ihres Ärmels abtupfte. »Es ist nur der Gedanke daran, dass wir unsere Familien nie mehr wiedersehen werden.«

»Meine teure, süße Ehefrau«, antwortete Giles, »da dies wohl nicht sein soll, werden wir uns einfach eine eigene Familie machen müssen.« Er hob ihre Hand an seine Lippen und nahm den Anblick von ihr in sich auf. »Und was für eine schöne und gut aussehende Familie das sein wird.«

NACHWORT

Über das, was danach geschieht

*D*ie Erzählung jeder Geschichte muss unvermeidlich zu einem Ende kommen – obgleich die Geschichte selbst weitergeht. Diese Geschichte unterscheidet sich darin nicht von anderen.

Manche Leser werden aus dem ein oder anderen Grund gewisse Zuneigungen zu verschiedenen Figuren gefasst haben. Zweifellos werden diese Leser Fragen haben. Der Impuls, wissen zu wollen, was danach geschehen ist, kann sehr stark sein – wie ein Juckreiz, der, sofern man nicht kratzt, zu einer Qual werden kann. Wenn diese Figuren auf den Seiten des Buches gelebt haben, dann setzt sich ihr Leben im Grunde genommen fort, und es mag den Anschein haben, dass unsere Beteiligung daran rücksichtslos, beinahe grausam abgeschnitten wurde, wenn die Seiten zu Ende gehen.

Obwohl ich diese spezielle Geschichte nicht verlängern kann, so bin ich nichtsdestotrotz in einer Position, ein paar Einzelheiten zu berichten, die ich kenne und die möglicherweise für den Leser von Interesse sind:

Die *Zetetische Gesellschaft* führt ihre Arbeit fort, hauptsächlich jedoch außerhalb von Damaskus, wo in glücklicheren Zeiten dieser Autor das Privileg hatte, die »Straße, die man die ›Gerade‹ nennt«, hinunterzugehen – den Schritten eines Mannes zu folgen, der die vernehmbare Stimme Gottes gehört hat – und die wenigen Getreuen zu besuchen, die das Archiv der Gesellschaft behüten. Sollten Sie oder irgendjemand anders in der Hanania Street 22 vorbeischauen mögen, werden Sie willkommen sein an einem Ort, wo Reisende die Möglichkeit haben, sich zu treffen und über ihre Abenteuer zu sprechen oder die seltenen Bände in der Genisa zu durchstöbern oder über die Grundlagen der Wirklichkeit und unseren Platz im Universum zu grübeln. Die große Suche zielt nun auf Erkenntnis und vor allem Weisheit ab. Trotz Unterdrückung, Konflikten, Kriegen und Kriegsgräueln hält die *Zetetische Gesellschaft* immer noch stand – was zweifellos zum großen Teil der beeindruckenden und unerschütterlichen Mrs Peelstick, die niemals zu altern scheint, sowie ihrem Kollegen und Verbündeten Brendan Hanno zu verdanken ist, der mit seiner ruhigen Hand am Ruder die Gesellschaft durch die stürmischsten Gewässer steuert. Natürlich werden weiterhin zahllose Tassen starken Pfefferminztees serviert, und zwar jedem, der, wie unerwartet auch immer, entdeckt, dass er auf der Stufe draußen vor jener glänzenden, schwarz lackierten Tür gelandet ist.

Sie werden sich erinnern, dass die Burley-Männer – Tav, Con, Dex und Mal – wegen ihrer Verbrechen verbannt wurden und man ihnen untersagte, nach Prag zurückzukehren; und ohnedies könnten sie dort nach Burleighs Bekehrung nicht auf eine weitere Beschäftigung hoffen. Glücklicherweise waren die langen, trostlosen Wochen, die sie im Rathauskerker verbrachten, und Engelberts freundliche, liebevolle Fürsorge bei keinem von ihnen verloren. Und obwohl die Bande auseinanderbrach, wurde ein jeder von ihnen nicht nur durch seine Gefangenschaft zur Einsicht gebracht, sondern beseelt von Etzels Edelmut, Mitleid und sanfter, versöhnlicher Wesensart. Sie werden es nicht glauben, wenn ich Ihnen erzähle, dass Marcus Taverner ein gottesfürchtiger Anhänger von Luther und schließlich ein Pastor in einer protestantischen Kirche wurde, und zwar in einem entfernten Winkel des Herzogtums Pommern, der sich heute im Nordosten von Deutschland befindet. Malcolm Dawes ließ sich in einem gemütlichen Tal nieder, das sich im österreichischen Pinzgau befindet. Nach einer anstrengenden Zeit als Landarbeiter war er in der Lage, ein wenig Land auf der schattigen Seite des Tals zu erwerben und so selbst ein

Bauer zu werden. Es muss gesagt werden, dass er kein sehr guter Bauer war, doch er schaffte es, sich recht und schlecht, aber auf ehrliche Weise durchzuschlagen, indem er die dort heimischen Vogelbeeren zu dem in der Region berühmten, als Medizin eingesetzten Schnaps destillierte – und mithilfe der strengen gesellschaftlichen Sitten Österreichs und einer strammen Bäuerin, die ihn führten, rückte seine kriminelle Vergangenheit allmählich in ferne Erinnerung. Dexter Parrot und Connie Wilkes wurden umherziehende Kesselflicker, die durch die bayrischen Ortschaften reisten. Aufgrund ihrer Geschicklichkeit im Umgang mit Messern und einfachen Werkzeugen begannen sie schließlich, einen schlichten Handwerksbetrieb aufzubauen, und wurden Schmiede in Rosenheim. Selbstverständlich wissen wir inzwischen, dass es so etwas wie Zufall nicht gibt, doch es ist nicht uninteressant, anzumerken, dass ihre kleine Schmiede lediglich einen Steinwurf von der Bäckerei Stiglmaier entfernt war, die Engelberts Familie besaß: Und dort wurden sie Stammkunden und erhielten oft Nachrichten von ihrem einstigen Prager Wohltäter.

Das Ende von Douglas Flinders-Petrie ist in diesem Buch vollständig erzählt worden. Aber keiner weiß, was aus Snipe wurde, jenem verwilderten Jugendlichen, dessen Unglück es war, von dem Allerletzten aus der Flinders-Petrie-Geschlechterfolge unter die Fittiche genommen zu werden. Douglas benutzte den Jungen nur, vermittelte ihm weder nützliche Fähigkeiten noch irgendeine lohnenswerte Erziehung während der Zeit, in der sie gemeinsam den Kosmos bereisten. Es wird vermutet – und es hat den Anschein, dass Hinweise diese Schlussfolgerung unterstützen –, dass der arme Snipe einer jener Straßenräuber und Ausgestoßenen wurde, die durch das wilde italienische Bergland streiften, auf Kosten des Landes lebten und Reisende ausraubten, die auf den einsameren Wegstrecken der Landschaft unterwegs waren. Diese Banditen oder *Briganti*, die im Laufe der Geschichte sehr gefürchtet waren, werden im Volkstum und in Gesängen gefeiert, und das in Kulturen auf der ganzen Welt. Demnach kann es gut sein, dass Snipe einen oberflächlichen Stellenwert als kulturelle Merkwürdigkeit erlangt hat.

Gianni verbrachte die nächsten paar Jahre damit zu, darüber nachzudenken, was tatsächlich an der Seelenquelle geschehen war, als die Quästoren durch das Knochenhaus-Portal gestürzt waren. Seine Erfahrung dieses zutiefst mysteriösen Ereignisses führte ihn dazu, die Rolle der bewussten Intention im Multiversum zu erforschen, wofür er Experimente entwickelte, um die Wirkung des menschlichen freien Willens auf natürliche Phänomene zu testen – ein heißes Eisen in Kreisen der Quantenphysiker. Später überredete er Tony Clarke, mit ihm zusammen an einer Sache zu arbeiten, die als Zufallstheorie bekannt wurde – und die behauptet, dass es, ausgedrückt in den Begriffen eines Laien, so etwas wie Zufall nicht gibt.

Als Theoretiker gewannen die zwei viele Unterstützer, zusätzlich zu den üblichen Kritikern. Erstere waren jedoch bei Weitem in der Überzahl; und schließlich wurde Gianni – der Letzte in einer langen Reihe von Wissenschaftspriestern, denen dies zukam – mit dem Nobelpreis für Physik ausgezeichnet. Den Preis teilte er sich mit seinem langjährigen Kollegen und Mitarbeiter J. Anthony Clarke III. Die zwei Freunde hielten unvergessliche Reden, die in allen wichtigen Nachrichtenmedien mit begeisterten Kommentaren wiedergegeben wurden. Unglücklicherweise verschwand Gianni ungefähr sechs Monate nach der Preisverleihung, und sein Aufenthaltsort blieb ein Geheimnis, das gelöst werden muss: Was wurde bloß aus Gianni Becarria? Alles war jedoch nicht verloren, denn seine Forschungen wurden von einem brillanten Wissenschaftler in So Paulo aufgegriffen, dessen Name Joo Cristo lautete. Wie aus dem Nichts stieg er zu plötzlicher Berühmtheit auf, und sein intuitives Verständnis von Becarrias grundlegender Arbeit führte ihn zu weiteren Entdeckungen, welche die Forschungen bei den Raum-Zeit-Verschiebungs-, Möglichkeits- und Wahrscheinlichkeitstheorien und die Entwicklung von Modellen für alternative und ineinander zusammenlaufende Wirklichkeiten befeuerten.

Wo wir gerade von Zeit und Raum sprechen: Beide gestatten uns nicht, das wiederzugeben, was so vielen anderen widerfahren ist, die mit den Einzelpersonen in Kontakt kamen, deren Geschichten in diesem Romanzyklus nacherzählt worden sind. Einige wurden zweifellos in der einen Realität ausgelöscht, nur im einer anderen zu überleben, obgleich das Spekulation ist. Und selbst Giannis Arbeit, die zu Paradigmenwechseln geführt hat, liefert dafür keine vollständige Erklärung – zumindest bisher noch nicht.

Alles, was noch zu sagen bleibt, ist Folgendes: Als dieses Manuskript in Bearbeitung war, ließ ein großer Finanzkonzern für seinen internationalen Hauptsitz in der City of London auf dem Gelände eines alten Gästehauses den Boden aufbrechen. Wie das Gesetz es erforderte, wurden Archäologen hinzugezogen, um jedweden Gegenstand von Bedeutung zu identifizieren und zu bergen, bevor die endgültigen Fundamente gelegt wurden. Die Archäologen führten ihre Untersuchungen durch und gaben das Gelände für den Bau frei, übersahen jedoch ein interessantes und beachtenswertes Stück: einen Silberlöffel mit einer großen tränenförmigen Löffelschale und einer Figur des Apostels Petrus. Dieser Gegenstand wurde von einem Bauarbeiter entdeckt, der ihn in seine Tasche steckte – nur wenige Augenblicke bevor acht Tonnen Beton in einen Graben gegossen wurden. Als vor ein paar Monaten die populäre Fernsehsendung *Antiques Roadshow* nach Südlondon kam, beschloss jener Bauarbeiter, herauszufinden, ob sein Fund irgendeinen Wert besaß. Stundenlang stand er in einer sich langsam vorwärtsbewegenden Schlange am Dulwich College, bevor er die gute Nachricht erhielt, dass der Löffel aus der Mitte der Sechzigerjahre des siebzehnten Jahrhunderts datierte. Damals hatten Akademiker solche Löffel üblicherweise mit sich geführt, wenn sie in einem der zahlreichen Speisehäuser und Dinner-Clubs tafelten, die zu jener Zeit in der Stadt aus dem Boden schossen. Der Löffel wurde als »einzigartig in seiner Art« eingeschätzt und sei »von beträchtlichem Interesse für Sammler und Museumsdirektoren«; seinen Wert taxierte man einstweilig auf 13 000 bis 17 500 Pfund. Und so wurde er zu einem jener *Roadshow*-Gegenstände, die, wie das Sprichwort sagt, »in einem Bus kamen, doch in einem Taxi nach Hause fuhren«. Der glückliche Arbeiter brachte das Artefakt zu einer Auktion bei Sotheby's in London und spendete den größeren Teil des Erlöses dem Coram Trust, einer gemeinnützigen Organisation, die eine Reihe von Dienstleistungen zur Unterstützung verwaister und verlassener Kindern anbietet. Burleigh, dieser unverbesserliche Händler von Artefakten, die als Sammelobjekt geeignet sind, hätte dem zweifellos zugestimmt.

Stephen Lawhead
Oxford, 2014

DANKSAGUNG

*I*ch bin den vielen Experten, Lektoren, Freunden und Ratgebern dankbar, mit denen ich gereist bin und die ich konsultiert habe, während ich für den Romanzyklus *Die schimmernden Reiche* recherchiert und ihn geschrieben habe. Jeder hat mich mit dringend erforderlichen Inspirationen, Anleitungen und Korrekturen unterstützt, und sie alle haben meine aufrichtige Wertschätzung:

Wael El-Aidy
Allen Arnold
Clare Backhouse
Daniele Basile
Sabine Biskup
Amanda Bostic
Hailey Johnson Burgess
Bettina Heynes
Andrew Hodder-Williams
Danuta Kluz
Matthew Knell
Drake Lawhead
Ross Lawhead
Scott und Kelli Lawhead
Suzannah Lipscomb
Nabile Mallah
L. B. Norton

Michael und Martina Potts
Richard Rodriguez
Sam Segler
Jessica Tinker
Adrian Woodford